LE LYS POURPRE

Du même auteur
aux Éditions J'ai lu

Les illusionnistes (n° 3608)
Un secret trop précieux (n° 3932)
Ennemies (n° 4080)
Meurtres au Montana (n° 4374)
La rivale (n° 5438)
Ce soir et à jamais (n° 5532)
Comme une ombre dans la nuit (n° 6224)
La villa (n°6449)
Par une nuit sans mémoire (n° 6640)
La fortune de Sullivan (n° 6664)
Bayou (n° 7394)
Un dangereux secret (n° 7808)
Les diamants du passé (n° 8058)
Le lumières du Nord (n°8162)

Lieutenant Eve Dallas :
Lieutenant Eve Dallas (n° 4428)
Crimes pour l'exemple (n° 4454)
Au bénéfice du crime (n° 4481)
Crimes en cascade (n° 4711)
Cérémonie du crime (n° 4756)
Au cœur du crime (n° 4918)
Les bijoux du crime (n° 5981)
Conspiration du crime (n° 6027)
Candidat au crime (n° 6855)
Témoin du crime (n° 7323)
La loi du crime (n°7334)
Au nom du crime (n° 7393)
Fascination du crime (n° 7575)
Réunion du crime (n° 7606)
Pureté du crime (n° 7797)
Portrait du crime (n° 7953)
Imitation du crime (n° 8024)
Division du crime (n° 8128)
Visions du crime (n° 8172)
Sauvée du crime (n° 8259)
Aux sources du crime (n° 8441)
Souvenir du crime (n° 8471)

Les frères Quinn :
Dans l'océan de tes yeux (n° 5106)
Sables mouvants (n° 5215)
À l'abri des tempêtes (n° 5306)
Les rivages de l'amour (n° 6444)

Magie irlandaise :
Les joyaux du soleil (n° 6144)
Les larmes de la lune (n° 6232)
Le cœur de la mer (n° 6357)

Les trois clés :
La quête de Malory (n° 7535)
La quête de Dana (n° 7617)
La quête de Zoé (n° 7855)

Les trois sœurs :
Maggie la rebelle (n° 4102)
Douce Brianna (n° 4147)
Shannon apprivoisée (n° 4371)

Trois rêves :
Orgueilleuse Margo (n° 4560)
Kate l'indomptable (n° 4584)
La blessure de Laura (n° 4585)

En grand format

Le secret des fleurs :
Le dahlia bleu
La rose noire

NORA ROBERTS

Le secret des fleurs - 3

LE LYS POURPRE

Traduit de l'américain par Nellie d'Arvor

J'AI LU

Titre original :
RED LILY
A Jove book, published by arrangement with the author

Pour Kayla, l'enfant de mon enfant,
et pour tous ceux qui étaient encore à naître
quand ce livre fut écrit.

Le greffage et l'écussonnage impliquent de réunir deux plants différents afin qu'ils fonctionnent comme un seul, créant ainsi une nouvelle plante saine et forte, qui ne conserve que les meilleures caractéristiques de ses deux parents.

American Horticulture Society,
sur la multiplication des plantes

La jeunesse se fane,
L'amour s'étiole, les feuilles de l'amitié tombent,
L'espoir secret d'une mère survit à tout.

Oliver Wendell Holmes

Prologue

Janvier 1893, Memphis, Tennessee

Elle n'avait pas toujours été désespérée, abandonnée de tous, rongée par la folie. Au temps de sa splendeur, elle avait même été une femme très belle et d'une grande habileté. Elle s'était servie de son corps pour séduire et de son esprit pour satisfaire son ambition et son goût du luxe. En menant habilement sa barque, elle avait réussi à devenir la maîtresse d'un des hommes les plus puissants et les plus riches du Tennessee.

Sa maison, décorée à son goût et aux frais de Reginald, avait fait l'admiration de tous. Elle avait eu des serviteurs, une garde-robe digne d'une Parisienne, des bijoux à ne plus savoir qu'en faire, des amis amusants et raffinés, un attelage rien qu'à elle. Elle avait donné des fêtes folles, avait provoqué la jalousie et le désir. Simple fille de servante, elle avait fini par avoir tout ce dont son âme avide de petite fille pauvre avait rêvé.

Même un fils.

Cette petite vie dont elle se serait au départ bien passée avait bouleversé son existence, au point de devenir son unique centre d'intérêt. Son fils était le seul être au monde qu'elle aimât plus qu'elle-même. Elle avait fait des projets pour lui, avait fredonné des airs à son intention, alors qu'il sommeillait encore dans son ventre. Elle lui avait donné naissance dans une grande souffrance, mais également avec une joie profonde. La joie de savoir qu'après avoir tant attendu, tant espéré, tant souffert, elle pourrait enfin le tenir dans ses bras.

Mais ils s'étaient arrangés pour le lui prendre. Ils lui avaient affirmé qu'elle avait accouché d'une fille morte à la naissance. Ils lui avaient menti. Elle l'avait tout de suite compris et n'avait jamais voulu en démordre, même lorsque sa raison avait fini par vaciller sous le poids du chagrin et de l'impuissance. Son fils était en vie quelque part, elle en était certaine. Comment aurait-il pu en être autrement, alors qu'il lui semblait sentir le cœur de son enfant battre dans sa propre poitrine ?

Dans ce complot, le médecin et la sage-femme n'avaient été que les instruments de Reginald, grassement payés par lui en échange de leur silence. Elle le revoyait encore, tel qu'il lui était apparu dans son salon pour la dernière fois. Rien que d'y penser, elle en tremblait de rage, en boutonnant sa robe grise. Après l'avoir utilisée et avoir obtenu d'elle ce qu'il désirait – ce fils, cet héritier que sa femme avait été incapable de lui donner –, il l'avait répudiée, lui offrant de l'argent et un aller simple pour l'Angleterre en guise de dédommagement.

Ce jour-là, elle s'était juré qu'il lui paierait cette trahison. Mais pas avec de l'argent – oh, non ! Pas avec de l'argent. Elle était désormais sans ressources, mais elle trouverait bien un moyen.

Une fois qu'elle aurait récupéré son fils.

Elle en était certaine, ses domestiques, aussi sournois que des rats quittant le navire, lui avaient dérobé certains de ses bijoux. Les autres, elle avait dû les vendre à vil prix pour survivre. Ce grippe-sou de prêteur sur gages l'avait roulée, mais il n'était qu'un homme, après tout. Pas un pour racheter l'autre... Une engeance de menteurs, de voleurs, de tricheurs ! Mais ils le lui paieraient, tous.

Elle ne parvenait pas à mettre la main sur le bracelet de rubis et diamants dont Reginald lui avait fait présent quand elle lui avait appris sa grossesse. Ce n'était qu'une babiole, trop discrète à son goût, mais à cet instant, elle la voulait par-dessus tout, et elle entreprit de retourner le capharnaüm de sa chambre et de son boudoir pour la trouver. Cette disparition la mit dans un tel état qu'elle sanglota de joie lorsqu'elle retrouva par hasard une broche de saphirs.

En séchant ses larmes, elle s'échina à venir à bout du mécanisme récalcitrant de l'épingle. Le bracelet tant désiré une minute auparavant lui était sorti de l'esprit. Elle avait même oublié s'être lancée à sa recherche. En faisant jouer dans la lumière l'assemblage de pierres bleues en forme de paon, elle décida d'y voir un oiseau de bon augure pour sa – ou plus exactement *leur* – nouvelle vie.

Après avoir récupéré James, elle l'emmènerait très loin, à la campagne peut-être. Le grand air leur ferait du bien à tous les deux. Il lui permettrait, à elle, de se remettre de cette épreuve, de retrouver ses esprits, et de tout reprendre à zéro avec son bébé. En fait, songea-t-elle en examinant attentivement son reflet dans la glace, tout était si facile, si simple, quand on le voulait vraiment.

La robe grise, droite, sans décolleté ni fanfreluche, lui donnait un air sérieux et responsable – exactement l'apparence qui seyait à une mère. Elle aurait bien eu besoin de quelques retouches, mais qu'y pouvait-elle si elle avait beaucoup maigri et si elle n'avait plus ni femme de chambre ni modiste pour s'activer autour d'elle ? Elle retrouverait sa silhouette d'antan dès qu'elle aurait déniché pour James et pour elle un petit cottage champêtre.

Elle avait assemblé ses cheveux blonds en un chignon sage. Après avoir longuement hésité, elle avait renoncé au rouge à lèvres. Une apparence discrète, avait-elle conclu, était préférable pour rassurer un enfant. Elle était tout à fait prête, à présent, à aller réclamer ce qui était à elle. Prête à aller rechercher son fils à Harper House.

Le voyage jusqu'au grand domaine, situé à l'extérieur de la ville, fut long, réfrigérant et ruineux. Elle n'avait plus de voiture depuis longtemps, et elle savait que les hommes de Reginald ne tarderaient pas à revenir pour la chasser de sa maison, comme ils l'en avaient menacée lors de leur dernière visite. L'enjeu valait cependant le prix de la course. Elle se voyait ramener son bébé à Memphis, monter avec lui l'escalier en le berçant dans ses bras et le déposer dans le berceau de la nursery qui ne l'avait jamais accueilli.

Elle chantonnait en regardant défiler derrière la vitre le rideau d'arbres du bord de route.

— Lavande bleue, *dilly dilly*...

Elle avait pris avec elle la couverture commandée spécialement à Paris, ainsi que l'adorable petit bonnet et les chaussons de laine assortis. Dans son esprit troublé, James venait de naître, et les six mois qui s'étaient écoulés depuis son accouchement n'avaient jamais existé.

Enfin, la voiture franchit le portail et remonta l'allée principale. Harper House, dans toute sa gloire, se dressa devant elle. La pierre jaune de ses murs, les lignes blanches de ses fenêtres, les pelouses et les plantations du parc donnaient à la demeure de deux étages un air majestueux. Elle avait entendu dire que des paons s'étaient autrefois promenés en liberté dans les jardins, déployant dans les allées l'éventail de leurs queues multicolores.

Reginald, qui ne s'était jamais accoutumé à leurs cris perçants, s'était empressé de les faire abattre dès qu'il était devenu le maître des lieux. En tout, il se conduisait comme un roi, mais c'était elle qui avait mis au monde le prince héritier. Un jour, un beau jour, celui-ci finirait par renverser son père. Alors, ce serait à elle de régner sur Harper House avec son délicieux, son merveilleux petit James.

Les fenêtres de la grande maison, étincelantes de soleil, semblaient la regarder approcher avec méfiance, mais elle imaginait sans difficulté la vie idyllique qu'elle mènerait entre ces murs avec son fils. Elle le gâterait plus que de raison, l'entraînerait dans de longues promenades dans les jardins, se réjouirait d'entendre son rire cascader dans les couloirs de l'auguste bâtisse. Un jour, tout cela arriverait, elle le savait. La maison était à lui, donc elle ne pouvait qu'être à elle aussi. Ils y vivraient heureux, rien que tous les deux.

Lorsque les chevaux s'arrêtèrent, elle descendit du véhicule, frêle et pâle silhouette perdue dans une robe trop grande pour elle. D'un pas chancelant, elle marcha jusqu'à l'entrée principale. Son cœur battait à coups redoublés. Derrière ces murs, son petit James l'attendait.

Elle frappa longuement à la porte. L'homme qui vint lui répondre, en livrée de majordome noire et sévère, la regarda avec insistance, mais son visage demeura impassible.

— Madame... Que puis-je pour vous ?

— Je suis venue chercher James.

Ce fut à peine si le domestique haussa les sourcils à cette réponse.

— Je suis désolé, mais aucun James ne réside ici. S'il s'agit d'un domestique, l'entrée du personnel est à l'arrière du bâtiment.

Elle faillit s'en étrangler de fureur. Un domestique ! Comment osait-il ?

— James n'est pas un domestique ! protesta-t-elle. C'est mon fils et c'est aussi votre maître. Je suis venue jusqu'ici pour le reprendre. Allez immédiatement le chercher !

Elle se hissa sur la pointe des pieds pour tenter de voir par-dessus son épaule et s'écria :

— James ! Ta maman est là...

Désarçonné par sa conduite, l'homme manifesta pour la première fois son agacement.

— Vous devez vous tromper d'adresse. Si vous...

— Vous ne réussirez pas à le cacher plus longtemps !

Jouant des coudes, elle le bouscula pour pénétrer dans le hall. Et lorsque le majordome la retint par le bras, elle se hérissa en crachant et griffant comme un chat en colère.

Attirée par le bruit, une grande femme, habillée de noir elle aussi, les rejoignit en hâte.

— Danby ! lança-t-elle. Que se passe-t-il ici ?

— C'est cette... dame, répondit-il sans lâcher prise. Elle semble avoir perdu son sang-froid.

— C'est le moins qu'on puisse dire.

La nouvelle venue se tourna alors vers elle.

— Madame… Je suis Havers, la gouvernante. S'il vous plaît, calmez-vous et exposez-moi votre problème.

D'une main tremblante, elle remit un semblant d'ordre dans sa chevelure et expliqua :

— Je suis la mère de James et je suis venue le chercher. Amenez-le-moi immédiatement. C'est l'heure de sa sieste.

Havers avait un visage aimable, et un sourire qui l'était tout autant.

— Je vois, dit-elle gentiment. Mais avant cela, peut-être voudrez-vous vous asseoir un moment à la cuisine, devant un bon feu… Il fait bien froid aujourd'hui, n'est-ce pas ?

D'un regard, elle ordonna à Danby de lui lâcher le bras. Amelia les dévisagea l'un et l'autre d'un œil méfiant.

— C'est un piège ! décréta-t-elle en se précipitant vers le grand escalier. Rien qu'un autre de vos pièges !

Criant le nom de son enfant, elle gravit quatre à quatre la première volée de marches, mais ses jambes trop faibles cédèrent sous elle avant qu'elle soit venue à bout de la deuxième. Sur le palier, une porte s'ouvrit, livrant passage à la véritable maîtresse de Harper House : Beatrice, la femme de Reginald. Amelia l'avait déjà aperçue au théâtre et croisée dans certaines boutiques.

Dans sa robe de soie d'un rose profond, au col boutonné haut sur le cou et à la taille cintrée serrée dans un corset, elle était d'une beauté sévère mais indéniable. En dessous de ses yeux semblables à deux éclats de glace, l'arête de son nez paraissait aussi droite et tranchante que le fil d'une lame. Seule sa bouche charnue aurait été en mesure d'apporter à son visage un peu de douceur, si elle n'avait été pour l'heure pincée en une moue de dégoût.

— Qui est cette créature ? lâcha-t-elle sèchement.

Havers, plus rapide que le majordome, fut la première à atteindre l'étage.

— Je suis désolée, madame, mais elle ne nous a pas dit son nom.

La gouvernante s'accroupit près d'Amelia et entoura ses épaules d'un bras protecteur.

— Cette dame semble être dans une grande détresse, poursuivit-elle. Et elle paraît glacée jusqu'aux os.

Amelia tendit un bras implorant vers la jupe de la maîtresse de maison, qui recula d'un pas.

— James... gémit-elle. Je suis venue reprendre James, mon fils.

Une expression de stupeur passa sur le visage de Beatrice, qui se reprit bien vite.

— Faites-la entrer, ordonna-t-elle en regagnant le salon. Et laissez-nous.

Avec prévenance, Havers aida Amelia à se remettre sur pied et à pénétrer dans la pièce, tout en la réconfortant.

— Voilà... Tranquillisez-vous, à présent. Personne ne va vous faire de mal. Madame, dois-je faire servir le thé ?

— Certainement pas ! répliqua Beatrice. Allez-vous-en et fermez la porte derrière vous.

D'un pas très raide, elle marcha jusqu'à la cheminée de marbre, devant laquelle elle s'assit de manière à masquer le feu qui y flambait.

— Vous êtes, commença-t-elle dès que la porte se fut refermée, ou plutôt vous étiez, l'une des putains de mon mari.

Piquée au vif, Amelia se redressa dans son fauteuil.

— Je m'appelle Amelia Connor, répondit-elle. Je...

— Je ne vous ai pas demandé votre nom ! Il ne présente aucun intérêt pour moi. Pas plus que vous. J'aurais pourtant cru qu'une femme de votre espèce, qui préfère le nom de « maîtresse » à celui de « catin », aurait suffisamment de style et de bon sens pour ne pas venir frapper à la porte de celui qu'elle appelle son « protecteur ».

— Reginald... Est-il ici ?

Amelia parcourut du regard la pièce au luxe discret.

— Il est absent, répondit Beatrice, et vous devriez vous en féliciter. Je sais qu'il a mis un terme à votre... accord et qu'il vous a pour cela généreusement dédommagée.

Un écho résonna dans l'esprit embrumé d'Amelia. Celui de la voix de Reginald, cinglante comme un coup de fouet. *Tu crois que je laisserais une créature de ton espèce élever mon fils ?*

— James, reprit-elle d'une voix suppliante. Je suis juste venue reprendre mon fils. J'ai sa couverture dans la voiture qui nous attend dehors.

— Si vous espérez m'extorquer de l'argent pour prix de votre silence...

Amelia se leva et secoua la tête.

— James... répéta-t-elle en s'avançant d'un pas. Je suis venue pour James. Il a besoin de sa maman.

— Le bâtard que vous avez mis au monde, et que mon mari m'impose chez moi, se nomme Reginald.

— Non ! protesta Amelia en secouant la tête de plus belle. Je l'ai appelé James ! Ils m'ont dit qu'il était mort, mais je l'ai entendu pleurer.

Une vive inquiétude la saisit soudain.

— L'entendez-vous pleurer ? demanda-t-elle en laissant courir à travers la pièce ses yeux fous. Je dois le trouver pour lui chanter une berceuse, afin qu'il se rendorme...

Lentement, Beatrice se leva.

— Vous seriez plus à votre place dans un asile, dit-elle. Je pourrais presque vous plaindre. Après tout, vous êtes victime de cette situation autant que moi. À cette différence que je suis, quant à moi, innocente et dans mon bon droit. Je suis la femme de Reginald. J'ai porté ses enfants légitimes. J'ai enduré la souffrance d'en perdre certains. Ma conduite a toujours été irréprochable. J'ai supporté en silence les relations adultérines de mon mari et ne lui ai fourni aucun motif de mécontentement. Mais je ne lui ai pas donné de fils. À cela se résument mes torts.

Elle s'était progressivement animée en prononçant ces paroles, et ce fut tout à fait hors d'elle, la voix tremblante de colère et le rouge aux joues, qu'elle conclut :

— Vous croyez que ça m'enchante, de devoir élever votre moutard ? De savoir que le bâtard d'une catin m'appellera « mère » lorsqu'il pourra parler ? Qu'il héritera de tout ceci quand il sera en âge de le faire ? J'aurais préféré qu'il meure dans votre ventre !

Désemparée, Amelia contemplait ses deux mains vides tendues devant elle.

— Rendez-le-moi... gémit-elle de plus belle. Rendez-le-moi tout de suite ! Vous ne voulez pas de lui... Vous ne saurez pas l'aimer ! J'ai sa couverture, dans la voiture. Je l'emmène avec moi, et vous en serez débarrassée.

Déjà, Beatrice s'était reprise. Le visage fermé, elle lâcha d'une voix lugubre :

— Il est trop tard. Nous voilà prisonnières du même piège. Vous, au moins, vous méritez votre punition. Mais moi, je n'ai rien fait.

Folle de rage, Amelia se précipita sur elle. La gifle que la femme de Reginald lui assena la cueillit en plein élan, une gifle d'une violence telle qu'elle l'envoya sur le tapis.

— Vous allez quitter cette maison.

Beatrice s'exprimait clairement, calmement, comme elle l'aurait fait pour donner ses instructions à une domestique.

— Vous ne direz jamais rien de ceci à personne, sinon je veillerai personnellement à ce que vous soyez internée dans un asile d'aliénés. Je ne permettrai pas que ma réputation soit salie par vos divagations. Vous ne remettrez jamais les pieds ici, ni à Harper House, ni sur le domaine. Vous ne reverrez jamais votre fils. Ce sera votre châtiment, même si, selon moi, il est encore trop léger.

— James ! s'écria Amelia en se redressant péniblement. Je vivrai ici à jamais avec James !

— Vous êtes folle, commenta Beatrice d'une voix neutre. Retournez à votre trottoir. Je suis sûre que vous trouverez rapidement un autre homme trop heureux de vous planter son bâtard dans le ventre.

D'un pas décidé, elle marcha vers la porte, qu'elle ouvrit à la volée.

— Havers ! cria-t-elle, ignorant les pleurs désespérés qui s'élevaient derrière elle. Dites à Danby de faire jeter cette chose hors de ma maison !

Mais Amelia revint.

Ils la jetèrent une nouvelle fois dehors, en ordonnant au chauffeur de la ramener chez elle, mais elle revint encore, à pied, au cœur de la nuit glaciale. Sa raison était en lambeaux. Ses cheveux détrempés collaient à son visage. Sa robe n'était plus qu'une loque couverte de boue.

Elle aurait voulu tous les tuer, les mettre en pièces, saisir son fils dans son berceau, entre ses mains sanglantes, et l'emmener loin, dans un endroit où son père ne le retrouverait jamais. Mais ils ne la laisseraient pas faire, elle le savait. Elle ne serrerait jamais son bébé dans ses bras, ne verrait jamais son doux visage.

À moins que…

Elle attendit que toutes les fenêtres de Harper House se fussent éteintes pour se glisser dans les jardins. La pluie avait cessé. Le ciel était dégagé. Sur la terre nue rampaient des rubans de brume. Ils s'enroulaient tels des serpents autour de ses pieds nus, mais elle n'en avait cure. Plus rien ne pouvait l'atteindre.

Elle fredonnait, fredonnait, fredonnait encore.

Ils allaient tous payer – et cher – ce qu'ils lui avaient fait. Elle était allée rendre une petite visite à une sorcière vaudoue, et elle savait que faire pour mettre en sécurité ce qui lui appartenait. Pour toujours.

Elle traversa le parc gelé par l'hiver jusqu'à la remise à voitures, où elle savait qu'elle trouverait ce qu'elle cherchait. Elle le trouva sans peine et l'emporta jusqu'à la maison aux murs jaunes, blanchis par le clair de lune, où tout dormait.

Amelia fredonnait, encore et toujours.

— Lavande bleue, *dilly dilly*, lavande verte…

1

Juillet 2005, Harper House

Morte de sommeil, Hayley bâilla à s'en décrocher la mâchoire. La tête de Lily se faisait lourde sur son épaule, mais chaque fois qu'elle cessait de se balancer, sa fille s'agitait et pleurait, agrippant entre ses petits doigts le tee-shirt en coton dans lequel Hayley dormait – plus exactement, corrigea-t-elle mentalement, dans lequel elle essayait de dormir.

Il devait être aux alentours de 4 heures du matin, et elle s'était déjà levée deux fois pour calmer les pleurs de sa fille. Elle avait bien essayé de la prendre dans son lit avec elle, mais Lily avait jeté son dévolu sur le fauteuil à bascule. Hayley s'était donc résignée à se balancer sans fin, en chantonnant et en lui caressant le dos, en bâillant à s'en décrocher la mâchoire et en se demandant si elle aurait de nouveau, un jour, l'occasion de dormir une nuit entière.

Comment les gens faisaient-ils – les mères célibataires, surtout – pour survivre aux sacrifices et aux renoncements qu'imposait l'arrivée d'un enfant ? Et comment aurait-elle fait, elle-même, si elle avait dû se débrouiller seule avec Lily ? Quel genre de vie auraient-elles menée, toutes les deux, s'il lui avait fallu assumer entièrement la lourde charge du quotidien ?

Cette seule idée lui faisait peur. Pourtant, c'était bien ce qui avait failli lui arriver.

Il lui avait fallu une sacrée dose d'optimisme – ou de stupidité – pour, à six mois de grossesse, quitter son travail, vendre tous ses biens et se lancer sur les routes dans une voiture qui avait tout d'une épave. Si elle avait su, à l'époque, ce que c'était que d'élever un enfant, sans doute ne s'y serait-elle pas risquée. Aussi était-il préférable qu'elle ne l'ait pas su, sinon elle ne serait jamais arrivée jusqu'à cette maison, où une aide si précieuse et tant d'amis merveilleux l'attendaient.

Les yeux fermés, Hayley laissa sa joue reposer sur les fins cheveux noirs de sa fille en songeant à la chance qui était la sienne. Elle n'avait pas seulement un toit sur la tête – et quel toit, puisque c'était celui, prestigieux, de Harper House –, mais elle avait aussi des amis qui n'auraient pu être plus fidèles ou attentionnés s'ils avaient fait partie de sa propre famille.

Roz, lointaine cousine – et encore, uniquement par alliance –, lui avait offert un travail, un foyer, et la chance de sa vie. Il y avait également Stella, la meilleure amie du monde, avec qui elle pouvait papoter et se chamailler. Roz et Stella s'étaient retrouvées dans la même situation qu'elle. Pire, même, puisque la première avait élevé seule ses trois enfants et que la seconde s'était retrouvée veuve avec deux jeunes garçons.

David, cet être unique et merveilleux, faisait tourner la maison et cuisinait. S'il n'avait pas été là, elle aurait dû préparer elle-même ses repas et ceux de Lily après sa journée de travail – sans parler du ménage, des courses et de tout le reste. Aurait-elle eu les épaules assez larges pour tout assumer ? Dieu merci, grâce à David, la question restait toute théorique…

Logan, le séduisant nouvel époux de Stella, ne rechignait jamais à mettre le nez dans le moteur lorsque la voiture de Hayley décidait de faire des siennes. Quant à Gavin et Luke, les deux petits garçons de Stella, ils adoraient jouer avec Lily, et Hayley avait en les observant une idée assez précise de ce qui l'attendait dans les années à venir.

Mitch, si gentil et avisé, aimait par-dessus tout promener Lily sur ses épaules, pour le plus grand bonheur de la fillette. Une fois que Roz et lui seraient revenus de leur voyage de noces, il s'installerait officiellement à Harper House.

Hayley s'était réjouie de les voir tomber amoureux l'un de l'autre. Mais en raison de leur mariage, il lui faudrait bientôt songer sérieusement à déménager – de jeunes mariés avaient droit à leur intimité. Elle aurait aimé trouver à se loger dans un endroit pas trop éloigné, comme Harper, le fils de Roz, qui occupait l'ancienne remise à voitures.

Harper Ashby, fils aîné de Rosalind Harper Ashby, était un véritable régal pour les yeux d'une femme. Hayley ne se permettait pas, bien sûr, de voir en lui autre chose qu'un ami, un collègue, et le grand amour de sa fille – amour partagé, de toute évidence.

Étouffant un nouveau bâillement, elle relança du pied le fauteuil à bascule et se laissa aller à rêvasser au rythme de son balancement, dans la tranquillité du petit matin.

Harper se montrait tout simplement épatant avec Lily – patient, drôle, facile à vivre, aimant. Secrètement, Hayley avait fini par voir en lui un père de substitution pour sa fille… mais sans les câlins qui allaient généralement de pair avec ce statut pour la mère de l'enfant. Elle n'aurait d'ailleurs rien eu contre lesdits câlins…

Après tout, quelle Américaine au sang rouge et chaud – d'autant plus chaud que depuis trop longtemps privé d'amour – n'aurait pas fantasmé sur un grand et beau brun ténébreux ? Surtout quand le beau brun en question avait un sourire à tomber par terre, des yeux noisette ensorceleurs, et une paire de fesses qui vous donnaient une irrésistible envie de les peloter. Elle ne s'y était naturellement jamais risquée, mais le manque de pratique n'enlevait rien au charme de la théorie.

Pour ne rien arranger, Harper n'était pas de ces hommes à qui la nature a accordé la beauté en les privant de matière grise. Il savait tout ce qu'il fallait savoir sur les plantes et les fleurs et partageait volontiers avec elle ses connaissances. Mais ce qu'elle aimait par-dessus tout, c'était le regarder travailler. Elle trouvait fascinant de le voir tenir entre ses doigts agiles un couteau à greffer ou lier un greffon sur un arbre avec un lien de raphia. Et cela ne coûtait rien de rêver, en le regardant opérer, que ces mêmes doigts s'activaient à une tout autre tâche…

Sur l'épaule de Hayley, Lily semblait plongée dans un profond sommeil. Retenant son souffle, elle posa un pied par terre pour stopper le balancement du fauteuil. Dieu merci, aucun cri ne se fit entendre. Et un miracle n'arrivant jamais seul, elle parvint à se lever sans réveiller sa fille.

Avec le soulagement d'une femme tout juste libérée de prison après une longue peine, elle marcha à pas prudents jusqu'au lit à barreaux. Enfin, les bras douloureux, elle entreprit, avec une prudence de Sioux, de recoucher Lily. Elle n'avait pas achevé de remonter le drap que le bébé se mit à s'agiter en poussant des gémissements.

— Oh, ma Lily… chuchota-t-elle en lui caressant le dos à travers les barreaux du lit. Sois gentille avec ta maman. Rendors-toi, mon ange.

Le contact de sa main parut apaiser la fillette. Sans la lâcher, Hayley se laissa glisser vers le sol et n'eut même pas conscience de sombrer dans le sommeil.

Le chantonnement d'une femme réveilla Hayley. Sa main n'avait pas bougé du dos de sa fille, et elle avait le bras engourdi de l'épaule au bout des doigts.

En veillant à ne pas réveiller Lily, elle ouvrit les paupières et retira lentement son bras d'entre les barreaux. La chambre était froide, trop froide pour une nuit d'été. Sous ses jambes, le sol semblait être un bloc de glace. Un frisson remonta le long de son dos lorsqu'elle entendit le fauteuil à bascule grincer sur le parquet, mais elle fut à peine surprise, en tournant la tête, d'y découvrir l'Épouse Harper. Quand leurs regards se croisèrent, le fantôme ne cessa ni de chantonner ni de se balancer.

Avec un temps de retard, le choc de cette visite nocturne paralysa Hayley. Que dire à une apparition que l'on n'a pas vue depuis des semaines ? « Bonjour, comment vas-tu ? Ça fait une paie qu'on ne t'a pas vue dans le coin… » Et qu'attendre d'un spectre apparaissant au petit matin dans la chambre d'un enfant ? Surtout lorsqu'il a la réputation bien établie d'être complètement timbré…

Le front couvert d'une pellicule de sueur froide, Hayley se redressa et s'interposa entre le lit de Lily et le fauteuil à bascule – mieux valait pécher par excès de prudence que par insouciance. S'exhortant au calme, elle tenta de noter mentalement le plus de détails possible, sachant que Mitch lui réclamerait un rapport circonstancié.

Pour un fantôme psychotique, la dame en gris semblait plutôt calme. Calme et triste. Exactement comme quand elle lui était apparue la première fois. Mais pour avoir eu l'occasion de la voir, dans d'autres circonstances, écumer de rage, les yeux étincelants de folie, Hayley savait qu'avec elle, il ne fallait jurer de rien.

— Mmm... lança-t-elle d'une voix indécise. C'est gentil de nous rendre une petite visite. On a dû faire quelques piqûres à ma fille, hier. Des vaccins. Elle est toujours agitée, la nuit suivante. Mais je crois qu'elle s'est calmée, à présent. Il lui reste juste le temps de récupérer avant son réveil, histoire qu'elle ne soit pas trop grognon chez la nounou jusqu'à l'heure de sa sieste. Cela... cela devrait aller. Elle dort, à présent. Tu peux partir.

L'apparition se dissipa quelques secondes plus tard. L'écho de son chant subsista encore un instant, avant de s'éteindre tout à fait.

David avait préparé des crêpes à la confiture de myrtille pour le petit déjeuner. Hayley lui avait suggéré de ne pas se soucier d'elle et de laisser tomber ses fourneaux tant que Roz et Mitch étaient en voyage de noces, mais il n'en avait tenu aucun compte. Il était vrai qu'elle n'avait pas trop insisté. David était un cuisinier hors pair. Comme d'habitude, ses crêpes étaient succulentes.

— Tu me parais bien pâlotte, ce matin, remarqua-t-il en lui pinçant gentiment la joue.

Pour faire rire Lily, installée dans sa chaise haute, il se pencha sur elle et répéta le geste sur sa joue de bébé.

— Je n'ai pas beaucoup dormi cette nuit, répondit Hayley. L'Épouse Harper est venue nous rendre une petite visite.

Le visage de David s'assombrit aussitôt.

— Que s'est-il passé ? s'inquiéta-t-il en s'asseyant face à elle, de l'autre côté de la table. Ça a chauffé ?

— Elle s'est juste installée dans le fauteuil à bascule, en chantonnant, comme d'habitude. Quand je lui ai dit que Lily allait bien et qu'elle pouvait partir, c'est ce qu'elle a fait. Tu vois, rien de bien méchant...

— Elle est peut-être dans une phase d'apaisement. Espérons-le. Elle t'a fait peur ? C'est elle qui t'a empêchée de dormir ?

Rien n'échappait jamais à David. Il la dévisageait avec attention, et sans doute avait-il remarqué, sous son maquillage soigneusement appliqué, ses cernes bleus et la pâleur de ses joues.

— En partie, oui, reconnut-elle. Après ces quelques mois où on ne pouvait pas entrer dans la maison sans avoir la chair de poule, ce calme paraît presque plus inquiétant.

Sur la table, les longs doigts de David enserrèrent amicalement les siens.

— Ne t'inquiète pas. Je suis là, moi. Quant à Roz et Mitch, ils rentrent aujourd'hui. Dès ce soir, la maison ne te paraîtra plus si vaste ni si vide.

Hayley laissa échapper un soupir de soulagement.

— Je ne voulais pas dire que ta compagnie ne me suffisait pas, répondit-elle d'un ton d'excuse. Heureusement que tu es là !

— Toi aussi, ma douce, renchérit-il avec un sourire affectueux. Mais il est vrai que nous nous étions habitués à une maison plus remplie et plus vivante.

Il considéra d'un œil nostalgique les sièges vides autour de la table et ajouta :

— Tu ne peux pas savoir comme Gavin et Luke me manquent !

— Tu exagères ! protesta-t-elle. Ils reviennent souvent nous voir. Mais il est vrai qu'avec eux, le rythme était plus trépidant…

Comme pour prouver qu'elle était elle aussi capable d'animer la maison, Lily laissa tomber sur le sol son gobelet à bec. Souplement, Hayley se leva pour le ramasser. Elle était grande, et mince au point de paraître maigre. Après l'accouchement, il ne lui avait fallu que quelques jours pour retrouver sa silhouette longiligne. Et, à son grand désappointement, pour que ses seins reprennent leur taille habituelle…

— Pour être tout à fait honnête avec toi, reprit-elle après avoir essuyé les dégâts, j'ai l'impression de végéter un peu, de m'encroûter. J'adore mon boulot, et j'ai bien conscience d'être une privilégiée de pouvoir vivre ici – j'y pensais justement cette nuit –, mais… Bah ! Laisse tomber. Je ne devrais pas t'ennuyer avec mes états d'âme.

— Toi, répondit David, qui la scrutait avec amusement, ce dont tu as besoin, c'est d'une bonne shopping-thérapie.

Hayley, tout en essuyant le visage couvert de confiture de Lily, hocha la tête en souriant.

— Il est vrai que cela soigne à peu près tout, reconnut-elle, mais je crois qu'une nouvelle paire de chaussures ne suffira pas à me guérir de ma mélancolie.

Avec conviction et talent, David mima la stupéfaction.

— C'est donc grave à ce point ?

— Il me semble… Et si j'essayais une nouvelle coupe de cheveux ? Tu crois que je devrais les raccourcir ?

La tête penchée sur le côté, David réfléchit un instant à la question avant de livrer son verdict.

— Tu as des cheveux magnifiques. Combien de femmes se damneraient pour cette couleur acajou ?

Mais il est vrai que j'adorais la coupe que tu avais quand tu es arrivée ici.

— Vraiment ?

— Des cheveux plus courts, des mèches de différentes longueurs, emmêlées, souples, modernes… sexy.

Machinalement, Hayley porta la main à ses cheveux. Sans même y réfléchir, elle les avait laissés pousser jusqu'aux épaules. C'était tellement plus pratique de les rassembler en queue-de-cheval pour s'occuper de Lily… Sans doute ne fallait-il pas chercher plus loin l'origine du vague malaise qui la tourmentait depuis quelques jours : par commodité, elle avait fini par se contenter de peu et ne prenait plus le temps de soigner son apparence.

— Je crois que tu as raison, dit-elle en sortant Lily de sa chaise. Je vais prendre rendez-vous chez le coiffeur dès que possible.

— Essaie aussi les chaussures, conseilla David avec un clin d'œil. Ça marche à tous les coups.

La plupart du temps, en se rendant à Côté Jardin, Hayley n'avait pas l'impression d'aller travailler. Que demander de plus à un job ? Le bâtiment blanc, dans son cadre de verdure fleuri en fonction des saisons, évoquait plus la maison bien entretenue d'un particulier qu'un commerce. Au plus fort de l'activité, quand les clients déambulaient à l'extérieur comme à l'intérieur en poussant leurs chariots remplis de pots, de graines, de plants, on se serait cru dans un parc plus que dans une jardinerie.

Durant l'été, les affaires ralentissaient à Côté Jardin. La période d'activité la plus intense durait de la fin de l'hiver à celle du printemps. En outre, la vague de chaleur humide qui faisait peser une chape de plomb sur le Tennessee n'incitait pas à s'attarder dehors. Seuls les plus passionnés des jardiniers déambulaient dans les allées et sous les serres, en quête des splendeurs qui iraient peupler leurs plates-bandes à la saison suivante.

Profitant de cette accalmie, Hayley prit rendez-vous dans un salon de coiffure et négocia avec Stella une heure d'absence supplémentaire. À son retour au travail, après cette longue pause-déjeuner, elle arborait non seulement une nouvelle coupe, mais également une mine réjouie et un moral gonflé à bloc. Ce n'était pas une, mais deux paires de chaussures qu'elle s'était offertes. Décidément, David avait des idées de génie…

En la voyant revenir, Ruby, l'employée aux cheveux blancs qui tenait la caisse, s'exclama gaiement :

— Waouh ! Ce que tu es belle !

— Merci, répondit Hayley, rouge de plaisir. Voilà plus d'un an que je n'avais rien fait pour mes cheveux. J'avais presque oublié comme c'était agréable de s'asseoir chez le coiffeur et de se laisser pomponner en feuilletant tranquillement un magazine.

— Je sais ce que c'est, dit Ruby d'un ton compatissant. Avec un bébé, surtout si c'est le premier, on a tendance à se laisser aller. Comment va ma petite chérie ?

— Elle a passé une nuit agitée, à cause de ses vaccins, mais elle était en pleine forme ce matin. Pas comme sa mère ! Mais à présent, me voilà requinquée et prête à bosser comme quatre.

En guise de preuve, elle remonta la manche de son tee-shirt et plia le bras pour faire saillir son biceps.

— C'est une bonne chose, commenta Ruby en souriant, car Stella m'a laissé des instructions pour toi. Elle veut que tout soit arrosé – je dis bien *tout* – avant ce soir. On attend également une nouvelle livraison de plantes, qui devront être étiquetées et mises en rayon.

— C'est comme si c'était fait !

Après s'être changée, Hayley se glissa dehors, dans la chaleur moite et étouffante, et commença par arroser les plantes annuelles et vivaces qui n'avaient pas encore trouvé preneurs. Elles lui faisaient un peu pitié, ces plantes délaissées, semblables à ces enfants trop timides, à l'école, que l'on ne prend jamais dans l'équipe de foot. Cela lui donnait envie de les planter en pleine terre, quelque part où elles pourraient s'enraciner et fleurir pour exprimer tout leur potentiel.

Un jour, se promit-elle, elle aurait un jardin bien à elle, où elle recueillerait ces orphelines et exercerait le savoir qu'elle emmagasinait ici. Elle en ferait un endroit magnifique, très spécial. On y trouverait des lys, naturellement. Des rouges, semblables à ceux que Harper lui avait offerts quand il était venu lui rendre visite à la maternité. Une pleine plate-bande de lys pourpres, éclatants, qui refleuriraient chaque année pour lui rappeler la chance qu'elle avait.

D'un revers de main, Hayley essuya la sueur sur son front et remit en place son chapeau de paille constellé de gouttelettes. Puis elle poursuivit sa rêverie éveillée, tout en répandant une fine bruine sur une longue tablée de plantes en pots. Un groupe d'abeilles qui festoyaient autour d'un sedum, dérangées dans leurs agapes, s'en allèrent butiner ailleurs.

Dans ce jardin qu'elle aurait plus tard, il y aurait aussi de vastes étendues de pelouse, se dit-elle, afin que Lily puisse jouer et courir tout son soûl, en compagnie d'un chien, un bon gros chien poilu, affectueux et fidèle. Et pourquoi ne pas ajouter un homme dans le tableau ? Quelqu'un qui les aimerait, elle et Lily, d'un amour puissant et inconditionnel.

Quelqu'un de drôle, de fort, d'intelligent, qui parviendrait d'un simple regard à lui faire battre le cœur plus vite.

Car, naturellement, cet homme ne pourrait qu'être beau. À quoi bon une vie de rêve sans un chevalier servant idéal et sans défaut ? Il serait grand, aurait de larges épaules et de longues jambes, des yeux aux profondeurs noisette, des cheveux épais dans lesquels enfouir ses doigts, de hautes pommettes, une bouche charnue et sexy...

— Attention, Hayley ! Tu vas noyer ce coreopsis !

Elle sursauta et écarta vivement le tuyau d'arrosage, puis, au petit cri de surprise que poussa Harper, le dirigea vers le sol. Mais pas avant de l'avoir copieusement arrosé.

Partagée entre l'amusement et l'embarras, Hayley songea qu'elle n'avait pas trop mal visé. Avec une sorte de résignation morose, le fils de Roz contemplait sa chemise et son jean trempés.

— Dis-moi, grogna-t-il, tu as ton permis, pour ce genre d'engin ?

— Je suis vraiment désolée, mentit-elle. Mais c'est de ta faute... Il ne fallait pas surgir comme ça derrière moi.

— Je n'ai pas surgi ! protesta-t-il. Je marchais, c'est tout.

Un accent prononcé de Memphis... Harper, quand il se mettait en colère, renouait avec ses racines. Ce n'était pas elle, qui, sous le coup de l'émotion, s'exprimait d'une voix nasillarde typique du Sud, le lui aurait reproché.

— Eh bien, la prochaine fois, fais plus de bruit en marchant. Toutes mes excuses quand même... Je crois que j'avais la tête ailleurs.

— Par cette chaleur, on est vite distrait. D'où l'utilité d'une bonne sieste.

Après avoir tiré sur sa chemise pour la décoller de son torse, il lui jeta un regard plus attentif et s'exclama :

— Hé ! Qu'as-tu fait à tes cheveux ?

— Tu aimes ? Je suis allée chez le coiffeur ce midi.

— Ça te va bien.

Brandissant son tuyau d'arrosage, elle fit mine de le viser.

— Arrête ou je recommence ! menaça-t-elle. Ce genre de flatterie me monte directement à la tête.

Elle eut le plaisir de le voir sourire. Son sourire – lent, expressif, qui creusait des fossettes au coin de ses lèvres et se reflétait jusque dans son regard – était une des choses qu'elle préférait chez lui.

— Si on me cherche, reprit-il, je suis à Harper House. Ma mère et Mitch sont de retour.

— Ils sont déjà revenus ! s'exclama Hayley. Comment vont-ils ? Ont-ils fait bon voyage ? Bien sûr, tu n'en sais rien encore… Dis-leur que j'ai hâte de les revoir, que tout va bien et qu'il est inutile que Roz débarque ici toutes affaires cessantes sans avoir défait ses bagages pour voir si…

— Attends une minute, coupa-t-il avec un sourire en coin, un pouce glissé dans la poche de son jean. Tu veux que j'aille chercher de quoi noter, histoire de n'oublier aucune de ces précieuses recommandations ?

— Très drôle ! maugréa-t-elle en l'envoyant promener d'un geste de la main. Sauve-toi, je lui dirai tout ça moi-même.

— À plus, danger public !

Sur ce, il tourna les talons et s'éloigna, trempé mais tout aussi séduisant que l'homme de ses rêves.

Hayley se força à détourner le regard. En se remettant à l'ouvrage, elle songea qu'il lui fallait réellement, et une fois pour toutes, faire une croix sur Harper Ashby. Il n'était pas pour elle, et elle le savait. Elle n'était même pas sûre d'avoir envie qu'il y ait sur terre quelqu'un pour elle.

Lily constituait la principale de ses priorités. Ensuite venait son travail. Elle voulait assurer le bonheur et la sécurité de son bébé, et elle tenait à apprendre toujours plus de choses à la jardinerie. Plus elle en saurait sur l'horticulture, moins ce serait un simple job pour elle. Peut-être même pourrait-elle faire une véritable carrière dans ce domaine.

En quatrième place, après Lily, son travail et la famille d'adoption qui l'avait accueillie ici, venait la tâche ardue et fascinante d'identifier Amelia, *alias* l'Épouse Harper, pour faire en sorte que son âme repose en paix.

Sans Mitch, le généalogiste, cette mission se serait révélée ardue. C'était une chance que lui et Roz soient tombés amoureux, après que celle-ci l'avait engagé pour mener des recherches destinées à découvrir à quelle branche de l'arbre généalogique avait appartenu le mystérieux fantôme. On ne pouvait pas dire qu'Amelia les avait récompensés de leur labeur. Elle leur avait mené une vie d'enfer jusqu'à leur mariage.

Ce qui rendait Hayley méfiante. Même si elle paraissait s'assagir, l'Épouse Harper pouvait fort bien se remettre en colère à présent que les jeunes mariés étaient de retour et que Mitch allait prendre ses quartiers à Harper House.

Et si le fantôme devait refaire des siennes, elle avait bien l'intention d'y être préparée.

2

Lily à califourchon sur sa hanche, Hayley poussa la porte de Harper House avec le même sentiment de bien-être qu'elle ressentait chaque fois qu'elle pénétrait dans la vieille demeure. Après avoir posé sa fille par terre, elle laissa tomber le sac à langer au pied du grand escalier. Elle avait l'intention d'aller prendre dans ses appartements une longue douche froide et de siffler cul sec une bière glacée. Mais avant toute chose, il lui fallait voir Roz.

Comme par un fait exprès, celle-ci apparut sur le seuil du salon à l'instant où Hayley pensait à elle. Dès qu'elles se furent aperçues, Lily et la maîtresse de maison échangèrent des exclamations ravies. La petite fille vira à angle droit pour la rejoindre, et Roz, venant à sa rencontre, la souleva dans ses bras.

— Et voilà mon petit bouchon d'amour ! murmura-t-elle en serrant fort l'enfant contre elle.

Après avoir déposé un gros baiser sur la joue de Lily, elle adressa un sourire à Hayley. Puis, reportant son attention sur le babil ininterrompu et incompréhensible de la fillette, elle l'écouta avec le plus grand intérêt et s'exclama :

— Je n'arrive pas à croire que tout ça soit arrivé en une seule semaine ! Heureusement que tu es là pour me tenir au courant des potins de la maison ! Je ne sais pas ce que je ferais sans toi... et sans ta maman, ajouta-t-elle avec un autre sourire à l'intention de Hayley. Comment va-t-elle ?

— Très bien, répondit Hayley. Et mieux encore depuis que vous êtes revenue !

Sur une impulsion, elle rejoignit Roz et Lily et les serra toutes deux dans ses bras.

— Bienvenue à la maison, murmura-t-elle à l'oreille de Roz. Vous nous avez manqué.

— Tant mieux ! J'adore manquer à ceux que j'aime...

Une expression de surprise se peignit sur son visage, et elle ajouta en passant ses doigts dans les cheveux de Hayley :

— Mais regardez-moi ça !

— Ça date d'aujourd'hui, expliqua Hayley en se rengorgeant. Je me suis réveillée ce matin avec le bourdon, et j'ai décidé que seule une nouvelle coupe pourrait arranger ça. Laissez-moi vous admirer, vous aussi. Vous êtes magnifique !

— C'est toi qui le dis, protesta Roz, qui, depuis quelque temps, s'accordait le droit de tutoyer Hayley – après tout, celle-ci avait l'âge d'être sa fille.

Roz avait beau jouer les modestes, Hayley ne disait que la stricte vérité : elle était superbe. Un voyage de noces d'une semaine dans les Caraïbes avait ajouté une touche de blondeur à son teint de vraie brune, et sa peau avait pris une belle teinte or qui donnait à ses yeux couleur ambre une nouvelle profondeur. Ses cheveux courts encadraient un visage dont Hayley ne pouvait qu'envier la beauté classique et intemporelle.

— Entrons au salon, reprit Roz en déposant un dernier baiser dans le cou de Lily. Et voyons un peu quelle surprise nous y attend pour toi !

La première chose que Hayley vit en entrant fut une énorme poupée de chiffon dotée d'une cascade de cheveux roux en laine et d'un grand sourire engageant.

— Oh, qu'elle est rigolote ! s'écria-t-elle en gagnant le fauteuil dans lequel le jouet était installé en position assise. Elle est presque aussi grande que Lily.

— C'est ce qui nous a plu, expliqua Roz en déposant l'enfant sur le sol. Mitch l'a vue avant moi, et rien n'aurait pu le dissuader de rapporter cette poupée pour sa petite chérie.

Lily commença par tirer sur les yeux de la poupée, puis sur ses cheveux, avant de s'installer avec elle sur le tapis pour faire plus ample connaissance.

— C'est le genre de poupée à qui elle donnera un nom dans quelques semaines et qu'elle gardera avec elle dans sa chambre jusqu'à l'université. Merci pour elle, Roz.

— Ce n'est pas tout ! En face du marchand de jouets, il y avait aussi un petit magasin rempli de merveilles.

Elle se pencha pour ramasser un sac posé près du fauteuil et en tira toutes sortes de vêtements pour enfant qu'elle aligna sur le dossier. Hayley passa la main sur la douceur d'un coton peigné, les broderies d'un jean, la délicatesse d'une dentelle.

— Et regarde-moi cette barboteuse ! s'exclama Roz. Qui pourrait résister ?

— Tout est magnifique, dit Hayley, la gorge serrée par l'émotion. Vous l'avez gâtée.

— C'est tout naturel. Et c'est à nous que cela fait plaisir.

— Je ne sais pas comment vous remercier. Lily n'a pas de grand... Elle n'a personne pour la gâter ainsi.

Les sourcils froncés, Roz darda sur elle un œil sévère et plia avec soin la barboteuse avant de déclarer :

— L'idée d'être grand-mère ne va pas me faire défaillir d'horreur, tu sais. Je serais même ravie que ta fille puisse me considérer comme sa grand-mère d'adoption.

— J'ai tellement de chance de vous avoir. Nous avons tellement de chance !

— Alors, pourquoi pleures-tu ?

Agacée par sa propre réaction, Hayley s'essuya les joues d'un geste rageur.

— Je ne sais pas, avoua-t-elle. Je remue pas mal de choses dans ma tête, ces temps-ci – où j'en suis, comment j'en suis arrivée là, ce que la vie aurait été pour moi si j'avais dû me débrouiller seule avec Lily…

— Ce genre de réflexion ne doit pas te mener loin.

— Non. Je vous suis tellement reconnaissante de nous avoir accueillies ! Mais la nuit dernière, je me suis dit que je devrais commencer à chercher un autre point de chute.

— Pourquoi ? Quelque chose cloche, avec celui-ci ?

Hayley baissa les yeux et secoua la tête. Ce qui clochait, c'était qu'elle ne s'était pas habituée à l'idée que Hayley Phillips, de Little Rock, puisse habiter cette belle demeure pleine d'antiquités, aux façades percées de larges fenêtres ouvrant sur plus de splendeurs encore.

— Je n'ai pas vraiment envie de partir, reconnut-elle. Du moins, pas pour le moment. Je crains juste d'être une gêne pour vous.

Elle tourna la tête, et un sourire se dessina sur ses lèvres : sa fille luttait avec la grande poupée pour la transporter autour de la pièce.

— Ce que je voudrais, conclut-elle, c'est que vous me disiez en toute simplicité quand il me faudra commencer à chercher autre chose. Nous sommes suffisamment amies pour que cela ne pose aucun problème.

— D'accord. Cela règle ton cas de conscience ?

— Oui.

— Bien ! Dans ce cas, nous pouvons peut-être passer à ce que nous avons rapporté pour toi…

— J'ai aussi un cadeau ? s'exclama-t-elle, ravie. J'adore les cadeaux… et je n'ai pas honte de le reconnaître.

— J'espère que tu apprécieras celui-ci.

Roz tira du sac un petit écrin et le lui tendit. Sans perdre de temps, Hayley l'ouvrit et écarquilla les yeux.

— J'ai pensé que le rouge corail t'irait bien, expliqua Roz.

— Elles sont splendides !

Hayley s'empara des boucles d'oreilles et alla étudier dans un miroir l'effet qu'elles faisaient sur elle. Puis elle serra Roz dans ses bras et l'embrassa avec affection.

— Merci, merci beaucoup ! J'ai hâte de parader avec ces petites merveilles.

— Tu vas pouvoir le faire dès ce soir. Stella, Logan et les garçons seront là. David prépare un dîner de bienvenue.

— Ce soir ? Mais le voyage a dû vous fatiguer, tous les deux…

— Nous ne sommes pas encore octogénaires, tu sais ! Et nous rentrons d'une semaine de vacances.

— De voyage de noces, corrigea Hayley, espiègle. Le sommeil n'a pas dû être votre priorité.

— Rassure-toi, petite maligne, nous avons eu assez de grasses matinées pour récupérer.

— Dans ce cas, place à la fête ! Nous allons vite nous laver et nous faire belles, Lily et moi.

— Je vais t'aider à monter tout ça.

— Merci.

Une gravité inhabituelle passa sur le visage de Hayley lorsqu'elle ajouta :

— Roz ? Je suis vraiment heureuse de vous revoir.

Hayley se fit une fête d'habiller Lily d'une de ses nouvelles tenues et de mettre ses boucles d'oreilles. Longuement, elle secoua la tête, rien que pour le plaisir de les sentir valser contre son cou.

À cet instant, elle ne se sentait plus nulle ni déprimée. Pour fêter ça, elle décida d'étrenner une de ses nouvelles paires de chaussures. Celles qu'elle choisit, avec leurs talons fins et leurs lanières s'enroulant autour de la cheville, n'étaient certes pas des plus pratiques. Sans doute, même, paraissaient-elles un peu futiles. Ce qui les rendait indispensables...

— En plus, expliqua-t-elle en les faisant admirer à Lily, elles étaient en soldes. Ce qui, tout compte fait, les rend plus efficaces et moins chères que n'importe quelle séance de psy.

Une fois prête, elle fit un tour sur elle-même et prit la pose. C'était une sensation grisante de porter une robe courte et sexy, du rouge à lèvres, d'élégantes chaussures et d'arborer une nouvelle coupe de cheveux. Certes, cela ne suffisait pas à lui donner les formes qui lui faisaient à son goût tant défaut, mais il fallait reconnaître que les vêtements tombaient bien sur elle.

Somme toute, elle avait fière allure.

— *Ladies and gentlemen*, lança-t-elle à son reflet, je crois que je suis de retour !

Confortablement installé dans un des fauteuils du salon, Harper sirotait une bière en observant sa mère et Mitch, lequel était aux petits soins avec sa nouvelle épouse. Tout en narrant avec elle par le menu leur voyage de noces à leurs invités, il ne pouvait s'empêcher de laisser sa main s'attarder sur son bras, sa main, ses cheveux.

Harper avait déjà eu droit au compte rendu détaillé de la lune de miel dans l'après-midi, aussi n'écoutait-il les jeunes mariés que d'une oreille, préférant regarder et se réjouir. Il était heureux de voir enfin près de sa mère un homme à ce point épris d'elle. Heureux et soulagé. Roz avait prouvé qu'elle était capable de se débrouiller seule, mais il était rassurant de savoir qu'elle avait désormais à demeure un homme pour veiller sur elle.

Après ce qui s'était passé au printemps précédent, sans doute serait-il lui-même revenu vivre à Harper House si Mitch ne s'y était pas installé. Cela n'aurait pas été sans lui poser quelques problèmes, étant donné que Hayley y habitait aussi. Il valait mieux pour tout le monde qu'il continue à vivre dans l'ancienne remise à voitures.

— Je l'ai traité de fou ! racontait Roz, son verre dans une main, l'autre main posée sur la cuisse du fou en question. Il fallait vraiment l'être un peu, pour se lancer, à son âge, sur une planche de surf sans en avoir jamais fait.

— J'ai essayé une fois, intervint Stella, la masse de ses boucles rousses retombant en cascade sur ses épaules. Dès qu'on arrive à tenir debout, c'est plutôt grisant.

Roz sourit en voyant son époux grimacer.

— Tenir debout, c'est justement ce que Mitch a eu bien du mal à faire… Mais mon cher mari a de la suite dans les idées. On ne peut pas lui enlever ça. Je ne sais combien de fois il s'est remis sur sa planche après avoir bu la tasse.

— Deux cent cinquante-deux, grommela l'intéressé.

— Et toi, Roz ? s'enquit Logan, un bras passé autour des épaules de Stella. Tu as essayé ?

Roz baissa modestement les yeux et fit mine d'étudier ses ongles.

— Oui, reconnut-elle. Mais vous n'en saurez pas plus. Je n'aime pas me vanter…

— À peine avait-elle posé les pieds sur sa planche que notre Roz s'est mise à filer sur l'eau comme une flèche ! raconta Mitch avec enthousiasme. On aurait dit qu'elle avait fait cela toute sa vie.

— Dans la famille, précisa Roz, on a toujours eu une bonne assiette et de grandes capacités physiques.

En riant, Mitch étendit ses longues jambes devant lui et croisa les bras.

— Cela dit en toute modestie… plaisanta-t-il.

Un cliquetis sur le parquet attira alors son attention vers l'entrée du salon. Harper regarda à son tour dans cette direction et déglutit avec peine.

Dans cette petite chose rouge, chaussée d'escarpins à talons hauts qui allongeaient ses jambes fines – le genre de jambes qu'un homme pouvait parcourir des yeux des heures durant sans se lasser –, Hayley était tout bonnement canon. Le savant dégradé de sa nouvelle coupe et le rouge brillant qui soulignait ses lèvres la rendaient plus sexy encore. Harper tenta de se rappeler qu'elle portait un bébé sur la hanche. Il n'aurait pas dû penser à ce qu'il aurait aimé faire de ces jambes, de cette bouche, alors que Lily était avec elle. Il y avait là quelque chose d'incorrect.

Logan résuma l'opinion générale par un long sifflement admiratif.

— Coucou, petit cœur ! lança-t-il à l'intention de Lily. Tu es belle à croquer. Et ta maman n'est pas mal non plus.

Hayley lui répondit par un de ces rires mutins dont elle avait le secret et alla déposer sa fille sur ses genoux.

— Un peu de vin ? lui proposa Roz.

— Pour tout vous dire, répondit-elle, je rêve depuis des heures d'une bonne bière glacée.

— Je m'en occupe !

Harper jaillit du fauteuil comme une fusée et s'élança hors du salon. Avec un peu de chance, l'aller-retour à la cuisine suffirait à lui remettre les idées en place. En plus d'être sa collègue de travail et l'hôte de sa mère, Hayley était en quelque sorte une cousine. Et une jeune maman.

Autant de bonnes raisons pour garder ses yeux – et ses mains – aussi éloignés d'elle que possible. Sans compter qu'elle ne voyait en lui rien d'autre qu'un ami. Lui faire des avances dans ces conditions reviendrait à sacrifier une relation amicale qui lui était chère et lui apportait énormément.

Tout à ces cogitations moroses, Harper sortit une canette du réfrigérateur et un verre d'un placard. Il s'apprêtait à verser l'une dans l'autre quand un gazouillis, accompagné du *staccato* de talons aiguilles sur le parquet, se fit entendre dans le couloir. Il eut à peine le temps de poser verre et canette sur la table avant que Lily ne coure dans ses bras, suivie dans la pièce par sa mère essoufflée.

— Elle veut une bière, elle aussi ?

Hayley répondit à sa plaisanterie par une grimace.

— Non. C'est toi qu'elle veut. Comme d'habitude.

Laissant Harper et Lily à leurs effusions, Hayley alla remplir le verre qui l'attendait sur la table.

— Tu gardes la bière, dit-il, et je garde Lily.

La fillette, comme pour manifester son enthousiasme à l'idée de cet arrangement, encercla le cou de Harper de ses bras et l'attira à elle, joue contre joue. Hayley leva son verre à leur santé et conclut :

— Je ne sais pas qui est la plus chanceuse des deux...

Aux yeux de Hayley, tous les convives rassemblés autour de la table formaient la joyeuse famille de Harper House. Elle se réjouissait de voir tout le monde réuni pour faire honneur au jambon laqué au miel de David.

Sans doute appréciait-elle particulièrement cette ambiance parce qu'elle aurait aimé avoir une grande famille. Grandir seule avec son père ne l'avait pourtant pas traumatisée, loin de là... À eux deux, ils avaient formé l'équipe la plus aimante et la plus soudée qui soit. Et il restait pour elle l'homme le plus gentil, le plus drôle et le plus chaleureux qu'elle eût jamais connu.

Ce qui lui avait manqué, c'était de vivre des moments privilégiés comme celui-ci – des repas agités, conviviaux et houleux, au cours desquels le volume sonore grimpait autant que la chaleur humaine. Car dans son esprit, il n'existait pas de grande famille sans disputes ni psychodrames.

Grâce à Roz, qui leur avait fait une place dans sa vie, Lily aurait la chance de ne pas être privée de cela. Elle garderait plus tard le souvenir de grandes tablées animées et emmagasinerait les conseils et l'affection de ces grands-parents de substitution que Roz et Mitch acceptaient d'être pour elle. Et lorsque les autres fils de Roz, ou Josh, celui de Mitch, viendraient en visite, cela ne ferait qu'agrandir le cercle.

Tôt ou tard, tous ces jeunes gens se marieraient et auraient des enfants à leur tour. Instinctivement, le regard de Hayley se porta sur Harper. Un jour, songea-t-elle avec un douloureux pincement au cœur, il se marierait et fonderait une famille. Celle qu'il épouserait serait aussi belle que lui, bien sûr. Grande, blonde, avec des formes avantageuses, et sans doute du sang bleu dans les veines. La garce !

Pourtant, Hayley s'efforcerait de faire amie-amie avec elle, quoi que cela puisse lui coûter. Parce qu'elle n'aurait pas le choix.

— Les pommes de terre ne sont pas bonnes ?

David, son voisin de table, venait de lui souffler cette question à l'oreille, la tirant de ses pensées.

— Bien sûr que si ! Pourquoi ?

— À te voir faire la grimace pour les avaler, je finissais par avoir des doutes.

— Tes pommes de terre n'y sont pour rien. J'étais en train de m'imaginer devoir faire une chose que je n'ai pas envie de faire...

Voyant que Lily commençait à jeter les aliments sur le sol au lieu de les porter à sa bouche, Hayley décida qu'il était temps de la libérer de sa chaise haute.

— Gavin, pourquoi n'irais-tu pas jouer dehors avec Luke et Lily ? suggéra Stella.

Hayley secoua la tête.

— C'est gentil, mais je ne voudrais pas leur imposer sa présence.

— Elle nous embête pas ! s'écria Gavin. On rigole bien quand elle se met à courir après le Frisbee...

— Eh bien...

Hayley regarda tour à tour les deux jeunes garçons – Gavin, le blond, qui avait fêté ses dix ans, et Luke, plus jeune de deux ans, qui avait hérité de la chevelure rousse de sa mère. Ce ne serait pas la première fois qu'ils joueraient seuls avec Lily dans le parc.

— Si cela ne vous dérange pas, reprit Hayley, je suis sûre que Lily sera ravie de jouer avec des grands comme vous. Quand vous en aurez marre, vous n'aurez qu'à me la ramener.

— Et en guise de récompense, glaces pour tout le monde au dessert !

L'annonce de David suscita des hourras autour de la table – et pas uniquement dans les rangs des enfants.

Une heure plus tard, les jeux achevés et les glaces dévorées, Hayley monta avec Lily à l'étage pour la préparer à aller au lit. Stella la suivit avec ses fils, qui s'installèrent dans le petit salon qu'elles avaient autrefois partagé pour y regarder la télé.

— Roz et Mitch voudraient qu'on parle d'Amelia, lui dit Stella. Je ne sais pas si on t'a passé le mot.

— Aucun problème pour moi. Je redescendrai dès que ma puce sera au lit.

— Besoin d'aide ?

— Ce n'est pas nécessaire. Regarde-la : elle est déjà en train de sombrer.

En couchant sa fille, Hayley fut heureuse d'entendre les bruits de bataille spatiale en provenance du salon, auxquels s'ajoutaient les commentaires enthousiastes des deux enfants. Cette bande-son d'un tranquille bonheur domestique lui manquait depuis le départ de son amie.

Lorsque Lily fut installée dans son lit pour la nuit – du moins l'espérait-elle –, Hayley alluma le babyphone et une veilleuse, puis quitta la chambre en laissant la porte entrebâillée.

Elle rejoignit les adultes dans la bibliothèque, lieu habituel de leurs réunions dès qu'il était question du fantôme. Le soleil, pas tout à fait couché, éclaboussait les murs d'une belle lumière rose. Derrière les fenêtres, le jardin d'été éclatait de couleurs somptueuses. Elle avait manqué sa promenade vespérale avec Lily, moment qu'elle appréciait tout particulièrement. Mais elle se rattraperait le lendemain, se promit-elle.

Par habitude, elle marcha jusqu'à la console où était installé le récepteur du babyphone et le mit en marche. Comme par un fait exprès, un vase empli de lys d'un rouge brillant était posé à côté...

— Maintenant que nous sommes tous réunis, commença Mitch pendant qu'elle s'installait parmi les autres, je peux vous mettre au courant de l'avancement de nos travaux.

— Par pitié... gémit David. Ne me dis pas que vous avez passé votre lune de miel à travailler sur le dossier, Roz et toi !

— Rassure-toi, répondit-il avec un sourire, nous nous sommes contentés de discuter de diverses hypothèses. C'est en rentrant que j'ai trouvé un e-mail de notre contact à Chicago, cette descendante de la gouvernante de Harper House du temps de Reginald et Beatrice.

— Elle a trouvé quelque chose ? s'enquit Harper.

Il avait choisi de s'allonger sur le tapis plutôt que de s'installer sur un siège, et il était en train de se redresser en position assise.

— Je lui avais fait part de ce que nous avons découvert dans le journal de Beatrice à propos de ton arrière-grand-père – à savoir qu'il n'était pas son fils, mais celui de la maîtresse de son mari, maîtresse que nous supposons être Amelia. Elle n'a pas eu la chance de trouver des lettres ou des journaux intimes de son aïeule, mais elle a mis la main sur quelques photos qu'elle nous envoie.

Le regard de Hayley glissa sur la grande table de travail surchargée de livres, de dossiers, et où trônait l'ordinateur portable de Mitch, au milieu de nombreuses photos et lettres anciennes.

— De nouvelles photos ? s'étonna-t-elle. Nous n'en avons pas encore assez ?

— Plus on recueille d'informations, répondit Mitch d'un ton professoral, plus on progresse. La descendante de Mary Havers a également profité des rares moments de lucidité de sa grand-mère malade pour lui poser quelques questions. Celle-ci s'est rappelé qu'il arrivait à sa mère de discuter avec l'une de ses cousines, qui a aussi travaillé ici, de leur séjour à Harper House. Parmi un tas de détails concernant la vie de tous les jours, elle lui a rapporté une conversation intéressante entre les deux femmes.

Un silence absolu régnait dans la bibliothèque. Mitch prit le temps de parcourir du regard les visages attentifs qui l'entouraient avant de poursuivre :

— Un jour, parlant du « jeune maître » – c'est ainsi qu'elles nommaient entre elles Reginald Junior –, la cousine a affirmé en riant que la cigogne avait dû faire fortune en l'apportant à ses parents. Mary Havers lui a ordonné de se taire, répliquant que le prix du sang et les rumeurs ne faisaient pas de l'enfant un coupable. Pressée de questions par sa fille, l'ex-gouvernante n'a pas voulu en dire plus. Elle a simplement précisé qu'elle avait rempli son devoir envers la famille Harper, mais que le plus beau jour de sa vie avait été celui où elle avait franchi pour la dernière fois la porte de cette demeure.

— Elle savait que mon grand-père avait été enlevé à sa mère, poursuivit Roz en se penchant pour poser la main sur l'épaule de son fils. Et à en croire les souvenirs de cette femme, il est à craindre qu'Amelia n'ait pas été disposée à laisser son fils disparaître ainsi.

— Le prix du sang... répéta Stella d'un ton rêveur. Qui a été payé ? Pour quel sang versé ?

— L'histoire de la cigogne nous ramène à la naissance, reprit Mitch. Quelqu'un a dû aider Amelia lors de son accouchement – un médecin, une sage-femme, peut-être les deux. Sans doute ont-ils été payés pour garder le silence sur cet événement. Il est probable que des domestiques de la maison ont également été soudoyés.

— Je sais que c'est mal, intervint Hayley, mais peut-on appeler cela « le prix du sang » ? Parler de « prix du silence » me paraîtrait plus indiqué.

— Pas si ce silence a causé la mort d'Amelia, intervint Logan d'une voix lugubre. Puisqu'elle hante cet endroit, elle a dû y mourir. Un tel événement n'a pas pu passer inaperçu, or vous n'en avez retrouvé aucune trace. On peut donc supposer que le décès d'Amelia a été dissimulé. Et quel meilleur écran de fumée que l'argent ?

— Cela tient la route, approuva Stella avec conviction. Mais comment s'est-elle introduite à Harper House ? Dans son journal, Beatrice ne parle jamais nommément de la maîtresse de Reginald. Elle ne mentionne pas non plus une visite que celle-ci aurait pu lui rendre. Or, elle ne fait pas mystère de la colère que lui inspire la décision de son mari de lui imposer ce bébé qui n'est pas le sien. N'aurait-elle pas été plus indignée encore s'il lui avait imposé la présence de la véritable mère sous son toit ?

— Il n'aurait jamais fait ça, protesta Hayley. De ce que nous savons à son sujet, on peut déduire qu'il n'aurait jamais installé une femme d'une condition inférieure, qui n'était à ses yeux qu'un instrument, un outil pour arriver à ses fins, dans la maison dont il était si fier. Il n'aurait pas accepté qu'elle demeure auprès du fils qu'il voulait faire passer pour celui de son épouse. L'avoir quotidiennement sous les yeux aurait constitué pour lui un rappel constant de son imposture.

Adossé au canapé, Harper étendit ses jambes devant lui et les croisa au niveau des chevilles.

— Bien raisonné, approuva-t-il après un instant de réflexion. Mais pour qu'Amelia meure ici, il a bien fallu qu'elle y vienne à un moment ou à un autre.

— Peut-être a-t-elle fait partie du personnel, suggéra Stella en regardant briller son alliance dans un dernier rayon de soleil. Elle a pu se faire embaucher pour rester près de son fils tout en cachant à la maîtresse de maison sa véritable identité. Beatrice ne la connaissait pas personnellement. Amelia chantonne pour bercer les enfants de la maison, elle est obsédée par ceux qui s'y trouvent. Ne l'aurait-elle pas été davantage encore par le sien ?

— Nous n'avons pas retrouvé son nom dans les registres du personnel, mais c'est possible, admit Mitch.

— Autre possibilité : elle a pu venir ici faire un scandale en réclamant son fils.

Roz chercha le regard de Stella, puis celui de Hayley, avant de poursuivre :

— Imaginez : une mère désespérée, trompée, pas tout à fait maîtresse d'elle-même, réduite à s'imposer dans la maison de son ex-amant. Je ne peux imaginer qu'elle soit devenue folle après sa mort. Elle a donc perdu l'esprit avant. Cela renforce l'hypothèse qu'elle ait pu venir jusqu'ici réclamer justice et que rien ne se soit passé comme elle l'espérait. On ne peut écarter la possibilité qu'elle ait été assassinée, « le prix du sang » servant ensuite à dissimuler ce crime.

— Ainsi, conclut Harper, elle aurait trouvé la mort dans cette maison, qui serait maudite jusqu'à... Jusqu'à quand, au fait ? Jusqu'à ce qu'elle soit vengée ?

— Ta logique est imparable, dit David en frissonnant. Et effrayante.

— Nous sommes une bande d'adultes raisonnables réunis pour formuler des hypothèses autour d'un fantôme, lui rappela Stella. Voilà ce qui est effrayant !

— Je l'ai vue, cette nuit.

La soudaine déclaration de Hayley attira tous les regards sur elle.

— Et c'est maintenant que tu nous le dis ? s'exclama Harper, les sourcils froncés.

— J'en ai parlé à David ce matin, protesta-t-elle. Et j'ai attendu pour vous en parler à tous de pouvoir le faire hors de la présence des enfants.

— Attends un instant ! lança Mitch en prenant son Dictaphone sur le bureau. Je dois enregistrer ça.

— Ce n'est peut-être pas la peine, protesta Hayley. Cela n'avait rien d'exceptionnel.

— Suite aux apparitions violentes du printemps dernier, nous avons décidé d'enregistrer tous les témoignages de manifestations d'Amelia, quels qu'ils soient, lui rappela-t-il.

Après s'être rassis sur le divan, il posa l'appareil sur la table basse, enclencha deux touches et déclara :

— Nous t'écoutons.

Se faire enregistrer intimidait toujours Hayley, mais elle s'efforça de rassembler ses idées et de fournir un récit clair et détaillé de l'apparition d'Amelia.

— Je l'entends parfois chantonner dans la chambre de Lily, mais habituellement, quand je vais vérifier, elle est déjà partie. Il ne reste qu'un grand froid dans la pièce. Il m'arrive aussi de l'entendre aller et venir dans l'ancienne chambre de Luke et Gavin. Elle chantonne, ou elle sanglote, voire les deux à la fois. Une nuit, j'ai même cru...

Voyant qu'elle hésitait à poursuivre, Mitch insista gentiment :

— Tu as cru ?

— J'ai cru la voir marcher dans le parc. Cela s'est passé la nuit suivant votre mariage, après que Roz et vous êtes partis en voyage de noces. J'avais un peu trop bu, une migraine m'empêchait de dormir, alors je me suis levée pour prendre une aspirine. Ensuite, je suis allée vérifier que Lily dormait, et par la fenêtre de sa chambre, j'ai cru voir une femme marcher sur la pelouse. La lune donnait suffisamment de lumière pour que je puisse distinguer de longs cheveux, blonds ou très pâles, et une robe blanche. On aurait dit qu'elle se dirigeait vers l'ancienne remise à voitures. Mais quand je suis sortie sur la terrasse pour la voir de plus près, elle avait disparu.

— Ça, c'est la meilleure ! s'écria Harper avec colère. Est-ce qu'on ne s'était pas mis d'accord, après que maman a failli se noyer dans la baignoire à cause d'Amelia, pour signaler immédiatement tout phénomène paranormal ?

— Harper ! intervint Roz sèchement. Pas sur ce ton !

— Je n'étais sûre de rien, protesta Hayley, piquée au vif. Et je ne le suis toujours pas. Voir une femme marcher vers chez toi ne suffit pas à en faire un fantôme ! Sur le coup, je me suis dit que… que tu avais sans doute trouvé de la compagnie pour la nuit.

Harper la dévisagea un long moment, l'air furieux.

— Pour ton information, dit-il enfin, sache que je n'ai pas, cette nuit-là, bénéficié de la « compagnie » d'une femme.

Troublée, Hayley acquiesça d'un hochement de tête et conclut :

— Dans ce cas, c'était peut-être bien Amelia. Cela signifie qu'elle m'est apparue deux fois en l'espace d'une semaine, ce qui… ce qui fait beaucoup pour moi.

— Tu étais la seule femme dans la maison durant toute la semaine dernière, lui rappela Logan. Or, nous savons qu'elle se montre en priorité aux femmes.

— C'est vrai, reconnut-elle. Ceci explique cela.

Et cela la rassurait quelque peu.

— Ajoute à cela, poursuivit Roz, qu'il s'agissait de la nuit de mon mariage. Cela a dû la faire réagir.

— C'est le deuxième témoignage que nous recueillons signalant un déplacement d'Amelia en direction de ta maison, dit Mitch à l'intention de Harper. Sans doute y a-t-il quelque chose là-dessous.

— En tout cas, grommela l'intéressé, moi, je n'ai rien remarqué.

— Ce qui ne nous empêche pas de garder l'œil ouvert. Il est possible qu'Amelia ait vécu dans les environs, dans une des propriétés que possédait Reginald. Je continue à explorer cette piste.

— Si nous découvrions son nom de famille, cela vous aiderait-il à retrouver sa trace ? demanda Hayley.

— Ce serait un bon début.

— Peut-être finira-t-elle par nous le dire. À nous de trouver un moyen pour qu'elle nous…

Hayley s'interrompit net et tourna la tête en direction du récepteur. Quelques crachotements s'en échappaient, au milieu desquels il n'était pas difficile de reconnaître le chantonnement d'Amelia.

— Elle est avec Lily, et elle est en avance, ce soir ! dit-elle en se levant. Je vais monter voir.

— Je viens avec toi.

Harper s'était levé à son tour et lui emboîtait le pas. Hayley ne fit rien pour le dissuader de la suivre. Il y avait plus d'un an qu'elle entendait ainsi chanter le fantôme, mais le son de cette voix infiniment lasse et triste continuait à lui donner des frissons dans le dos.

Comme à son habitude, elle avait laissé en descendant toutes les lumières allumées sur son chemin. À présent que le soleil était couché, elles la rassuraient, de même que le son familier des voix de Luke et Gavin en provenance du salon.

— Tu sais, fit Harper à côté d'elle, si tu n'es pas tranquille seule ici, tu pourrais emménager dans l'autre aile, plus près de Mitch et Roz.

— Exactement ce dont de jeunes mariés ont besoin : une mère et sa fille en bas âge pour leur servir de chaperons ! De toute façon, je commence à être habituée. Et ce n'est pas parce que je déménagerai qu'elle s'arrêtera.

Sur la pointe des pieds, elle s'approcha de la porte de la chambre où dormait Lily. La voix d'Amelia y résonnait toujours.

— D'habitude, chuchota-t-elle, elle cesse de chanter lorsque je m'approche.

Instinctivement, Hayley prit la main de Harper dans la sienne avant de repousser le battant qu'elle laissait toujours entrebâillé. Comme elle s'y attendait, il faisait froid dans la pièce. Elle savait que la sensation de froid persisterait longtemps après le départ d'Amelia, mais que Lily n'en souffrait pas. Quant à elle, son souffle formait devant sa bouche un panache de buée. Quand ses yeux se furent accoutumés à la pénombre, elle tourna la tête en direction du fauteuil à bascule, qu'elle entendait grincer sur le parquet.

Comme la veille, Amelia s'y trouvait installée, vêtue de sa robe grise, les mains tranquillement jointes sur son giron. Sans être vraiment belle, sa voix un peu aigrelette était agréable et réconfortante, comme doit l'être une voix qui chante des berceuses, même si Hayley ne l'avait jamais trouvée aussi triste.

Mais quand Amelia tourna la tête en direction de la porte, Hayley dut plaquer la main sur sa bouche pour ne pas crier. Ce n'était pas un sourire qui s'attardait sur les lèvres du spectre, mais une grimace atroce. Ses yeux roulaient follement dans leurs orbites et brillaient dans de larges cercles d'un rouge violent.

Voilà ce qu'ils font. Voilà ce qu'ils donnent.

Hayley aurait été incapable de dire si ces mots lui étaient parvenus aux oreilles ou s'ils avaient retenti sous son crâne. Quoi qu'il en soit, l'apparition commença à se dissoudre aussitôt après. Chairs et tissus se volatilisèrent jusqu'à ce qu'il ne reste plus dans le fauteuil à bascule qu'un squelette en train de se balancer. Puis le squelette disparut à son tour, et le balancement cessa.

— S'il te plaît... fit Hayley d'une voix tremblante. Dis-moi que tu as vu et entendu la même chose que moi.

— Rassure-toi, répondit Harper en serrant plus fort ses doigts entre les siens. Si tu es folle, alors nous sommes deux.

Il l'entraîna jusqu'au lit à barreaux, dans lequel Lily dormait toujours à poings fermés.

— Il fait plus chaud ici, constata-t-il. Tu le sens ? Il y a comme une bulle de chaleur autour d'elle.

— Amelia ne fait jamais rien qui puisse effrayer Lily. Mais j'avoue que je préfère rester près d'elle. Tu peux raconter aux autres ce qui vient de se passer ?

— Sans problème. Mais je pourrais dormir dans une des chambres d'amis, si tu veux.

En secouant la tête, Hayley remonta la couverture jusque sous le menton de sa fille.

— Tout ira bien, assura-t-elle. Nous ne risquons rien.

De nouveau, Harper l'attira à sa suite jusque dans le couloir.

— Ce petit numéro de strip-tease d'Amelia, c'était une première pour toi, n'est-ce pas ?

— Il est vrai que je n'avais jamais eu droit à ça. Et je ne risque pas de l'oublier de sitôt.

— Tu es sûre de ne pas vouloir que je reste ?

Lentement, il leva la main pour lui caresser la joue. Le souffle coupé, Hayley songea que c'était également une première qui hanterait longtemps sa mémoire. Jamais ils n'avaient été aussi proches l'un de l'autre, l'une des mains de Harper tenant la sienne, l'autre lui caressant la joue.

Elle n'avait qu'un mot à dire, un seul...

— Tout à fait sûre, s'entendit-elle répondre néanmoins. Ce n'est pas comme si elle était furieuse contre moi. Elle n'a aucune raison de l'être. Tout ira bien pour nous. Tu ferais mieux de descendre. Les autres doivent s'inquiéter.

— S'il se passe quoi que ce soit, ou simplement si tu as peur, appelle-moi, à n'importe quel moment de la nuit. Je viendrai.

— C'est bon à savoir. Merci.

À regret, Hayley retira sa main, recula d'un pas et se glissa dans sa chambre. Non, songea-t-elle en s'adossant au battant refermé, Amelia n'avait vraiment aucune raison de lui en vouloir. Elle n'avait pas de petit ami, pas de mari, pas d'amant. Et le seul homme qui l'attirait était tout à fait hors de portée pour elle.

— Alors, tu peux être rassurée, murmura-t-elle comme si le fantôme pouvait l'entendre. Je vais rester célibataire un long moment encore…

3

Harper patienta jusqu'au lendemain midi, sachant qu'avec Hayley, il devait faire preuve de patience et de subtilité et qu'au moindre signe trop évident qu'il cherchait à lui venir en aide en lui changeant les idées, elle l'enverrait promener. Hayley Phillips était le type même de la jeune femme moderne fidèle à son *credo* – « surtout, ne vous en faites pas pour moi, je me débrouille très bien toute seule ».

Il ne trouvait rien à redire à cela. Combien d'autres, dans sa situation, auraient abusé de la générosité de Roz ou, du moins, tenu celle-ci pour acquise ? Hayley n'en avait rien fait. Il ne l'en respectait que davantage. Il l'admirait même pour son caractère bien trempé – enfin, jusqu'à un certain point. Quand elle lui servait à le repousser, cette qualité devenait à ses yeux un défaut. Il n'y a jamais loin de l'indépendance d'esprit à l'entêtement.

Il lui fallut fouiller deux serres et traverser tout le magasin avant de la trouver, dans l'entrepôt. Elle avait passé un tablier aux armes de la jardinerie par-dessus un short noir et un tee-shirt à col en V, et elle s'affairait à déballer un nouveau chargement de plantes d'intérieur. Cela faisait vraiment trop longtemps qu'il était chaste, songea Harper en la voyant.

Comment expliquer, sinon, qu'il trouve si incroyablement sexy ses mains maculées de terre jusqu'aux avant-bras ?

— Salut, lança-t-il négligemment. Comment va ?

— Ma foi, pas trop mal, répondit-elle sans cesser de s'activer. Je viens de servir une cliente qui avait un dîner à organiser pour son club et qui est repartie avec cinq corbeilles fleuries pour décorer les tables. J'ai également réussi à la convaincre que le sagoutier qui traînait depuis des semaines au magasin serait du plus bel effet dans sa véranda.

— Bien joué ! Tu es très occupée, à ce que je vois...

— Pas plus que ça, répondit-elle en levant les yeux vers lui. Stella voulait renouveler le stock de corbeilles fleuries, mais elle est coincée avec Logan... Oh, ce n'est pas aussi torride que ça en a l'air : une grosse commande vient de tomber, et elle s'est enfermée avec lui dans son bureau pour vérifier tous les termes du contrat à la virgule près.

— Cela risque de les occuper encore un moment. Je m'apprêtais à faire un peu d'écussonnage, et j'aurais bien eu besoin d'un coup de main, mais...

— C'est vrai ? s'écria-t-elle en se redressant, les yeux brillants. Je peux t'aider ? Je prendrai un talkie-walkie, au cas où Ruby ou Stella auraient besoin de moi.

— Je peux demander à quelqu'un d'autre...

— Si tu fais ça, nous sommes fâchés. Ne bouge pas, je reviens !

Vingt secondes plus tard, elle était de retour, débarrassée de son tablier. Tout en le rejoignant, elle souleva son tee-shirt pour accrocher un talkie-walkie à sa ceinture, ce qui permit à Harper d'avoir un bref mais saisissant aperçu d'une plage de chair tendre et laiteuse, plus appétissante que n'importe quel festin.

— Écussonnage... répéta-t-elle en le suivant à travers l'entrepôt. Le mot ne m'est pas inconnu. J'ai dû lire quelque chose à ce sujet, mais impossible de me souvenir de quoi il s'agit...

— C'est une vieille méthode de greffage, expliqua-t-il, toujours très utilisée de nos jours. Nous allons travailler sur les ornementales de pleine terre. Le milieu de l'été est l'époque idéale pour écussonner.

La chaleur s'abattit sur leurs épaules telle une chape de plomb dès qu'ils mirent le pied dehors.

— Et pour un été, marmonna Hayley en plissant les yeux, on peut dire que c'est un été !

Harper ramassa le seau rempli d'eau qu'il avait laissé à la porte, puis ils remontèrent côte à côte le terre-plein de gravier et, passant entre les serres, s'engagèrent dans les zones de plantations en pleine terre de la jardinerie.

— Comment la nuit s'est-elle passée ? s'enquit Harper, rompant le silence qui s'était établi entre eux.

— Pas un murmure après le spectacle auquel nous avons eu droit. J'espère qu'Amelia n'envisage pas de remettre ça. J'ai trouvé ce strip-tease plutôt vulgaire... Pas toi ?

— Ça, on peut dire qu'elle s'y entend pour attirer l'attention.

Après avoir examiné plusieurs magnolias, Harper s'arrêta au pied d'un magnifique arbuste très touffu.

— Celui-ci conviendra parfaitement, dit-il. Nous allons prélever quelques belles pousses de l'année, de préférence pas plus épaisses qu'un crayon et munies de boutons bien développés. Comme celle-là, tu vois ? ajouta-t-il en abaissant une tige fleurie pour la lui montrer.

— D'accord, dit Hayley. Et ensuite ?

— Je la coupe.

D'une poche latérale de son pantalon, Harper sortit un émondoir et précisa :

— Exactement ici, à la naissance du bois. Des pousses vertes ne nous serviraient à rien. Elles sont trop faibles.

Après avoir coupé le rejet, il le glissa dans le seau d'eau.

— Surtout, veille à les garder humides. Sans quoi, l'écussonnage serait un échec. À toi de jouer.

Pour choisir sa pousse, Hayley commença à tourner autour du magnolia, mais Harper l'arrêta d'un geste.

— Il est préférable de travailler du côté ensoleillé.

— D'accord.

Un charmant bout de langue rose pointé entre ses lèvres, elle se concentra sur sa tâche.

— Que dirais-tu de celle-ci ? demanda-t-elle enfin.

— Parfait ! Vas-y, coupe.

Hayley tendit la main pour saisir l'émondoir qu'il lui présentait. Ils se trouvaient suffisamment près l'un de l'autre pour qu'il puisse sentir son parfum – une fragrance légère, mais avec une pointe tonique, en parfaite harmonie avec les senteurs du jardin.

— Combien t'en faut-il ? s'enquit-elle quand elle eut plongé la pousse dans l'eau.

— À peu près une douzaine. Je te laisse faire.

Harper glissa les mains au fond de ses poches pour la regarder travailler. Son parfum lui troublait les sens autant que l'éclatante fraîcheur de sa peau inondée de soleil, mais au moins avait-il la consolation de se dire que c'était pour la bonne cause.

— Il est rare que je travaille à l'extérieur, reprit-elle en choisissant un nouveau rameau. Tout est différent, ici. Ça me change agréablement du magasin et de la vente.

— Pourtant, tu es douée pour ça.

— Je ne dis pas le contraire. Mais ici, c'est plus concret. Stella en connaît un rayon sur l'horticulture. Quant à Roz, c'est une véritable encyclopédie sur le sujet… Moi, j'aimerais apprendre. On vend mieux quand on sait de quoi on parle.

— Heureusement que tu es là pour t'occuper de la vente. Je préférerais me couper un doigt plutôt que d'avoir à le faire.

Cela la fit sourire.

— Mais toi, dit-elle, tu es un solitaire dans l'âme. Je deviendrais folle, si je devais travailler des jours entiers sans voir personne comme tu le fais. J'aime le contact avec les gens. J'aime les amener à me confier ce pour quoi ils sont venus et ce qu'ils recherchent vraiment. « Je vous conseille ce buddleia, madame. Il ira bien mieux avec vos nouveaux rideaux que le poinsettia auquel vous aviez pensé et il est à peine plus cher… »

Un rire mutin s'échappa des lèvres de Hayley.

— Voilà pourquoi vous ne pourriez vous passer de gens comme Stella et moi, Roz et toi, conclut-elle. Vous êtes trop occupés à étudier les plantes et à les faire pousser pour vous soucier de les vendre.

— L'association semble bien fonctionner.

Tout à sa tâche, Hayley ne releva pas.

— Le compte y est, dit-elle enfin, après avoir plongé un dernier rameau dans le seau. Tu as ta douzaine. Et maintenant ?

— Tu vois ces jeunes plants, là-bas ?

Du menton, il désigna l'extrémité de la plate-bande.

— Ce sont des porte-greffes, poursuivit-il, obtenus en bouturant des racines.

Hayley hocha la tête.

— Le bouturage, fit-elle en observant les frêles tiges qui émergeaient du sol. Je sais ce que c'est. Il faut butter les plantes pour stimuler la production de racines et les couper l'hiver venu pour les replanter.

— Je vois que tu as appris tes leçons.

— J'aime apprendre.

— Je m'en suis rendu compte.

Et c'était une autre des qualités qui l'attiraient en elle. Jusqu'à présent, il n'avait jamais rencontré de femme qui lui plaise autant physiquement qu'intellectuellement et qui, en plus, partage sa passion.

— OK ! lança-t-il pour masquer son trouble. Nous allons utiliser un couteau propre et bien aiguisé, et nous allons débarrasser les pousses que nous venons de couper de toutes leurs feuilles. Nous ne laisserons subsister qu'un centimètre du pétiole – c'est-à-dire la tige de la feuille.

— Je sais ce qu'est un pétiole, marmonna Hayley en le regardant lui faire la démonstration de la manœuvre.

— Ensuite, poursuivit-il en travaillant, nous prélèverons à l'aide d'un greffoir la base du pétiole – ce que nous appelons l'écusson – que nous grefferons pour finir sur le porte-greffe.

Hayley avait du mal à se concentrer sur le geste qu'il accomplissait plutôt que sur ses mains. De belles mains, songeait-elle avec envie. Rapides, habiles, assurées. Des mains éminemment masculines, avec leurs callosités et leurs égratignures. Des mains qui reflétaient parfaitement sa personnalité, mélange des qualités d'un travailleur manuel et de celles procurées par une éducation supérieure.

— C'est à ma portée, conclut-elle quand il eut terminé de glisser les écussons prélevés sur les rameaux dans un sac en plastique.

— Alors, à toi de jouer.

Harper la regarda opérer et fut soulagé de constater qu'elle maniait le couteau et le greffoir avec précaution, répétant tout bas en travaillant chacune de ses instructions.

— Ça y est ! s'exclama-t-elle en se redressant, les yeux brillants de joie et de fierté. J'y suis arrivée !

— Beau travail. Passons au reste, maintenant.

Harper vint à bout de sept rameaux pendant qu'elle en terminait trois, mais Hayley ne s'en formalisa pas. Il lui montra ensuite comment placer ses jambes de part et d'autre du porte-greffe de manière à entailler l'écorce en forme de T à une vingtaine de centimètres du sol.

Elle savait parfaitement ce qu'elle devait faire, mais elle s'arrangea pour manquer son premier essai.

— Laisse-moi te montrer, intervint-il en se portant à son secours. Tu devrais mieux positionner tes jambes. Comme ceci…

Comme Hayley l'avait secrètement espéré, il joignit le geste à la parole et vint se placer derrière elle, en une délicieuse et troublante proximité qui lui donna des frissons jusqu'au bout des doigts.

— Penche-toi davantage ! lui ordonna-t-il, tout en saisissant ses poignets dans ses mains pour guider la lame. Les genoux plus fléchis… Voilà.

Sa voix n'était plus qu'un murmure contre son oreille, où son souffle faisait voleter ses cheveux.

— Tu dois sectionner l'écorce sans blesser le bois. Ici, tu as ce qu'on appelle le cambium. C'est à sa base qu'il faut pratiquer une entaille en T, dans laquelle nous viendrons insérer l'écusson prélevé sur les pousses de magnolia.

Hayley se laissait griser par son odeur. Harper sentait la sève, l'homme chaud et la terre nourricière. Il était si doux de sentir son corps épouser étroitement le sien… Elle aurait voulu pouvoir se retourner, afin de lui faire face, puis se hisser sur la pointe des pieds jusqu'à ce que leurs bouches s'effleurent…

Parfaitement consciente de ce qu'elle faisait, elle tourna la tête et lui sourit.

— C'est mieux, comme ça ?

— Oui. Infiniment mieux.

Comme elle l'avait espéré, le regard de Harper dériva jusqu'à sa bouche, sur laquelle il s'attarda.

— Mmm… fit-il en se redressant brusquement. Je vais maintenant… te montrer… la suite. Je vais te montrer la suite !

Mais en dépit de ce qu'il venait d'affirmer, il resta une longue minute les bras ballants, le visage figé, comme un homme qui aurait tout oublié de ce qu'il comptait faire l'instant d'avant. Hayley, secrètement, était ravie.

Puis il sembla se reprendre et se dirigea vers sa boîte à outils, dans laquelle il fouilla pour mettre la main sur un rouleau de ruban adhésif.

Hayley éprouvait elle aussi quelques difficultés à reprendre ses esprits. Ç'avait été si agréable de se retrouver serrée tout contre lui, de sentir leurs formes s'épouser, sa chaleur se mêler à la sienne… même si son cœur cognait à présent comme un fou dans sa poitrine et si son sang courait plus vite dans ses veines.

Pour compenser son audace, elle joua les étudiantes modèles et redoubla d'attention afin de ne pas rater la délicate étape finale de l'écussonnage. Sans trop de difficultés, elle réussit à glisser un des écussons prélevés dans une entaille en T et fit en sorte d'unir le tout aussi étroitement que son corps avait été uni à celui de Harper. Puis, suivant son exemple, elle ligatura la greffe avec du ruban adhésif.

— Bien ! commenta-t-il. Parfait.

Il était toujours un peu essoufflé, et il avait les paumes tellement moites qu'il dut les essuyer sur son jean.

— Dans six semaines, reprit-il, deux mois tout au plus, la greffe aura pris, et nous pourrons retirer le ruban. À la fin de l'hiver prochain, il faudra tailler le sommet du porte-greffe, juste au-dessus de l'œil que nous venons de greffer. Ensuite, il ne restera plus qu'à prier pour que celui-ci donne une pousse au printemps suivant.

— C'est magique, tu ne trouves pas, de pouvoir prendre un peu de ceci, un peu de cela, et d'en faire une nouvelle plante ?

— C'est tout l'intérêt de cette technique.

— Accepterais-tu de me montrer quelques-uns de tes autres secrets ?

Pliée en deux, la tête tournée vers lui, elle se penchait sur un autre porte-greffe. À cette minute, seul avec elle dans cette fournaise, Harper aurait pu se noyer dans l'océan de désir qu'elle faisait naître en lui.

— Bien sûr, grommela-t-il, se forçant à revenir à la tâche en cours. Sans problème.

— Harper ?

Elle se pencha un peu plus pour introduire un nouvel écusson dans l'entaille qu'elle venait de pratiquer.

— T'imaginais-tu, quand ta mère a créé cette entreprise, qu'elle prendrait une telle ampleur ?

À grand-peine, il détourna les yeux du galbe évocateur de ses fesses moulées dans son short. Il devait à tout prix se concentrer sur ce qu'elle lui disait et sur le travail en cours, se morigéna-t-il. Il lui fallait ignorer les réactions embarrassantes de son corps et ne pas oublier qu'elle était la mère de Lily, une collègue de travail, une invitée dans la maison de sa mère. Les choses étaient déjà assez compliquées.

— Harper ?

— Mmm ? Oh ! Désolé...

Se remettant à l'ouvrage, il s'efforça de répondre à sa question.

— J'en avais une idée assez précise, oui, parce que ce projet me tenait à cœur autant qu'à elle. Et parce que je sais que quand ma mère se met quelque chose en tête, elle fait tout pour l'obtenir et ne lâche pas le morceau avant d'y être arrivée.

— Et si elle avait renoncé, ou s'était lancée dans un autre projet, qu'aurais-tu fait ?

— Si cela avait été nécessaire, j'aurais monté la jardinerie tout seul. Mais sans elle, l'entreprise n'en serait sans doute pas où elle en est aujourd'hui.

— C'est elle la meilleure, approuva Hayley. Mais tu en es conscient, n'est-ce pas ? Tu sais quelle chance tu as de l'avoir. Ça se voit quand vous êtes ensemble. Vous vous appréciez, vous vous respectez, et vous ne tenez pas pour acquise l'affection que vous vous portez. J'espère qu'un jour, nous en serons là nous aussi, Lily et moi.

— Il me semble que vous y êtes déjà.

Hayley le remercia d'un sourire et passa au plant suivant avant de poursuivre :

— Penses-tu que tu en es arrivé là avec Roz – et cela vaut pour tes frères également – parce que tu as dû grandir sans père à tes côtés ? Personnellement, je pense avoir été plus proche de mon père, parce que nous n'étions que tous les deux, que je n'aurais pu l'être autrement.

— Peut-être.

Harper repoussa d'un geste agacé la mèche brune qui ne cessait de lui tomber sur le front, en regrettant de ne pas s'être muni d'un chapeau.

— Je me rappelle comment c'était entre eux, reprit-il d'un ton rêveur. Entre ma mère et mon père. C'était... spécial. Il se passe quelque chose du même genre entre Mitch et elle, mais ce n'est pas tout à fait pareil. Je suppose que ça ne peut pas l'être. Aucun couple ne ressemble vraiment à un autre.

— As-tu jamais eu envie de trouver quelqu'un de... spécial pour toi ?

— Moi ?

Sous l'effet de la surprise, Harper faillit s'entailler le doigt.

— Non, fit-il un peu trop vite, sans relever la tête. Enfin, peut-être. Plus tard... Et toi ?

Il l'entendit soupirer.

— Comme toi. Plus tard. Peut-être.

Quand ils en eurent terminé et que Hayley fut partie, Harper marcha jusqu'à l'étang, vida ses poches sur la berge et plongea tout habillé, ainsi qu'il le faisait depuis l'enfance. Il n'y avait rien de tel que de piquer une petite tête - avec ou sans vêtements - pour se rafraîchir les idées par une chaude journée d'été.

Jamais il n'avait été aussi près de céder à la tentation d'embrasser Hayley. En fait, pour être honnête, il avait eu en tête bien plus qu'un baiser lorsqu'il avait posé les mains sur elle, songea-t-il en se laissant couler sous la surface entre les lys d'eau.

D'une manière ou d'une autre, il lui fallait mettre un terme à cette situation impossible, qui durait depuis plus d'un an. De toute évidence, Hayley ne voyait en lui rien de plus qu'un ami - voire un frère. Aussi n'avait-il d'autre choix que de garder pour lui les élans rien moins que fraternels qu'elle lui inspirait, jusqu'à ce que son désir finisse par s'émousser.

La meilleure chose à faire était sans doute de se remettre à sortir. Ces derniers temps, il était resté trop souvent seul chez lui. Peut-être passerait-il quelques coups de fil, ce soir, et se rendrait-il en ville pour retrouver quelques amis. Mieux encore, il pourrait dîner avec une jolie femme, assister à un concert avec elle et finir la nuit au fond de son lit.

Le problème, c'était qu'il n'avait en tête aucune jeune femme avec qui il eût envie de passer la soirée, *a fortiori* la nuit. Ce qui prouvait bien, conclut-il avec dépit, le triste état de sa vie sentimentale… ou plutôt l'inexistence totale de celle-ci. Mais cela ne lui disait rien d'entamer la danse rituelle qui se termine entre des draps à minuit. Il ne pouvait se forcer à rechercher la compagnie d'une autre femme quand celle qu'il désirait résidait à deux pas de chez lui… et était pourtant aussi inaccessible que la lune.

En sortant de l'eau, il s'ébroua comme un chien et rempocha ses affaires. Peut-être, malgré tout, irait-il en ville ce soir. À défaut de compagnie féminine, il pourrait retrouver un vieux copain et partager avec lui une pizza, un film, un verre… Enfin, n'importe quoi pour se sortir Hayley de la tête le temps d'une soirée.

À son retour chez lui, ses bonnes résolutions s'étaient déjà fortement émoussées, et il s'était trouvé toutes sortes d'excuses pour ne pas bouger – il faisait trop chaud, il était trop fatigué, il n'avait pas envie de conduire. Ce dont il avait réellement envie, c'était d'une douche glacée et d'une bière plus glacée encore. Il devait rester un morceau de pizza dans le congélateur, que David garnissait de restes de Harper House. Et il y avait un match à la télé.

Au fond, avait-il besoin d'autre chose ?

Oui. Le frais minois et le corps chaud et tendre d'une femme dotée de jambes interminables, d'un franc-parler à toute épreuve et de grands yeux bleu clair, n'auraient pas été de refus. Mais puisque cela ne figurait pas sur le menu, il opta pour la douche et se passa totalement d'eau chaude, afin d'être sûr de faire baisser sa température.

Les cheveux encore humides, habillé uniquement d'un vieux jean coupé, il pénétra dans la cuisine vingt minutes plus tard pour passer à la seconde partie de son programme. Comme le reste de la maison, la pièce était de taille réduite mais suffisante. Pour avoir grandi dans le cadre imposant de la demeure familiale, Harper appréciait le charme et la commodité d'un intérieur plus modeste.

Il aimait voir dans l'ancienne remise à voitures convertie en habitation un cottage champêtre propice à la méditation. Bâtie à l'écart de Harper House, au milieu du parc, ombragée par de grands arbres, la maison lui permettait de préserver son indépendance, mais si sa mère avait besoin de lui, il pouvait la rejoindre en quelques minutes. De même s'il avait envie de compagnie – ce qui n'arrivait pas tous les jours. La plupart du temps, il se satisfaisait de sa vie d'ermite.

Il avalait sa première gorgée de bière et s'apprêtait à fouiller les entrailles du congélateur quand la porte d'entrée s'ouvrit.

— J'espère que j'interromps une orgie, lança David en surgissant dans la pièce. Comment ? Pas de danseuses en petite tenue ?

— Elles viennent juste de partir.

— Non sans t'avoir d'abord déshabillé, observa David.

— Tu sais comment sont les danseuses... Une bière ?

— C'est tentant, mais non, merci. Je me réserve pour la soirée. Je file à Memphis retrouver des amis. Pourquoi ne couvrirais-tu pas cette mâle poitrine pour venir avec moi ?

Prenant appui contre le plan de travail, Harper secoua la tête et leva sa bière à la santé de son ami.

— Chaque fois que je commets l'erreur de sortir avec toi, répondit-il, je me fais mettre le grappin dessus – et pas uniquement par des femmes.

— Qu'y puis-je si tu es un vrai bourreau des cœurs ? Si ça peut te rassurer, je promets de m'interposer pour empêcher qu'on te pelote les fesses.

— J'ai bien mieux au programme : pizza, bière et base-ball.

Tout en secouant la tête d'un air navré, David le rejoignit et passa un bras autour de ses épaules, qu'il secoua gentiment.

— Allez, Harp ! protesta-t-il. On est jeunes. On a le sang chaud. Tu es hétéro, je suis gay. Nous couvrons à nous deux tout l'éventail de la séduction. Ensemble, nous doublons nos chances de faire un carton. Aurais-tu oublié nos folles virées ?

Cette évocation de leurs frasques passées arracha un sourire nostalgique à Harper.

— C'était le bon temps...

— Mais qu'est-ce que tu racontes ? s'exclama son ami avec indignation. Tu parles comme un vieillard !

S'emparant de la canette de Harper, David but au goulot une longue gorgée et étudia attentivement son ami avant de poursuivre :

— Je m'inquiète pour toi, tu sais. Depuis combien de temps n'as-tu pas purgé la tuyauterie ?

— David, tu deviens vulgaire. Ça ne te ressemble pas.

— Il fut un temps où les femmes nubiles de tout le pays faisaient la queue devant chez toi. À présent, le seul risque que tu coures de connaître le grand flash, c'est en changeant une ampoule électrique…

Le diagnostic de David était trop près de la vérité pour ne pas faire réagir Harper.

— Je suis un peu fatigué de tout ça, maugréa-t-il en haussant les épaules. Et puis, les choses ont changé, surtout depuis que j'ai découvert que l'Épouse Harper n'est autre que mon arrière-arrière-grand-mère. Elle a été utilisée, bafouée, humiliée par un homme. Un homme qui était mon aïeul. Tu peux te moquer de moi si ça t'amuse, mais je ne veux plus prendre le risque de jouer avec les sentiments d'autrui.

David avait retrouvé son sérieux. Les mains croisées derrière le dos, il faisait les cent pas devant Harper.

— Mais tu n'as jamais fait une chose pareille ! protesta-t-il. Nous sommes amis depuis toujours, et je n'ai jamais connu quelqu'un d'aussi délicat et responsable que toi. Tu arrives même à rester ami avec tes ex. Tu ne t'es jamais permis de jouer avec les sentiments d'autrui, Harp. Et le fait que Reginald ait été un salaud – selon toute vraisemblance – ne te condamne pas à en devenir un aussi.

— C'est vrai, admit Harper. Disons simplement que je traverse une phase délicate. J'ai besoin de réfléchir.

— Ce dont tu as surtout besoin, c'est de compagnie, insista David. Finalement, je crois que je vais accepter cette bière. Ensuite, je nous préparerai quelque chose de moins révoltant que de la pizza surgelée.

Il l'aurait fait sans hésiter, songea Harper, touché par la générosité de son ami. Il aurait laissé tomber séance tenante tous ses projets pour la soirée afin de lui tenir compagnie. Passant à son tour le bras autour de ses épaules, il le raccompagna fermement vers la sortie.

— J'adore la pizza surgelée, dit-il. Toi, il y a un martini qui t'attend dans un bar de Memphis, alors vas-y. Bois, amuse-toi, fais des folies de ton corps !

— Tu as mon numéro de portable, si jamais tu changes d'avis.

— Merci, David.

Harper le laissa sortir seul et prit appui de l'épaule contre le chambranle de la porte.

— Pendant que tu t'éclateras à Memphis, conclut-il, moi, je serai tranquillement installé devant ma télé, en caleçon, à regarder les Braves massacrer les Mariners.

David fit la grimace.

— Pitoyable… Voilà tout ce que j'ai à en dire.

Harper s'apprêtait à répliquer, mais l'apparition soudaine de Hayley et Lily au détour d'une allée l'en empêcha.

— Joli duo, hein ? fit David, non sans malice, en suivant la direction empruntée par son regard.

Ce n'était pas lui qui aurait dit le contraire. La fillette, en barboteuse à rayures roses et blanches, était adorable, comme d'habitude. Quant à sa maman, vêtue d'un short bleu et d'un débardeur blanc, elle produisait sur lui un effet tout aussi saisissant mais nettement moins innocent.

La gorge soudain sèche, Harper porta sa bière à ses lèvres. Ce fut à cet instant que Lily les repéra, David et lui. Laissant échapper un cri de joie, elle se mit à galoper vers eux de toute la force de ses petites jambes.

— Doucement ! s'exclama David en se portant à sa rencontre. Tu vas tomber...

Lily se jeta dans ses bras et se laissa soulever du sol, rose de plaisir. Puis elle serra son visage entre ses deux mains, le fixa droit dans les yeux en babillant quelque chose d'inintelligible mais d'incontestablement gentil, avant de tendre désespérément les bras vers Harper.

— Comme d'habitude, maugréa David, je n'existe plus dès qu'elle te voit.

— Donne-la-moi au lieu de te plaindre.

Avec l'aisance née de l'habitude, Lily se jucha sur la hanche de Harper et se mit à battre joyeusement des jambes en le dévorant du regard.

— Comment ça va, ma mignonne ?

En guise de réponse, elle tourna la tête et posa tendrement sa joue sur son épaule.

— Quel charmant tableau ! fit Hayley en les rejoignant. On se baladait en discutant entre filles de choses et d'autres, et voilà qu'elle me lâche pour courir ventre à terre rejoindre deux beaux garçons. Ça promet !

— Tu tombes à pic ! répondit David en riant. Puisque ta fille n'a d'yeux que pour Harper, pourquoi ne la laisserais-tu pas avec lui pour la soirée ? Va vite passer une petite robe, je t'emmène faire la fête à Memphis.

— C'est-à-dire que...

— Ça ne me dérange pas de garder Lily, intervint Harper d'une voix aussi neutre que possible. Je n'ai rien de prévu, elle peut rester chez moi. Tu n'as qu'à m'apporter son lit parapluie, et je la coucherai dès qu'elle piquera du nez.

— C'est gentil, et j'apprécie énormément ton offre, mais j'ai eu une longue journée. Je ne pense pas être assez en forme pour une virée à Memphis.

— Papy et mamy sont fatigués ! plaisanta David en se penchant pour déposer un baiser sonore sur la joue de Lily. Dans ce cas, j'y vais tout seul. À plus, les retraités !

Harper et Hayley le regardèrent s'éloigner d'un pas souple et rapide, puis la jeune femme s'étonna :

— Pourquoi est-ce que tu ne l'accompagnes pas ?

— Trop chaud, lâcha-t-il, laconique, optant pour l'excuse la plus facile.

— C'est vrai, on étouffe… Et par notre faute, tu es en train de laisser toute la chaleur entrer chez toi. Allez, viens, Lily. Au dodo !

Mais lorsqu'elle tendit les bras pour récupérer sa fille, celle-ci s'accrocha de toutes ses forces à Harper, tel un singe à son arbre, en gémissant quelque chose qui sonnait furieusement comme « pa-pa-pa ».

Les joues de Hayley s'empourprèrent violemment. Elle eut un petit rire gêné.

— Dans sa bouche, ça ne veut rien dire de précis, expliqua-t-elle avec empressement. Ces sons en « p » sont les premiers et les plus faciles à produire. Pour elle, tout est « pa » en ce moment. Allez, Lily. Ça suffit, maintenant !

— Tu veux rentrer un instant ?

— Non, merci. Lily et moi, nous faisions juste une petite promenade, qui était presque terminée, et elle doit encore prendre son bain avant d'aller au lit.

— Dans ce cas, je vous raccompagne à Harper House.

Il tourna la tête vers Lily et lui chuchota une bêtise à l'oreille. La fillette se tordit de rire et se blottit contre lui.

— Tu sais, maugréa Hayley, il lui faudra bien se faire à l'idée qu'elle ne peut pas avoir tout ce qu'elle veut.

Harper tendit le bras pour refermer sa porte.

— Rassure-toi, dit-il, elle l'apprendra bien assez tôt.

La routine du bain et du coucher de Lily permit à Hayley de s'occuper l'esprit. Mais quand sa fille fut endormie, plus rien ne vint la distraire de ses pensées.

Elle essaya de lire, puis se planta devant la télé. Trop nerveuse pour se concentrer sur ces deux activités, elle finit par jeter son dévolu sur le DVD d'un cours de yoga qu'elle avait acheté quelques jours plus tôt. Mais elle ne parvint pas non plus à s'y intéresser.

Incapable de rester en place, elle descendit à la cuisine chercher quelques cookies, puis mit un peu de musique, avant de l'éteindre aussitôt. À minuit, les nerfs toujours à fleur de peau, elle sortit sur la terrasse pour prendre un peu l'air.

Une lumière brillait à l'étage de l'ancienne remise à voitures. Elle n'était jamais montée au premier, dans ce que Harper appelait le loft. Là où il dormait. Là où il se trouvait sans doute dans son lit, à l'heure qu'il était. Totalement nu.

Comment avait-elle pu commettre l'erreur de choisir cette direction au terme de sa promenade avec Lily ? Ce n'était pourtant pas le seul chemin possible ! Décidément, elle n'avait pas plus de jugeote que sa fille.

Ses jambes avaient failli la trahir quand, au détour de l'allée, elle avait aperçu Harper, négligemment appuyé contre le chambranle de sa porte, le torse nu et musclé, la peau tannée par le soleil, les cheveux encore humides, ne portant rien d'autre qu'un vieux bermuda en jean. Sans parler de son sourire, rêveur, sensuel, lorsqu'il avait posé les yeux sur elle et qu'il avait porté sa bière à ses lèvres.

Sur le seuil de ce cottage, entouré de fleurs, dans cette chaleur quasi tropicale, il lui avait fait l'effet d'une bombe sexuelle. Elle en avait été tellement secouée qu'il était étonnant qu'elle ait pu aligner deux mots sensés devant lui.

Décidément, il devenait urgent de prendre de fermes résolutions. Elle devait cesser, et vite, de voir en Harper autre chose qu'un collègue, un ami, le fils de Roz. Quand elle était arrivée à Harper House, alors qu'elle était encore enceinte, et même après la naissance de Lily, elle n'avait pas réagi ainsi à sa présence. Pourquoi avait-il fallu que cela change ? Elle n'avait pas la moindre idée de ce qui avait pu se passer entre eux, mais cela devait s'arrêter.

Lily n'était pas la seule à ne pas pouvoir obtenir tout ce qu'elle voulait.

4

Au travail, le lendemain, Hayley se sentit bizarre et mal dans sa peau, comme si son enveloppe corporelle était soudain devenue trop étroite pour elle, sa tête trop lourde.

Sans doute s'était-elle surmenée, songea-t-elle. Trop d'exercice, trop de travail, pas assez de sommeil. Le cocktail était redoutable. Peut-être avait-elle besoin d'un peu de vacances. Elle pourrait prendre quelques jours pour aller à Little Rock voir ses vieux amis, ses ex-collègues de travail, leur présenter Lily.

Cela signifierait puiser dans les économies qu'elle faisait afin d'emmener sa fille à Disneyworld pour son troisième anniversaire. Mais au fond, était-ce si grave ? Elle n'aurait besoin, tout au plus, que de quelques centaines de dollars. Ce n'était pas cher payé pour un changement d'air salutaire.

D'un revers de main, elle essuya le voile de sueur qui trempait son front. Dans la serre surchauffée, l'air était étouffant, irrespirable. Autour des plants qu'elle tentait de présenter agréablement dans des corbeilles, ses doigts étaient gourds, maladroits.

Elle ne voyait vraiment pas pour quelle raison c'était elle qui se coltinait ce travail. Stella aurait pu s'en charger. Ou bien Ruby. Quant à elle, elle aurait tout aussi bien pu rester au magasin. Un singe, songea-t-elle avec irritation, aurait suffi pour servir la clientèle, en cette saison.

En fait, conclut-elle avec une irritation croissante, elle aurait bien mérité de prendre sa journée. Elle serait rentrée se mettre au frais et se serait détendue un peu, pour changer. Au lieu de cela, elle était condamnée à rester dans cette fournaise, à suffoquer, en sueur et crottée de terre.

Tout ça pour obéir à Stella, qui lui avait ordonné de préparer ces stupides corbeilles. Des ordres, des ordres, toujours des ordres ! Quand lui serait-il possible de faire ce qu'elle désirait, quand elle le désirait ?

Ils la regardaient de haut parce que ses origines étaient modestes et qu'elle n'avait pas les manières adéquates, qu'elle n'avait pas reçu cette parfaite éducation qui les rendait si importants à leurs propres yeux. Cela ne l'empêchait pas d'être aussi bien qu'eux. Meilleure, même, parce qu'elle s'était faite toute seule. Elle était partie de rien et avait dû se débrouiller pour…

— Hé, attention ! Tu es en train de massacrer les racines de cette orchidée !

— Quoi ?

Brutalement tirée de ses pensées, Hayley cligna des yeux, désorientée, tandis que Stella lui retirait brutalement la plante des doigts.

— Je… je suis désolée, balbutia-t-elle, confuse. Elle est irrécupérable ? Je ne sais pas à quoi je pensais…

— Ce n'est rien. Tu as l'air contrariée. Que se passe-t-il ?

— Rien… Enfin, je ne sais pas.

Se remémorant le tour qu'avaient pris ses pensées, Hayley se troubla et se sentit rougir.

— La chaleur me rend irritable, reprit-elle. Désolée de ne pas avoir terminé. Je n'arrive pas à me concentrer.

— Ne t'excuse pas. C'est un gros travail, et je venais justement te donner un coup de main.

— Je peux m'en occuper. Tu as sûrement mieux à faire.

— Hayley… tu sais que j'adore mettre les mains dans la terre. Attends…

Stella se pencha, prit deux bouteilles d'eau dans la glacière glissée sous la table de travail et lui en tendit une.

— D'abord, faisons une petite pause, déclara-t-elle.

Tout en buvant longuement à la bouteille, Hayley réfléchit à ce qui venait de lui arriver. D'où avaient surgi ces pensées noires, mesquines, qui lui ressemblaient si peu ? Elle se sentait salie, honteuse d'avoir pu les concevoir.

— Stella… confia-t-elle à mi-voix. Je ne sais pas ce que j'ai, mais il y a quelque chose qui cloche chez moi.

En un geste classique de sollicitude maternelle, Stella vérifia sa température en lui posant la main sur le front.

— Un petit rhume d'été ?

— Non. Cela ressemble plus à un gros cafard. Une sorte de blues indéterminé. Je suis tourmentée par des idées noires, et je n'arrive pas à comprendre pourquoi. J'ai le plus beau bébé du monde, j'aime mon boulot, j'ai de bons amis…

— Tu peux avoir tout cela et quand même être déprimée de temps à autre.

Tout en enfilant un tablier, Stella scruta le visage de son amie.

— J'ai peut-être un élément de réponse, poursuivit-elle. Voilà plus d'un an que tu mènes une vie de nonne...

— Bientôt deux ans, si tu veux la vérité.

Pour faire passer cet aveu, Hayley but une nouvelle gorgée d'eau avant de poursuivre :

— Pourtant, ce ne sont pas les occasions qui manquent. Tu connais le fils de Mme Bentley, Wyatt ? Il est venu lui acheter une plante pour son anniversaire, il y a quelques semaines, et il en a profité pour me faire du plat. Il m'a même demandé si j'accepterais de dîner avec lui un soir.

— Il est plutôt mignon.

— Oui. Et assez drôle aussi. J'ai failli me laisser tenter, puis je me suis dit que ça n'en valait pas la peine.

— Ça me rappelle quelque chose... N'est-ce pas toi qui m'as quasiment mise dehors à coups de pied aux fesses, quand j'essayais de me convaincre que ça ne valait pas la peine de sortir avec Logan ?

Hayley sourit à l'évocation de ce souvenir.

— J'ai toujours eu du culot, pas vrai ?

Avant de se mettre au travail, Stella rassembla la masse de ses boucles rousses en queue-de-cheval.

— Ce qui rend d'autant plus incompréhensible, dit-elle, ton refus de saisir les occasions qui se présentent. Tu as peur de te remettre dans le circuit ?

Hayley secoua la tête avec véhémence.

— L'idée de sortir avec un homme ne m'a jamais fait peur. De plus, je sais que toi, ou Roz, ou David, vous seriez ravis de vous occuper de Lily si je me décidais. J'ai juste... le plus grand mal à me bouger les fesses.

— Peut-être n'as-tu pas rencontré l'homme qui te donne envie de te bouger les fesses.

Hayley but une nouvelle et longue gorgée d'eau pour s'armer de courage.

— En fait, il se pourrait que… commença-t-elle.

Surprise par son silence gêné, Stella releva la tête de la corbeille qu'elle était en train de préparer et s'étonna :

— Il se pourrait que quoi ?

— D'abord, répondit vivement Hayley, tu dois me jurer de ne rien dire à personne. Même pas à Logan !

— D'accord.

— Tu me le jures ?

— Hayley, soupira Stella. Je ne suis pas disposée à cracher dans la paume de ma main, alors tu vas devoir me croire sur parole.

— OK, OK.

Avant de se résoudre à parler, Hayley prit une longue inspiration.

— La vérité, lâcha-t-elle enfin d'une voix sourde, c'est que j'en pince pour Harper.

Passé le premier instant de stupeur, Stella la dévisagea en répétant comme une litanie :

— Oh… oh… oh !

— Si tu continues à faire ça, maugréa Hayley, je vais devoir te frapper.

— Laisse-moi le temps de digérer la nouvelle.

— Je sais que c'est complètement dingue ! s'exclama Hayley, de plus en plus nerveuse. Je sais aussi que ce n'est pas bien et qu'il ne peut en être question, mais… Laisse tomber ! Oublie tout ça.

— Je n'ai jamais dit que c'était dingue, protesta Stella. C'est juste inattendu. Quant à considérer que ce n'est pas bien, j'avoue que je ne te suis pas.

— Mais c'est le fils de Roz ! protesta Hayley. Roz, la femme qui m'a quasiment ramassée dans la rue…

— Oh ! Tu veux dire celle qui t'a ouvert sa porte alors que tu errais, nue, sans le sou et atteinte d'une maladie invalidante ? Que de dévouement il lui a fallu pour te recueillir, te vêtir et te nourrir à la petite cuillère jour après jour !

— Tu peux rigoler, n'empêche qu'elle nous a donné un toit, à moi et à Lily, et qu'elle m'a offert un job. Et moi, tout ce que je trouve à faire pour la remercier, c'est de m'imaginer nue au lit avec son fils !

— Si tu es à ce point attirée par Harper...

— J'ai envie de lui mordiller les fesses, confia Hayley dans un souffle, de l'enduire de miel et de le laver avec ma langue, de...

— D'accord, d'accord, protesta Stella en dressant une main entre elles. Inutile de me farcir la tête d'images de ce genre, je vois le tableau. Tu ne fais pas qu'en pincer pour lui, tu l'as dans la peau.

— Je ne l'aurais pas formulé ainsi, mais... oui. Le pire, c'est que je ne peux rien faire pour y remédier. En plus, je sais que mon attirance n'a rien de réciproque et qu'il n'envisage pas du tout nos relations sous cet angle.

— Quel angle ? Celui de la sucette au miel ?

Le visage de Hayley se figea.

— Oh, zut ! gémit-elle. À présent, j'ai cette image dans la tête.

— Bien fait pour toi ! Mais qu'est-ce qui te prouve que tu ne lui plais pas ?

— Il ne m'a jamais fait la moindre avance, pas vrai ? Et pourtant, ce ne sont pas les occasions qui lui ont manqué. Et si je faisais le premier pas et qu'il réagissait en étant... choqué, voire horrifié ?

— Et s'il ne réagissait pas comme ça ?

— Ce serait pire encore ! Nous commencerions par faire l'amour comme des bêtes en rut, et ensuite nous serions...

À court de mots, elle agita désespérément ses mains devant elle.

—... si terriblement gênés ! Et nous ne saurions plus comment nous comporter l'un envers l'autre. Alors, Roz ne voudrait plus me parler, et je n'aurais plus qu'à prendre mes cliques et mes claques pour aller vivre avec Lily je ne sais où...

— Hayley... protesta Stella en lui tapotant gentiment l'épaule. Ce n'est que mon opinion, mais il me semble que Roz est au courant que son fils a une vie sexuelle.

— Tu sais ce que je veux dire. Ce n'est pas la même chose quand il s'agit de femmes qu'elle ne connaît pas.

— Oh, je suis persuadée qu'elle est ravie de savoir qu'il couche avec des inconnues ! s'exclama Stella en riant. Et naturellement, elle serait révoltée qu'il jette son dévolu sur une femme qui lui est proche et qu'elle apprécie.

— Ce serait une forme de trahison, insista Hayley.

— Je ne vois vraiment pas en quoi. Harper n'est plus un petit garçon. C'est un homme adulte, libre et responsable de ses choix. Roz serait la première à te le dire. Et je suis certaine qu'elle ne voudrait pas être mêlée, ni de près ni de loin, à vos histoires. Si Harper t'intéresse, tu n'as qu'à t'arranger pour qu'il s'en aperçoive. Ensuite, vois comment il réagit. Mais à mon avis, il ne devrait pas rester indifférent.

— Tu crois ?

— Depuis que tu es ici, il n'est plus le même. Et on ne voit plus de femmes sortir de chez lui. En fait – mais ce n'est que mon impression –, il se pourrait bien qu'il ait le béguin pour toi.

Hayley retint son souffle. Cette éventualité suffisait à lui faire battre le cœur plus vite, ce qui était à la fois délicieux et insupportable.

— S'il a le béguin pour quelqu'un, répondit-elle néanmoins, ce serait plutôt pour Lily. Mais je pourrais sans doute lancer un petit coup de sonde et voir ce qui se passe.

— Enfin une pensée constructive ! À présent, occupons-nous un peu de ces corbeilles.

— Stella ? fit Hayley en cherchant le regard de son amie. Tu me jures que tu ne diras rien de tout ceci à Roz ?

— Oh ! Pour l'amour de Dieu...

Stella ouvrit la main et cracha dedans, fidèle en cela aux rites sacrés de l'enfance. Et lorsqu'elle la tendit vers Hayley, celle-ci la contempla avec une grimace.

— Beurk !

Hayley était soulagée d'avoir pu partager son secret. Savoir que quelqu'un était au courant de ses sentiments pour Harper lui ôtait un poids des épaules. D'autant qu'il s'agissait de Stella, qui n'avait pas été choquée d'apprendre la nouvelle. Surprise, certes, mais pas choquée.

La réaction de son amie la rassurait, tout comme la décision qu'elle avait prise de s'accorder un ou deux jours de réflexion avant d'agir. En fait, depuis sa discussion avec Stella, Hayley ne faisait pas grand-chose d'autre que réfléchir.

Ce soir-là, un peu rêveuse, elle s'installa devant la télévision après avoir couché Lily. D'un œil distrait, elle contempla les images qui apparaissaient sur l'écran au hasard de son zapping. Elle arrêta son choix sur un vieux film en noir et blanc des années trente, dont le charme suranné correspondait bien à son humeur du moment.

C'était une sorte de drame romantique, dans lequel tous les personnages portaient des vêtements de luxe et s'en allaient danser chaque soir dans des clubs. Fascinée et cédant à une douce torpeur, Hayley se demanda à quoi une telle vie pouvait ressembler.

Elle se vit glisser dans une robe incroyable sur un parquet de danse, dans un décor Art déco scintillant de paillettes. Son partenaire portait un smoking, bien sûr. Harper, songea-t-elle, devait porter le smoking comme un dieu.

Pour pimenter son rêve éveillé, elle imagina qu'ils auraient pu se rencontrer ce soir-là. À travers la salle du club encombrée de danseurs, leurs yeux se seraient croisés, et immédiatement, ils auraient compris qu'ils étaient destinés l'un à l'autre.

L'avantage des vieux films en noir et blanc, c'est que rien n'y est impossible ni compliqué. Aucun obstacle n'y est insurmontable. Et quand jaillit la musique du générique de fin, il ne reste plus que les deux héros, les yeux dans les yeux, prêts pour un de ces magiques et parfaits baisers de cinéma.

Le genre de baiser qui vous fait décoller du sol et qui signe un amour sincère et éternel.

Le genre de baiser tendre et voluptueux qui vous fait glisser par un fondu enchaîné bienvenu dans le confort intime d'une chambre…

Dressée sur la pointe des pieds, elle se pressa contre lui et noua les mains autour de son cou. Leurs corps s'épousaient à la perfection. Les mains impatientes de son amant s'aventurèrent sur son corps, caressant la douceur de la soie autant que celle de la chair.

Elle accueillit ses caresses avec de petits gémissements, goûtant sur ses lèvres gourmandes des saveurs qui éveillaient tout son être au plaisir. Il n'y avait plus aucune entrave, puisqu'il la désirait autant qu'elle le désirait.

La lueur de chandelles illuminait la scène. Le parfum d'une profusion de fleurs dans de grands vases embaumait la pièce. Des lys. Il ne pouvait s'agir que de lys pourpres, flamboyants, symboles de la passion, comme ceux que Harper lui avait offerts le jour de la naissance de Lily.

Ses yeux, deux pierres brillantes d'un brun chaud, lui disaient tout ce qu'elle avait besoin de savoir. Ils lui assuraient sans le moindre doute possible qu'elle était belle et unique pour lui.

Lorsque, enfin, ils se déshabillèrent, sa robe glissa comme un amas d'étoiles le long du noir profond de son costume. Peau contre peau, or et lait, douceur et force mêlées.

Les caresses qu'il lui prodiguait exacerbaient en elle un désir qui la faisait frémir. Elle se laissa entraîner dans ses bras. Il la déposa avec une infinie douceur sur le lit, puis ses lèvres glissèrent le long de sa gorge, se refermèrent sur la pointe d'un sein, faisant naître au creux de son ventre une délicieuse et insupportable attente. Tout bas, elle murmura son nom.

La lueur tremblotante des bougies, celle plus chaude d'un feu dans la cheminée, le parfum grisant des fleurs… Ce n'étaient plus des lys, mais des roses.

Et les mains qui exploraient son corps n'étaient plus celles, rudes et fortes, d'un jardinier, mais celles, manucurées, douces et lisses, d'un gentleman. Des mains de riche.

Sous leurs caresses, elle se cambra sur le lit et ronronna de plaisir. Les hommes adoraient entendre les femmes qu'ils possédaient émettre toutes sortes de bruits, elle le savait.

Experte et impudique, elle laissa sa main aller et venir vigoureusement le long du membre dressé de son amant. Elle était prête, et même plus que prête, mais elle préférait le faire patienter encore un peu.

Seules les épouses légitimes s'allongeaient passivement et attendaient dans une indifférence résignée que leur seigneur et maître ait disposé d'elles. Voilà pourquoi les hommes comme lui recherchaient la compagnie d'autres femmes. Voilà pourquoi ils avaient besoin de femmes comme elle.

Voilà pourquoi ils les payaient.

Elle se souleva de l'amas d'oreillers, laissant glisser la cascade d'or de ses cheveux dans son dos. Puis, prenant la direction des opérations, elle roula avec lui sur le lit.

À elle de le dominer, à présent, et de lui montrer l'étendue de ses talents. Avec une lenteur étudiée, elle se coula contre lui, frotta ses seins opulents contre son torse, roula des hanches contre son pubis, embrassa et mordilla tout ce qui lui tombait sous la bouche.

Sa langue s'attarda dans le creux de son nombril, avant de descendre encore plus bas. Les doigts plongés dans ses cheveux, il se laissa offrir les privautés qu'il n'aurait jamais osé réclamer à sa délicate épouse. Ses grognements et son souffle précipité constituaient pour elle une récompense méritée.

Le corps de son amant était svelte et musclé, mais eût-il été gras comme un goret, elle aurait fait en sorte de le convaincre qu'il était beau comme un dieu. C'était tellement facile, avec les hommes...

Quand elle le chevaucha enfin, amazone victorieuse, elle vit son regard sombrer tel un navire en perdition et eut un sourire de triomphe. Vite et fort, elle imprima son rythme à leur union et l'entraîna vers des sommets qu'il n'oublierait pas de sitôt.

Pour elle, il n'était pas de plus beau jouet, ni de plus grande source de plaisir, que le sexe d'un homme riche.

Hayley jaillit du canapé à la vitesse d'un boulet de canon. Dans sa poitrine, son cœur battait à coups désordonnés. Sous son tee-shirt frottaient les pointes durcies de ses seins. Ses lèvres lui semblaient meurtries d'avoir été trop embrassées.

Paniquée, elle porta les mains à ses cheveux et soupira de soulagement en les reconnaissant sous ses doigts comme les siens. Derrière elle, une voix de femme se mit à rire, la faisant sursauter. Puis, réalisant qu'il ne s'agissait que d'un personnage du film dont l'intrigue sophistiquée suivait son cours sur l'écran, elle se laissa retomber sur le divan.

Réfléchir... Elle devait réfléchir. Les images du rêve qui venait de la visiter étaient encore trop vivaces dans sa mémoire pour qu'elle puisse se résoudre à n'y voir qu'un caprice de son inconscient. C'était tout autre chose qui venait de se produire. Quelque chose de plus sournois et d'autrement plus grave qu'une rêverie érotique.

Cédant à une appréhension subite, elle se précipita hors de la pièce pour vérifier que Lily allait bien. Tout paraissait tranquille dans la chambre. Aucun froid suspect. Aucune ombre dans le fauteuil à bascule immobile. Sa fille dormait du sommeil du juste. Rassurée, elle descendit l'escalier en s'efforçant de recouvrer son calme.

En pénétrant dans la bibliothèque, elle se surprit à hésiter. Assis derrière la table, Mitch tapait quelque chose sur son ordinateur.

— Mitch ? fit-elle en s'avançant dans la pièce.

— Mmm… Oui, qu'y a-t-il ? répondit-il en levant les yeux et en l'observant derrière ses lunettes à monture d'écaille.

— Je suis désolée, je vous dérange dans votre travail…

— J'envoyais juste quelques e-mails. Tu as besoin de quelque chose ?

— Je voulais…

Hayley n'était ni timide ni prude, mais elle se voyait mal expliquer de but en blanc au mari de sa patronne ce qui venait de lui arriver.

— Roz est-elle occupée ? reprit-elle.

— Je n'en sais rien, mais je peux l'appeler pour le lui demander.

— Je ne voudrais pas la déranger si… Mais en fait, oui. Oui, j'aimerais que vous l'appeliez.

— D'accord.

Mitch tendit le bras pour décrocher le téléphone. Pour se donner une contenance, Hayley étudia les photos encadrées disposées sur la table. L'une d'elles, sépia, représentait un homme en habit, au visage séduisant, aux traits bien dessinés, avec des cheveux sombres et de beaux yeux.

— C'est Reginald Harper, premier du nom ?

Mitch acquiesça d'un hochement de tête.

— Roz ? dit-il dans le combiné. Peux-tu descendre à la bibliothèque ? Hayley voudrait te parler.

Après avoir raccroché, Mitch l'étudia d'un air songeur et demanda :

— Tu veux boire quelque chose ?

— Non, merci, répondit-elle en reposant le portrait.

Puis, après un instant d'hésitation, elle poursuivit :

— Stella m'a raconté que lorsqu'elle avait emménagé ici, elle avait fait de drôles de rêves. C'est ainsi que… les incidents ont commencé, n'est-ce pas ?

— C'est exact. Il s'est produit une sorte d'escalade, dans la fréquence et la violence des manifestations de l'Épouse Harper, qui a débuté quand Stella et ses fils sont arrivés ici.

— Quant à moi, j'ai débarqué à Harper House quelques semaines après Stella. Il y avait donc trois femmes dans la maison.

Saisie d'un frisson, Hayley frotta ses bras nus, en regrettant de ne pas avoir pris le temps d'enfiler un pull.

— J'étais enceinte, poursuivit-elle. Stella était mère de jeunes enfants. Les fils de Roz n'habitaient plus la maison, mais elle est directement apparentée à Amelia.

Mitch hocha la tête.

— Va jusqu'au bout de ton idée, dit-il.

— Les rêves de Stella ont débuté. Des rêves intenses, dont nous pensons qu'ils ont été directement inspirés par Amelia. Ce n'est pas une théorie très scientifique, mais…

— Elle est bien assez scientifique comme ça.

— Et lorsque Stella et Logan…

Comme Roz entrait dans la pièce, Hayley laissa sa phrase en suspens et s'excusa.

— Désolée de vous avoir dérangée, Roz.

— Ce n'est pas grave. Que se passe-t-il ?

— Commence par achever ta reconstitution des faits, suggéra Mitch.

— D'accord. Logan et Stella sont tombés amoureux, ce qu'Amelia n'a pas du tout apprécié. Les rêves de Stella se sont faits plus dérangeants, et des incidents violents sont survenus. Le pire d'entre eux a eu lieu quand Amelia a bloqué la porte de la chambre des garçons.

— Le soir où j'ai pour la première fois mis les pieds ici, murmura Mitch. Je ne l'oublierai jamais.

— Le soir où Amelia a fini par nous révéler son prénom, précisa Roz.

— On peut considérer, reprit Hayley, que depuis, la pression s'est relâchée sur Stella. Elle ne fait plus de rêves, et il ne lui est rien arrivé d'autre, sinon elle nous l'aurait dit.

— Cette pression n'a fait que se reporter sur Roz, observa Mitch.

— Exactement ! approuva Hayley, ravie de constater qu'il abondait dans son sens. Et elle s'est même accentuée. Au point de se manifester sous forme de rêves éveillés, n'est-ce pas, Roz ?

— Oui. Des rêves accompagnés d'un pic de violence inégalé.

— Plus vous vous rapprochiez de Mitch, plus la colère d'Amelia augmentait. Au point qu'elle a failli vous tuer. Elle est venue à votre secours par la suite, quand vous vous trouviez en danger, mais auparavant, elle n'a pas hésité à s'en prendre à vous. Pourtant, comme cela s'est produit avec Stella, depuis votre mariage, elle semble avoir fait machine arrière.

— Apparemment. Du moins, pour le moment.

Roz rejoignit Hayley et, tout en la dévisageant avec gravité, posa une main sur son avant-bras.

— À présent, conclut-elle, elle s'en prend à toi, n'est-ce pas ?

— J'en ai l'impression.

— Raconte. Elle s'est montrée violente ?

— Non.

Gênée, Hayley laissa son regard passer de Roz à son mari avant de poursuivre :

— Je sais que nous avons décidé de rapporter à Mitch tout événement significatif afin qu'il puisse le consigner, mais j'avoue avoir un peu de mal à...

— Veux-tu que je te laisse seule avec Roz ? suggéra Mitch. Tu seras peut-être plus à l'aise pour tout lui raconter si je ne suis pas là.

Hayley réfléchit un instant.

— Non, décida-t-elle. Ce n'est pas utile. De toute façon, elle vous racontera tout ensuite. Ma réaction est ridicule.

Pour se donner du courage, elle croisa les bras et inspira profondément. Puis elle se jeta à l'eau.

— Je me détendais devant la télé, commença-t-elle. J'étais tombée sur un vieux film en noir et blanc des années trente, et je me suis mise à... rêvasser. Les acteurs portaient des costumes magnifiques et passaient leur temps à danser dans des clubs. Je me suis imaginée à leur place. Je me suis vue rencontrer... un homme.

Hayley n'avait hésité qu'un court instant. À quoi bon révéler que son cavalier n'était autre que Harper ?

— Dans mon rêve, nous étions amoureux. Un véritable coup de foudre... Nous avons dansé, et cela s'est terminé par un de ces baisers romantiques comme on n'en voit qu'au cinéma. Puis mon rêve a pris une tournure plus... sexuelle. Du club, nous étions passés dans une chambre. Il y avait des fleurs partout. Un feu brûlait dans la cheminée. Des chandelles éclairaient la pièce.

Elle dut s'éclaircir la voix avant de pouvoir ajouter :

— Dans mon rêve... nous faisions l'amour.

Elle se sentit rougir et baissa les yeux.

— Tu n'as pas à être gênée, intervint Roz. Si une jeune femme en pleine santé comme toi ne pensait jamais au sexe, je m'inquiéterais.

— Ç'a d'abord été un rêve très doux, confia Hayley à mi-voix. Romantique et excitant. Puis, subitement, il a changé de nature. Ou, plus exactement, c'est moi qui ai changé. Je suis devenue une autre femme, intrigante et manipulatrice, qui ne pensait plus au plaisir mais aux avantages qu'elle allait tirer de l'homme à qui elle prodiguait ses caresses. Mon amant aussi avait changé. Ses mains n'étaient plus les mêmes. Elles étaient douces, soignées – des mains de riche, ai-je pensé. Je me disais que jamais sa femme ne consentirait à lui faire ce que je lui faisais et que c'était pour cela qu'il venait me voir, pour cela qu'il me payait. Mon corps n'était plus le mien, mais celui d'une autre, et mes cheveux étaient blonds, longs et bouclés.

« C'est cet homme qui était avec moi, ajouta-t-elle en désignant sur le bureau le portrait de Reginald Harper. Il était allongé sous moi... du moins, sous cette autre femme que j'étais en rêve. Elle le chevauchait et ne pensait qu'à tirer avantage de sa liaison avec lui.

Hayley poussa un long soupir avant de conclure :

— Ensuite, je me suis réveillée.

Durant quelques secondes, un lourd silence plana dans la pièce. Ce fut Roz qui y mit un terme, d'une voix hésitante.

— Il n'est pas à exclure que ton inconscient ait assemblé tous ces éléments de lui-même, Hayley... Après tout, nous passons les uns et les autres beaucoup de temps à imaginer ce qu'a pu être la vie de Reginald et Amelia. Nous savons qu'elle était sa maîtresse et qu'elle a mis au monde un enfant conçu avec lui. Il n'est donc pas anormal pour un esprit imaginatif de se représenter ce qu'ont pu être leurs rapports sexuels.

— Je manque peut-être un peu de pratique ces derniers temps, protesta Hayley en secouant la tête, mais je sais faire la différence entre le trouble provoqué par un simple rêve érotique et le bouleversement physique procuré par un véritable rapport sexuel. C'est dans cet état-là que je me trouvais quand je me suis réveillée.

Il lui fallut ravaler la boule d'angoisse qui lui nouait la gorge avant de pouvoir poursuivre :

— J'ai ressenti ce qu'elle ressentait en accueillant en elle son amant. Elle était contente d'être avec un bel homme, mais cela ne lui aurait posé aucun problème de se donner à un autre qui aurait été laid. Tout ce qui importait à ses yeux, c'était qu'il soit riche et qu'il se montre généreux avec elle. Je n'ai pas imaginé tout cela. Je le *sais*, parce que, l'espace de quelques instants, je me suis retrouvée dans sa tête – ou, plus exactement, dans son corps.

— Je te crois, assura Mitch.

— Nous te croyons, corrigea Roz aussitôt. Outre que tu es une femme, tu es dans cette maison celle dont l'âge est le plus proche de celui qu'elle avait, pour ce que nous en savons, quand elle est morte. Peut-être cela suffit-il à créer un lien privilégié entre vous.

— C'est possible, reconnut Mitch. Et cela pourrait se révéler riche d'enseignements. Vois-tu autre chose à nous raconter ?

— Eh bien, répondit Hayley après y avoir réfléchi un instant, ce n'était pas la luxure qui la motivait. C'était le goût de l'argent, du luxe. Elle était très consciente de l'ascendant que ses charmes lui conféraient sur les hommes et se savait très douée pour les choses du sexe – et, à en juger par les réactions de son amant, elle n'avait pas tort. Elle méprisait les épouses de ces hommes qui allaient chercher dans les bras de leurs maîtresses ce que leurs femmes légitimes étaient incapables de leur offrir.

— Cela ne constitue pas son côté le plus sympathique, commenta Mitch d'un air songeur. Mais c'est intéressant.

— Je dirais plutôt que c'était terrifiant, comme expérience, répondit Hayley. Mais ça m'a fait du bien d'en parler avec vous. Je me sens mieux, à présent. Je vais vous laisser et essayer d'aller faire un peu de yoga, en espérant qu'Amelia n'en profitera pas pour se glisser dans mon corps. Merci de m'avoir écoutée.

— S'il se produit quoi que ce soit d'autre, dit Roz en la raccompagnant à la porte, préviens-moi, quelle que soit l'heure, d'accord ?

— Promis !

Après le départ de Hayley, Roz s'adossa à la porte et dévisagea un long moment son mari avant de conclure :

— Je crois qu'il va falloir veiller sur elle de très près…

5

Postée devant la fenêtre de la cuisine de Stella, Hayley avait une vue imprenable sur le patio, le jardin et le grand arbre dans les branches duquel Gavin et Luke, aidés de leur beau-père, avaient bâti leur cabane. Pour l'heure, Logan était occupé à pousser Lily, juchée sur la balançoire pendue à l'une des branches. Les garçons, pendant ce temps, lançaient sans se lasser une balle à Parker, le chien de la maison.

Aux yeux de Hayley, cette scène de tranquille bonheur domestique était la parfaite illustration d'une douce soirée d'été. Il en émanait la quiétude typique de ces fins de journées trop chaudes, juste avant qu'on allume la lumière du porche et qu'on appelle les enfants pour le dîner. Elle se rappelait quant à elle parfaitement ces jours de vacances dont chaque minute devait être consacrée à profiter du soleil avant qu'il ne se couche.

À présent qu'elle était mère, il lui tardait d'être celle qui se tient de l'autre côté de la porte, surveillant d'un œil les jeux de ses rejetons et veillant à ce que la lampe, fanal du foyer, soit allumée à temps.

— Tu finis par t'y habituer, demanda-t-elle à son amie, ou tu continues à te dire, chaque fois que tu regardes par cette fenêtre, que tu as bien de la chance ?

Un sourire au coin des lèvres, Stella la rejoignit.

— Les deux, répondit-elle. Et si nous allions boire cette limonade dans le patio ?

— Pas tout de suite. J'ai quelque chose à te dire. Je n'ai pas voulu t'en parler à la jardinerie – pas seulement pour ne pas gêner le travail, mais surtout parce que la boutique est située sur le domaine Harper, où Amelia est partout chez elle.

— Je suis au courant de ce qui t'est arrivé, murmura son amie en posant une main compatissante sur son épaule. Roz m'a tout raconté.

— Mais ce qu'elle ne sait pas, c'est que l'homme au sujet duquel je fantasmais n'était autre que Harper. Je me voyais mal lui révéler de but en blanc qu'il m'arrive de rêver que je couche avec son fils.

— À ce stade, cela me paraît inutile de le lui dire, en effet. S'est-il passé quelque chose d'autre, depuis ?

— Non. Rien. Et je suis incapable de te dire si j'en suis déçue ou soulagée.

Dans le jardin, Logan ramassa la balle qui venait de rouler de son côté et la relança, à la grande joie des deux garçons et du chien – sans oublier celle, plus grande encore, de Lily, qui battit des mains sur la balançoire.

— Crois-moi, reprit Hayley d'un ton envieux, quitte à avoir un aperçu de la vie d'une autre femme, je préférerais que ce soit de la tienne…

— Je pense être une bonne copine, mais si tu t'imagines que je vais te laisser te glisser dans mon corps pour faire des galipettes avec Logan, tu te fourres le doigt dans l'œil !

Toutes deux éclatèrent de rire, et Hayley ajouta, avec un coup de coude complice à son amie :

— Je ne me permettrais pas, car je suis moi aussi une bonne copine, mais je parie qu'entre vous, au lit, c'est… waouh !

Le sourire de Stella se fit aussi rusé et gourmand que celui d'un chat.

— Tu paries bien.

— En fait, je me demandais surtout, reprit Hayley, redevenant sérieuse, à quoi ressemblerait ma vie aux côtés d'un homme aussi amoureux de moi que Logan l'est de toi, avec deux enfants aussi merveilleux que les tiens.

— Tu finiras par avoir tout cela, toi aussi.

Hayley demeura un instant pensive et roula des épaules comme pour se débarrasser d'un poids, avant d'ajouter :

— Je ne sais pas ce qui m'arrive, ces temps-ci. Je me surprends à m'apitoyer sur mon sort, ce qui ne me ressemble pas. D'ordinaire, je suis heureuse et satisfaite de ce que j'ai, et lorsque ce n'est pas le cas, je m'empresse de faire le nécessaire pour redresser la barre.

— Tout à fait exact ! approuva Stella.

— J'ai certes ce petit béguin pour Harper qui me trotte dans la tête, mais un peu de frustration ne suffit pas à me faire broyer du noir. Alors, la prochaine fois que tu m'entends me plaindre de mon sort, rends-moi service : donne-moi un bon coup de pied aux fesses.

— Compte sur moi. Les amis sont faits pour ça.

Non, Hayley n'était vraiment pas le genre de femme à se complaire dans la mélancolie, à soupeser sans fin les aspects négatifs de son existence pour voir s'ils étaient plus lourds que les aspects positifs. Si quelque chose clochait, elle faisait le nécessaire pour y remédier. Et si rien ne pouvait être fait pour régler le problème, elle s'arrangeait pour vivre avec.

Le départ de sa mère l'avait naturellement laissée triste, blessée et effrayée. Mais elle avait vite compris que ses larmes ne la ramèneraient pas, et elle s'était résignée à vivre sans elle. Ce en quoi elle avait parfaitement réussi, songea-t-elle en regagnant Harper House. Elle avait appris à tenir un foyer. Seule avec son père, elle avait eu une bonne vie. Ensemble, ils avaient été heureux ; elle avait été aimée. Et elle s'était rendue utile.

Tout en poursuivant ses études avec succès, elle avait pris de petits boulots pour équilibrer le budget familial. Elle aimait travailler. Elle aimait apprendre. Elle aimait vendre aux gens ce qui leur apportait un peu de bonheur. Si elle était restée à Little Rock, sans doute aurait-elle fini par diriger la librairie dans laquelle elle avait travaillé.

Mais la mort de son père avait sapé les fondations de son existence. Il avait été pour elle le roc sur lequel elle s'était reposée. Sa disparition l'avait privée de tous ses repères, de toute assurance, ce qui expliquait qu'elle ait alors pris appui sur la première épaule amicale qui s'offrait. Car c'était tout ce qu'avait été le père de Lily pour elle : un ami. Elle n'en avait pas honte et ne le regrettait pas non plus.

Certes, le réconfort ne valait pas l'amour, mais c'était un acte positif et généreux. Elle aurait bien mal récompensé cette générosité en poussant le père de Lily à se marier avec elle lorsqu'elle s'était rendu compte qu'elle était enceinte. Cela ne lui avait même pas traversé l'esprit – ou à peine. Elle n'avait maudit ni les hommes ni les dieux. Elle avait assumé ses responsabilités, comme on le lui avait appris, et décidé de garder l'enfant et de l'élever seule.

Certes, songea-t-elle en s'engageant dans l'allée qui menait à Harper House, cela ne s'était pas fait sans peine. Dès que son ventre s'était arrondi et qu'il ne lui avait plus été possible de cacher son état, les questions perfides avaient fusé et des murmures désobligeants s'étaient répandus. Alors, puisque Little Rock, la maison de son père, la librairie avaient cessé d'être pour elle le havre de paix et de sécurité où elle avait grandi, elle avait fait table rase du passé et avait décidé de repartir de zéro.

Après s'être garée à son emplacement habituel, Hayley descendit de voiture et alla détacher Lily de son siège.

Tout ce qui pouvait se vendre, elle l'avait vendu avant son départ. Positiver, aller de l'avant, ne pas s'encombrer du passé, tels étaient devenus ses mots d'ordre. Elle était venue à Harper House dans l'espoir que Roz lui offrirait un travail, mais elle avait obtenu bien plus : elle avait trouvé une famille. Ce qui constituait à ses yeux une preuve supplémentaire que la chance souriait aux audacieux qui faisaient le nécessaire pour l'attraper au vol, ainsi qu'à ceux qui trouvaient sur leur route des âmes généreuses pour les aider à développer leur potentiel.

— Voilà ce que nous sommes, Lily, murmura-t-elle en déposant un gros baiser sur la joue de sa fille. Une paire de petites veinardes !

Le sac à langer sur l'épaule, elle referma la portière d'un coup de hanche. Mais alors qu'elle s'apprêtait à se diriger vers la grande demeure, une idée germa soudain dans son esprit. Peut-être le temps était-il venu de saisir de nouveau sa chance au vol... Rester les bras croisés, à attendre que survienne le prince charmant, était selon elle le meilleur moyen de rester vieille fille. Certes, prendre les devants, c'était courir le risque d'une rebuffade, mais tout compte fait, cela valait mieux que d'entretenir de vaines rêveries.

Néanmoins, pour voir si cela suffirait à la dissuader, Hayley prit le temps de contourner Harper House. Mais à présent que l'idée était plantée dans son esprit, impossible de l'en déraciner. Peut-être Harper serait-il surpris, choqué, voire effrayé par son initiative. Mais au moins sa réaction lui permettrait-elle de savoir à quoi s'en tenir et de pouvoir passer à autre chose – en tout cas, elle l'espérait.

En débouchant dans l'allée qui menait chez lui, Hayley posa sa fille sur le sol et la laissa trottiner gaiement vers la porte de Harper. Et s'il n'était pas là ? S'il était de sortie avec une conquête féminine ? se demanda-t-elle avec un frisson d'appréhension. Pire encore, si elle trouvait une femme dans sa maison ?

Ce serait, certes, difficile à avaler, mais elle le surmonterait. L'heure était venue d'en avoir le cœur net.

Bien que la nuit ne fût pas encore tout à fait tombée, l'éclairage extérieur était allumé. À intervalles réguliers, les jolies lanternes vertes jetaient des flaques de lumière jaune sur l'allée de briques. Quelques lucioles clignotaient déjà dans la pénombre. Hayley prit une profonde inspiration, emplissant ses narines du parfum des pois de senteur, des héliotropes, des roses et de celui, plus puissant, de la terre arrosée. Toutes ces odeurs resteraient à jamais liées dans son esprit à cet endroit et à Harper.

Après avoir rattrapé Lily, elle frappa doucement contre le battant de bois. Puis, sous le coup d'une impulsion, elle se plaça sur le côté, laissant sa fille seule devant la porte. Le maître des lieux ne tarda pas à venir ouvrir. Hayley entendit sa fille l'accueillir par des cris de joie.

— Regardez ce que j'ai trouvé sur le pas de ma porte ! s'exclama joyeusement Harper.

De son poste d'observation, Hayley vit Lily tendre les bras vers Harper. Il ne s'était pas encore baissé pour la soulever de terre qu'elle déversa sur lui un babil aussi véhément qu'incompréhensible.

— Vraiment ? s'écria-t-il. Tu passais par là et tu t'es dit que tu me rendrais bien une petite visite ? Très bonne idée ! Surtout que je dois avoir un ou deux cookies pour toi. Mais il va falloir qu'on trouve ta maman d'abord.

— Je suis là !

En riant, Hayley les rejoignit devant la porte.

— Désolée, reprit-elle, mais vous êtes si mignons tous les deux que je n'ai pas pu résister à l'envie de la laisser frapper toute seule chez toi.

Elle tendit les bras pour récupérer sa fille, mais comme chaque fois qu'elle se trouvait dans les bras de Harper, celle-ci secoua vivement la tête et se blottit contre lui.

— Je lui ai promis des cookies, dit-il avec un sourire indulgent. Tu veux entrer un instant ?

— Tu n'es pas occupé ?

— Non. Je m'apprêtais à prendre une bière en expédiant quelques paperasses, mais je peux fort bien me passer de la seconde partie du programme.

Hayley le suivit à l'intérieur et balaya le salon d'un coup d'œil circulaire tandis qu'il conduisait Lily dans la cuisine.

— C'est toujours un bonheur de venir chez toi ! lança-t-elle en les rejoignant. Tout est si propre, si bien rangé… Tu fais mentir la réputation des célibataires.

— C'est que j'ai été bien éduqué, je suppose.

Lily confortablement installée sur sa hanche, il tendit le bras pour sortir d'un placard une boîte de biscuits en forme d'animaux, qu'il gardait en réserve spécialement pour elle.

— Alors, dit-il en l'ouvrant sous ses yeux, lequel vas-tu prendre aujourd'hui ?

Laissant la petite fille à ce choix cornélien, il se tourna vers Hayley et lui proposa :

— Une bière ?

— Ma foi, je ne dis pas non. Je me suis attardée chez Stella, après le travail. On a terminé la soirée autour d'un barbecue, mais j'ai fait l'impasse sur le vin. Hors de question que je boive ne serait-ce qu'une goutte d'alcool quand je conduis et que Lily se trouve à l'arrière.

Harper manifesta son approbation d'un hochement de tête et se dirigea vers le réfrigérateur, d'où il sortit deux bières qu'il décapsula habilement d'une seule main.

— Alors, comment te sens-tu ? s'enquit-il en lui en tendant une.

Comme Hayley lui retournait un regard interrogateur, il haussa les épaules et expliqua :

— Je sais ce qui t'est arrivé hier soir. Étant donné que nous sommes tous concernés par cette histoire, il est inévitable que les nouvelles circulent vite.

— C'est tout de même embarrassant de constater que mes rêves érotiques de la nuit se retrouvent le lendemain au menu du petit déjeuner…

— Nous sommes tous restés très discrets. De toute façon, personne ne trouve rien à redire à un bon rêve érotique.

— J'espère seulement que le prochain sera de mon cru.

Hayley s'interrompit, le temps de siroter sa bière tout en le dévisageant attentivement.

— Tu lui ressembles pas mal, tu sais.

— À qui ?

— À Reginald. Je m'en rends compte maintenant que j'ai eu de lui un aperçu beaucoup plus... intime que par portrait photographique interposé. Vous avez le même teint, la même forme de visage, la même bouche... Mais il n'était pas aussi bien bâti que toi.

La pomme d'Adam de Harper joua au Yo-Yo le long de son cou. Il but une longue gorgée de bière.

— Il était élancé, poursuivit Hayley sans le quitter des yeux, avec un corps tout en souplesse. Il avait des mains plus fines et plus douces que les tiennes. Des mains d'aristocrate, et non de travailleur manuel. Bien sûr, il était plus âgé que toi – il avait les tempes grisonnantes, des pattes-d'oie aux coins des yeux et de la bouche –, mais il était encore très séduisant, très viril.

Tout en parlant, elle était allée repêcher dans le sac à langer le biberon de jus de fruits et le cube musical de Lily. Elle s'en servit comme appâts pour attirer sa fille hors des bras de son héros et pour l'installer sur le sol, à portée de regard mais tout de même pas trop près.

— Tu as également des épaules plus larges et plus musclées, reprit-elle en venant se camper devant lui. Et pas un gramme de trop ici !

Vif comme l'éclair, l'index de Hayley se planta dans le ventre plat de Harper, qui bredouilla en sursautant :

— Je... je vois.

À la dérobée, Hayley jeta un coup d'œil à sa fille. Celle-ci était trop occupée à composer un remix de *Vive le vent* et de *Petit Papa Noël* pour leur prêter attention.

— J'ai pu constater tout cela, conclut-elle, parce que, naturellement, nous étions tous les deux entièrement nus...

— Je m'en doute.

— Et si j'ai pu si bien vous comparer l'un à l'autre, c'est parce que l'homme avec qui je me trouvais au début de mon rêve n'était autre que toi.

Cette nouvelle laissa Harper sans voix. Cela dit, réalisa-t-elle en le scrutant attentivement, il avait l'air bien plus surpris que choqué.

Toutes les conditions étaient réunies pour passer à la phase deux, décida-t-elle en s'armant de courage. Elle se hissa donc sur la pointe des pieds, glissa une main derrière la nuque de Harper, approcha son visage du sien et murmura :

— Si je me rappelle bien, tout a commencé à peu près comme ça…

Leurs lèvres proches à se toucher, elle marqua un léger temps d'arrêt, afin de bien savourer cet instant particulier où le souffle se bloque et où le cœur bat plus fort. Puis elle fit ce dont elle avait envie depuis des mois.

Ce fut un baiser aussi doux, tendre et chaud qu'elle l'avait imaginé. La caresse des cheveux de Harper sous ses doigts lui donnait le frisson, et c'était un tel plaisir de sentir leurs corps s'épouser… Harper était d'une immobilité parfaite contre elle. Seul son poing refermé dans le dos de Hayley tremblait un peu. Non loin d'eux, le cube musical de Lily répandait un salmigondis de mélodies tout à fait au diapason de l'intensité de l'instant.

Dès que cela lui fut possible, Hayley se força à briser l'enchantement. Elle avait élaboré un plan, et elle devait en respecter toutes les étapes, sous peine de le voir échouer. Le plus innocemment du monde, elle avala une gorgée de bière tandis que Harper posait sur elle des yeux qui ne lui avaient jamais paru aussi sombres.

— Alors ? demanda-t-elle crânement. Qu'en penses-tu ?

Harper leva une main en l'air, l'agita un peu, puis la laissa retomber.

— Je crois que j'ai perdu la capacité de penser rationnellement.

D'un geste sec, Hayley reposa sa bouteille de bière sur le plan de travail.

— Eh bien, quand tu l'auras récupérée, lâcha-t-elle, fais-moi signe.

Sur ce, elle se retourna pour rassembler les affaires de Lily. Avec un frisson de contentement, elle sentit Harper la retenir par la ceinture de son jean.

— Hayley... murmura-t-il.

Elle tourna la tête et soutint son regard.

— Oui ?

— Tu ne peux pas entrer ici, m'embrasser comme tu l'as fait et t'en aller comme si de rien n'était. J'aimerais savoir une chose : était-ce une démonstration pour bien me faire comprendre ce qui s'est passé avec Amelia, ou s'agissait-il de tout à fait autre chose ?

— Je me demandais quel effet cela ferait. Alors, j'ai décidé de le découvrir.

— D'accord.

L'agrippant par les hanches, Harper la fit pivoter vers lui et s'assura d'un coup d'œil que Lily jouait encore. Puis il s'avança d'un pas et la coinça contre le plan de travail.

Cette fois, ce fut lui qui la surprit. Il ne se contenta pas d'un simple baiser. En une caresse intime, impudique, sa langue vint se lover contre la sienne, tandis que ses mains quittaient ses hanches et partaient en exploration le long de son corps, faisant naître dans leur sillage de petites décharges électriques sous sa peau.

Puis, à son tour, il fit machine arrière et essuya du bout de son pouce les lèvres gonflées de Hayley.

— Moi aussi, je me demandais quel effet cela ferait, commenta-t-il, un peu essoufflé. Je suppose que nous savons à présent tous les deux à quoi nous en tenir.

— On dirait, parvint-elle à répondre.

Lily, lassée de son jeu, étant venue se rappeler à son bon souvenir en s'agrippant à sa jambe, Harper la prit dans ses bras et l'installa confortablement sur sa hanche.

— Je suppose également, reprit-il d'une voix hésitante, que c'est... un peu compliqué.

— Oui, très, admit-elle. Nous devons bien réfléchir à ce que nous faisons, prendre tout notre temps.

— Bien sûr. Nous pourrions aussi envoyer balader toute prudence, et je pourrais te rejoindre dans ta chambre cette nuit.

— Je... j'aimerais te dire oui, répondit-elle dans un souffle. Je ne sais pas ce qui m'empêche de te le dire. Sans doute parce que c'est ce dont j'ai envie. Mais...

Laissant sa phrase en suspens, elle baissa les yeux.

— Je comprends, dit Harper en hochant la tête. Accordons-nous un peu de temps. Histoire d'être sûrs que c'est bien ce que nous voulons.

— Histoire d'être sûrs... répéta-t-elle en rassemblant les affaires de sa fille. Je dois y aller, sinon je risque d'oublier mes bonnes résolutions. Parce que, pour savoir embrasser, on peut dire que tu sais embrasser ! En plus, il faut que je mette Lily au lit...

Insensible aux cris de protestation de sa fille, Hayley la prit des bras de Harper et conclut :

— On se verra demain au boulot.

— OK. Tu ne veux pas que je vous raccompagne ?

— Non, non. Ça va aller.

Sa fille criant et se débattant contre elle, Hayley sortit en hâte. Elle n'avait parcouru que quelques mètres que la colère de l'enfant avait déjà pris des proportions incontrôlables. Le dos arqué, la tête rejetée en arrière, Lily poussait des cris à percer les tympans.

— Bon sang, Lily ! grogna Hayley. Tu le reverras demain. Ce n'est pas comme s'il devait partir à la guerre.

La bandoulière avait glissé le long de son bras, si bien que le sac à langer battait contre ses jambes à chaque pas. Par quelque mystérieux sortilège, sa douce Lily s'était transformée en démon à face rouge surgi de l'enfer. Ses chaussures à bouts renforcés cognaient contre la hanche de sa mère, son ventre, ses cuisses. Dans la chaleur étouffante de cette fin de journée, Hayley luttait pour transporter à bout de bras dix kilos de fureur enfantine.

— J'aurais aimé rester, moi aussi ! protesta-t-elle d'une voix amère. Mais c'était impossible, et il n'y a rien que je puisse y changer. Il va falloir te faire une raison.

La sueur coulait dans ses yeux, brouillant sa vue. L'espace d'un instant, elle eut l'impression que la grande maison, au bout de l'allée, n'était qu'un mirage flottant, une illusion qu'elle ne parviendrait jamais à atteindre. Plus elle croirait s'en approcher, plus celle-ci s'éloignerait, tout simplement parce qu'elle n'avait aucune réalité pour elle.

Elle n'avait jamais réellement eu sa place ici. Elle serait plus avisée de faire ses bagages et de partir. La maison et Harper avaient un point commun : tous deux resteraient à jamais inaccessibles pour elle.

— Eh bien ! Que se passe-t-il ?

Arrivée à la véranda, Hayley distingua le visage de Roz dans la pénombre suffocante et se sentit profondément ébranlée tandis que tout se remettait brusquement en place autour d'elle. Une vague de nausée déferla en elle, remuant dangereusement le contenu de son estomac. Elle n'eut pas la force de retenir sa fille lorsque celle-ci, en pleurs, se jeta littéralement hors de ses bras pour se précipiter dans ceux de Roz.

— Elle est en colère contre moi, expliqua-t-elle d'une voix faible.

En voyant Lily s'agripper désespérément au cou de la maîtresse des lieux et pleurer sans retenue, elle sentit ses propres yeux s'emplir de larmes brûlantes.

— Ce ne sera sans doute pas la dernière fois, répondit Roz en consolant la fillette de son mieux. Qu'est-ce qui l'a mise dans cet état ?

— Nous sommes passées chez Harper. Elle ne voulait plus partir de chez lui.

— C'est dur, hein ? fit Roz d'un ton compatissant, en caressant le dos de l'enfant. Très dur de devoir quitter son meilleur copain !

— Il faut encore que je lui donne son bain, reprit Hayley d'un ton coupable. Elle devrait déjà être au lit. Désolée de vous avoir dérangée. On a dû entendre ses cris jusqu'à Memphis.

— Ne t'en fais pas. Ce n'est pas la première fois que je vois un bébé piquer une crise de rage, et pas la dernière non plus.

— Je vais la reprendre, à présent.

— Laisse-la-moi un instant.

Roz se retourna pour gravir les marches qui menaient à l'étage et poursuivit, s'adressant à Lily autant qu'à Hayley :

— Vous vous êtes épuisées l'une l'autre. Voilà ce qui arrive quand un enfant veut une chose et que sa maman sait qu'il a besoin de tout autre chose. L'enfant sent son petit monde s'écrouler autour de lui, et la maman finit par se sentir coupable d'avoir provoqué une crise.

Une grosse larme roula sur la joue de Hayley, qu'elle essuya d'un revers de main.

— Je déteste la voir dans cet état.

— Tu n'as rien à te reprocher, affirma Roz en ouvrant la porte de la nursery et en allumant une lampe. Cette enfant est en nage, et elle est fatiguée. Elle a besoin d'un bon bain, d'un pyjama et d'un peu de temps pour se reprendre. Va remplir sa baignoire, je m'occupe de la déshabiller.

— Merci, mais c'est inutile. Je peux...

— Ma petite, tu dois apprendre à partager, coupa Roz d'un ton sans réplique

Puisque Lily, à présent calmée, se laissait faire sans protester, Hayley traîna des pieds jusqu'à la salle de bains. Il lui fallut ravaler ses larmes une bonne douzaine de fois tandis qu'elle réglait la température de l'eau, ajoutait dans la baignoire le bain moussant dans lequel sa fille aimait barboter, ainsi que le canard en plastique dont elle avait fait son inséparable compagnon.

— En voilà un beau bébé tout nu ! s'exclama Roz dans le couloir. Regardez-moi ce joli ventre, qui ne demande qu'à être chatouillé...

Les rires joyeux par lesquels sa fille répondit faillirent avoir raison de la résistance de Hayley, qui se mordit les lèvres pour ne pas fondre en larmes.

— Pourquoi n'irais-tu pas prendre une douche ? suggéra Roz en pénétrant dans la salle de bains. Lily et moi allons beaucoup nous amuser toutes les deux.

— Je ne veux pas que vous vous donniez tout ce mal.

— Hayley… Tu vis ici depuis assez longtemps pour savoir que je ne propose jamais de faire quelque chose si je n'en ai pas envie. Pour le bien de cette enfant comme pour le tien, va te rafraîchir, te calmer, te changer les idées.

De peur d'éclater en sanglots à tout instant, Hayley se hâta d'obéir à cette injonction.

Hayley se sentait plus fraîche – mais pas tellement plus calme – quand elle retrouva Roz. Celle-ci était en train de mettre un léger pyjama en coton à une Lily ensommeillée. La nursery sentait bon la poudre et le savon, et le bébé avait retrouvé son équilibre.

— Et voilà ta maman, murmura Roz, prête à te donner plein de bisous de bonne nuit.

Elle souleva Lily, et l'enfant tendit aussitôt les bras vers Hayley.

— Rejoins-moi au salon quand tu en auras terminé avec elle, glissa Roz avant de sortir.

— OK… Merci, Roz.

Les yeux fermés, Hayley serra fort son enfant contre elle, humant avec délices l'odeur de sa peau et de ses cheveux. Elle demeura un long moment ainsi, sa petite fille blottie dans ses bras, retrouvant dans cette étreinte son propre équilibre.

— Maman est désolée, mon bébé, murmura-t-elle tout bas. Si je pouvais te donner le monde, avec une boîte en argent géante pour le ranger dedans, je le ferais…

De doux baisers, de paisibles murmures furent encore échangés. Puis, laissant Lily, apaisée, à la garde de son chien en peluche, Hayley alluma une veilleuse, quitta la chambre et rejoignit Roz dans le salon.

— J'ai pris deux bouteilles d'eau minérale dans ton réfrigérateur, lança celle-ci en lui en tendant une. Ça te va ?

— C'est parfait. Oh, Roz... Je me sens tellement stupide. Je ne sais pas ce que je ferais sans vous.

— Tu te débrouillerais. Tu t'en sors mieux avec moi, c'est vrai, mais tu n'es pas la seule...

Après s'être confortablement calée dans le canapé, Roz étendit ses jambes sur la table basse. Les ongles de ses pieds nus étaient vernis d'un rose chewing-gum du plus bel effet.

— Si tu continues à réagir comme ça chaque fois que ta fille pique une colère, reprit-elle, tu auras un ulcère avant l'âge de trente ans.

— Je savais qu'elle était fatiguée, dit Hayley d'un ton las. J'aurais dû l'amener directement ici au lieu de la laisser aller chez Harper.

— Je suppose qu'elle a apprécié cette petite visite tout autant que lui. À présent, elle dort paisiblement dans son lit, et tout est oublié.

Hayley fit la grimace.

— Je ne suis pas une mère parfaite, n'est-ce pas ?

— Tu es bien mieux que cela ! protesta Roz. Ta fille est heureuse, en bonne santé et comblée d'amour. Elle a bon caractère, mais elle sait également ce qu'elle veut, et elle le manifeste. Ce qui, selon moi, est plutôt bon signe. Comme tout un chacun, elle a bien le droit de piquer une petite colère de temps à autre, non ?

— Bien sûr. Je ne comprends pas ce qui m'arrive, Roz...

Hayley reposa sa bouteille sans y avoir touché.

— À un moment donné, je suis au trente-sixième dessous, et aussitôt après, je me sens prête à conquérir le monde. Avec de telles sautes d'humeur, je pourrais craindre d'être enceinte, ce qui est totalement impossible, à moins que le retour du Messie ne soit pour bientôt...

— Tu as mis le doigt sur le problème. Tu es jeune et en bonne santé et, comme toute jeune femme de ton âge, tu as des besoins, qui ne sont pas satisfaits. Il n'y a pas que le sexe dans la vie, mais il faut reconnaître qu'il y tient une place importante.

— Peut-être, admit Hayley. Mais résoudre ce problème n'a rien d'évident pour quelqu'un dans ma situation.

— Je suis passée par là, moi aussi. Mais tu sais que si tu veux te remettre à sortir, tu as toutes sortes de baby-sitters autour de toi qui ne demandent qu'à te rendre service.

— Je sais.

— En fait, à bien y réfléchir, il me semble que le sexe peut être une des clés qui mènent à Amelia.

Hayley laissa fuser un rire grinçant.

— Désolée, Roz... Je ferais à peu près tout pour vous rendre service, mais je refuse de coucher avec Amelia ! Fantôme, femme et déséquilibrée : cela n'a rien de sexy pour moi.

— Enfin, je te retrouve ! s'exclama Roz en riant. Mitch et moi parlions de ce qui t'est arrivé, l'autre soir, histoire de revoir nos théories en y ajoutant cette nouvelle composante. Amelia se servait du sexe pour obtenir ce qu'elle désirait dans la vie. C'était une sorte d'instrument pour elle. En tout cas, elle était, selon nos conclusions, la maîtresse de Reginald, et ce doit être dans ce cadre que Reginald Junior a été conçu.

— Mais peut-être Amelia était-elle amoureuse de lui, intervint Hayley. Il est possible qu'elle ait été séduite. Après tout, nous n'avons sur la question que le point de vue de Beatrice dans son journal, et elle ne peut être considérée comme une source objective.

— Bien raisonné. Tu as raison, on ne peut écarter cette possibilité.

Roz but une gorgée d'eau avant de reprendre :

— Mais cela nous ramène toujours au sexe, même si elle était amoureuse de lui. Reginald se servait d'elle pour son plaisir, et elle a accepté cet accord de bonne grâce - du moins dans un premier temps - ce qui ne dénote pas de sa part une vision du sexe très saine...

— D'accord.

— Revenons au moment où nous nous sommes retrouvées toutes les trois à vivre dans la maison. Stella a tout de suite vu et entendu Amelia - ce qui n'avait rien d'anormal, étant donné la présence de ses fils auprès d'elle. Puis Logan est apparu dans sa vie. Ce n'est pas faire injure à ces deux-là de dire que l'ambiance a tout de suite été assez chaude entre eux... Il s'est ensuivi une escalade dans les manifestations de l'Épouse Harper. Entre Mitch et moi, nouvelle rencontre explosive... et nouvelle escalade des manifestations d'Amelia. À présent, c'est ton tour.

— Mais je n'ai rencontré aucun homme.

Roz ne prêta pas attention au trouble qui s'empara de Hayley dès qu'elle eut prononcé ces mots.

— Tu y penses, insista-t-elle. Tu envisages la possibilité d'une rencontre. Peut-être même l'espères-tu. Tout comme Stella avant de rencontrer Logan ou moi avant de tomber sur Mitch.

— Si je vous comprends bien, vous pensez que l'attention d'Amelia est en train de se tourner vers moi, l'énergie sexuelle servant de catalyseur. Et vous redoutez un redoublement de violence de sa part, comme cela s'est produit les fois précédentes.

— C'est une possibilité, oui. Surtout si cette énergie sexuelle se double d'un sentiment plus profond et mène à l'amour.

— Vous voulez dire qu'elle pourrait s'en prendre à ceux que j'aime, comme Lily, ou...

— Lily ne risque rien, affirma Roz en posant une main rassurante sur son avant-bras. Amelia n'a jamais rien fait qui soit de nature à blesser ou à effrayer un enfant. Mais toi, c'est une autre affaire...

Hayley poussa un long soupir.

— Je suis bien assez grande pour prendre soin de moi. Mais l'idée qu'elle pourrait s'attaquer à vous, à Mitch, à David ou à n'importe lequel d'entre nous... Et si je m'attachais à un homme, affectivement autant que sexuellement, il deviendrait probablement sa prochaine cible, n'est-ce pas ?

— Peut-être, admit Roz avec une grimace. Mais tu ne peux bâtir ta vie sur des « peut-être », Hayley. Je ne veux pas que tu te sentes obligée de vivre ici, ni même de rester travailler à Côté Jardin.

Hayley en resta un instant bouche bée.

— Vous voulez... vous voulez que je m'en aille ?

— Certainement pas !

Roz se tourna vers elle et prit ses mains dans les siennes avant de poursuivre :

— D'un point de vue strictement égoïste, je te veux près de moi. Je te considère comme la fille que je n'ai jamais eue, et cette enfant qui dort dans la chambre d'à côté est l'une des plus grandes joies de mon existence. C'est bien pourquoi je me sens obligée de te suggérer de partir.

Hayley prit une profonde inspiration et se leva. Elle se rendit à la fenêtre, contempla sans les voir le luxuriant jardin d'été et, plus loin, l'ancienne remise à voitures au porche illuminé.

— Ma mère nous a quittés, mon père et moi, raconta-t-elle d'une voix absente. Nous ne représentions pas assez à ses yeux pour la retenir. Elle ne nous aimait pas suffisamment. Quand mon père est mort, je ne savais même pas où lui écrire pour le lui annoncer. Elle ne verra jamais sa petite-fille. C'est bien dommage pour elle, mais pas pour Lily. Lily vous a, vous. Tout comme je vous ai. Si c'est ce que vous voulez, je m'en irai. Je trouverai un autre foyer, un autre job. Et je me tiendrai à l'écart de Harper House aussi longtemps qu'il le faudra. Mais j'ai besoin que vous répondiez d'abord à une question, et je sais que vous me direz la vérité, comme vous le faites toujours.

— Très bien. Je t'écoute.

Hayley se retourna pour s'adosser à la fenêtre et chercha le regard de Roz avant de reprendre la parole.

— Si vous aviez à faire face à la même situation, si on vous proposait de laisser derrière vous des gens que vous aimez, un lieu et un travail que vous appréciez, pour vous mettre à l'abri de problèmes qui pourraient éventuellement survenir, que feriez-vous ?

Roz se leva et demanda en souriant :

— Je suppose que tu restes ?

— Je le suppose aussi.

— David a préparé de la tarte aux pêches.

— Ô mon Dieu ! Ma préférée…

Roz tendit la main vers elle et conclut :

— Allons nous en offrir une bonne part. Je te parlerai de mon projet d'adjoindre une boutique de fleuriste à la jardinerie l'hiver prochain.

Dans l'ancienne remise à voitures, Harper choisit une assiette de poulet rôti dans les restes congelés par David à son intention. Tout en songeant à Hayley, il la passa au micro-ondes et la dégusta dans la cuisine, sans prendre la peine de s'asseoir.

L'initiative de la jeune femme avait brusquement placé leur relation sur un terrain fragile et mouvant, et il ne parvenait toujours pas à déterminer quel rôle elle entendait le voir jouer dans sa vie. Depuis un an et demi, il s'obligeait à ignorer les sentiments qu'elle lui inspirait et l'attirance qui le poussait vers elle. Tout dans l'attitude de Hayley tendait à prouver qu'elle voyait en lui un ami, voire un frère... Et il avait fait de son mieux pour remplir ce rôle. Mais voilà qu'elle surgissait chez lui et lui donnait un baiser à faire se damner un saint sur fond de ritournelle enfantine. Désormais, il ne pourrait plus entendre *Vive le vent* sans se sentir excité...

Que diable était-il censé faire, maintenant ? L'inviter à sortir avec lui ? Il n'était ni timide ni maladroit dans ses relations avec l'autre sexe. À ses yeux, c'était une activité normale. Le problème, c'était qu'il n'y avait rien de normal dans ses rapports avec Hayley. Comment aurait-il pu en être autrement, alors qu'il s'était convaincu durant des mois qu'il ne l'intéressait pas sous cet angle et que la seule réponse à ses ardeurs était la douche glacée ?

Le fait qu'ils soient collègues de travail n'arrangeait rien à l'affaire. Qu'elle vive, de plus, dans la maison principale en compagnie de Roz n'était pas non plus pour simplifier les choses. Et puis, il y avait Lily à prendre en considération. L'entendre hurler quand sa mère l'avait traînée de force loin de lui lui avait déchiré le cœur. Et si les choses se passaient mal entre Hayley et lui, la petite fille aurait-elle à en souffrir ?

Il lui fallait tout faire pour éviter qu'une telle chose se produise, conclut-il. Il allait devoir redoubler de prudence et ne rien brusquer. Ce qui suffisait à rejeter dans les limbes l'envie qui continuait à le titiller de se glisser à la nuit tombée dans la chambre de Hayley.

Comme à son habitude, il remit en ordre et nettoya consciencieusement la cuisine avant de gagner l'étage. Le loft, ainsi qu'il l'appelait, comprenait une vaste chambre, une salle de bains et une petite pièce qui faisait office de bureau. Il y passa une heure à des tâches administratives, ramenant son cerveau au travail en cours chaque fois que son esprit avait tendance à vagabonder du côté de Hayley.

Ensuite, après avoir allumé le téléviseur en sourdine sur une chaîne sportive, il ouvrit un livre et s'adonna à son activité de célibataire favorite : lire sans quitter tout à fait de l'œil les évolutions de ses joueurs de base-ball préférés sur le terrain. Quelque part au cours de la huitième reprise, alors que Boston dominait les Yankees, il finit par sombrer.

Il rêva qu'il faisait l'amour avec Hayley, sur la pelouse du Fenway Park, alors que le match battait son plein autour d'eux. Leurs corps nus roulaient avec passion dans l'herbe verte, il s'enfouissait profondément en elle, les jambes de Hayley verrouillées autour de ses hanches, mais il se surprenait à garder un œil sur le jeu.

Il fut tiré du sommeil par un grand bruit sec, que son esprit encore en plein rêve interpréta comme le choc joyeux et sonore d'une batte frappant la balle. Se redressant sur le lit, il se frotta les yeux et s'efforça d'émerger de ce rêve étrange mais pas déplaisant, qui combinait deux de ses activités de prédilection : le sport et le sexe.

Le deuxième bruit claqua comme un coup de revolver. Il était bien réel et provenait sans aucun doute possible du rez-de-chaussée. Harper fut debout en un instant et prit la précaution de se munir avant de descendre de la batte Louisville Slugger qui était à lui depuis son douzième anniversaire.

Sa première idée fut que Bryce Clerk, l'ex-mari de sa mère, était sorti de prison prématurément et venait une fois encore faire du grabuge. Si ce crétin avait commis l'erreur de revenir ici, songea-t-il en serrant sa batte à deux mains, il n'allait pas tarder à le regretter. Prêt à en découdre, il gagna sans bruit la cuisine, où retentissait un boucan infernal de vaisselle cassée. Il alluma à temps pour voir une assiette filer droit sur lui. Instinctivement, il se baissa, et l'assiette alla s'écraser contre le mur.

Aussitôt après, un grand silence se fit.

Harper balaya d'un coup d'œil stupéfait la cuisine qu'il avait quittée propre et rangée et qui semblait avoir été dévastée par une armée de vandales. Le carrelage était recouvert de vaisselle cassée. Des ruisseaux de bière mousseuse sinuaient sur le sol au milieu des débris de bouteilles brisées. Son réfrigérateur était grand ouvert et vomissait son contenu comme un soldat blessé ses entrailles. Murs et comptoirs étaient constellés de ce qui ressemblait à un mélange infect de ketchup et de moutarde. Il n'y avait personne d'autre que lui dans la pièce, et son souffle faisait naître dans l'air anormalement glacé un panache de buée.

— La garce ! grogna-t-il en se passant sur le visage une main nerveuse. La foutue garce !

Amelia s'était servi du ketchup – il espérait du moins qu'il s'agissait bien de cet innocent condiment et non du sang dont il avait l'allure – pour tracer en grandes lettres énergiques son message sur le mur.

Je ne serai jamais en repos.

6

Mitch ajusta ses lunettes sur son nez et examina plus attentivement les photos. Harper avait fait du bon boulot, songea-t-il, ne négligeant aucun détail ni aucun angle de prise de vue. Ce garçon avait la main sûre et la tête froide. Pourtant…

— Tu aurais dû nous appeler quand cela s'est produit.

— Il était 1 heure du matin ! À quoi cela aurait-il servi que je réveille tout le monde ? Les photos en disent assez long, de toute façon.

— Oui, approuva Mitch, sans quitter les clichés des yeux. Elles en disent long sur ce qui se produit quand Amelia n'est pas contente. Tu as une idée de ce qui a pu la mettre dans cet état ?

— Aucune.

Mitch étala les clichés devant lui, de manière à en avoir une vue d'ensemble. Debout derrière lui, David demanda en le regardant faire :

— Tu as nettoyé tout ça, Harp ?

— Oui, et ça n'a pas été de la tarte, crois-moi ! répondit Harper, encore sous le coup de la colère. Il ne me reste pas une seule assiette entière !

— Ce n'est pas une grosse perte. Cette vaisselle était laide, de toute façon. Mais dis-moi, ajouta David en pointant un doigt accusateur sur un des clichés, qu'est-ce que c'est que ça ? Des barres chocolatées ?

L'air navré, il secoua la tête et dévisagea son ami.

— Bon sang, Harp ! protesta-t-il. Quel âge as-tu ? Douze ans ? Je me fais du souci pour toi, tu sais.

— Quoi ? On n'a pas le droit d'aimer le chocolat ? protesta Harper, mal à l'aise.

Mitch leva une main conciliatrice devant lui et tenta de ramener la discussion sur le sujet en cours.

— Friandises mises à part…

— Les barres chocolatées ne sont pas des friandises ! coupa David d'un ton indigné. Ce sont des bombes de graisse et de sucre bourrées de conservateurs !

D'un geste vif, il tendit le bras pour pincer la taille de son ami.

— À ta place, conclut-il, j'arrêterais ça tout de suite.

Comme prévu, le geste parvint à entamer le rempart de mauvaise humeur derrière lequel se retranchait Harper. Avec un sourire féroce, il répliqua en fixant David :

— J'arrêterai le jour où tu arrêteras la tarte aux pêches !

— Ah ! s'exclama David en portant la main à son cœur. Touché…

— Messieurs, s'il vous plaît… intervint Mitch en les dévisageant à tour de rôle par-dessus ses lunettes. Pour en revenir à nos moutons, on peut considérer que cette manifestation d'Amelia est une nouveauté. D'après ce que je sais, elle ne s'était encore jamais montrée à l'ancienne remise aux voitures et ne s'en était jamais prise à toi, Harper. Je me trompe ?

Ce dernier jeta un coup d'œil aux photos faites la nuit précédente et se remémora le choc de la découverte, la fureur qu'il avait ensuite éprouvée et le temps qu'il lui avait fallu pour réparer les dégâts.

— C'est exact, confirma-t-il. Et pour une première fois, elle s'est surpassée !

— C'est trop grave, conclut Mitch. Ta mère doit être mise au courant.

Agacé, Harper marcha jusqu'à la fenêtre de la cuisine et jeta un coup d'œil aux nappes de brume matinale. C'était tout à fait délibérément qu'il avait attendu le départ de sa mère pour son jogging quotidien avant de rejoindre Harper House.

— Est-ce vraiment nécessaire ? protesta-t-il. Je pensais que nous pourrions nous débrouiller entre nous. Je ne sais pas si c'est une bonne chose de mêler Roz à ça…

Il jeta un coup d'œil au plafond, imaginant qu'à l'étage, Hayley et sa fille se préparaient pour la journée, et ajouta :

— Ni aucune d'entre elles, d'ailleurs.

— Instinct de protection envers les femmes et les enfants ? ironisa David. Je n'ai rien contre, vieux frère, mais Roz n'est pas du genre à apprécier ces égards.

Pointant le pouce vers le plafond, il ajouta :

— Et à mon avis, Hayley non plus, d'ailleurs.

— Je veux juste éviter de dramatiser, bougonna Harper. Après tout, ce n'était rien qu'un peu de vaisselle…

Mitch manifesta sa désapprobation en secouant la tête.

— Une attaque personnelle, Harper. Non pas contre toi, mais chez toi, visant ta propriété. Voilà ce que c'était, et voilà comment Roz et Hayley le verront.

Avant que Harper ait pu protester, Mitch lui imposa silence d'un signe de la main et poursuivit :

— De la part d'Amelia, nous avons déjà connu pire, tous autant que nous sommes, et nous y avons survécu. Ce qui compte, c'est de savoir pourquoi cela s'est produit.

— Peut-être parce qu'elle est toquée, répliqua Harper. Ce peut être un bon début d'explication.

— Il ressemble à sa mère quand il est en colère, intervint David en s'adressant à Mitch. Aussi teigneux, aussi borné.

— J'avais remarqué, répondit Mitch.

Mais il n'était pas homme à se laisser distraire quand il avait une idée en tête, et il embraya sans transition :

— Dans le passé, Amelia a été aperçue se dirigeant vers l'ancienne remise à voitures. Vous en avez été témoins tous les deux lorsque vous étiez enfants. On peut donc supposer qu'elle s'est rendue dans ce bâtiment de son vivant, sans doute après que Reginald Harper lui a enlevé leur enfant pour le confier à la garde de sa légitime épouse.

— On peut supposer également, ajouta Harper, l'air buté, qu'elle était déjà bonne pour l'asile à l'époque.

— Pourtant, insista Mitch, c'est la première fois qu'elle se donne la peine de se manifester dans cet endroit depuis que tu y habites. Cela fait combien de temps, au juste ?

Harper haussa les épaules.

— Bon sang, je n'en sais rien !

Du bout des doigts, il tambourina sur sa cuisse et reprit :

— Depuis que j'ai fini mes études. Six, sept ans peut-être.

— Amelia a beau être folle, reprit Mitch d'un ton patient, chacune de ses manifestations s'explique par une raison précise. En l'occurrence, elle était furieuse au point de briser ta vaisselle. Aurais-tu amené récemment quelqu'un chez toi, une femme, par exemple, dont la présence lui aurait déplu ?

— Non !

Harper avait répondu trop vite, et sa réponse sonnait faux à ses propres oreilles.

— Quelle tristesse ! se lamenta David en lui entourant les épaules d'un bras compatissant. Tu as perdu ton sex-appeal ?

— Mon sex-appeal vaut bien le tien ! bougonna Harper. J'ai juste été un peu occupé.

— Et avant que ne se produise l'incident, tu étais occupé à... insista Mitch d'un ton insidieux.

— Je regardais un match dans ma chambre, tout en lisant. J'ai dû m'assoupir, et c'est le bruit qui m'a réveillé.

Il se raidit en entendant soudain la voix cristalline de Lily dans le couloir.

— Bon sang ! Les voilà, grogna-t-il. Mitch, rangez tout ça avant que...

Il s'interrompit, en se maudissant de ne pas s'être montré plus rapide, lorsque la fillette fit irruption dans la pièce, immédiatement suivie par sa mère. Lily fonça sur lui avec un sourire radieux, les bras tendus.

— Dès qu'elle a entendu ta voix, son visage s'est éclairé, dit Hayley tandis qu'il prenait la fillette dans ses bras.

— Ce garçon a un succès fou... avec les enfants, commenta ironiquement David.

Hayley alla ouvrir le réfrigérateur pour servir à Lily son jus de fruits matinal. La bouteille dans une main, le gobelet à bec dans l'autre, elle se retournait pour remplir le récipient lorsque ses yeux tombèrent sur les photos étalées sur la table.

— Qu'est-ce que c'est que ça ? demanda-t-elle à Harper. Tu as donné une petite fête et nous n'étions pas invités ? Bon sang, quel chantier !

Puis ses yeux s'écarquillèrent, son visage pâlit, et elle s'approcha pour observer les clichés de plus près.

— Oh ! gémit-elle. Amelia a encore fait des siennes…

Abandonnant brusquement bouteille et gobelet sur la table, elle se précipita vers Harper.

— Elle s'en est prise à toi ? s'inquiéta-t-elle en laissant courir ses doigts sur son visage.

— Non, non, rassure-toi, marmonna-t-il. Ce n'est rien. Rien que de la vaisselle cassée.

David et Mitch, qui n'avaient rien perdu du spectacle, échangèrent un regard entendu.

— Mais regarde dans quel état elle a laissé ta cuisine ! s'exclama Hayley. Qu'est-ce qui cloche chez elle ? Pourquoi faut-il qu'elle soit si… méchante ?

— Être morte n'arrange sans doute pas son caractère, répondit Harper, pince-sans-rire. Je crois que Lily aimerait boire son jus de fruits…

— OK, je m'en occupe. De toute façon, il y a toujours un truc qui lui déplaît – à Amelia, pas à Lily. Je commence à en avoir plus qu'assez !

Avec l'aisance née de l'habitude, Hayley eut tôt fait de remplir le gobelet et de le tendre à sa fille.

— Qu'allons-nous bien pouvoir faire ? demanda-t-elle en se retournant vers Mitch.

— Je ne suis qu'un spectateur innocent, protesta ce dernier en levant ses deux mains devant lui.

— Dans cette histoire, c'est ce que nous sommes tous, maugréa Hayley. Mais cela ne fait aucune différence à ses yeux. La garce !

À court de mots, elle s'assit sur une chaise et croisa les bras.

— Ce n'était rien qu'un peu de vaisselle, lui rappela Harper en installant Lily dans sa chaise haute.

Hayley réussit à esquisser un sourire.

— Je suis quand même désolée, Harper, répondit-elle. Tellement désolée !

— Désolée de quoi ? demanda Roz en pénétrant à son tour dans la cuisine.

— En piste pour le deuxième round ! s'exclama David, qui servait du café à Hayley. Je crois que je vais préparer quelques crêpes...

Hayley était incapable de se concentrer sur son travail. Tout juste parvenait-elle à assurer le service minimum auprès des clients, à la boutique. Aussi, quand le sourire de rigueur qu'elle avait plaqué sur ses lèvres commença à ressembler à un rictus douloureux, décida-t-elle d'aller remettre son sort entre les mains de Stella.

— Par pitié ! lança-t-elle sans préambule. Retire-moi du magasin et affecte-moi plutôt à un travail manuel. Quelque chose de bien pénible. Je sens venir une autre attaque de cette garce d'Amelia, et je ne voudrais pas qu'un de nos clients en fasse les frais.

Stella repoussa son fauteuil du bureau et étudia Hayley un instant avant de suggérer :

— Si tu ne te sens pas bien, tu ferais mieux de rentrer.

— Impossible ! Dès que je cesse de m'activer, je commence à penser, et toutes ces photos de la cuisine dévastée de Harper me reviennent en tête.

— Je sais que c'est ennuyeux, Hayley, mais...

— C'est de ma faute.

— Par quel miracle est-ce que ça pourrait être de ta faute ? Mais après tout, peut-être as-tu quelque chose à voir également avec ce vase que j'ai retrouvé en mille morceaux dans mon salon. Parce que personne chez moi ne veut assumer la responsabilité des dégâts. Pour le moment, c'est Jean Sérien le coupable.

— Et celui-là, plaisanta Hayley avec un demi-sourire, tu ne risques pas de lui mettre la main dessus.

— Entre lui et son copain Jay Rienfé, rien n'est à l'abri, rien n'est sacré !

Reprenant son sérieux, Hayley poussa un long soupir et se laissa tomber sur une chaise.

— Je vais prendre une pause, décida-t-elle. Tu peux en prendre une aussi ? J'ai besoin de te parler.

— Bien sûr ! répondit Stella en délaissant le tableau affiché sur l'écran de son ordinateur pour faire face à son amie. Je t'écoute.

— Quand je suis rentrée de chez toi hier soir, j'ai filé droit chez Harper, raconta Hayley. J'avais décidé de tenter une expérience pour faire évoluer notre relation et y voir un peu plus clair. Il ne me considérait que comme la cousine Hayley ou la mère de Lily ? J'allais lui montrer que je pouvais être autre chose. Histoire de voir comment il allait réagir.

— Oh oh... commenta Stella. Et ?

— Je ne me suis pas dégonflée ! répondit fièrement Hayley. Sans lui laisser le temps de dire ouf, je lui ai donné un de ces baisers à vous décrocher la cervelle auxquels aucun homme digne de ce nom ne peut résister.

Un sourire réjoui illumina le visage de Stella.

— Alors ? Comment a-t-il réagi ?

— Un peu surpris sur le coup, mais pas scandalisé. Et quand il a eu repris ses esprits, il m'a rendu la monnaie de ma pièce au centuple. Depuis le temps que j'admire ses lèvres, je me doutais bien qu'il devait embrasser comme un dieu. Mais aujourd'hui, je peux te dire que j'étais bien en dessous de la vérité...

— Voilà qui est plutôt positif, commenta Stella d'un ton enthousiaste. C'est ce que tu voulais, non ?

— Peu importe ce que je voulais ! fit Hayley avec impatience.

Elle se releva, mais le bureau était trop petit pour qu'elle puisse l'arpenter de long en large comme elle aurait aimé le faire.

— Tu comprends, reprit-elle avec agacement, c'est dans sa cuisine que je l'ai embrassé. Et quelques heures plus tard, comme par hasard, Amelia casse tout dans cette même cuisine. Pas besoin d'être un fin limier pour y voir un rapport de cause à effet. C'est moi qui ai ouvert la porte pour voir ce qui allait se passer, mais c'est elle qui est entrée !

— Méfions-nous des métaphores, répondit Stella d'une voix raisonnable. Je ne dis pas que ce qui s'est passé entre toi et Harper n'a rien à voir avec le saccage de sa cuisine, mais je t'assure que ce n'est pas de ta faute.

Elle sortit deux bouteilles d'eau du petit réfrigérateur qui se trouvait derrière son bureau et en tendit une à son amie avant de poursuivre :

— Amelia est une créature volatile et imprévisible. Nul ne peut être tenu pour responsable de ses manifestations. Nous ne sommes pour rien dans ce qui lui est arrivé.

— Ça, c'est à elle qu'il faut l'expliquer !

— D'une certaine manière, c'est ce que nous tentons de faire en cherchant à élucider le mystère qui l'entoure. Nous faisons de notre mieux pour réparer les torts qui lui ont été causés, mais cela ne doit pas nous empêcher de vivre normalement nos vies.

Hayley hocha la tête – elle ne pouvait qu'être d'accord avec Stella. Elle se rassit sur sa chaise et but une longue gorgée d'eau.

— L'énergie sexuelle et les sentiments amoureux ont le don d'animer Amelia… reprit-elle enfin d'une voix songeuse. C'est ce que Roz prétend, et je pense de plus en plus qu'elle a raison.

Stella la dévisagea un instant d'un air stupéfait.

— Roz sait ce qui se passe entre Harper et toi ?

— Non. Bien sûr que non. Je ne lui ai rien dit. Et de toute façon, il ne se passe rien entre Harper et moi. Roz et Mitch ont émis l'hypothèse qu'une idylle naissante entre un homme et une femme pouvait servir de catalyseur à Amelia. Alors, si je veux me débarrasser d'elle, je dois faire en sorte de garder mes sentiments sous le boisseau.

— Même si tu en étais capable, que fais-tu des sentiments de Harper ? répliqua Stella.

— Les sentiments de Harper ne sont un problème pour Amelia que lorsqu'ils me concernent. Autrement, elle s'en serait prise à lui depuis longtemps.

Les doigts de Hayley se crispèrent sur la bouteille couverte de buée mais ne firent rien pour la porter à ses lèvres.

— Tu peux parier qu'il avait déjà embrassé plus d'une femme dans cette cuisine, dans cette maison, sans que cela pose le moindre problème au fantôme, poursuivit-elle.

— Sans doute, mais si Amelia se déchaîne lorsque s'ébauche une relation amoureuse entre toi et Harper, cela veut sûrement dire quelque chose. Quelque chose d'important. Peut-être même d'aussi important que pour Logan et moi ou Roz et Mitch.

— Je ne veux pas penser à ça ! protesta Hayley. Pas pour le moment. Ce qu'il me faut, c'est un boulot bien physique et bien prenant, histoire de penser à autre chose.

— OK. J'aimerais que l'excédent de stock de la première serre soit exposé en façade pour une vente flash. Une table pour les plantes annuelles, une pour les vivaces. Tu fais trente pour cent de remise sur l'ensemble.

— Je m'en occupe ! Merci, Stella...

Dans la serre surchauffée, Hayley chargea sur un chariot roulant pots et jardinières et les transporta jusqu'aux portes du magasin. Il lui fallut faire quatre voyages pour venir à bout du stock à solder. Ensuite, elle installa de manière stratégique ses tables à un endroit où aucun client ne pourrait les manquer, de manière à encourager les achats impulsifs.

Il lui fallait encore renseigner un client de temps à autre, mais la plupart du temps, elle était laissée à sa bienfaisante solitude. Autour d'elle, l'air était lourd et brûlant. Le genre de temps qui tournait fatalement à l'orage, songea-t-elle. Et elle espérait bien qu'avant la tombée de la nuit, ce serait le cas, car rien n'aurait pu coller davantage à son humeur du moment qu'un bon déchaînement des éléments…

Ainsi s'acquitta-t-elle, dans la fournaise, de la tâche qui lui avait été confiée. Pour ne pas trop laisser son esprit vagabonder, elle s'amusa à réciter les noms des plantes à mesure qu'elle les déchargeait. Bientôt, se réjouit-elle, elle serait aussi bonne à ce petit jeu que Roz et Stella. En tout cas, ce dont elle était sûre, c'était qu'elle serait trop épuisée après en avoir terminé avec ce travail pour penser à quoi que ce soit.

Toute à ses occupations, ce fut avec un temps de retard qu'elle réagit à la voix qui venait de retentir derrière elle.

— Hayley ? Je te cherchais. Mais… qu'est-ce que tu fais là, en plein soleil ?

Elle se retourna. Les sourcils froncés, les poings sur les hanches, Harper la toisait avec un mécontentement évident.

— Ça ne se voit pas ? répliqua-t-elle sèchement, tout en essuyant de son avant-bras son front baigné de sueur. Je travaille. C'est pour ça qu'on me paie, non ?

— Il fait trop chaud aujourd'hui pour un travail aussi physique. Rentre tout de suite te mettre au frais !

Il n'en fallut pas davantage pour faire monter Hayley sur ses grands chevaux. Elle se redressa de toute sa hauteur et, le fixant droit dans les yeux, laissa libre cours à sa colère.

— Tu me donnes des ordres, à présent ? Tu n'as aucun droit de le faire. Tu n'es pas mon patron !

— En tant qu'associé dans cette entreprise, dit-il d'un ton sans réplique, techniquement, je le suis.

Hayley était un peu essoufflée et se sentait brûlante – sans doute l'effet de la fureur. Elle avait beau se passer le bras sur le front, cette satanée sueur ne cessait de couler dans ses yeux, ce qui ne faisait qu'ajouter à son irritation.

— Stella m'a demandé de mettre en place cette vente flash, reprit-elle. C'est elle mon supérieur hiérarchique, et c'est à elle que j'obéis !

— Ah, oui ? Eh bien, c'est ce qu'on va voir…

Sans lui laisser le temps de réagir, il l'empoigna fermement par le bras.

— Hé ! protesta-t-elle en tentant de se dégager. Qu'est-ce que tu fais ?

— Pour commencer, je t'emmène à l'ombre.

D'un pas vif, il l'entraîna entre les deux serres et la conduisit jusqu'à l'étang aux berges ombragées par de grands arbres.

— Assieds-toi ! ordonna-t-il en la lâchant au centre d'un carré de pelouse. Et bois !

D'une poche de sa veste, il venait de tirer une petite bouteille d'eau qu'il lui tendait. Après s'être laissée glisser sur le sol, Hayley accepta la bouteille à contrecœur et grogna :

— Je déteste ça, quand tu te conduis ainsi !

— J'en ai autant à ton service. À présent, bois. Et estime-toi heureuse que je ne te jette pas dans l'étang pour te rafraîchir les idées. Je m'attendais à mieux de la part de Stella, mais il faut reconnaître, à sa décharge, que même si c'est son deuxième été ici, elle n'est encore qu'une Yankee… Mais toi ! Toi qui es née et qui as été élevée dans le Sud, tu connais mieux que personne les dégâts que peut causer une telle chaleur !

— C'est justement parce que j'ai toujours vécu dans le Sud que j'y suis habituée ! Et ne t'avise pas d'accuser Stella de quoi que ce soit !

Mais en dépit de sa véhémence, Hayley devait reconnaître qu'elle se sentait un peu faible et nauséeuse. Elle s'allongea sur le dos avec un soupir de soulagement.

— J'ai peut-être un peu surestimé ma résistance, avoua-t-elle de mauvaise grâce. Ça arrive à tout le monde.

Elle tourna la tête vers lui, le visage sévère.

— Mais ce que je ne supporte pas, ajouta-t-elle, c'est qu'on me bouscule !

— Ça ne me plaît pas plus que ça de bousculer les gens, mais parfois, ils en ont besoin.

Avant de poursuivre, Harper retira sa casquette de base-ball et l'agita au-dessus du visage de Hayley.

— Et à présent que ton visage est un peu moins rouge qu'un camion de pompiers, tu pourrais admettre que j'ai eu raison, non ?

Hayley préféra ne pas répondre. Il lui était difficile de rester combative alors qu'elle se sentait si bien, allongée sur l'herbe, à se laisser éventer par la vieille casquette de Harper.

Au-dessus de lui, les rayons du soleil filtraient à travers les épaisses frondaisons des arbres. Ce fond de lumière tamisée sur lequel se détachait son visage le rendait encore plus attirant et romantique.

La masse de ses cheveux noirs, que l'humidité et la chaleur faisaient boucler à leur extrémité, donnait envie d'y enfoncer les doigts. Tout en lui était séduisant : ses yeux allongés, d'une chaude teinte brune, ses pommettes saillantes, sa bouche ferme et sensuelle. Elle aurait pu rester ainsi des heures, à le contempler… Cette idée paraissait tellement saugrenue qu'elle la fit sourire.

— Merci quand même d'être arrivé à temps, lâcha-t-elle enfin d'un ton radouci. J'avais un tas de choses qui me tournaient dans la tête, et un bon gros boulot bien crevant m'aide généralement à me vider l'esprit.

— Moi, j'ai une autre méthode…

Lentement, il pencha la tête vers elle, puis s'arrêta net, une expression de surprise sur le visage, lorsque la main de Hayley vint se plaquer fermement sur sa poitrine.

— Pas pendant le boulot.

— Je pensais que nous faisions une pause…

— Nous sommes sur notre lieu de travail.

La tactique de Hayley, quoique radicale, avait porté ses fruits : en s'épuisant au travail, elle était parvenue à prendre une décision. Peu importait ce qu'elle désirait. Seul comptait ce qui était juste.

— De toute façon, reprit-elle, je me suis rendu compte que ce n'était pas une bonne idée de faire ce genre de chose.

— Quel genre de chose ?

— Le genre de chose que tu t'apprêtais à faire.

Revigorée par son séjour à l'ombre, Hayley se redressa et s'assit sur l'herbe. Un sourire s'attardait sur ses lèvres. Elle faisait de son mieux pour ne pas quitter Harper des yeux et pour soutenir son regard sans ciller. Elle voulait par-dessus tout éviter que cette discussion ne compromette leur amitié.

— Je t'aime bien, Harper, dit-elle avec conviction. Tu représentes énormément pour moi et pour Lily. Ce que je souhaite par-dessus tout, c'est que nous restions amis. Je pense que ce n'est pas une bonne idée de mêler le sexe à tout ça. Ce serait super sur le coup, sans doute, mais nous finirions par le regretter et par nous sentir mal à l'aise.

— Pas nécessairement.

— On parie ?

Avec un rire gêné, elle lui donna un petit coup de poing dans le genou et poursuivit :

— Je ne sais pas ce qui m'a pris, hier soir. Un coup de tête. Mais je ne regrette pas de t'avoir embrassé. C'était chouette.

— Chouette ?

— Bien sûr !

Hayley connaissait cette expression – ou, plus exactement, cette absence d'expression : Harper luttait encore pour contenir la colère qui couvait en lui, mais il n'y parviendrait plus très longtemps.

— Embrasser un bel homme est toujours une expérience excitante, renchérit-elle en se forçant à sourire. Mais il me faut prendre d'autres éléments en considération, et je crois, tout compte fait, qu'il vaut mieux qu'on ne change rien à notre relation.

— Ce n'est déjà plus pareil, protesta-t-il d'une voix sourde. Tu t'es chargée de tout changer.

— Harper… Deux ou trois baisers entre bons amis ne constituent pas un drame.

Elle lui tapota gentiment la main et commença à se relever, mais il la retint par le poignet.

— Hayley… dit-il en la fixant intensément. C'était plus que cela.

Sa colère était en train de prendre le dessus, elle le sentait. Les quelques occasions qui lui avaient été données de le voir perdre patience lui avaient appris que ses colères pouvaient être formidables. Au fond, songea-t-elle avec amertume, peut-être était-ce mieux ainsi. Être fou de rage lui éviterait de souffrir.

— Je sais que tu n'as pas l'habitude que les femmes te résistent, reprit-elle sèchement, mais je n'ai pas l'intention de me disputer avec toi pour savoir si nous devons faire l'amour ou non.

— Là n'est pas le problème, maugréa-t-il. Je te l'ai dit : c'est plus que cela.

Ces simples mots suffisaient à faire naître en Hayley un espoir insensé. Pourtant, elle se força à répliquer :

— C'est faux. Et je ne tiens pas à ce que ce soit le cas.

— À quel jeu joues-tu ? s'écria Harper. Un soir, tu te jettes à mon cou, et le lendemain, j'ai droit à : « Merci pour tout, c'était sympa, mais je ne suis pas intéressée. »

Hayley secoua la tête.

— Tout cela n'a aucun sens. Je dois retourner au boulot.

— Ce qui n'a aucun sens, répliqua-t-il d'une voix dangereusement calme, c'est ton attitude. Je sais que ces baisers ne t'ont pas laissée de marbre.

— Évidemment ! Ça fait des mois que je vis comme une nonne…

Autour du poignet de Hayley, les doigts de Harper se crispèrent, puis se desserrèrent d'un coup, la laissant libre de ses mouvements.

— Ainsi, maugréa-t-il, tu cherchais juste à t'envoyer en l'air…

Cette fois, ce ne fut pas le cœur de Hayley qui s'affola. Ce furent ses tripes.

— Si tu veux me voir comme une fille qui a le feu aux fesses, libre à toi ! répliqua-t-elle vivement.

Sa vision se troubla soudain, comme si un voile de chaleur se levait entre eux, et la fureur jaillit en elle comme un serpent qui se détend. Elle perdit alors toute maîtrise d'elle-même.

— Les hommes sont bien tous les mêmes ! s'exclama-t-elle d'une voix qu'elle ne reconnut pas. Toujours prêts à mentir, à tromper, à ruser, voire à payer, pour baiser. Et une fois qu'ils sont arrivés à leurs fins, les femmes ne sont entre leurs pattes que des putains bonnes à jeter ou à servir de nouveau à leur bon plaisir. Ce ne sont pas les femmes légères, comme on dit, qui n'ont aucune moralité. Ce sont les hommes, fourbes et obsédés, qui ne pensent qu'au sexe et ne vivent que pour passer d'un coït à un autre !

Harper s'était figé. Les yeux de Hayley avaient changé. Cet éclat glacé qui les faisait briller d'une lueur malsaine ne lui ressemblait pas, pas plus que les paroles rudes et crues qui venaient de franchir ses lèvres.

Un frisson remonta le long de son dos. Sa propre colère avait disparu, supplantée par une peur diffuse.

— Hayley… commença-t-il d'une voix hésitante.

Avec un sourire aguicheur, elle plaça ses mains en coupe sous ses seins et les caressa lascivement.

— Est-ce ce que vous voulez, maître Harper ? susurra-t-elle. Ou alors ça ?

Plaquant une main sur son entrejambe, elle lui fit un clin d'œil et ajouta :

— Combien êtes-vous prêt à payer pour m'avoir ?

Harper parvint à surmonter sa répugnance, l'empoigna par les épaules et la secoua violemment.

— Hayley ! s'écria-t-il. Arrête ça tout de suite !

— Si vous le voulez, je peux jouer les ladies, minauda-t-elle. Je suis très douée pour ça… Autant que pour vous servir de pouliche !

Harper s'efforçait de rester calme, mais sur les épaules de Hayley, ses doigts tremblaient.

— Non ! réussit-il à répondre d'une voix ferme. Je te veux exactement telle que tu es, telle que tu as toujours été.

Il prit le menton de Hayley entre le pouce et l'index et la regarda droit dans les yeux avant de poursuivre :

— C'est à toi que je parle, Hayley Phillips ! Nous devons retourner au travail, et ensuite, il te faudra aller chercher Lily chez sa nounou. Tu ne voudrais pas être en retard pour récupérer ta fille, n'est-ce pas ?

À ces mots, elle parut se ressaisir. Ses yeux reprirent leur éclat habituel.

— Quoi ? murmura-t-elle en repoussant sa main.

— Qu'est-ce que tu as dit, Hayley ? demanda-t-il en reposant les mains sur ses épaules. Répète-moi ce que tu viens de dire.

— J'ai dit… j'ai dit que si tu voulais me voir comme une fille qui… Ô mon Dieu !

— Tu te souviens de ce qui s'est passé ?

— Je… je ne sais pas. Je ne me sens pas très bien…

La main crispée sur son ventre, elle se plia en deux.

— Je crois que je vais être malade, gémit-elle.

— OK. Je te ramène à la maison.

— Je ne pensais pas un mot de ce que j'ai dit, Harper. J'étais en colère. Je ne sais pas d'où ça a pu me venir…

Il l'aida à se remettre debout, mais les jambes de Hayley faillirent la trahir, et il dut la soutenir.

— Ça ne fait rien, dit-il en l'entraînant vers le magasin. Moi, je le sais.

— Qu'est-ce que tu veux dire ? Je ne comprends pas.

Hayley aurait voulu s'allonger de nouveau dans l'herbe, à l'ombre d'un arbre, jusqu'à ce que sa tête cesse de tourner.

— Rentrons à la maison, insista Harper. Nous parlerons ensuite.

— Je dois prévenir Stella que…

— Je m'en occupe. Je n'ai pas pris ma voiture. Où sont les clés de la tienne ?

— Mes clés ? Dans mon sac, derrière le comptoir. Je me sens vraiment… à plat.

— Monte dans la voiture, lui ordonna-t-il en l'aidant à prendre place sur le siège passager. Je vais chercher ton sac.

Stella se tenait derrière le comptoir lorsque Harper pénétra en trombe dans le magasin.

— Donne-moi le sac de Hayley ! lança-t-il. Elle ne se sent pas bien. Je la ramène à la maison.

— Est-elle malade ? s'inquiéta Stella en lui tendant le sac. Je n'imaginais pas qu'elle resterait si longtemps en plein soleil, je…

Harper lui prit le sac des mains et l'interrompit.

— Ce n'est pas une insolation. Je t'expliquerai plus tard. Demande à ma mère de nous rejoindre. Dis-lui que j'ai besoin d'elle.

Arrivé à destination, en dépit des protestations de Hayley qui disait se sentir mieux, Harper la soutint jusque dans le hall.

— Tu tombes à pic, lança-t-il à David, qui venait à leur rencontre. Prépare quelque chose à boire. Du thé.

— Qu'est-il arrivé ?

— Je te raconterai tout plus tard. D'abord, apporte-nous du thé. Et préviens Mitch.

Reportant son attention sur Hayley, Harper passa un bras autour de ses épaules et l'entraîna dans le salon.

— Viens, lui dit-il. Tu vas t'allonger.

— Harper… protesta-t-elle. Je ne suis pas malade. J'ai juste attrapé un coup de chaleur…

— Même s'il n'y avait que cela, répliqua-t-il, il n'en faudrait pas plus pour m'inquiéter. Tu es toujours pâle.

— Sans doute parce que je suis très embarrassée de t'avoir dit de telles horreurs… Je n'aurais jamais dû réagir comme ça, même si j'étais en colère.

— Tu n'étais pas si en colère que ça.

Dans le salon, Harper guida Hayley jusqu'à un canapé, sur lequel il la força à s'étendre.

— Que se passe-t-il ? s'enquit Mitch en entrant dans la pièce.

— Nous avons eu… un problème, répondit Harper.

Mitch vint s'accroupir près de Hayley et s'inquiéta :

— Alors, ma belle, que t'est-il arrivé ?

— Rien de grave. Juste un coup de chaleur.

Hayley, qui était en train de surmonter son malaise, parvint à lui adresser un faible sourire avant d'ajouter :

— Un coup de chaleur qui m'a fait perdre la tête.

— Il n'y avait pas que la chaleur, corrigea Harper d'un air sombre. Et ce n'est pas toi qui es folle.

Puis, à l'intention de Mitch, il précisa :

— Maman va nous rejoindre. Dès qu'elle sera là, on vous racontera tout.

— Tu n'as tout de même pas dérangé Roz pour ça ? s'exclama Hayley en se redressant. Tu tiens vraiment à me faire mourir de honte ?

— Calme-toi…

— Écoute, poursuivit-elle, ignorant son conseil, je comprends que tu sois fâché contre moi, mais je ne vais pas rester allongée là jusqu'à ce que…

— Et pourquoi pas ? coupa-t-il. Le moment venu, l'un de nous ira chercher Lily chez sa nounou.

David, qui arrivait, chargé d'un plateau, se vit aussitôt mis à contribution.

— Pas vrai, David, que tu pourrais aller chercher Lily ?

— Sans problème.

— Puisque Lily est ma fille, rétorqua sèchement Hayley, c'est tout de même à moi de décider qui doit s'en occuper !

— Tu es en train de reprendre des couleurs, observa Harper en la scrutant attentivement. Tant mieux. Bois ton thé, maintenant.

— Je n'ai pas envie de boire du thé !

— C'est ton thé vert préféré, annonça David en la servant. Sucré exactement comme tu l'aimes.

— J'aimerais que vous arrêtiez de me couvrir de ridicule, tous les deux !

Acceptant la tasse que lui tendait David, elle but une gorgée et conclut :

— Mais puisque c'est toi qui me le demandes, je veux bien boire ce thé.

Elle achevait de siroter son thé sous l'œil vigilant des deux hommes lorsqu'elle entendit Roz s'exclamer depuis le seuil :

— Qu'est-ce qui se passe ici ?

— Roz, commença Hayley d'un air coupable, tout est de ma faute. Je suis restée trop longtemps au soleil et je me suis sentie mal. Je ferai une heure supplémentaire demain pour compenser.

— Oh, fort bien ! s'exclama Roz d'un ton faussement soulagé. Comme ça, je n'aurai pas à te licencier. Maintenant, est-ce que quelqu'un serait assez aimable pour me dire ce qui s'est passé ?

— Pour commencer, répondit Harper, Hayley s'est mis en tête de travailler en plein soleil. Quand je m'en suis aperçu, je l'ai conduite à l'ombre et lui ai donné à boire. Nous nous sommes un peu disputés, et au beau milieu de la conversation, d'un seul coup, ce n'était plus elle qui me parlait. C'était Amelia.

— Pas du tout ! protesta Hayley. Ce n'est pas parce que je t'ai dit deux ou trois choses qui…

— Hayley, coupa-t-il en la fixant d'un air grave, ce n'est pas toi qui m'as sorti ces horreurs. Tu serais même incapable de les penser. Ta voix elle-même avait changé, et ton accent était celui de Memphis à cent pour cent. Plus une trace de l'Arkansas ! Quant à tes yeux… Je ne sais pas comment les décrire exactement. Ils étaient plus vieux, plus froids, plus méchants – des yeux de folle.

Troublée par ces paroles, Hayley frissonna et détourna le regard.

— Non, murmura-t-elle en secouant la tête. Ce n'est pas possible.

— Tu sais bien que si ! rétorqua Harper.

Roz vint s'asseoir près de Hayley et prit sa main dans la sienne.

— Reprenons depuis le début, dit-elle gentiment. Dis-moi ce qui s'est passé. De ton point de vue.

— Je… je ne me sentais pas bien, bredouilla Hayley. À cause de la chaleur. Le ton a monté entre Harper et moi, et nous nous sommes disputés. Il m'a fait sortir de mes gonds et… j'ai riposté… Je lui ai dit des choses… J'ai dit…

Sa main, qui s'était mise à trembler, agrippa nerveusement celle de Roz.

— Ô mon Dieu ! gémit-elle en fermant les yeux. Je me sentais tellement… détachée. Je ne sais pas comment décrire ça. Détachée, mais en même temps folle de rage. Je ne maîtrisais plus mes paroles. On aurait dit… on aurait dit que ce n'était plus moi qui m'exprimais par ma bouche. Puis Harper m'a secouée en m'appelant par mon nom, et ça m'a énervée. L'espace d'une minute, je me suis demandé où j'étais. Mon esprit était engourdi, désorienté, comme après une courte sieste. Tout de suite après, j'ai été prise de nausées.

— Cela s'était-il déjà produit ? intervint Mitch. Une telle chose t'était-elle déjà arrivée avant aujourd'hui ?

— Non. Enfin, je ne sais pas. Peut-être…

Comme pour s'enfouir dans un cocon, Hayley se laissa glisser dans les profondeurs du canapé et reprit à mi-voix :

— Depuis quelque temps, je suis assaillie par des idées noires, des sautes d'humeur qui ne me ressemblent pas. Je me sens parfois si… irritée contre le monde entier. Qu'est-ce qui m'arrive ? Et qu'est-ce que je vais bien pouvoir faire ?

— Rester calme, répondit Harper, comme si la question lui était destinée. Analyser calmement la situation. Prendre les mesures nécessaires.

— Facile à dire ! s'exclama-t-elle. Ce n'est pas toi qui te retrouves possédé par un fantôme psychopathe !

7

— Comme au bon vieux temps... commenta Stella.

Assise avec Roz et Hayley dans le petit salon du premier étage, elle débouchait une bouteille de vin blanc.

— Je me sens coupable, gémit Hayley en la regardant faire. Je devrais être en train de faire manger Lily.

— Ne t'inquiète pas pour elle, intervint Roz en remplissant leurs verres. Tu sais très bien que non seulement elle va être convenablement nourrie, mais qu'elle va en plus mener tous ces hommes par le bout du nez.

— Et puis, c'est un bon entraînement pour Logan, déclara Stella avec un grand sourire. Nous allons essayer d'avoir un bébé...

— Vraiment ? s'exclama Hayley. C'est une excellente nouvelle ! Gavin et Luke vont être ravis d'avoir un petit frère ou une petite sœur.

— Nous n'en sommes qu'au stade des discussions, précisa Stella. Mais au train où vont les choses, ce projet ne devrait pas tarder à se concrétiser.

— Ça va mieux ? s'enquit Roz en dévisageant Hayley.

— Oui, répondit-elle en baissant les yeux. Beaucoup mieux. Désolée de vous avoir infligé ce spectacle.

— Je crois que nous y survivrons... Tu avais besoin de piquer une crise de larmes, et tu as bien fait de te l'accorder.

— Sans compter, ajouta malicieusement Stella, que cela te permet de ne révéler ce qui s'est passé entre Harper et toi qu'à nous autres femmes... Vous avez remarqué comme il suffit parfois d'un soupçon d'hystérie féminine pour que les hommes débarrassent le plancher ?

Pour éviter d'avoir à croiser le regard de ses amies, Hayley s'absorba dans la contemplation de l'étiquette du vin, comme si elle avait pu y déchiffrer quelque mystère caché.

— Je ne vois pas ce qu'il y a de plus à raconter, protesta-t-elle d'une voix sourde. L'important, ce n'est pas ce qui s'est dit, mais ce qui s'est passé.

— Tu ne t'en tireras pas comme ça ! assura Roz d'une voix ferme. Dans cette affaire, tout est important. Chaque petit détail. Je n'ai pas voulu cuisiner Harper pour avoir le fin mot de l'histoire, mais s'il le faut, je le ferai. Néanmoins, je préférerais l'apprendre de ta bouche. Alors, s'il te plaît, Hayley, ravale ta fierté, ta pudeur ou quoi que ce soit d'autre qui t'empêche de parler, et crache le morceau !

— Je suis désolée, Roz, murmura Hayley. J'ai... j'ai abusé de votre générosité.

— Ah, oui ? Et de quelle façon ?

Pour se préparer au douloureux aveu qu'elle s'apprêtait à faire, Hayley but une longue gorgée de vin.

— Je... j'en pince pour Harper, lâcha-t-elle enfin dans un souffle.

— Et alors ?

La réaction de Roz laissa un instant Hayley sans voix.

— Comment cela, « et alors » ? Vous nous avez accueillies chez vous, moi et Lily. Vous nous avez traitées comme des membres de votre famille. Mieux encore, vous…

— Ne me le fais pas regretter, coupa Roz. Mon hospitalité n'a jamais été subordonnée aux obligations et aux interdits que tu sembles t'imposer. Harper est un homme adulte et libre de ses choix, surtout dans le domaine sentimental. Si tu en pinces pour lui, je suis sûre qu'il saura le gérer et te dire si c'est réciproque ou non.

Comme Hayley gardait prudemment le silence, Roz se renfonça dans le canapé, croisa les chevilles sur la table basse et sirota son verre d'un air pensif avant d'ajouter :

— Et si je connais mon fils aussi bien que je l'imagine, ce doit déjà être fait.

— Ça s'est passé dans sa cuisine, avoua Hayley. C'est moi qui ai pris les devants.

Réalisant le sens que pouvaient prendre ses paroles, elle se hâta de préciser :

— Je l'ai juste embrassé ! Lily était là, et puis, c'était la première fois…

— La cuisine… répéta Roz sans prêter attention aux précisions de Hayley.

— Oui, approuva celle-ci en hochant la tête. Vous voyez ce que ça signifie : la même nuit, Amelia saccageait tout dans cette pièce. Alors, je me suis rendu compte que je ne pouvais pas continuer à mettre Harper en danger simplement parce qu'il ne me laissait pas insensible. Je lui ai donc annoncé que cela ne m'intéressait pas de pousser plus loin cette relation.

— Mmm… commenta Roz en observant Hayley par-dessus le bord de son verre. J'imagine que cela n'a pas dû lui plaire.

Hayley reposa son verre sur la table basse, de manière à pouvoir laisser ses mains s'exprimer librement.

— Il l'a tellement mal pris, reprit-elle, qu'il m'a jeté au visage quelque chose d'assez cru, ce qui m'a mise hors de moi. Je n'ai pas supporté qu'il insinue que j'avais cherché simplement à... à m'envoyer en l'air. C'était juste un baiser... Enfin, plutôt deux. Mais ce n'était tout de même pas comme si je lui avais arraché tous ses vêtements pour le violer sur le carrelage de sa cuisine !

— Surtout, fit valoir Roz d'un ton sarcastique, que la présence de Lily aurait rendu cet exploit difficile.

— Mais même si elle n'avait pas été là, je n'aurais pas profité de la situation, corrigea Hayley avec véhémence. J'ai beau être tombée enceinte de Lily dans les conditions que vous savez, je ne suis pas une Marie-couche-toi-là qui se jette à la tête des hommes.

— Personne n'a jamais dit une chose pareille, intervint Stella d'un ton ferme. Et surtout pas nous ! Nous savons toutes les deux ce que c'est que d'avoir besoin de quelqu'un – que ce soit pour un moment ou pour plus longtemps. Que celle qui n'a jamais craqué pour un homme te jette la première pierre !

Un sourire complice sur les lèvres, Roz tendit le bras pour entrechoquer son verre avec celui de Stella.

— Bien parlé ! approuva-t-elle.

— Merci.

Interloquée, Hayley les regarda porter leurs verres à leurs lèvres.

— Je... j'ai oublié où j'en étais, constata-t-elle.

— Tu étais en train de te disputer avec Harper, lui rappela Stella.

— Exact. Nous nous disputions, reprit Hayley, et c'est alors que... la chose est arrivée. J'ai ressenti une sensation d'étrangeté, comme si... comme si je ne m'appartenais plus. L'instant d'après, je débitais un chapelet d'horreurs que je n'ai même jamais pensées. J'accusais tous les hommes de n'être que des traîtres et des menteurs, qui ne songent qu'à coucher avec les femmes et à les traiter comme des putains. C'était laid, et ce n'était pas vrai – surtout en ce qui concerne Harper.

— Ce que tu ne dois surtout pas oublier, intervint Stella, c'est que ces paroles n'étaient pas les tiennes. Ces mots, c'est du Amelia tout craché ! Cela correspond parfaitement à ce que nous savons d'elle et de ses rapports avec les hommes – tous des ennemis à duper, avec le sexe comme appât...

Un silence pensif s'installa quelques instants dans la pièce. Ce fut Hayley qui le brisa, d'une voix hésitante.

— Roz, je veux que vous sachiez... Je ne compte pas poursuivre cette relation... cette relation intime avec Harper.

— Ah, bon ? s'étonna Roz en haussant les sourcils. Pour quelle raison ? Qu'est-ce qui cloche chez lui ?

— Mais... rien. Rien du tout !

Désarçonnée, Hayley lança à la dérobée un regard de détresse à Stella, qui lui répondit par un sourire assorti d'un haussement d'épaules.

— Ainsi, tu en pinces pour lui, rien ne cloche chez toi, rien ne cloche chez lui, résuma Roz d'une voix patiente, et pourtant, tu l'envoies sur les roses avant même qu'il ait pu y avoir quoi que ce soit de sérieux entre vous. Tu peux me dire pourquoi ?

— Eh bien, parce que...

— Parce que Harper est mon fils ? acheva-t-elle à sa place. Dans ce cas, dis-moi ce qui cloche chez moi.

— Mais rien !

À court d'arguments, Hayley se passa une main sur le visage et soupira.

— Je n'arrive pas à croire que nous soyons en train de discuter de choses aussi embarrassantes.

— Ce serait plutôt à moi d'être embarrassée ! Vous me feriez plaisir, toi et Harper, en réglant ce problème entre vous et en me laissant hors de l'équation. En tant que mère, je n'ai qu'une observation à faire : si mon fils s'aperçoit que tu lui montres la porte uniquement dans le but de le protéger, tu peux être certaine qu'il rentrera par la fenêtre ! Et je serai la première à l'en féliciter.

Sur ces mots, Roz reposa son verre vide, se leva et conclut :

— À présent, je vais descendre dîner avec Mitch. Toi, il te reste encore une bonne heure de répit, alors profites-en pour te lamenter tout ton soûl. Ensuite, il faudra te reprendre.

Stella leva son verre à la santé de Roz tandis que celle-ci quittait la pièce, puis but une longue gorgée de vin avant de demander :

— Elle est tout bonnement incroyable, non ?

— Et toi, tu ne m'as pas beaucoup soutenue... se plaignit Hayley.

— Oh, si, plus que tu ne le crois ! J'étais à cent pour cent d'accord avec elle, mais je me suis abstenue d'abonder dans son sens. En tout cas, on dirait que tu as décidé de profiter de l'heure de bouderie qui te reste...

— Et si tu la fermais un peu ?

— Je t'aime très fort, tu sais...

— Oh, merde ! gémit Hayley en écrasant une larme.

— Et je m'inquiète pour toi, poursuivit son amie. Nous nous inquiétons tous pour toi. Il va falloir t'y habituer. En ce qui concerne ta relation avec Harper, tu vas devoir reprendre les choses en main. Tu ne peux pas laisser Amelia te tenir la dragée haute.

— Facile à dire... Elle était en moi, Stella. En moi !

Stella posa son verre sur la table basse et se rapprocha de son amie sur le canapé pour passer un bras autour de ses épaules.

— J'ai peur, murmura Hayley.

— Moi aussi, répondit Stella en se serrant contre elle. Moi aussi...

Hayley avait l'impression de marcher sur des œufs. Elle passait au crible chacun de ses gestes, chacune de ses paroles, redoutant de découvrir à tout instant qu'ils étaient ceux d'une autre.

Certes, elle parvenait à donner le change. Au dîner, elle goûta comme tout le monde à la salade de pâtes et aux tomates-mozzarella de David. Parce qu'il le fallait bien, elle alla ensuite mettre sa fille au lit. Mais elle fit tout cela sans cesser de se surveiller comme une criminelle en puissance, ce qui lui valut une migraine de tous les diables.

Combien de temps réussirait-elle à tenir le coup ? se demanda-t-elle en se déshabillant pour se mettre au lit. À force de scruter en permanence la moindre de ses réactions, n'allait-elle pas finir par devenir un peu folle, elle aussi ?

En se brossant les cheveux, plantée devant la porte-fenêtre, elle décida qu'il lui fallait réagir et reprendre les choses en main, comme le lui avait conseillé Stella. La première chose à faire serait de délester son compte en banque du prix d'un ordinateur portable. Internet devait être truffé d'informations sur la possession. Car c'était bien ce qui lui était arrivé, inutile de se voiler la face : elle avait été possédée.

Le peu qu'elle connaissait sur le sujet lui venait de ses lectures – des romans, principalement. Et dire qu'elle avait autrefois pris plaisir à frissonner en dévorant de telles histoires ! Pourrait-elle puiser dans ces connaissances disparates et peu fiables des informations susceptibles de l'aider ?

La première référence qui lui vint à l'esprit – *Christine*, de Stephen King – ne lui fut pas d'une grande utilité. Elle était une femme, pas une voiture de collection. Il y avait aussi *L'Exorciste*, mais outre qu'elle n'était pas catholique, c'était avec un fantôme qu'il lui fallait se colleter, pas avec un démon. Néanmoins, si les choses devaient empirer, elle n'hésiterait pas à faire appel à un prêtre. Dès que sa tête commencerait à faire un tour complet sur elle-même, elle se précipiterait dans la première église venue...

Sans doute avait-elle tendance à dramatiser, songea-t-elle en enfilant le tee-shirt et le short qui lui servaient de pyjama. Ce n'était pas parce qu'une telle chose s'était produite une fois qu'elle était condamnée à la revivre. Surtout maintenant qu'elle était sur ses gardes. Avec un peu de volonté et de discipline, il lui serait possible, s'il devait y avoir une prochaine fois, d'empêcher Amelia de prendre le contrôle de son esprit. Du moins l'espérait-elle...

Ce qu'il lui fallait, conclut-elle, c'était faire encore plus de yoga. Il n'y avait pas de meilleure école de maîtrise de soi. Mais en attendant, ce dont elle avait besoin par-dessus tout, c'était d'une bonne bouffée d'air frais.

L'orage qu'elle avait appelé de ses vœux commençait à peine à se déchaîner. Derrière les fenêtres, les frondaisons des arbres agitées par le vent se découpaient en ombre chinoise sur un ciel noir zébré d'éclairs. Elle allait ouvrir la porte-fenêtre qui donnait sur la terrasse pour laisser le vent pénétrer dans la pièce. Ensuite, elle irait se pelotonner au fond de son lit avec un livre divertissant – une comédie romantique, par exemple. Et si le sommeil tardait à venir, il ne lui resterait plus qu'à patienter…

Elle se dirigea vers la porte-fenêtre, l'ouvrit en grand et poussa un cri de terreur.

— Bon sang, Hayley ! gronda Harper en lui saisissant les bras avant qu'elle ait pu pousser un autre cri. Calme-toi ! Je ne suis pas Jack l'Éventreur.

Hayley faillit s'étrangler d'indignation.

— Me calmer ? Tu surgis à l'improviste, tu me fiches la peur de ma vie, et tout ce que tu trouves à dire, c'est de me calmer ?

— Je n'ai pas « surgi », protesta-t-il. J'allais cogner au carreau quand tu as ouvert. Je t'ai peut-être fait peur, mais toi, tu m'as transpercé les tympans.

— Bien fait pour toi ! De toute façon, qu'est-ce que tu fiches ici ? Il va tomber des cordes d'une minute à l'autre.

— J'ai remarqué que ta chambre était encore éclairée et j'ai eu envie de venir voir si tu allais bien.

— Très bien, merci ! Du moins jusqu'à ce que tu me flanques une peur bleue.

Lentement, Harper la détailla de la tête aux pieds, avant de commenter avec un petit sourire :

— Pas mal, ton pyjama…

Agacée, Hayley croisa les bras sur sa poitrine.

— Arrête un peu ! Je ne suis pas moins habillée que quand je joue avec les gamins dans le parc.

— Exact. Ce doit être pour cela que j'aime tant te voir jouer dans le parc.

Sans la quitter des yeux, il marqua une pause avant de poursuivre :

— En fait, si je suis venu, c'est également parce que je n'arrive pas à me sortir de la tête ce qui s'est passé.

— Harper... Voilà des heures que je ne pense à rien d'autre. Et je n'ai pas besoin que tu viennes remettre une pièce dans le juke-box au moment où je commence à penser à autre chose !

— J'aimerais juste que tu répondes à une petite question.

Lorsqu'il fit mine d'avancer d'un pas, elle le repoussa sans ménagement.

— Je ne t'ai pas invité à entrer ! Et je ne pense pas que ce soit une bonne idée pour toi de rester là alors que je suis si peu habillée.

Tranquillement, comme s'il était chez lui - ce qui était le cas, en fait -, Harper s'appuya de l'épaule contre le chambranle de la porte-fenêtre.

— Laisse-moi te rappeler, dit-il d'une voix posée, que tu vis ici depuis un an et demi. Durant tout ce temps, je suis parvenu je ne sais comment à ne pas te sauter dessus. Je pense que je suis capable de me retenir quelques minutes encore.

— Tu te crois malin, n'est-ce pas ?

— Pas du tout. Je suis plutôt agacé. D'autant que tu t'obstines à jouer les héroïnes de mélodrame en refusant de me laisser entrer.

Les premières grosses gouttes de pluie, portées par une rafale de vent, vinrent s'écraser autour de lui. Sans bouger d'un pouce, Harper haussa les sourcils et croisa les bras. Hayley n'eut d'autre choix que de capituler.

— OK, tu peux entrer.

Pour sauver la face, elle pointa un doigt vengeur sur la porte-fenêtre et ajouta :

— Et laisse cette porte ouverte, parce que tu ne vas pas rester !

Pour toute réponse, Harper pénétra dans la chambre et se figea au milieu de la pièce, un sourire au coin des lèvres, un pouce glissé dans la poche de son jean délavé.

— Tu sais, commença-t-il après une longue minute de silence, tout à l'heure, après que j'ai plus ou moins réussi à me calmer, j'ai réfléchi à ce qui s'est passé entre nous depuis hier. C'est alors que quelque chose de très intéressant m'est apparu…

— Tu comptes me faire un discours ? Pose ta question et finissons-en.

Harper pencha la tête sur le côté, ce qui, en dépit de son jean râpé, de son vieux tee-shirt et de ses pieds nus, lui conféra une allure plus souveraine encore.

— Voilà comment je vois les choses, reprit-il d'un ton ferme. Acte un, scène un : tu me donnes à brûle-pourpoint un baiser que je te rends bien volontiers. Ensuite, tu me dis ne pas vouloir brusquer les choses, ce que je comprends. Acte un, scène deux : le lendemain, tu as le culot de m'annoncer tout de go que tu as réfléchi et que, tout compte fait, tu n'es plus intéressée.

— C'est exact, intervint vivement Hayley. Et si tu te demandes si ce qui s'est passé m'a fait changer d'avis…

Harper l'interrompit en dressant une main devant lui.

— Laisse-moi finir ! Entre ces deux scènes, cette toquée d'Amelia décide de réduire ma cuisine en miettes. Ma cuisine, c'est-à-dire le décor de la scène un. La question légitime que je me pose est donc de savoir quel rôle cette intervention intempestive a joué dans ton coup de théâtre de la scène deux…

— Je ne comprends pas de quoi tu parles.

— Tu mens.

Hayley sentit tout courage la quitter.

— J'aimerais que tu t'en ailles, dit-elle en se passant une main lasse sur le visage. Je suis fatiguée et j'ai une terrible migraine. Comme tu le sais, j'ai eu une journée éprouvante.

Mais Harper ne tint aucun compte de ses arguments et poursuivit :

— Si tu as fait machine arrière, c'est parce que tu penses qu'Amelia ne voit pas d'un bon œil ce... rapprochement entre nous, comme elle l'a montré en saccageant ma cuisine.

— J'ai fait machine arrière pour ne pas mettre en péril notre amitié, protesta-t-elle. Point final !

— Je pourrais me contenter de cette explication, si c'était vrai. Mais ça ne l'est pas. Je ne tiens pas à m'imposer auprès de toi, pas plus qu'auprès d'une autre femme qui ne voudrait pas de moi. J'ai trop de fierté pour cela.

Il fit un pas vers elle, puis un autre encore.

— Pour cette même raison, reprit-il, je ne suis pas du genre à tourner les talons quand un problème se présente, ni à laisser qui que ce soit tenter de m'intimider. Alors, ne pense pas une seconde me tromper avec ton subterfuge. Je ne te laisserai pas me mettre sur la touche uniquement dans le but de me protéger d'Amelia.

Saisie d'un frisson, Hayley se frotta les avant-bras.

— Tu as dit que tu ne t'imposerais pas, protesta-t-elle d'une voix qui manquait singulièrement de conviction, mais c'est exactement ce que tu es en train de faire. Je voudrais que...

— Je te désire depuis le premier instant où je t'ai vue.

Sous l'effet de la surprise, les bras de Hayley retombèrent le long de ses flancs.

— C'est impossible... protesta-t-elle faiblement.

— Depuis le premier instant, insista-t-il. Cela se passait dans le magasin, tu te rappelles ? Ce jour-là, j'ai compris ce que c'était qu'un coup de foudre. À la seconde où j'ai posé les yeux sur toi, j'ai été foudroyé. À tel point que quand tu m'as parlé, j'ai à peine été capable d'aligner deux mots. J'ai dû battre en retraite pour éviter de me ridiculiser complètement.

Franchissant le dernier mètre qui les séparait, Harper prit Hayley dans ses bras et la serra tendrement contre lui.

— Harper... protesta-t-elle à mi-voix. Ce n'est vraiment pas une bonne idée de...

La mauvaise idée, ce qu'elle n'aurait absolument pas dû faire, c'était lever la tête pour soutenir le regard intense qu'il posait sur elle.

Ce fut pourtant ce qu'elle fit, et elle en resta sans voix, faible et abandonnée contre lui. Les courbes de leurs deux corps s'épousaient si intimement qu'il lui semblait ne faire plus qu'un avec lui.

— Oh, non... gémit-elle tout bas. Non, non, non...

L'esquisse d'un sourire flotta sur les lèvres de Harper. L'instant d'après, toute velléité de protestation la déserta. Le baiser qu'il lui donna, chaud, doux et sucré comme une coulée de miel, agit sur ses sens comme une drogue, un philtre irrésistible. Le long de son corps, les mains de Harper partirent en exploration, sûres d'elles, conquérantes. Hayley se surprit à gémir de plaisir tout contre ses lèvres.

— Hayley ? fit-il après avoir mis fin au baiser.

— Mmm ?

— Ce n'est pas la réponse d'une femme qui n'est pas « intéressée ».

Avec un soupir, elle parvint à lever ses mains jusqu'aux épaules de Harper. Mais cette fois, ce fut pour se pendre à son cou, non pour le repousser.

— Je m'en fiche... murmura-t-elle. Et au lieu de dire des bêtises, donne-moi un autre baiser.

Ce fut le même glissement lent et progressif vers le plaisir. Le vent qui pénétrait dans la pièce ne parviendrait jamais à éteindre l'incendie que les mains et la bouche de Harper allumaient en elle. Ses flammes délicieuses semblaient la ronger de l'intérieur. Elle n'avait pas la moindre envie de s'y soustraire.

— Harper... grogna-t-elle tout contre ses lèvres.

— Oui ?

— Nous ferions mieux d'arrêter ça.

Elle ne put résister à l'envie d'effleurer encore du bout des lèvres cette bouche sexy, véritable incitation au péché.

— Peut-être pas tout de suite, ajouta-t-elle d'une voix câline. Mais bientôt.

— Le plus tard possible, répondit-il en penchant la tête pour l'embrasser dans le cou. Disons la semaine prochaine...

Hayley se mit à rire, d'un rire qui se changea en halètement plaintif lorsque les lèvres de Harper dénichèrent sous son oreille droite une zone très spéciale et très sensible.

— Oh... que c'est bon ! gémit-elle. Tout simplement... divin. Mais je pense tout de même qu'il vaudrait mieux... Oh !

Glissant le long de son menton, les lèvres magiques de Harper venaient de découvrir un autre point plus sensible encore, à la base de son cou. Submergée par le flot de sensations délicieuses qui l'envahissait, Hayley redressa la tête pour mieux se prêter à ses caresses. C'est alors qu'elle ouvrit les paupières et qu'elle écarquilla les yeux d'effroi.

— Harper ! gémit-elle en se soustrayant au baiser. Ô mon Dieu, Harper... Arrête tout de suite et regarde !

Amelia se tenait sur le seuil de la porte-fenêtre grande ouverte. L'orage se déchaînait derrière elle – ou plutôt à travers elle : son corps semblait n'être qu'un écran de fumée derrière lequel les branches des arbres ployaient fortement sous les assauts du vent. Ses cheveux blonds étaient mouillés et emmêlés. Sa robe blanche sale et trempée gouttait sur ses pieds ensanglantés. Dans une main, elle tenait une longue lame recourbée à l'allure effrayante, et dans l'autre, une corde épaisse. Dans ses yeux brillait le sombre éclat de la folie, et son visage crispé n'était qu'une grimace haineuse de rage noire.

— Tu... tu la vois ? s'enquit Hayley d'une voix étranglée.

— Oui, je la vois.

Harper vint se placer devant elle et lança d'une voix haute et claire à Amelia :

— Tu vas devoir t'y faire, tu sais. Tu es morte, mais nous sommes tous les deux bien vivants !

Une bourrasque d'énergie brute le frappa de plein fouet, le soulevant du sol et l'envoyant valser contre le mur.

— Arrête ! Arrête ! hurla Hayley en s'avançant d'un pas. Il est de ta chair et de ton sang ! Tu ne dois pas lui faire de mal !

Bien qu'elle n'eût aucune idée de ce qui se produirait une fois qu'elle aurait rejoint l'apparition, Hayley se lança en avant, mue par la colère autant que par le désespoir. Avant que Harper ait pu la rattraper et la retenir, elle se sentit projetée en arrière et alla s'affaler sur le sol, les quatre fers en l'air. Elle crut entendre une femme hurler de rage et de douleur. Puis il n'y eut plus rien que le fracas de l'orage.

— Ça va ? Tu n'as rien ? s'enquit Harper en s'accroupissant près d'elle.

— Moi, non. C'est toi qui es blessé...

Hayley fixait avec inquiétude le filet de sang qui coulait à la commissure des lèvres de Harper. Il l'essuya d'un revers de main impatient.

— Ce n'est rien, dit-il. Rien du tout.

— Dieu merci, elle est partie ! Seigneur Dieu, Harper... Cette fois, elle avait... elle avait une lame.

— Une faucille, plus exactement. Ce qui constitue une grande première.

— La faucille ne peut pas être réelle, n'est-ce pas ? Je veux dire... Elle n'a pas plus de substance qu'Amelia. Elle ne pourrait pas s'en servir pour...

Sa voix la trahit, mais Harper l'avait comprise à demi-mot et s'empressa de la rassurer.

— Non. Bien sûr que non.

Mais au fond de lui-même, il n'en était pas si sûr. Peut-être Amelia, avec son arme imaginaire, pouvait-elle causer des blessures tout aussi imaginaires, mais qui n'en paraîtraient pas moins réelles. Peut-être pouvait-elle faire en sorte, dans la confusion, que sa victime se blesse toute seule.

Assise sur le parquet, Hayley s'efforçait de dominer sa peur et de reprendre son souffle. Mais dès que les premières notes de la berceuse jaillirent du récepteur du babyphone, elle bondit sur ses pieds et se rua dans le couloir. Harper fut encore plus rapide et parvint à la porte de Lily quelques secondes avant elle.

— Tout va bien, murmura-t-il en tendant le bras dans l'encadrement pour l'empêcher de passer. Inutile de lui faire peur en la réveillant.

Blottie en chien de fusil sous sa couverture, sa peluche serrée contre elle, Lily dormait paisiblement. Assise dans le fauteuil à bascule, Amelia fredonnait sa berceuse habituelle. Elle était de nouveau vêtue de sa robe grise, propre et nette, et ses cheveux bien coiffés étaient attachés en chignon. Son visage pâle, parfaitement calme, semblait éclairé d'une lumière intérieure.

— Il fait si froid… murmura Hayley sur le seuil.

— Cela ne gêne pas Lily, répondit Harper sur le même ton. Cela ne m'a jamais gêné non plus quand j'étais enfant. Je ne sais pas pourquoi.

Sans cesser de se balancer, Amelia tourna la tête vers eux. Sur son visage se lisaient la souffrance et la tristesse. Hayley crut même y distinguer un soupçon de regret. Les yeux fixés sur Harper, l'apparition continua de chanter. Et au dernier couplet, elle s'évanouit dans les airs.

— C'était pour toi qu'elle chantait, chuchota Hayley. Une part d'elle-même se rappelle et regrette ce qu'elle a fait. Mon Dieu… Quel supplice ce doit être d'être folle depuis plus de cent ans !

Ensemble, ils rejoignirent Lily. Hayley se pencha sur le lit et arrangea soigneusement la couverture de sa fille.

— Elle va bien, Hayley, assura Harper derrière elle. Laissons-la dormir.

— Parfois, chuchota-t-elle en le suivant hors de la pièce, je me demande comment je fais pour supporter de vivre dans le château hanté… Dans la même soirée, Amelia est capable de t'envoyer valser contre un mur et de te chanter tendrement une berceuse !

— Que veux-tu ? Elle est folle à lier, dit Harper en haussant les épaules avec fatalisme. Mais au fond, peut-être cherche-t-elle à nous rassurer en nous faisant comprendre qu'elle peut s'emporter contre l'un de nous, mais que pour rien au monde elle ne s'en prendrait à un enfant.

— Et si elle se servait de moi ? demanda Hayley d'une voix blanche. Sous son influence, comme je l'ai été près de l'étang, je pourrais agresser quelqu'un qui aurait eu le malheur de lui déplaire, voire m'en prendre à ma propre fille...

— Tu ne la laisserais pas faire.

Ils étaient de retour dans la chambre de Hayley. Harper la conduisit jusqu'au lit et la fit asseoir.

— Tu veux boire un verre d'eau ? Quelque chose de plus fort ?

— Non, merci.

Il s'assit à son tour près d'elle, prit sa main dans les siennes et poursuivit d'une voix assurée :

— Tu sais bien qu'elle n'a jamais blessé qui que ce soit dans cette maison. Cela se serait su. Si un Harper, ou même un domestique, avait été attaqué par une folle, cela n'aurait pas pu être passé sous silence. Elle aurait été jetée en prison ou dans un asile.

— Peut-être... admit Hayley d'un ton peu convaincu. Mais que fais-tu de cette corde et de cette faucille ? Elle les exhibait, comme pour dire : « Je vais ligoter quelqu'un et le couper en rondelles » !

— Personne n'a jamais été coupé en rondelles à Harper House.

Harper se leva pour aller refermer la porte-fenêtre.

— Pour ce que tu en sais, précisa Hayley dans son dos.

— Pour ce que j'en sais, reconnut-il en venant se rasseoir près d'elle. Si tu veux, on mettra Mitch sur la piste. Peut-être pourra-t-il trouver quelque chose dans de vieux rapports de police – même si j'en doute.

— Tu es si calme ! constata-t-elle après l'avoir dévisagé un instant. C'est trompeur, quand on connaît le feu qui couve sous cette apparence… Cela prouve que je ne te connais pas aussi bien que je l'imaginais.

— J'en ai autant à ton service…

Hayley soupira et posa les yeux sur leurs mains jointes.

— Je ne peux pas coucher avec toi, reprit-elle enfin d'une voix défaite. Je ne veux pas prendre le risque qu'Amelia te blesse. Tu avais raison sur ce point.

Il ne lui répondit que par un petit sourire suffisant. Hayley lui donna une tape sur le bras et protesta :

— Tu te crois vraiment très malin, n'est-ce pas ?

— Seulement parce que je le suis. Demande à ma mère. Quand elle est dans un bon jour…

La tête tournée vers lui, Hayley demeura un moment à le dévisager, comme pour assimiler toutes ces choses qu'elle apprenait à son sujet.

— J'aime toutes ces facettes que je découvre en toi, conclut-elle. Et Dieu sait que tu es agréable à regarder. Si Amelia ne s'était pas manifestée, à l'heure qu'il est, nous serions dans ce lit, à faire ce que ce merveilleux baiser nous entraînait tout naturellement à faire.

— Voilà un commentaire qui n'est pas de nature à me réconcilier avec mon arrière-arrière-grand-mère, commenta Harper en grimaçant.

— Je ne peux pas dire que je la porte dans mon cœur non plus… Mais je dois reconnaître que son intervention nous a peut-être évité de faire une bêtise.

S'ordonnant d'être raisonnable pour deux, Hayley se leva et alla se jucher sur l'accoudoir d'un fauteuil.

— Je ne suis ni timide ni coincée en ce qui concerne les choses du sexe, reprit-elle en le fixant droit dans les yeux. Et je pense que si nous vivions dans un autre endroit, si nous nous trouvions dans une autre situation, nous serions déjà amants. Mais il y a tant de paramètres à prendre en compte avant de franchir ce pas… tant de choses que nous ignorons encore l'un sur l'autre.

— Ça te dirait de dîner avec moi ?

Prise de court par sa proposition, Hayley battit des paupières.

— Tu as faim ? s'étonna-t-elle.

— Pas maintenant ! répondit-il en riant. J'essaie de t'inviter à sortir avec moi, au cas où tu ne l'aurais pas remarqué… Nous pourrions aller en ville, partager un bon repas, écouter un peu de musique.

Hayley sentit ses épaules se détendre et se desserrer le nœud d'angoisse logé depuis des heures au creux de son ventre.

— Ce serait chouette ! lança-t-elle en souriant.

Harper la rejoignit et lui tendit la main pour l'aider à se mettre debout.

— Demain soir ? suggéra-t-il.

— Si Roz ou Stella peuvent s'occuper de Lily, cela me va très bien…

Le visage de Hayley se rembrunit.

— Nous allons devoir leur dire ce qui s'est passé.

— Nous verrons cela demain.

— Cela risque d'être un peu gênant, d'expliquer… pour quelle raison tu te trouvais dans ma chambre… et ce que nous y faisions.

Harper encadra le visage de Hayley de ses mains et déposa un très léger baiser sur ses lèvres.

— Non, ça ne le sera pas le moins du monde, lança-t-il d'une voix ferme. Tu crois que ça va aller, à présent ?

Hayley jeta un coup d'œil par-dessus son épaule à la porte-fenêtre close.

— Oui, ça va aller, répondit-elle. Tu devrais rentrer chez toi avant qu'il ne se remette à pleuvoir.

— Je vais aller camper dans l'ancienne chambre de Stella.

— Oh, tu n'es pas obligé…

— Nous dormirons mieux tous les deux ainsi.

Hayley se sentit effectivement plus rassurée de savoir Harper à l'autre bout du couloir, même si cela ne l'aida pas précisément à trouver le sommeil. Si seulement elle avait pu le rejoindre dans son lit… Nul doute qu'ils auraient tous deux mieux dormi ainsi.

C'était vraiment l'enfer, conclut-elle en se retournant entre ses draps, de se conduire en adulte responsable. Et un plus grand enfer encore de découvrir que plus elle en apprenait à son sujet, plus elle s'attachait à lui. Mais au fond, tous ces obstacles placés sur leur route rendaient les choses plus saines et plus claires : elle n'était pas une fille facile qui sautait dans le lit d'un homme juste parce qu'il était beau gosse et éminemment sexy.

Et même si certains, connaissant les circonstances de la naissance de Lily, pouvaient s'imaginer autre chose, peu lui importait. Elle avait eu de l'affection pour le père de sa fille. De l'affection et du respect. Sans doute s'était-elle montrée un peu imprudente, mais leur histoire n'avait pas été une histoire sordide.

En outre, elle avait désiré cet enfant. Peut-être pas au tout début, certes. Mais lorsqu'elle était parvenue à surmonter le choc initial et la peur qui en avait résulté, plus rien n'avait compté pour elle que son bébé, son magnifique et délicieux bébé…

Heureusement pour elle, Lily n'avait rien hérité de son père, ce fumier égoïste et sans scrupule qui avait profité de sa détresse pour parvenir à ses fins. Elle avait été bien avisée de ne pas lui apprendre sa grossesse et de garder l'enfant pour elle. Rien que pour elle. Pour toujours.

Mais il lui était à présent possible d'obtenir bien plus encore. À bien y réfléchir, peut-être faisait-elle fausse route en se contentant de si peu. Trimer, obéir, encore et encore ! Pourquoi devait-elle travailler pour gagner une misère alors que le monde pouvait être à ses pieds ? Pour l'heure, elle n'occupait qu'une infime partie de la grande maison, mais tôt ou tard, tout le domaine serait à elle. À elle et à son merveilleux enfant...

Le maître la désirait. Il ne lui restait plus qu'à manœuvrer habilement. Aucune femme mieux qu'elle ne savait mener un homme par le bout du nez. Avant d'avoir compris ce qui lui arrivait, il ramperait à ses pieds pour quémander ses faveurs... Et quand elle en aurait terminé avec lui, Harper House serait à elle.

À elle et à son enfant.

Enfin...

8

Dans la salle de multiplication, Hayley regardait Roz travailler.

— Vous êtes sûre que cela ne vous dérange pas de vous occuper de Lily ? lui demanda-t-elle.

— Pour quelle raison cela me dérangerait-il ? Mitch et moi allons passer la soirée à la gâter sans que tu puisses rien faire pour nous en empêcher…

— Vous êtes si gentils avec elle ! Mais j'avoue que j'ai du mal à me faire à l'étrangeté de la situation.

— Je ne vois pas ce qu'il y a d'étrange à passer la soirée avec un jeune homme aussi séduisant que Harper.

— Ce n'est pas n'importe quel jeune homme. C'est votre fils.

Les doigts experts de Roz continuaient à s'activer. Un grand sourire se peignit sur ses lèvres lorsqu'elle répondit :

— Oui ! J'ai de la chance, n'est-ce pas ? D'autant plus que j'ai deux autres fils tout aussi charmants. Je ne serais d'ailleurs pas étonnée qu'ils aient eux aussi un rendez-vous ce soir…

— Mais Harper, c'est différent. C'est votre fils aîné. Il est aussi votre associé, et je suis votre employée.

— Nous avons déjà parlé de tout ça, Hayley…

— Je sais.

Elle savait également que cet agacement à peine masqué dans la voix de Roz ne présageait rien de bon.

— Il ne faut pas m'en vouloir, reprit-elle. J'ai juste un peu plus de mal que vous à m'y faire.

Avant de passer au bac de terre suivant, Roz lui jeta un coup d'œil en coin.

— Tout irait beaucoup mieux si tu te détendais un peu, dit-elle. Vas-y, amuse-toi, prends du bon temps ! Mais si tu le peux, n'hésite pas à faire une petite sieste avant la soirée et à forcer un peu sur le maquillage. Tu as des valises sous les yeux.

— Je n'ai pas bien dormi.

— Après le spectacle auquel Harper et toi avez eu droit, ça n'a rien d'étonnant.

La musique qu'avait choisie Roz ce jour-là pour travailler dans la salle de multiplication consistait en nappes de piano romantiques et élaborées. Hayley, plus douée pour identifier les plantes que les compositeurs classiques, aurait été bien incapable de la reconnaître.

— J'ai aussi l'impression d'avoir fait des rêves étranges, cette nuit, confia-t-elle d'une voix sourde. Mais rien que je puisse me rappeler précisément.

Après un instant d'hésitation, elle ajouta :

— Roz... est-ce que vous avez peur ?

— Je suis préoccupée, reconnut-elle. Et en colère, aussi. Personne n'a le droit de frapper mon garçon. Si elle m'en laisse l'occasion, je n'hésiterai pas à dire à Amelia ma façon de penser.

— Peut-être est-elle allée chercher cette corde et cette faucille dans la remise à voitures – à l'époque, je veux dire. Peut-être a-t-elle essayé de s'en servir et quelqu'un l'en a-t-il empêchée.

— Cela fait beaucoup de « peut-être ». Puisque Beatrice ne fait plus mention d'Amelia dans aucun de ses journaux après l'arrivée du fils de son mari chez elle, il va nous être difficile d'en apprendre davantage.

— Dans ce cas, conclut Hayley d'un air maussade, je ne vois pas comment nous parviendrons à faire en sorte qu'elle nous laisse en paix...

Après avoir marqué une pause, elle chercha le regard de Roz et poursuivit :

— Il existe des spécialistes, vous savez. Des gens dont c'est le métier de régler ce genre de problèmes.

Voyant son interlocutrice sourire de sa suggestion, elle fronça les sourcils et s'exclama :

— Je ne vois pas ce que ça a de drôle ! Étant donné les circonstances, ce n'est pas une idée si stupide...

— Ne prends pas la mouche, voyons. J'imaginais juste l'équipe de *Ghostbusters,* Bill Murray en tête, investissant Harper House avec son matériel étrange et ses fusils à protons !

— Très drôle, fit Hayley en grimaçant un sourire. Mais s'il y a des farfelus dans ce domaine, il existe sûrement aussi des gens compétents. Peut-être aurions-nous intérêt à réclamer une aide extérieure.

— Rien n'est exclu. S'il le faut, nous aviserons.

— J'ai consulté quelques sites sur Internet...

— Hayley !

De nouveau, ce soupçon d'agacement à peine voilé.

— D'accord, d'accord. C'était juste une suggestion.

Elles tournèrent la tête de concert lorsque la porte s'ouvrit à la volée. À voir l'expression de Mitch, il n'était pas difficile de deviner son excitation.

— Je sais qui elle est ! s'exclama-t-il en se précipitant à leur rencontre. Dans combien de temps pouvons-nous nous retrouver tous à la maison ?

— Une petite heure, répondit Roz après avoir réfléchi à la question. Mais pour l'amour de Dieu, Mitchell, ne nous laisse pas dans l'expectative ! Qui était-elle ?

— Elle s'appelait Amelia Connor. Amelia Ellen Connor.

— Comment as-tu...

— Tu le sauras tout à l'heure, coupa-t-il avec un grand sourire. Rassemble tes troupes, Rosalind !

— Une vraie tête de mule ! maugréa-t-elle en le regardant sortir avec un sourire attendri qui démentait ses propos. Comment ai-je pu épouser un homme aussi têtu ?

Amelia Ellen Connor.

Hayley ferma les yeux et laissa ce nom résonner en elle dans le grand salon de Harper House. Elle patienta quelques instants, mais rien ne se produisit, ni révélation foudroyante, ni illumination soudaine. Elle se sentit un peu stupide, car elle avait été presque sûre qu'il se passerait quelque chose si elle se concentrait sur ce nom entre les murs de la maison.

Avec le sentiment de se rendre ridicule, elle le prononça à haute voix, sans plus de résultat. Une dernière tentative, cependant, s'imposait, étant donné qu'Amelia faisait apparemment tout pour être reconnue, découverte, retrouvée...

— Amelia Ellen Connor ! lança-t-elle d'une voix claire. Je te reconnais comme la véritable mère de Reginald Edward Harper.

Rien ne vint troubler le silence du salon, où régnaient les parfums mêlés des roses dont David avait garni de grands vases et de l'encaustique avec laquelle il patinait les vieux meubles.

Déçue et décidée à garder cette expérience infructueuse pour elle-même, Hayley rejoignit la bibliothèque. Roz et Mitch s'y trouvaient déjà, ce dernier pianotant avec ferveur sur le clavier de son ordinateur portable.

D'une voix où perçait une note d'exaspération, Roz expliqua en levant les yeux au plafond :

— Il dit qu'il veut mettre à jour ses notes tant que les informations sont encore fraîches dans son esprit. Stella est dans la cuisine avec David. Ses fils sont chez leurs grands-parents pour la journée. Logan ne devrait pas tarder. *Idem* pour Harper – du moins, je l'espère.

Elle ajouta, en montrant le canapé à Hayley :

— Puisque le docteur Carnegie semble décidé à nous faire attendre, autant t'asseoir.

— Thé glacé et cookies au citron pour tout le monde !

Poussant devant lui un chariot de service, David venait de les rejoindre, Stella sur ses talons. Il désigna du regard le mari de Roz et demanda :

— Tu lui as déjà tapé sur le crâne pour le faire parler ?

— Non, répondit Roz avec un soupir. Mais ça ne saurait tarder. Mitch !

— Cinq minutes...

Sur ces entrefaites, Harper et Logan pénétrèrent en trombe dans la pièce. Ce dernier alla embrasser sa femme en s'excusant.

— Désolé. Pas eu le temps de me changer. J'arrive juste du boulot.

Puis, s'emparant d'un des verres que David était en train de remplir, il le vida d'un trait et grogna de plaisir.

Harper, quant à lui, jeta son dévolu sur les cookies. Après en avoir engouffré trois, il se laissa tomber sur une chaise.

— Alors, comme ça, nous savons comment elle s'appelle. La belle affaire ! À quoi cela va-t-il nous servir ?

— Pour commencer, protesta Hayley, c'est déjà un bel exploit de la part de Mitch d'avoir trouvé cette information avec si peu d'éléments...

— Je n'ai pas dit le contraire. Je me demandais juste ce que nous allions en faire.

Roz, dont la patience avait atteint ses limites, se tourna vers son époux.

— Avant toute chose, lança-t-elle, j'aimerais savoir ce qui lui a permis d'arriver à ce résultat. Mitchell ! Ne m'oblige pas à te frapper devant les enfants...

Repoussant son fauteuil à roulettes, Mitch ôta ses lunettes et entreprit de les polir avec application sur sa chemise.

— Reginald Harper possédait de nombreuses propriétés, commença-t-il, dont quelques maisons. Ici, dans le comté de Shelby, mais aussi ailleurs dans l'État. La plupart étaient mises en location, naturellement. J'en ai pourtant trouvé dans les livres de comptes qui, bien qu'occupées à certaines périodes, ne généraient aucun revenu.

— Les comptes auraient été falsifiés ? demanda Harper.

— Possible. À moins que ces résidences n'aient été celles où Reginald Harper installait ses maîtresses.

— Au pluriel ? s'exclama Logan. Quelle santé !

— Beatrice elle-même, dans son journal, évoque *les* maîtresses de son mari. Cela n'a rien d'étonnant, si l'on considère que cet homme voulait un héritier à n'importe quel prix et qu'il était du genre à employer les grands moyens. Entretenir plusieurs génitrices potentielles jusqu'à ce que l'une d'elles tombe enceinte augmentait ses chances de parvenir à ses fins.

— Qu'es-tu en train de nous dire ? s'enquit Roz. Qu'il a eu le culot de faire figurer ses maîtresses dans ses livres de comptes en tant qu'occupantes à titre gracieux ?

— Pas du tout. Voilà pourquoi j'ai dû croiser les sources en allant fureter dans les listes de recensement – ce qui représente une masse de documents considérable, même en limitant les recherches aux années antérieures à 1892. J'ai eu la chance de tomber sur ce que je cherchais dans les listes de 1890.

Son regard, après avoir scruté la pièce, se posa sur le chariot de service.

— Ce sont bien des cookies que je vois là ?

— Grands dieux, David ! s'exclama Roz. Apporte-lui ses cookies avant que je ne le tue ! Vas-tu enfin nous dire ce que tu as trouvé en 1890 ?

— *Qui* j'ai trouvé, tu veux dire. Amelia Ellen Connor, domiciliée dans l'une des maisons que possédait Reginald Harper à Memphis. Une maison qui n'a généré aucun revenu depuis la deuxième moitié de cette année 1890 jusqu'en mars 1893 et qui est censée être restée vide durant cette période.

— Cela ne peut être qu'elle ! approuva Stella.

Mitch hocha la tête et reposa ses lunettes sur le bureau.

— En tout cas, si ce n'est pas notre Amelia, c'est une drôle de coïncidence. Le très méticuleux secrétaire de Reginald a inscrit dans les livres de nombreuses dépenses relatives à cette propriété durant cette période, et Amelia la mentionne dans les listes de recensement comme résidence principale. En février 1893, de fortes sommes sont affectées à la remise en état de cette maison, dans laquelle de nouveaux occupants – des locataires en bonne et due forme, cette fois – s'installent peu de temps après. La propriété est finalement vendue en 1899.

— Nous savons donc désormais, conclut Hayley, qu'elle a vécu dans cette maison à Memphis pendant quelques mois après la naissance du bébé.

— Mais ce n'est pas tout ! ajouta Mitch en chaussant ses lunettes pour consulter ses notes. Amelia Ellen Connor est née en 1868, de Thomas Edward Connor et de Mary Kathleen Connor née Bingham. Bien qu'elle ait déclaré lors du recensement que ses deux parents étaient morts, ce n'était vrai à l'époque que de son père, décédé en 1886. Le certificat de décès de sa mère date de 1897. Elle était donc bien vivante en 1890. Femme de chambre, elle est restée durant toute sa carrière au service de la famille Lucerne, qui habitait une maison le long du fleuve appelée…

— Les Saules, acheva Roz à sa place. Je connais cette maison. Elle est plus ancienne que celle-ci. Aujourd'hui, c'est devenu un *bed-and-breakfast* d'excellente réputation.

— Mary Connor, qui travaillait pour les Lucerne alors que sa fille habitait Memphis, affirme lors du recensement n'avoir jamais eu d'enfants. Les registres de la paroisse sont pourtant formels : elle est bien la mère d'Amelia.

— Elles devaient être brouillées, supposa Stella.

— Sans doute. Suffisamment en tout cas pour que la fille considère sa mère comme n'étant plus de ce monde, et pour que la mère ait tout oublié en apparence de l'existence de sa fille. Mais il y a plus intéressant encore. Je n'ai pu retrouver aucune trace de la naissance de l'enfant d'Amelia, ni de certificat de décès à son nom.

— L'argent peut tout, commenta Hayley. Il peut graisser les rouages de la machine comme les bloquer.

— Et maintenant, que va-t-il se passer ? demanda Logan.

— Je vais me replonger dans les vieux papiers, répondit Mitch en le regardant par-dessus les verres de ses lunettes. Il me reste à explorer la piste des décès de personnes non identifiées. Je compte aussi sur la descendante de la gouvernante, Mary Havers. Peut-être nous communiquera-t-elle de nouvelles informations. J'irai également rendre une petite visite aux actuels propriétaires de la maison des Lucerne – en priant pour trouver là-bas des archives dans lesquelles je pourrai fouiller.

— Je leur passerai un petit coup de fil, intervint Roz. Il n'y a pas que l'argent qui ouvre les portes. Le nom des Harper peut faciliter bien des choses, lui aussi...

Ce rendez-vous galant était pour Hayley le premier depuis... si longtemps qu'il était trop démoralisant d'y réfléchir. Elle préférait se féliciter du choix de sa tenue. Ce petit haut rouge sans manches faisait vraiment un effet saisissant sur elle. Il mettait en valeur ses bras, musclés autant par le travail physique qu'elle faisait à la jardinerie que par le fait de porter Lily.

Elle se trouvait dans un restaurant de Beale Street à l'ambiance chaude et électrique, assise face au plus bel homme qui soit, lequel n'avait d'yeux que pour elle. Les conditions étaient donc réunies pour faire de cette soirée un moment mémorable. Pourtant, elle se surprenait régulièrement à laisser son esprit vagabonder.

— Vas-y, dis ce que tu as sur le cœur, suggéra Harper en lui tendant le verre de vin auquel elle n'avait pas encore touché. Cela te fera plus de bien de cracher le morceau tout de suite que de te forcer à ne surtout pas en parler.

— Je ne peux pas m'empêcher de penser à elle, reconnut-elle avec un pâle sourire d'excuse. Te rends-tu compte de ce qui lui est arrivé ? Elle a porté ce bébé durant neuf mois et elle l'a mis au monde. Et lui... il le lui a tout simplement volé ! Comment s'étonner qu'elle ait une si piètre opinion des hommes, après ça ?

— Je peux me faire l'avocat du diable ? Tu oublies que pendant des mois, elle lui avait vendu son corps.

— Mais cela ne...

— Attends une seconde ! coupa-t-il. Amelia est née dans une famille de la classe laborieuse. Au lieu de se contenter de travailler pour gagner sa vie, comme ses parents, elle a préféré se faire entretenir. C'était son choix, et je n'ai pas à la juger pour cela. Mais il n'en demeure pas moins qu'elle a monnayé ses charmes, son corps, en échange d'une vie luxueuse avec maison, toilettes, bijoux, voiture et domesticité.

— Et cela donnait le droit à ton aïeul de lui voler son enfant ?

— Je n'ai pas dit ça. Et tu sais que je ne le pense même pas. Ce que je dis, c'est que l'on peut difficilement en faire la victime innocente d'un homme orgueilleux, insensible et cruel.

Mais Hayley n'était pas disposée à le laisser rabaisser cette histoire au niveau le plus bas. Elle releva légèrement le menton, comme pour le défier, et suggéra :

— Peut-être l'aimait-elle.

Harper haussa les épaules.

— Peut-être aimait-elle surtout la vie qu'il lui offrait.

— Je ne te savais pas cynique à ce point.

Un sourire moqueur joua sur les lèvres de Harper.

— Et moi, je ne te savais pas si romantique. Disons que la vérité doit se situer quelque part entre mon cynisme et ton romantisme.

— Ça me va.

— Et pour compléter le portrait, ajoutons qu'Amelia ne brillait ni par son équilibre ni par son humanité. J'en viens à me demander si elle n'était pas déjà un peu timbrée avant même la perte de son enfant. Je ne veux pas dire par là qu'elle ait mérité ce qui lui est arrivé, simplement qu'elle devait avoir une perception assez singulière de la réalité pour déclarer sa mère comme décédée alors que celle-ci ne vivait qu'à quelques kilomètres de chez elle.

— Il est vrai que cela ne plaide pas en sa faveur, reconnut Hayley avec une grimace. Sans doute ai-je un peu trop tendance à vouloir en faire une héroïne romanesque victime de ses sentiments. Comme d'habitude, la réalité doit être moins tranchée.

Après avoir bu avec délectation une longue gorgée de vin, Hayley reposa fermement son verre.

— Bon, assez parlé d'Amelia pour ce soir, décréta-t-elle. Qu'elle retourne dans ses limbes et qu'elle y reste !

— Dieu soit loué !

— Il me reste une dernière chose à faire…

Harper ne manifesta pas la moindre surprise. Il sortit son portable et le lui tendit.

— Tu connais le numéro.

En riant, Hayley ouvrit l'appareil et dit en pianotant sur le clavier :

— Je sais qu'elle doit être aux anges en compagnie de Roz et de Mitch. Je veux juste vérifier que tout va bien.

Hayley mangea du poisson-chat et but deux verres de vin, savourant cette occasion de pouvoir rester à table autant qu'elle le souhaitait, à discuter avec Harper de tout ce qui lui passait par la tête.

— J'avais oublié ce que c'était que de prendre un repas entier sans devoir m'interrompre ! commenta-t-elle en s'adossant à son siège. Je suis heureuse que tu te sois enfin décidé à m'inviter.

— Enfin ?

— On ne peut pas dire que tu aies brillé par ton sens de l'initiative ! Heureusement que j'étais là pour faire le premier pas.

— Cela valait le coup de patienter... déclara-t-il en lui prenant la main sur la table. J'ai adoré ton premier pas !

— J'en suis moi-même assez fière.

Redevenant sérieuse, elle se pencha en avant et ajouta en le fixant droit dans les yeux :

— Harper, tu as vraiment... pensé à moi de cette façon durant tout ce temps sans le montrer ?

— Plus exactement, j'ai fait beaucoup d'efforts pour ne pas penser à toi de cette façon durant tout ce temps. Parfois, j'y arrivais. Mais je suis passé par de rudes moments. Et par de sales nuits...

— Pour quelle raison ? Je veux dire, pourquoi avoir caché tes sentiments ?

— Cela me paraissait...

Après y avoir réfléchi un instant, il poursuivit :

— ... inconvenant, je ne trouve pas d'autre mot. Séduire l'invitée de ma mère, enceinte de surcroît, j'avais l'impression qu'il n'y avait pas pire, comme idée. Tu te rappelles le soir où Roz et Stella ont organisé une soirée-cadeaux, avant la naissance de Lily ? Je t'ai raccompagnée jusqu'à la maison, et tu n'arrivais plus à sortir de ma voiture.

Ce souvenir fit rire Hayley, qui se couvrit le visage de sa main libre afin de masquer son embarras.

— Ô mon Dieu ! Bien sûr que je m'en souviens... Je t'ai envoyé sur les roses tellement j'étais fatiguée et sur les nerfs. Je me sentais grosse, transpirante, affreuse, épuisée.

— À mes yeux, tu étais splendide, corrigea-t-il. Pleine de vitalité, de puissance, d'énergie. Et aussi... terriblement sexy. Mais ça, j'essayais à tout prix de l'oublier. Ce soir-là, en t'aidant à sortir de ma voiture, j'ai effleuré ton ventre par inadvertance, et au même moment, le bébé a bougé. C'était...

— Effrayant ?

— Bouleversant. Même si, effectivement, je n'en menais pas large. Mais ce n'était rien à côté de ce qui m'attendait le jour de l'accouchement, lorsque je suis resté à ton chevet et que j'ai vu naître Lily...

À ces mots, Hayley se figea sur sa chaise et se sentit rougir jusqu'aux oreilles.

— Oh, non ! murmura-t-elle. J'avais... j'avais oublié ça.

Harper lui prit les deux mains et s'inclina pour les embrasser.

— Je suis incapable de décrire ce que j'ai ressenti ce jour-là. Après avoir surmonté ma première réaction – courage, fuyons ! –, j'en suis resté abasourdi de joie et de bonheur. J'ai vu naître Lily... J'étais là quand elle a poussé ses premiers cris. Je crois que...

je crois que je n'avais jamais rien vécu d'aussi beau. C'est depuis cet instant que je suis fou d'elle.

Chez Hayley, l'embarras fit place à une profonde reconnaissance et à une grande tendresse.

— Je sais... assura-t-elle, les yeux embués. À ce propos, une chose m'étonne.

— Oui ?

— Tu ne m'as jamais interrogée sur son père.

— Cela ne me regarde pas.

— Ce n'est pas mon avis. Je crois que tu as le droit de savoir. Ça te dit qu'on aille se promener un peu ?

— J'allais te le proposer.

Délaissant les lumières et l'agitation de Beale Street, ils marchèrent en direction du fleuve. L'endroit ne manquait pas de touristes, amateurs eux aussi d'une promenade au bord de l'eau dans le parc, mais l'obscurité et la quiétude relatives aidèrent Hayley à se plonger dans ses souvenirs et à y entraîner Harper avec elle.

— Je n'étais pas amoureuse de lui, annonça-t-elle tout de go. Je tiens à être claire sur ce point. Il y a trop de gens qui s'obstinent à voir en moi une pauvre fille abandonnée par un lâche trop immature pour assumer son rôle de père. Ce n'est pas du tout comme cela que les choses se sont passées.

— Tant mieux, répondit Harper à côté d'elle. L'idée que le père de Lily ait pu être un lâche ne me plaisait pas.

— Bien au contraire, c'était un charmant jeune homme ! fit Hayley en riant. Un étudiant très gentil, très intelligent. Je l'ai rencontré à la librairie dans laquelle je travaillais, à Little Rock. Nous avons sympathisé, puis flirté, et comme cela collait entre nous,

nous sommes sortis ensemble une ou deux fois. C'est alors que mon père est mort.

En silence, ils traversèrent un petit pont et dépassèrent quelques couples installés à des tables de pique-nique en pierre.

— J'étais tellement perdue, reprit Hayley à mi-voix. Et si triste…

— J'imagine que ça a dû être terrible, dit Harper en lui passant un bras autour des épaules. S'il devait arriver quelque chose à ma mère, je crois que je perdrais tous mes repères. Bien sûr, j'ai mes frères à qui me raccrocher, mais je ne peux concevoir un monde dont elle ne ferait plus partie.

— C'est exactement ainsi que je l'ai vécu. Soudain, le monde n'avait plus aucun sens. Je ne savais plus que faire ni que dire. Les gens autour de moi ont eu beau se montrer très gentils, très attentionnés, cela ne m'a pas empêchée de plonger en pleine déprime. Mon père était très aimé. Je n'ai donc pas manqué de famille, de voisins, d'amis, de collègues de travail – les siens comme les miens – pour me réconforter. Pourtant, il avait été à ce point le centre de mon existence que sa disparition m'a laissée complètement… déboussolée, seule aux prises avec ma souffrance.

— J'étais beaucoup plus jeune que toi quand mon père est mort, dit Harper d'une voix douce. J'imagine que cela facilite les choses, d'une certaine manière. Mais je sais que lorsqu'on perd un être cher, il y a une période terrible à traverser. Celle où il est impossible d'imaginer que le monde puisse redevenir un jour stable et sûr.

— Oui, tout à fait… Mais le pire, c'est qu'après avoir traversé cette période, on retrouve toute l'acuité de ses sensations, et la souffrance en est décuplée. Ce garçon – le père de Lily – a toujours été là pour m'aider. Il s'est montré très gentil, très patient, et sa présence a été d'un grand réconfort pour moi. Et c'est ainsi que, une chose en entraînant une autre...

Laissant sa phrase en suspens, Hayley tourna la tête et chercha dans la pénombre le regard de Harper.

— Nous n'avons jamais été autre chose que des amants et d'excellents amis, reprit-elle. Pourtant, ce n'était pas une simple histoire de sexe. C'était...

— De la survie.

— Oui. Exactement, approuva Hayley, soulagée qu'il la comprenne si bien. Et quand il est reparti pour l'université, j'ai tant bien que mal repris mon travail à la librairie. Je n'ai pas tout de suite réalisé que j'étais enceinte. Sans doute, dans ma détresse, n'ai-je pas voulu voir les signes avant-coureurs. Lorsque j'ai fini par ouvrir les yeux...

— Tu as eu peur.

Hayley secoua la tête et rectifia :

— J'ai plutôt éprouvé un gros ras-le-bol. J'étais folle de rage. Pourquoi diable fallait-il que cela m'arrive à moi ? N'avais-je pas suffisamment de soucis comme ça ? Et puis, ce n'était pas comme si j'avais couché à droite, à gauche sans prendre de précautions... Alors, comment devais-je le prendre ? Comme une blague du destin à mes dépens, ou comme un acharnement incompréhensible de sa part sur ma petite personne ? Dans un cas comme dans l'autre, ce n'était pas juste ! Bien plus que désespérée ou paniquée, j'étais furieuse.

— Le choc était plutôt dur à encaisser, protesta Harper d'une voix raisonnable. Tu étais seule...

— N'essaie pas d'adoucir les choses. Le fait est que je ne voulais pas être enceinte. Je ne voulais pas d'un enfant à cet instant critique de ma vie. Je devais travailler, faire mon deuil, oublier, et il était plus que temps que les puissances supérieures me laissent un peu tranquille !

Ils longeaient à présent le fleuve. Les yeux fixés sur les reflets à la surface de l'eau, Hayley poursuivit son récit d'une voix basse et sourde.

— J'ai décidé de me faire avorter, mais cela n'avait rien d'évident. Outre que je n'avais pas l'argent nécessaire, je ne savais pas comment justifier mon absence au travail.

— Alors, tu y as renoncé.

— Pas tout de suite. Je me suis documentée. J'ai trouvé une clinique. Puis une autre idée a commencé à cheminer en moi : confier cet enfant à l'adoption. On lit tant de choses sur ces couples stériles qui se damneraient pour avoir un bébé… Je me disais que ce pourrait être un bon moyen pour que quelque chose de positif sorte de tout cela.

Harper passa une main légère sur ses cheveux.

— Pourtant, cela non plus, tu ne l'as pas fait.

— J'ai recueilli toutes les informations nécessaires, sans cesser de maudire Dieu pour le mauvais tour qu'il m'avait joué. Puis j'ai commencé à m'étonner de ne pas voir revenir à la librairie celui qui était pour moitié responsable de mon état. Depuis son retour à l'université, il ne m'avait donné aucune nouvelle. Quand je suis parvenue à me calmer suffisamment pour voir les choses plus clairement, j'ai compris que je devais le mettre au courant. Avant que je prenne une décision concernant cet enfant, il avait le droit de savoir qu'il en était le père. Je n'étais pas tombée enceinte par l'opération du Saint-Esprit. Il avait son mot à dire, des responsabilités à assumer. C'est en réfléchissant à tout ça que j'ai commencé à accepter la réalité de mon état. J'allais avoir un enfant. Avoir un bébé, cela signifiait que je ne serais plus seule…

J'ai fini par réaliser que tout compte fait, j'avais envie de le garder. Tout à fait égoïstement. Pour moi.

Un long silence suivit cette confession.

— Et l'étudiant ? s'enquit enfin Harper. A-t-il su ?

— Je suis allée le voir à l'université, pour le lui annoncer. Ma décision était déjà prise. J'étais prête à garder le bébé et à l'élever seule, mais je tenais à ce que son père sache la vérité.

Une douce brise faisait voleter les cheveux de Hayley. Elle renversa la tête en arrière pour mieux se prêter à la caresse du vent et poursuivit :

— Il a eu l'air heureux de me revoir, quoiqu'un peu embarrassé, je crois, de ne pas s'être manifesté. Il m'a tout de suite avoué qu'il était tombé amoureux d'une étudiante. Il n'a pas eu besoin de m'expliquer à quel point il était fou d'elle : cela se voyait. Il rayonnait d'amour et de bonheur. Littéralement.

— Alors, tu ne lui as rien dit.

— Je ne lui ai rien dit, reconnut-elle après une courte pause. Qu'étais-je censée lui dire, d'ailleurs ? « Désolée de bousiller ta vie, mais tu dois savoir que je suis enceinte de toi » ? En plus de ça, je n'éprouvais plus aucun désir pour lui, sans même parler d'amour. Je n'avais aucune envie de le pousser à m'épouser. Alors, à quoi bon gâcher son bonheur ?

— Il ignore donc qu'il est le père d'une merveilleuse petite fille.

— Je sais, maugréa Hayley en détournant le regard. Une autre de mes décisions égoïstes… mais au fond, pas si égoïste que cela, parce que je crois vraiment lui avoir rendu service. Même si j'ai longuement douté, quand mon ventre a commencé à grossir et que cet enfant est devenu moins virtuel. Mais quels qu'aient pu être mes doutes, j'ai tenu bon, et je continue. J'assume ma décision et la mauvaise conscience qui va avec.

La gorge nouée, Hayley dut renoncer à poursuivre. Cela se révélait plus difficile qu'elle ne l'avait imaginé d'aller au fond des choses, de ne laisser aucun élément dans l'ombre, précisément parce que Harper l'écoutait avec respect et attention et qu'elle le savait acquis à sa cause. Mais il lui était impossible d'envisager de construire quoi que ce soit avec lui sans avoir fait toute la lumière sur son passé. Après avoir inspiré longuement, elle se força donc à ajouter :

— Je sais qu'il avait le droit d'être mis au courant. Pourtant, j'ai pris la décision inverse, et j'agirais de la même façon aujourd'hui s'il le fallait. J'ai entendu dire qu'il avait épousé cette fille quelques mois plus tard et qu'ils étaient allés vivre en Virginie. Je reste convaincue que j'ai fait le meilleur choix pour nous tous. Peut-être aurait-il aimé Lily, peut-être aurait-elle représenté un boulet pour lui. Je n'en sais rien et je ne veux pas le savoir. Parce que…

Seigneur, qu'il était pénible d'avoir à prononcer ces mots ! Une fois encore, il lui fallut prendre son courage à deux mains pour poursuivre.

— Parce que c'est ce qu'elle a été pour moi durant les premiers mois de ma grossesse : un boulet. Même si je n'en suis pas fière et que je déteste m'en souvenir. Ce n'est qu'au cinquième mois que j'ai commencé à l'aimer – à l'aimer vraiment, pour elle et non pour moi. Quelque chose s'est produit en moi à ce moment-là, une ouverture, un épanouissement. Je ne me suis plus jamais sentie seule depuis. C'est alors que j'ai compris que je devais quitter l'Arkansas, pour effacer l'ardoise et nous donner un nouveau départ, à elle comme à moi.

— C'était courageux, commenta Harper. Et c'était juste.

Hayley fut prise de court par cette réponse aussi simple, qui ne correspondait à rien de ce qu'elle aurait pu attendre.

— C'était dingue, oui.

— Courageux, insista-t-il. Et juste...

Comme par un fait exprès, il s'était arrêté à côté d'un massif de lys jaunes.

— Je voulais l'appeler Eliza, reprit-elle en venant se camper devant lui. Et puis, à la maternité, tu m'as offert ces lys pourpres. Ils étaient si beaux, si éclatants ! Et lorsqu'elle est née, je l'ai trouvée si belle, si éclatante... En somme, c'est grâce à toi qu'elle s'appelle Lily[1]. Et c'est ainsi que le cercle se referme et que la boucle est bouclée.

Lentement, Harper pencha la tête vers elle et posa très fugitivement ses lèvres sur les siennes.

— Ce qu'il y a de bien avec les cercles, murmura-t-il, c'est qu'ils peuvent s'agrandir.

— Est-ce une façon de me dire que mon mélodrame personnel ne t'a pas ennuyé au point de te dissuader de m'embrasser ?

Harper prit sa main dans la sienne et commença à rebrousser chemin.

— S'il est une chose que tu ne fais jamais, dit-il, c'est bien de m'ennuyer. Quant aux baisers, tu risques de te lasser de m'embrasser avant moi...

— C'est un défi ? Parce que je serais ravie de te prouver que tu te trompes. Mais loin de Harper House. Loin d'Amelia...

— Cela ne me paraît pas possible, Hayley. Nous vivons et nous travaillons à Harper House. Nous ne

1. Lily signifie lys. (*N.d.T.*)

pouvons faire fi d'Amelia. Pas plus qu'elle ne peut nous ignorer.

Hayley eut une preuve supplémentaire de la justesse de cette remarque lorsqu'elle pénétra dans sa chambre, ce soir-là. Les tiroirs de sa commode étaient grands ouverts. Les vêtements qu'ils contenaient, ainsi que ceux de la penderie, avaient été jetés en vrac sur le lit.

Le cœur serré par l'appréhension, elle s'approcha et examina un jean, un chemisier, qui lui parurent intacts. Fort heureusement, Amelia n'était pas allée jusqu'à réduire sa garde-robe en lambeaux...

Plus important encore, le calme le plus parfait régnait dans la chambre de Lily lorsqu'elle alla vérifier que sa fille dormait paisiblement. Par curiosité, elle jeta un coup d'œil dans la salle de bains et fut à peine surprise d'y découvrir toutes ses affaires de toilette empilées en une pyramide bien nette à côté du lavabo. Mais là encore, rien n'avait été brisé.

— Qu'est-ce que tu cherches à me faire comprendre ? lança-t-elle d'une voix sourde à la cantonade. Que je ne suis que de passage ici ? C'est sans doute vrai. Mais le jour où je partirai, ce sera parce que je l'aurai décidé ! Tout ce que tu as réussi à faire, c'est à me donner une heure de travail supplémentaire avant d'aller au lit.

En proie à une sourde colère, Hayley entreprit de ranger crèmes et parfums, rouges à lèvres et mascaras. La plupart étaient des produits bon marché. Les seuls articles de luxe qu'elle possédait lui avaient été offerts. Si elle avait pu se le permettre, elle se serait payé mieux.

Il en allait de même pour ses toilettes, dut-elle admettre en rangeant ses vêtements. L'espace d'un bref instant, elle songea qu'elle n'avait que faire de tenues griffées et taillées dans de riches matières. Mais au fond, quel mal y avait-il à souhaiter pouvoir s'offrir de temps à autre de belles choses ? Ce n'était pas comme si elle était obsédée par le luxe…

Ne serait-ce pas merveilleux de pouvoir parader dans de splendides tenues raffinées et parfaitement coupées ? Elle rêvait de soie et de cachemire, mais ne pouvait qu'imaginer leur douceur sur sa peau… Ne pas avoir la possibilité de les caresser entre ses doigts faisait naître au creux de son ventre un manque criant.

Roz, dont les armoires devaient regorger de semblables merveilles, s'affublait la plupart du temps de jeans râpés et de vieilles chemises. Il y avait quelque chose d'indécent à dédaigner la possibilité qui lui était offerte de s'habiller correctement. À quoi bon laisser dormir de si beaux vêtements dans des placards, alors que d'autres, tout près d'elle, auraient pu en faire meilleur usage ? Sans parler des bijoux qu'elle gardait enfermés dans un coffre et qui auraient été du plus bel effet sur une femme véritablement digne d'eux.

À la réflexion, quel mal y aurait-il à en emprunter quelques-uns ? Ce ne serait que leur rendre justice… Avec un peu d'habileté, en se montrant raisonnable, elle devrait pouvoir mettre la main de temps à autre sur quelques belles pièces. Puisque Roz les tenait en si piètre estime, sans doute ne s'apercevrait-elle même pas de leur disparition. Alors, pourquoi ne pas…

Devant le miroir de sa chambre, Hayley se rendit compte de ce qu'elle était en train de faire au moment même où elle réalisa avec effroi le tour pris par ses pensées. Comme une coquette se pavane en tenant devant elle une robe convoitée, elle avait plaqué contre son corps un simple tee-shirt qu'elle observait avec une fascination envieuse.

Rageusement, elle jeta le tee-shirt sur le sol et fixa son reflet dans la glace.

— Ce n'est pas moi ! lança-t-elle d'une voix furieuse. Je n'ai pas besoin de tout ce dont tu raffoles. Je ne désire rien de ce qui te rend si avide et si jalouse. Tu peux peut-être te glisser en moi, mais tu ne réussiras jamais à me faire faire une chose pareille. Jamais !

Sur ce, elle alla ramasser le reste des vêtements amoncelés sur son lit et les déposa sur une chaise. Puis, vaincue par la fatigue, elle s'allongea tout habillée et sombra dans un sommeil de plomb, en omettant délibérément d'éteindre les lumières.

9

Hayley était heureuse de travailler au magasin. Jusqu'à présent, un défilé continu de clients l'avait maintenue occupée, et Amelia ne paraissait pas s'intéresser à elle lorsqu'elle travaillait au contact de la clientèle.

À la demande de Mitch, elle avait dressé une liste des épisodes au cours desquels elle avait été aux prises avec Amelia. Les plus marquants étaient ceux qui s'étaient produits au bord de l'étang, dans sa chambre et dans la nursery. Elle n'en était pas absolument certaine, mais il lui semblait qu'en d'autres occasions, des pensées l'avaient traversée qui ne pouvaient être siennes – dans le parc de Harper House, ou au boulot, alors qu'elle rêvassait.

L'avantage d'avoir couché tout cela sur le papier, c'était qu'à présent, l'ensemble ne paraissait plus si dramatique ni insurmontable. Une chose semblait certaine : Amelia la laissait en paix durant la journée, lorsqu'il y avait du monde autour d'elle.

Le carillon de la porte du magasin lui fit relever la tête. Plaquant sur ses lèvres le sourire de rigueur, elle regarda venir à elle une cliente qu'elle ne reconnut pas. Jeune, les cheveux bien coupés, raisonnablement élégante, de jolies chaussures aux pieds, la nouvelle venue semblait disposer de confortables moyens de subsistance. Restait à l'inciter à en faire profiter la caisse de Côté Jardin...

— Bonjour ! lança Hayley quand l'inconnue l'eut rejointe. Puis-je vous aider ?

— Eh bien, je... Désolée, mais j'ai oublié votre nom.

— Hayley. Nous nous sommes déjà vues ?

Sans se départir de son sourire, elle plissa les yeux pour dévisager plus attentivement la jeune femme. Des cheveux bruns, souples et coupés court, aux mèches rehaussées par un balayage. Un visage étroit, de jolis yeux. Timide et un peu effacée, de toute évidence...

— Jane ? fit Hayley, peu sûre d'elle-même. Vous êtes Jane, la cousine de Roz ? Bon sang ! Je n'aurais jamais imaginé que...

— J'ai changé de coiffure, expliqua la jeune femme en rougissant.

— Et vous avez eu raison ! s'exclama Hayley. Cela vous va bien. Vraiment très, très bien !

Hayley n'avait rencontré Jane qu'une fois, lorsqu'elle était venue prêter main-forte à Roz et Stella pour aider la jeune femme à déménager ses maigres possessions de l'appartement encombré d'antiquités et surchauffé de Clarise Harper. À l'époque, celle qu'elles avaient tirée des griffes de cette vieille harpie lui avait semblé aussi effacée qu'une esquisse à peine ébauchée sur le papier.

Il fallait reconnaître que la métamorphose qu'elle avait subie faisait d'elle une autre femme. Le brun un peu terne de ses cheveux avait été illuminé par de riches reflets, et sa nouvelle coupe, plus courte, n'allongeait plus son visage. Sa tenue était simple, mais sa chemise blanche et son pantacourt en toile lui donnaient une certaine allure.

— Je n'ai qu'une chose à dire, conclut Hayley au terme de son examen. Waouh !

Le sourire de Jane s'élargit, tandis que ses joues viraient au rouge pivoine.

— C'est à Jolene que je dois ce petit miracle, confia-t-elle. Vous connaissez Jolene, la belle-mère de Stella ?

— Bien sûr ! Une femme fantastique.

Jane acquiesça d'un hochement de tête.

— C'est elle qui m'a aidée à obtenir ce job à la galerie d'art, expliqua-t-elle. La veille de mon premier jour de travail, elle est venue chez moi en me disant qu'elle voulait être ma bonne fée pour la journée. Avant que j'aie pu dire ouf, je me suis retrouvée dans ce salon de coiffure, délestée de la moitié de mes cheveux, la tête hérissée de papillotes en aluminium. J'étais trop terrifiée pour pouvoir protester.

— J'imagine que le résultat a dû vous rassurer…

— Je crois que je n'en suis toujours pas revenue ! Mais ce n'était qu'un début. Jolene m'a entraînée ensuite dans une galerie commerciale où nous avons passé presque toute la journée à faire les boutiques. Elle m'a offert trois tenues types, m'expliquant que ce serait à moi de m'en inspirer pour renouveler le reste de ma garde-robe…

Les yeux humides de Jane, le sourire qui éclairait son visage d'une oreille à l'autre valaient tous les discours.

— Je crois, conclut-elle d'une voix étranglée, que ce jour-là a été le plus beau de ma vie !

Discrètement, Hayley écrasa sous son doigt la larme qui perlait au coin de son œil.

— Quelle histoire touchante ! commenta-t-elle. Après être restée si longtemps sous la coupe de cette vieille sorcière de Clarise, la meilleure chose qui pouvait vous arriver, c'était de tomber sur Jolene... Ne bougez pas ! Il faut absolument que Stella voie ça.

— Je ne voudrais surtout pas déranger, protesta Jane. Je suis juste passée voir si cousine Rosalind était disponible, pour la remercier.

— Je vais l'appeler également.

Vive comme l'éclair, Hayley alla entrouvrir la porte du bureau et lança dans l'entrebâillement :

— Tu peux venir une minute ?

Puis, sans se soucier des protestations de Stella, aussi débordée que d'habitude, elle alla retrouver Jane.

— Il y a un problème ? s'enquit Stella en les rejoignant dans le magasin, un sourire de commande sur les lèvres.

Puis, reconnaissant la jeune femme qui se tenait derrière le comptoir, elle se figea sur place et s'exclama :

— Mais... dites-moi que je rêve ! Vous êtes bien Jane, n'est-ce pas ? Jolene m'avait dit qu'elle vous avait prise en main, mais je n'imaginais pas que...

Laissant sa phrase inachevée, elle tourna autour de la jeune femme en la détaillant de la tête aux pieds.

— J'adore votre nouvelle coupe ! commenta-t-elle.

— Sans doute pas autant que moi ! répondit Jane en riant. Votre belle-mère a été merveilleuse.

— Soyez sûre qu'elle a apprécié chaque minute passée à vous métamorphoser ! J'ai eu droit par téléphone à un compte rendu détaillé, mais un bon coup d'œil vaut mieux que de longs discours...

— Roz ? fit Hayley, qui s'était munie entre-temps d'un talkie-walkie. Vous devriez venir tout de suite au magasin.

Coupant court aux interrogations de sa patronne, Hayley éteignit l'appareil et le rangea sous le comptoir.

— Je ne voudrais pas l'interrompre dans son travail... protesta Jane, gênée.

— Ne vous inquiétez pas, intervint Stella. Dès qu'elle vous verra, elle oubliera tout le reste, travail compris. En attendant qu'elle arrive, dites-nous tout !

— Eh bien, j'adore mon travail, et je ne cesse d'apprendre des choses, expliqua Jane. J'ai également fait de nouvelles connaissances...

— Des connaissances du genre... masculin ? s'enquit Hayley.

Plus rouge que jamais, Jane secoua la tête.

— Je... je ne suis pas encore prête pour ça, bredouilla-t-elle. Bien qu'il y ait cet homme, dans mon immeuble... Il est très gentil avec moi.

— Zut ! s'exclama Hayley. Un client m'appelle. Juste au moment où ça devenait intéressant !

— Je suis vraiment heureuse de vous revoir, reprit Jane en regardant Hayley s'éloigner. Pour tout vous dire, j'avais peur d'être un peu embarrassée...

— Ah, bon ? s'étonna Stella. Pourquoi ?

— La dernière fois que nous nous sommes vues, je ne me suis pas montrée sous mon meilleur jour...

— Ne vous inquiétez pas pour ça. Vous aviez peur et vous étiez dans une situation délicate. Vous preniez des risques en nous laissant pénétrer chez Clarise afin que Roz puisse y récupérer les journaux de son aïeule.

— Ils lui appartenaient. Clarise n'avait aucun droit de les faire sortir de Harper House.

— Il n'empêche que c'était une décision courageuse d'aider Roz à les reprendre, de déménager, d'entamer une nouvelle carrière, de tout recommencer à zéro.

Je suis passée par là, moi aussi, ainsi que Hayley. Nous sommes donc bien placées pour savoir à quel point ce peut être effrayant.

Par-dessus son épaule, Jane jeta un coup d'œil à Hayley, qui discutait avec animation avec son client devant un rayonnage de plantes en pots.

— À la voir, on ne croirait pas qu'elle puisse avoir peur de quoi que ce soit, déclara-t-elle d'un air songeur. C'est ce qui m'a frappée lorsque je vous ai rencontrées toutes les deux. J'ai eu honte de moi en me comparant à vous. J'étais certaine que, ni l'une ni l'autre, vous ne vous seriez laissé faire comme moi.

— Toutes les femmes sont confrontées à une peur qui les paralyse, un jour ou l'autre...

Sur ces entrefaites, Roz pénétra dans le magasin par une porte latérale. Elle semblait aussi digne et maîtresse d'elle-même qu'à l'accoutumée. Seuls ses gants de travail, qu'elle avait ôtés et qu'elle tapait en mesure contre sa cuisse, donnaient une indication de son énervement.

— Il y a un problème ? s'enquit-elle en s'approchant des deux femmes.

— Aucun, répondit tranquillement Stella. Jane voulait juste te dire bonjour.

Reportant son attention sur la jeune femme, Roz haussa les sourcils.

— Eh bien, eh bien... murmura-t-elle tandis qu'un large sourire se peignait sur son visage. Jolene a fait du beau travail ! Tu es resplendissante.

Elle eut à peine le temps de fourrer ses gants dans la poche arrière de son jean que Jane lui sauta au cou.

— Merci ! s'exclama-t-elle. Merci beaucoup ! Je suis tellement heureuse de vous revoir.

— Je m'en rends compte...

— Désolée, dit Jane d'un ton d'excuse, en reculant d'un pas. Je me suis laissé emporter. Je voulais juste vous remercier et vous dire que je suis enfin en train de faire quelque chose de ma vie. Je me débrouille très bien dans mon nouveau travail. J'ai déjà obtenu une augmentation !

— J'en suis heureuse. Il suffit de te regarder pour constater que tout va pour le mieux pour toi ! Je suis ravie de te voir aussi jolie et bien dans ta peau – en partie, je l'avoue, parce que cela doit mettre cette chère Clarise hors d'elle…

Jane laissa éclater un rire libérateur.

— Vous ne croyez pas si bien dire ! Elle est venue me voir dans mon nouvel appartement…

— Qu'est-ce que j'ai raté ? demanda Hayley en les rejoignant en hâte. Revenez en arrière et répétez tout ce que j'ai loupé d'intéressant.

— Jane s'apprêtait juste à nous dire l'essentiel, répondit Roz pour la rassurer. Ainsi, cousine Rissy s'est décidée à sortir du placard son vieux balai de sorcière pour voler jusque chez toi…

— C'est ma mère qui a dû lui donner mon adresse, dit Jane, l'air attristé, même si je lui avais demandé de ne pas le faire. Un jour, il y a un mois de cela, on a sonné à ma porte, et en regardant par le judas, j'ai eu la surprise de découvrir cousine Rissy sur le paillasson. J'ai failli ne pas lui ouvrir.

— Qui pourrait vous le reprocher ? fit Hayley d'un ton compatissant.

Redressant les épaules, Jane soupira et poursuivit :

— Mais je me suis dit que si j'acceptais de me terrer comme un lapin effarouché dans mon propre appartement, je ne pourrais plus jamais me regarder dans une glace. Alors, je lui ai ouvert. Elle est entrée sans me dire un mot, a reniflé en regardant à droite et à gauche, puis est allée s'asseoir dans le salon en m'ordonnant de lui préparer un thé.

— Cette chère cousine Rissy... commenta Roz entre ses dents serrées. Toujours aussi aimable !

— À quel étage vivez-vous, Jane, déjà ? s'enquit Hayley d'un ton dégagé. Au troisième ou au quatrième, si je me rappelle bien... Elle aurait fait une jolie tache sur le trottoir si vous l'aviez jetée par la fenêtre.

— J'aimerais pouvoir vous dire que c'est ce que j'ai fait, répondit Jane avec une grimace. Mais au lieu de cela, je suis allée lui préparer son thé. J'avoue que je n'en menais pas large. Quand je suis revenue au salon avec mon plateau, elle m'a tout de suite accusée de m'être montrée ingrate et déloyale envers elle. Elle m'a dit que je pouvais me couper les cheveux, aller vivre dans un trou à rat et convaincre une pauvre imbécile de me donner un travail pour lequel je n'étais pas qualifiée, cela ne faisait pas pour autant de moi autre chose qu'une fille dévoyée. Elle a aussi dit un certain nombre de choses très désobligeantes à votre sujet, Roz...

— Ah, oui ? fit celle-ci, très intéressée. Raconte.

— Eh bien... J'ose à peine le répéter. Elle vous a traitée d'intrigante et de courtisane.

— Comme c'est bien trouvé... J'ai toujours rêvé de me faire traiter de courtisane ! C'est un mot qu'on n'emploie plus assez, de nos jours.

— Pour moi, reprit Jane en fronçant les sourcils, ç'a été la goutte d'eau qui a fait déborder le vase. Elle pouvait bien me traiter d'ingrate – après tout, c'est peut-être vrai. Mais mon appartement n'a rien d'un trou à rat, même si, selon ses critères, c'est sans doute à cela qu'il ressemble. Quant à Carrie, ma patronne, c'est une femme brillante et non une pauvre imbécile.

Alors, qu'elle ait en plus le culot de vous traiter de courtisane, je n'ai pas pu le supporter.

Les poings posés sur les hanches en une attitude de défi, Jane les regarda toutes trois à tour de rôle avant d'ajouter :

— Et je lui ai dit ses quatre vérités !

Roz éclata de rire et vint serrer entre ses mains le visage de Jane.

— Bien joué ! s'exclama-t-elle. Je ne pourrais pas être plus fière de toi.

— Ses yeux ont presque jailli de leurs orbites, poursuivit la jeune femme en se rengorgeant. J'étais tellement en colère que je lui ai sorti d'une traite tout ce que j'osais à peine penser lorsque je vivais chez elle. Je lui ai dit qu'elle n'était qu'une créature malfaisante pour laquelle personne ne pouvait avoir d'affection. Je l'ai accusée d'être une menteuse et une voleuse qui pouvait s'estimer heureuse que vous n'ayez pas porté plainte contre elle.

— Tout compte fait, c'était encore mieux que de la jeter par la fenêtre ! intervint Hayley en lui plantant un petit coup de coude dans les côtes.

— Oh, mais ce n'est pas fini !

— Sans blague ? Racontez.

— Je lui ai dit que je préférerais mendier dans la rue plutôt que de redevenir son esclave, taillable et corvéable à merci. Ensuite, je lui ai ordonné de sortir de chez moi !

D'un index impérieux, Jane désigna une porte imaginaire et ajouta :

— Je lui ai montré la porte, exactement comme ceci. Un peu grandiloquent, sans doute, mais vous ne pouvez pas savoir le bien que ça m'a fait !

— Comment l'a-t-elle pris ? demanda Stella.

— Elle m'a lancé dédaigneusement que je le regretterais un jour, puis elle est partie.

— Au fond, tu es une battante, Jane, commenta Roz en lui serrant affectueusement la main. Qui l'eût cru ?

— Il y a une suite à cette histoire, reprit Jane en se rembrunissant. Quand Clarise disait que je le regretterais, ce n'était pas une menace en l'air. Le lendemain, elle essayait de me faire licencier...

— La garce ! grommela Hayley, les poings serrés. Qu'a-t-elle fait ?

— Elle est allée trouver Carrie pour lui raconter que je lui avais dérobé des souvenirs de famille alors qu'elle m'avait charitablement accueillie chez elle. Elle ne faisait que son devoir de chrétienne, a-t-elle dit, en lui rapportant mes agissements coupables et mon manque de moralité.

— J'ai toujours pensé qu'il y avait en enfer une place de choix pour des chrétiennes telles que Clarise... dit Roz à mi-voix.

— Quand Carrie m'a appelée dans son bureau pour me raconter l'incident, poursuivit Jane, j'ai cru qu'elle allait me mettre à la porte. Mais au lieu de cela, elle m'a demandé comment j'avais pu supporter de vivre aussi longtemps en compagnie d'une vieille corneille si méchante – c'est exactement ainsi qu'elle l'a appelée. Elle m'a dit que cela dénotait une patience et un courage qu'elle avait déjà pu apprécier chez moi. Et puisque j'avais, selon elle, fait preuve de ces qualités et démontré ma volonté de vite progresser dans mon travail... elle m'a augmentée !

— Cette femme me plaît, décréta Hayley en riant. Je serais ravie de pouvoir lui offrir un verre à l'occasion...

— Il n'y a rien de plus beau qu'un *happy end*, soupira Hayley.

Rien de plus beau, ajouta-t-elle pour elle-même, sinon discuter sur une balancelle avec Harper tandis que Lily jouait sur la pelouse à leurs pieds.

— Que Clarise se soit fait jeter à la porte comme une malpropre, c'est le *happy end* le plus réjouissant qui puisse exister, renchérit Harper. Quand j'étais môme, cette femme me terrifiait. J'ai béni le jour où maman l'a fichue dehors.

— Tu veux savoir comment elle a osé appeler ta mère ?

Le visage de Harper se crispa.

— Dis toujours...

— Elle l'a traitée de courtisane !

Le premier instant de surprise passé, Harper éclata d'un rire tonitruant. Lily, ravie, applaudit à deux mains.

— Une courtisane ! répéta-t-il en se frappant les cuisses. Maman a dû adorer...

Hayley hocha la tête.

— Oh, oui ! Cette visite de Jane nous a véritablement donné la pêche, ce matin. Quoi de plus réjouissant que de voir quelqu'un s'épanouir et s'ouvrir au monde ainsi ? La dernière fois que je l'ai vue, elle était si effacée qu'elle en devenait presque invisible. Alors qu'aujourd'hui... Eh bien, ma foi, elle est plutôt jolie !

— Jolie ? répéta-t-il avec intérêt. Jolie comment ?

— Cela ne te regarde pas ! protesta-t-elle en lui donnant un coup de coude dans les côtes. Une cousine à la fois, s'il te plaît !

— Quel genre de cousins sommes-nous, exactement ? Je n'ai jamais pu m'en faire une idée précise.

— Je crois que ton père et le mien étaient cousins issus de germains, ce qui doit faire de nous...

Il valait probablement mieux la faire taire, songea Harper. Il s'empressa de mettre son projet à exécution en lui donnant un baiser, que Lily interrompit en tirant désespérément sur la jambe de son pantalon jusqu'à ce qu'il se décide à la prendre dans ses bras. Aussitôt installée, elle repoussa sa mère en enroulant un bras possessif autour du cou de l'élu de son cœur.

— Les filles se disputent toujours mes faveurs ! lança-t-il en riant.

— Comme celle que tu as amenée ici pour le réveillon du nouvel an... Elle aurait pu griffer et mordre pour rester pendue à ton cou !

Harper sourit à Lily et assura :

— Je ne vois pas du tout de qui elle parle.

— La blonde avec des kilomètres de cheveux et des seins qui tenaient à peine dans son soutien-gorge Victoria's Secret, précisa Hayley.

— Je crois que je me rappelle les seins, en effet...

— Harper ! protesta-t-elle en lui donnant une tape sur le bras. Je déteste quand tu joues les machos.

— Ce n'est pas moi qui ai commencé.

— Ce n'est pas de ma faute si elle ressemblait à une pin-up de magazine.

— Elle était avocate d'affaires.

— C'est ça... À d'autres !

— Juré, craché ! insista-t-il en levant la main devant lui. Être belle ne condamne pas une femme à devenir une bimbo. Ce dont tu es la preuve vivante.

— Espèce de joli cœur, va !

Hayley hésita un instant avant d'ajouter :

— C'était du sérieux avec cette fille, ou... Non ! Oublie ça. Je déteste les femmes – ou les hommes – qui fouillent dans les anciennes relations de leurs partenaires.

— Cela ne me dérange pas d'en parler, assura-t-il. Tu m'as bien parlé de ton passé… Non, ce n'était pas sérieux entre nous. Elle ne voulait pas que ça le soit, et j'avoue que ça m'arrangeait. Elle était trop obnubilée par sa carrière pour s'engager dans une relation sérieuse.

— Et toi ? T'es-tu jamais engagé sérieusement ?

— J'ai été sur le point de le faire, une ou deux fois. Mais je n'ai jamais franchi le pas.

Harper assit Lily entre eux et relança la balancelle d'un coup de talon, pour le plus grand plaisir de la fillette. Il valait mieux qu'elle cesse là ses investigations, songea Hayley. Pour le moment, elle préférait profiter tranquillement de cet instant de quiétude.

— J'adore le crépuscule, reprit-elle après un long silence. Surtout en été. Je pourrais rester ainsi des heures, à ne rien faire et à ne penser à rien.

— Tu n'as pas envie d'une petite promenade ? Je me disais qu'on pourrait offrir une glace à Lily après le dîner.

— Elle en serait ravie, répondit Hayley spontanément. Et moi aussi.

— Dans ce cas, répondit Harper, marché conclu ! En fait, pourquoi ne partirions-nous pas tout de suite ? On pourrait dîner d'un hamburger et finir par une glace.

— Encore mieux !

Le mois de juillet, déjà brûlant, céda la place à un mois d'août étouffant, aux journées plombées par un soleil écrasant et aux nuits irrespirables. Après les derniers débordements d'Amelia, Harper House avait retrouvé un calme presque inquiétant.

— Je commence à me demander si le fait que nous ayons découvert son identité ne lui a pas suffi, dit un jour Hayley à Stella, tout en préparant des compositions florales dans les tons jaunes et roses. Ainsi que de se sentir reconnue comme l'arrière-grand-mère de Roz.

— Tu crois qu'elle a levé le camp ?

— Grands dieux, non ! Je l'entends chantonner dans la chambre de Lily presque tous les soirs. Mais elle n'a rien fait de violent ou de méchant depuis longtemps. De temps à autre, il m'arrive de sentir quelque chose d'étranger en moi, mais ça disparaît aussitôt. Je n'ai rien fait ni rien dit de bizarre dernièrement, n'est-ce pas ?

— Je t'ai surprise hier en train d'écouter Pink, et tu parlais l'autre jour de te faire tatouer.

— Se faire tatouer n'a rien de bizarre ! protesta Hayley. D'ailleurs, je pense que nous devrions sauter le pas ensemble. Nous pourrions choisir un motif floral. Je verrais bien un lys pourpre pour moi, et pour toi un dahlia bleu. Je suis sûre que Logan trouverait ça terriblement sexy.

— S'il trouve ça sexy, il n'a qu'à aller se faire tatouer lui-même.

— Juste un tout petit tatouage, très discret, très féminin… insista Hayley.

— Un tatouage féminin ? répéta Stella d'un ton railleur. Pour moi, c'est antinomique.

— Tu plaisantes ? Jamais tu ne verras un homme arborer une fleur, un papillon ou une licorne. Tiens ! Je suis sûre que Roz se laisserait tenter si je lui en parlais.

Cette perspective amusa fort Stella, qui rejeta la tête en arrière et éclata de rire en agitant ses boucles rousses.

— Tu sais quoi ? reprit-elle. Si tu parviens à convaincre Roz…

Puis, paraissant se reprendre, elle secoua la tête avec force et conclut :

— Non, pas question. À aucun prix je ne ferai une telle folie.

— D'un point de vue historique, expliqua doctement Hayley, les tatouages sont une forme d'art qui remonte aux Égyptiens. On leur prêtait souvent des pouvoirs magiques. Puisque nous baignons dans le surnaturel, ils pourraient représenter pour nous une sorte de talisman autant qu'une affirmation de soi.

— Ah, oui ? Eh bien, je préfère m'affirmer en refusant qu'un type nommé Tank me grave un symbole, féminin ou non, sur la peau. Et tu peux me traiter de lâche si tu veux.

Durant quelques instants, elles poursuivirent leur travail en silence.

— Bonne idée, cette association de couleurs, Hayley, murmura enfin Stella. Cela rend très bien.

— La cliente voulait quelque chose de doux, et le rose et le jaune sont les couleurs préférées de sa fille. Cela fera un très chouette centre de table pour le repas de noces. Si c'était pour moi, je choisirais quelque chose de plus vif – des couleurs de pierres précieuses, peut-être.

— Dois-je comprendre qu'il y a anguille sous roche ? demanda Stella avec un regard de connivence.

— Qu'est-ce que tu veux dire ? s'étonna Hayley.

— Quand on commence à penser à la décoration florale de son mariage...

Hayley éclata d'un grand rire moqueur.

— Tu n'y es pas du tout ! répondit-elle. Harper et moi, nous avons décidé de prendre notre temps. Vraiment tout notre temps...

— N'est-ce pas ce que tu voulais ?

— Si, fit Hayley distraitement. C'est ce que je voulais. Ce que je veux. Enfin, à dire vrai, je n'en sais trop rien !

Elle souffla pour se débarrasser des fines mèches qui lui retombaient sur le visage et ajouta :

— En fait, c'est mieux ainsi. Dans notre cas, il est plus raisonnable d'y aller doucement. Nous avons tout un tas d'éléments à prendre en compte. Notre amitié, par exemple. Le fait que nous soyons collègues de travail. Sans parler de ce que représente Roz pour chacun de nous. Nous ne pouvons pas sauter dans un lit juste parce que nous nous plaisons.

— Mais toi, tu ne demanderais pas mieux, n'est-ce pas ?

Hayley s'arrêta de travailler et chercha le regard de son amie avant d'avouer d'une voix tendue :

— En fait, si cela ne tenait qu'à moi, j'y plongerais tête la première !

— Pourquoi ne pas le lui dire, tout simplement ?

— C'est moi qui ai fait le premier pas, Stella. À lui de faire celui-là.

— Tu comprends, je ne voudrais surtout pas la brusquer…

Attablé dans la cuisine de Harper House, Harper vida d'un trait la moitié d'une canette de Coca. Il s'octroyait rarement une pause-déjeuner, mais il avait choisi ce début d'après-midi pour rendre visite à David parce qu'il était certain de le trouver seul dans la maison.

— Tu la connais depuis un an et demi, répondit celui-ci. À ce stade, ce n'est plus de la galanterie, Harp, c'est du surplace !

— Il n'y a pas si longtemps que nous avons franchi le pas. C'est elle qui m'a demandé de ne pas précipiter les choses. Si cela ne tenait qu'à moi… J'arrive encore à me retenir, mais je crois que je vais y laisser ma peau.

— Personne n'est jamais mort de frustration sexuelle.

— Dans ce cas, je serai le premier. Je figurerai en bonne place dans les annales de la médecine.

— Et moi, je pourrai dire : « Je l'ai connu ». Tiens, mange.

Harper étudia d'un œil dubitatif le sandwich que son ami venait de poser devant lui.

— Qu'est-ce que c'est ?

— Mon « spécial délice ».

Machinalement, Harper porta le sandwich à ses lèvres et mordit dedans.

— Qu'est-ce que c'est ? répéta-t-il, surpris.

— De l'agneau froid avec un soupçon de chutney à la nectarine.

— C'est drôlement bon ! Comment fais-tu pour… Non, non, laisse tomber, se ravisa-t-il aussitôt. Revenons à nos moutons.

Il avala une nouvelle et généreuse bouchée avant de poursuivre d'un air pensif :

— D'habitude, je suis plutôt à l'aise avec les femmes. Mais avec Hayley, je n'arrive pas à savoir sur quel pied danser. Je ne peux pas me permettre de tout faire foirer par maladresse. Elle est trop importante pour moi…

Muni de son propre sandwich, David s'assit face à lui et glissa avec un clin d'œil :

— Il était temps que tu te décides à venir me consulter, jeune blanc-bec, car dans ce domaine, je suis le maître…

— Je sais. J'ai pensé que je pourrais peut-être débarquer un soir à l'improviste avec une bouteille de vin, passer par la terrasse et cogner à sa porte. L'approche directe, quoi.

— Classique et efficace, approuva David.

— Hélas, poursuivit Harper en grimaçant, Hayley n'est pas très à l'aise avec l'idée d'une... rencontre à Harper House. À cause d'Amelia, bien sûr, et de ses réactions éventuelles.

— Une rencontre ? répéta David d'un air innocent. C'est votre nom de code pour une torride nuit d'amour ?

— La ferme ! grommela Harper. Je pourrais aussi l'emmener avec Lily dîner à l'extérieur. Et lorsque le bébé serait endormi, un peu de vin, un peu de musique...

Constatant qu'il en revenait une fois de plus au même schéma, Harper haussa les épaules et se tut.

David, qui l'avait écouté en mangeant son sandwich, le dévisagea un instant d'un air amusé, puis suggéra :

— As-tu pensé à un hôtel ? Ce n'est pas pour rien qu'on peut s'y faire servir un repas dans sa chambre et qu'on dispose d'écriteaux « Ne pas déranger » à accrocher aux boutons de porte...

— Un hôtel ?

— Laisse-moi t'expliquer... D'abord, tu l'invites à dîner dans un endroit très sélect. Le *Peabody* serait parfait. Ils ont des suites superbes, un personnel stylé, un cuisinier hors pair... et ils acceptent de servir les clients dans leurs chambres.

Tout en mâchant une bouchée de son sandwich, Harper examina l'idée de son ami.

— Je l'invite à dîner dans une chambre d'hôtel... répéta-t-il songeusement. N'est-ce pas un peu...

Il s'interrompit, y réfléchit encore une minute avant de décréter d'un air convaincu :

— C'est tout simplement brillant !

— Merci, dit David avec une fausse modestie appliquée. Imagine : un bon vin, des chandelles, en fond sonore un piano romantique, le tout dans le cadre raffiné d'une suite d'hôtel… Tu pourras même lui servir le petit déjeuner au lit le lendemain !

Harper lécha consciencieusement une trace de chutney sur son pouce avant d'objecter :

— Il faudrait que je loue une suite à deux chambres. À cause de Lily.

— Harper… protesta son ami en secouant la tête d'un air apitoyé. Roz, Mitch et moi serons ravis de nous occuper de la charmante Lily. Et pour prouver à Hayley ton diabolique sens de l'anticipation – ou plutôt le mien –, je préparerai sans qu'elle le sache un sac avec tout ce dont elle aura besoin pour la nuit. Toi, il te restera juste à réserver la chambre, à régler les derniers détails, à l'inviter, à l'emmener là-bas et à faire en sorte qu'elle ne touche plus terre jusqu'au lendemain.

— David, c'est une idée de génie ! J'aurais pu l'avoir moi-même si je n'avais à ce point l'esprit chamboulé à cause de cette histoire avec Hayley. Je file mettre au point tout ça ! Merci, vieux frère.

— De rien, répondit David. Ravi de pouvoir servir la cause de l'amour !

Hayley portait sa robe rouge. C'était la plus belle qu'elle possédait, et elle aimait la façon dont elle tombait sur elle. Elle aurait pourtant préféré que Harper lui laisse le temps d'acheter quelque chose de neuf. Elle s'apprêtait à passer avec lui une soirée très spéciale, et il l'avait déjà vue dans cette robe. En fait, depuis le temps, il l'avait déjà vue dans tout ce qu'elle avait à se mettre sur le dos…

Au moins avait-elle aux pieds des chaussures dignes de ce nom. C'était tout à fait spontanément que Roz lui avait proposé de lui prêter ses Jimmy Choo's, qui coûtaient sans doute trois fois ce que valait la robe. Étant donné que ces sandales opéraient le miracle de rendre sexy ses jambes maigres, elles en valaient selon elle le moindre penny.

En s'examinant d'un œil critique dans la glace, Hayley releva ses cheveux d'une main, puis pencha la tête d'un côté et de l'autre pour juger de l'effet produit.

— Qu'en penses-tu ? demanda-t-elle à Lily, qui jouait par terre à remplir un des vieux sacs de sa mère avec ses jouets. La nuque dégagée ou pas ? Je crois que je pourrais me débrouiller pour faire tenir tout ça en l'air. Cela mettrait en valeur ces jolies boucles d'oreilles... Essayons.

Lorsqu'un homme invitait une femme à passer avec lui une soirée romantique dans un endroit chic, songea-t-elle en s'escrimant avec ses épingles à cheveux, se mettre en frais pour être la plus belle possible était bien le moins que celle-ci puisse faire... Dans ce domaine, le moindre détail avait son importance – jusqu'aux sous-vêtements. Au moins les siens étaient-ils neufs. Elle les avait achetés récemment, avec l'idée que Harper pourrait bien un jour la voir les porter.

Peut-être cette intuition se vérifierait-elle ce soir, s'il leur était possible de prolonger un peu la soirée. Harper pourrait revenir ici avec elle. Il lui suffirait, quant à elle, de se sortir Amelia de la tête. Elle devrait également faire fi de la présence de Roz dans l'autre aile de la maison, et de celle de sa fille dans la nursery... Bon sang, pourquoi fallait-il que tout entre eux soit tellement compliqué ? Elle avait envie de lui. Il avait envie d'elle. Ils étaient tous les deux jeunes, libres, disponibles, en bonne santé. Cela aurait pu être tellement simple...

— Je crois que c'est moi qui complique les choses, Lily, conclut-elle. Ça va être difficile, mais je vais essayer de m'en empêcher.

Après avoir mis ses boucles d'oreilles, Hayley étudia la possibilité d'y ajouter un collier. Décidant que les pendeloques en or se suffisaient à elles-mêmes, elle y renonça et se tourna vers sa fille.

— Qu'en penses-tu, mon cœur ? Ta maman est-elle jolie ?

Pour toute réponse, Lily la gratifia d'un sourire éclatant et renversa sur le sol le sac qu'elle venait de remplir.

— Je prends ça pour un oui.

Mais en se retournant pour une ultime vérification dans le miroir, son souffle se bloqua dans sa poitrine, et elle eut l'impression que la tête lui tournait.

Elle portait une robe rouge, mais ce n'était plus celle pour laquelle elle avait craqué deux ans plus tôt. C'était une longue robe de bal, élaborée et richement brodée, dont le décolleté audacieux mettait en valeur ses seins. Sur la chair de sa gorge complaisamment exposée aux regards, un collier de rubis et diamants brillait de tous ses feux.

Ses cheveux étaient empilés en un édifice sophistiqué de boucles blondes, dont certaines encadraient un visage d'un dessin parfait, aux lèvres peintes d'un rouge violent et aux yeux gris scintillant d'une joie mauvaise.

— Je ne suis pas toi ! gronda Hayley à mi-voix, pour ne pas effrayer sa fille.

Délibérément, elle se détourna du reflet dans la glace et, les mains tremblantes, entreprit de rassembler quelques jouets éparpillés sur le sol.

— Je sais qui je suis, reprit-elle. Je sais qui tu es. Nous n'avons rien de commun. Nous ne nous ressemblons pas, toutes les deux.

Hayley se retourna de nouveau, avec appréhension, saisie de la crainte sourde de voir Amelia sortir du miroir pour s'incarner en chair et en os devant elle. Elle ne découvrit dans la glace que son propre reflet. Ses yeux écarquillés lui parurent trop grands et trop sombres dans son visage pâle.

Sans s'attarder davantage, elle ramassa sa fille sur le sol. Lorsque celle-ci se mit à protester, Hayley saisit au vol le sac qu'elle lui avait prêté ainsi que celui qu'elle avait choisi pour la soirée. Elle fit de son mieux pour remonter le couloir à une allure raisonnable et ralentit encore à l'approche du palier. Si elle ne prenait pas le temps de se ressaisir, Roz devinerait à son expression que quelque chose n'allait pas. Or, elle n'avait aucune envie de se lancer dans une nouvelle séance d'explications avant de partir. Juste pour une soirée, cette soirée si spéciale pour Harper et elle, elle tenait à préserver l'illusion de la normalité.

Elle prit donc le temps de respirer calmement, de se tapoter les joues pour activer la circulation sanguine et de se composer un visage serein et parfaitement réjoui. Elle avait le sourire aux lèvres lorsqu'elle pénétra, Lily juchée sur sa hanche, dans le grand salon de Harper House.

10

Des éclairs de chaleur crépitaient à l'horizon, prémices d'un orage à venir. La circulation en direction de Memphis était aussi chargée que le ciel, mais Harper conduisait bien et n'en semblait pas gêné. Sans doute seraient-ils accablés de chaleur dès qu'ils parviendraient à destination, mais une agréable fraîcheur régnait dans l'habitacle climatisé, où les haut-parleurs diffusaient la musique de Coldplay.

De temps à autre, Harper posait sa main sur celle de Hayley. L'intimité de ce geste lui faisait battre le cœur. Elle avait eu raison de ne souffler mot à personne de la vision fugitive qui lui était apparue dans le miroir de sa chambre, songea-t-elle. Il serait toujours temps d'y penser le lendemain. Ce soir, elle voulait savourer chaque seconde de leur tête-à-tête.

— Je suis si excitée de pouvoir dîner au *Peabody* ! dit-elle tandis que Harper se garait dans le parking de l'hôtel. Je suis certaine que tout sera parfait.

— Le *Peabody*, renchérit-il, est une véritable institution à Memphis.

— Je n'y ai jamais mangé, mais j'ai quand même visité le hall, tu sais... On ne peut pas venir à Memphis sans aller voir les célèbres canards dans la fontaine du hall du *Peabody*. Ce serait comme ignorer Graceland ou Beale Street.

Elle darda sur lui un œil sévère et ajouta :

— Et ne crois pas que je ne te vois pas rire de moi !

— Je ne me permettrais pas. À peine l'esquisse d'un sourire, peut-être...

— Que cela t'amuse ou pas, le hall du *Peabody* est l'un des plus beaux endroits que j'aie visités. Sais-tu que voilà soixante-quinze ans que se perpétue, deux fois par jour, leur célèbre « marche des canards » sur le tapis rouge ?

— Ta culture me laisse pantois.

Alors qu'ils se dirigeaient côte à côte vers l'hôtel, elle se vengea en le poussant sur le côté d'un coup d'épaule.

— C'est trop facile, fit-elle en feignant de bouder. Toi qui es né ici, tu dois connaître tout cela par cœur.

Avec une galanterie parfaite, Harper s'effaça pour la laisser pénétrer la première dans le hall au décor somptueux.

— On pourrait peut-être boire un verre ici avant le dîner, suggéra Hayley. Pourquoi pas près de la fontaine ?

Elle se voyait bien déguster une boisson sophistiquée dans cet endroit raffiné – un cocktail au champagne, ou peut-être un cosmopolitan.

— On pourrait, admit Harper, mais je pense que tu apprécieras bien plus ce que j'ai en tête.

Sans préciser davantage sa pensée, il la prit par le coude et l'emmena vers les ascenseurs.

— Il y a une salle de restaurant à l'étage ? s'étonna-t-elle. Une terrasse sur le toit ? J'ai toujours trouvé ce genre de restaurant très, très chic, mais j'imagine que par jour de pluie ou de grand vent, cela doit être nettement moins sympa...

Avec un rire insouciant, elle ajouta :

— En fait, je pense qu'il n'y a que dans les films qu'il doit être agréable de manger sur un toit !

Harper lui répondit d'un sourire en l'entraînant dans la cabine dont les portes venaient de s'ouvrir devant eux.

— T'ai-je dit que tu étais très belle ce soir ? lui chuchota-t-il à l'oreille quand l'ascenseur s'éleva.

— Tu me l'as dit, mais je ne me lasse pas de l'entendre.

— Tu es très belle, répéta-t-il en effleurant ses lèvres des siennes. Tu devrais toujours t'habiller en rouge.

— Tu n'es pas mal non plus, dans ton genre, dit-elle en caressant les revers de sa veste. Ce costume te va comme un gant. Les autres femmes du restaurant vont être tellement jalouses de moi qu'elles vont en faire une indigestion.

— Nous pourrions peut-être leur épargner ça.

Avec un tintement agréable, les portes se rouvrirent, et Harper entraîna Hayley par la main le long d'un couloir au luxe feutré.

— Où allons-nous ? s'étonna-t-elle.

— Surprise, surprise ! murmura-t-il d'un air mystérieux. J'espère que tu vas aimer.

Il tira une clé de sa poche et, après s'être arrêté devant une porte, la déverrouilla. Puis il s'inclina devant elle, s'écarta d'un pas et l'invita d'un geste de la main à entrer.

— Après toi.

Trop étonnée pour protester, Hayley s'exécuta et retint son souffle en découvrant la pièce spacieuse dans laquelle elle s'avançait. Sous l'effet de la surprise, elle porta la main à sa bouche en découvrant la table dressée sur le carrelage en damier noir et blanc du salon. Le couvert était mis pour deux, des bougies étaient allumées dans un chandelier en argent, mais le plus touchant était les vases de lys pourpres qui décoraient la pièce. De hautes fenêtres permettaient d'admirer le spectacle des lumières de la ville. Un blues de Memphis, langoureux et doux, jouait en sourdine, diffusé par d'invisibles haut-parleurs. En pivotant sur elle-même, Hayley découvrit dans un coin un élégant escalier en colimaçon qui menait à l'étage.

— Je ne comprends pas... murmura-t-elle en cherchant le regard de Harper.

— C'est pourtant simple, répondit-il en lui souriant. Je voulais être seul avec toi.

— Tu as... tu as combiné tout cela rien que pour moi ?

— Pour nous deux.

— Cette pièce magnifique, juste pour nous ? Ces fleurs, ces chandelles, cette vue... Je suis... Je me sens... Je ne sais pas quoi dire !

— C'était l'effet recherché.

Harper la rejoignit, prit ses deux mains entre les siennes et les porta à ses lèvres avant d'ajouter :

— Je veux que cette soirée reste pour nous deux un souvenir très spécial. Parfait. Précieux...

Submergée par l'émotion, au bord des larmes, Hayley répondit d'une voix étranglée :

— On peut dire que tu sais y faire. Jamais je ne me suis sentie si spéciale ni si précieuse...

Malgré ses efforts pour se maîtriser, une larme roula sur sa joue. Du bout du doigt, Harper l'essuya.

— Harper... reprit-elle. Personne ne s'est jamais donné autant de mal pour moi.

— Et ce n'est qu'un début ! assura-t-il gaiement. Le dîner nous sera servi ici même d'ici un quart d'heure.

Nous avons largement le temps de prendre un verre avant. Que dirais-tu d'une flûte de champagne ?

Suivant son regard, Hayley remarqua sur la table le seau rempli de glaçons d'où émergeait le goulot d'une bouteille.

— J'en dis que rien d'autre ne pourrait me faire plus plaisir, répondit-elle. À part peut-être ça...

Lentement, elle rapprocha son visage du sien et lui donna le plus tendre et le plus reconnaissant des baisers.

— Je... je ferais mieux d'ouvrir cette bouteille, balbutia Harper quand leurs lèvres se séparèrent. Sinon, je risque de jeter la suite du programme aux orties !

— Parce qu'il y a un programme ?

— Plus ou moins.

Comme à regret, Harper alla ouvrir la bouteille et ajouta :

— Pour que tu puisses te détendre tout à fait, j'ai donné à maman le numéro de téléphone de cette chambre. Je me suis aussi assuré qu'elle avait ton numéro de portable et le mien, et je lui ai fait jurer d'appeler au moindre hoquet de Lily.

Le bruit du bouchon qui sautait couvrit le rire de Hayley.

— Je n'en demandais pas tant. Je sais que je peux compter sur Roz comme sur moi-même.

Parce qu'elle ne pouvait s'en empêcher, elle se mit à sautiller sur place sous l'effet de l'excitation.

— J'ai l'impression d'être Cendrillon ! déclara-t-elle. Sans les méchantes sœurs et la citrouille transformée en carrosse, bien sûr... Mais à part ça, Cindy et moi, on est pratiquement jumelles !

— Tout à l'heure, je te ferai essayer la pantoufle de vair.

— Je te préviens, tu vas me trouver insupportable. Tu ne peux pas savoir comme je suis excitée d'être ici. Je vais regarder partout, ouvrir tous les placards, essayer toutes les commodités. Je parie que la salle de bains est incroyable ! Et cette cheminée, tu crois qu'on pourrait la faire fonctionner ? Je sais que nous sommes en août, mais je m'en fiche.

— Nous ferons une bonne flambée, promit-il en lui tendant une flûte de cristal.

Puis, après qu'ils eurent entrechoqué leurs verres, il ajouta :

— Aux moments mémorables !

— Et aux hommes qui les rendent possibles...

En sirotant sa première gorgée de champagne, Hayley ferma les yeux, de manière à s'imprégner de la magie de l'instant.

— Mmm... fit-elle en rouvrant les paupières. Pour que ce soit si bon, je dois être en train de rêver.

— Dans ce cas, nous sommes deux.

— Alors, tout va bien.

En un geste d'une infinie tendresse, Harper laissa ses doigts courir le long de la nuque de Hayley, découverte par ses cheveux relevés. Puis, le plus délicatement du monde, il l'attira vers lui. Mais au moment où leurs lèvres allaient se joindre, quelqu'un frappa discrètement à la porte.

— Le service est aussi efficace qu'on me l'avait affirmé, maugréa Harper en s'éloignant avec une grimace d'excuse. Je m'en occupe. Une fois que le dîner sera servi, plus personne ne viendra nous déranger.

Hayley aurait bien voulu se pincer pour s'assurer qu'elle ne rêvait pas. Harper avait opéré un vrai miracle, en faisant en sorte que la soirée se déroule pour elle comme dans un conte de fées. Grâce à lui, elle était assise dans une suite luxueuse d'un hôtel réputé et buvait du champagne à la lueur des chandelles et à celle, plus vivace, d'un feu de cheminée. Le parfum des lys embaumait l'air. Sur la table leur avait été servi un délicieux dîner auquel elle pouvait à peine toucher tant elle avait la gorge nouée.

Ce soir, selon toute vraisemblance, ils feraient l'amour.

— Raconte-moi… dit-elle pour réprimer son impatience. Quels souvenirs gardes-tu de ton enfance ?

— J'adorais avoir des frères. Même si, la plupart du temps, ils me tapaient sur les nerfs.

— Vous êtes très proches… Je le constate chaque fois qu'ils viennent. Tes deux frères ont beau vivre à présent loin de Memphis, vous formez toujours une équipe, tous les trois.

— Et toi ? s'enquit-il en remplissant son verre. Tu aurais aimé avoir des frères et sœurs, quand tu étais enfant ?

— Bien sûr ! Même si j'avais des amis, des cousins et des cousines, j'aurais préféré ne pas être fille unique. Avoir une sœur m'aurait comblée. J'aurais pu lui raconter mes petits secrets, au cœur de la nuit, ou me chamailler avec elle. Toi, tu as eu la chance d'avoir tout cela.

— Quand j'étais gosse, expliqua Harper avec un sourire nostalgique, j'avais l'impression de diriger un gang, avec mes frères. Surtout lorsque David nous a rejoints.

— Pauvre Roz… Je parie que vous avez dû lui en faire voir des vertes et des pas mûres !

Le sourire de Harper s'élargit. Il leva son verre, comme pour trinquer à la santé de sa mère.

— Nous avons fait de notre mieux. Il y avait ces longs étés, interminables comme ils le sont toujours lorsqu'on est enfant. Des journées entières à courir la campagne écrasée de soleil, à explorer ces hectares de terrain mis à notre disposition... Le monde entier nous appartenait ! J'ai un souvenir précis de l'odeur végétale, épaisse et grisante, qui s'élevait de la terre au crépuscule, ainsi que des cigales qui berçaient notre sommeil toutes les nuits.

— Je laisse ma fenêtre entrouverte pour mieux les entendre, avoua Hayley avec un demi-sourire. Je suppose que vous avez eu plus que votre part de punitions et de remontrances.

— Tu ne crois pas si bien dire. Maman avait une sorte de sixième sens pour flairer les embrouilles. Elle ne nous laissait rien passer. C'était même un peu effrayant. J'ai maintes fois tenté de faire des coups en douce, sachant qu'elle était à l'autre bout du domaine ou de la maison, et pourtant, elle m'a pincé.

Fascinée, Hayley posa le coude sur la table et logea son menton dans la paume de sa main.

— Donne-moi un exemple, demanda-t-elle.

— Le plus mortifiant, du moins sur le coup, ç'a été quand j'ai eu mon premier rapport sexuel.

Avant de poursuivre son récit, Harper saisit une fraise dans le plat posé devant lui, l'enduisit de crème et la lui tendit pour qu'elle morde dedans.

— Cela s'est passé à peu près six mois après mon seizième anniversaire. Je suis rentré chez moi, aux anges, après avoir eu mon premier aperçu du paradis sur la banquette arrière de ma bien-aimée Camaro. Le matin suivant, Roz a débarqué dans ma chambre et a posé avec ostentation sur la commode une boîte de préservatifs.

Secouant la tête comme s'il avait encore du mal à y croire, Harper avala ce qui restait de la fraise avant de poursuivre :

— Elle m'a dit – je m'en souviens très bien – que nous avions déjà parlé des choses du sexe et des responsabilités qu'impliquait une vie sexuelle. Puisque j'étais au courant de la nécessité d'être prudent et de se protéger, elle espérait que j'avais utilisé un préservatif et que je continuerais à l'avenir dans cette voie. Pour finir, elle m'a demandé si j'avais des questions à poser ou des commentaires à faire.

— Qu'as-tu répondu ?

— J'ai dit : « Non, m'man… » Et quand elle est sortie, j'ai rabattu le drap sur ma tête et je me suis demandé comment diable elle avait pu deviner que j'avais fait l'amour la veille avec Jenny Proctor à l'arrière de ma Camaro. Je me sentais à la fois ébahi et humilié.

— J'espère que je serai comme ça, moi aussi…

Harper haussa les sourcils en avalant une nouvelle fraise à la crème.

— Ébahie et humiliée ? plaisanta-t-il.

— Non, idiot ! Aussi habile que ta mère. Et aussi avisée qu'elle avec Lily.

— Lily ne sera pas autorisée à avoir de rapport sexuel avant l'âge de trente ans. Et encore, après plusieurs années de mariage.

— Cela va sans dire.

Hayley mordit avec gourmandise dans la fraise qu'il lui tendait et ajouta avec curiosité :

— Qu'est devenue Jenny Proctor ?

— Jenny ?

À l'expression rêveuse que prit le visage de Harper, elle devina que les souvenirs affluaient à sa mémoire.

— Nous n'avons plus jamais fait l'amour ensemble. Ses parents l'ont obligée à aller suivre ses études universitaires en Californie. Elle y est restée, et pour ce que j'en sais, elle a épousé un scénariste d'Hollywood.

— La pauvre !

Voyant qu'il s'apprêtait une nouvelle fois à remplir son verre, elle s'empressa de le couvrir de sa main.

— Je ferais mieux d'en rester là, dit-elle avec un petit rire. Je suis déjà à moitié pompette.

— Pourquoi s'arrêter en si bon chemin ?

La tête penchée sur le côté, elle lui lança un regard soupçonneux.

— Ce fameux programme dont tu me parlais tout à l'heure… comprend-il une étape où tu me gaves de champagne afin de mieux parvenir à tes fins avec moi ?

— Cela se pourrait bien, en effet.

— Dans ce cas, considérons dès maintenant que je suis fin soûle, car je ne crois pas pouvoir supporter une minute de plus de t'avoir en face de moi sans te toucher.

Les yeux assombris par le désir, Harper se leva et lui tendit la main.

— Voici ce que prévoyait la suite de mon programme, dit-il en l'enlaçant. Je devais t'inviter à danser, afin de pouvoir te prendre dans mes bras. Comme ceci…

Avec un soupir de bonheur, Hayley se coula contre lui.

— Jusqu'à présent, murmura-t-elle, je n'ai trouvé aucune faille dans ton plan.

— Ensuite, je devais t'embrasser ici.

Du bout des lèvres, il effleura sa tempe.

— Et aussi ici…

Ses lèvres glissèrent jusqu'à sa joue.

— Sans oublier…

Enfin, Hayley sentit les lèvres de Harper se poser sur les siennes. Il lui sembla alors que tout son être se dissolvait, jusqu'à ce qu'il n'y ait plus rien au monde que ce baiser. Lorsque leurs bouches se séparèrent, elle se blottit amoureusement contre lui et murmura :

— J'ai tellement envie de toi ! Je n'en peux plus de cette attente, Harper. Fais quelque chose, sinon je vais devenir folle.

Sans rien dire, il la prit par la main et l'entraîna dans l'escalier.

— J'ai les jambes qui tremblent ! constata-t-elle en riant nerveusement. Je ne sais pas si c'est à cause de la peur ou de l'excitation. Cela fait longtemps que j'attends cet instant, mais je n'aurais jamais imaginé être si nerveuse...

— Rien ne presse, répondit-il en débouchant à l'étage. Nous avons tout notre temps.

Le cœur de Hayley battait la chamade et elle aurait aimé se taire, mais il y avait une dernière chose...

— Je... je n'ai pas pensé à apporter... balbutia-t-elle, tu sais... ce que Roz...

— Ne t'inquiète pas, coupa-t-il. J'ai ce qu'il faut.

— J'aurais dû m'en douter. Tu es un homme prévoyant.

— Toujours prêt !

— Tu as été boy-scout ?

— Non, mais je suis sorti avec d'anciennes cheftaines.

Cela fit rire Hayley, mais son rire s'étrangla dans sa gorge lorsqu'ils pénétrèrent dans la chambre. Celle-ci n'était éclairée que par une douce lumière d'ambiance, mais il y avait tout autour de la pièce une profusion de bougies qui n'attendaient que d'être allumées. Le lit était déjà ouvert, et un simple lys pourpre reposait sur un des oreillers.

— Oh, Harper ! s'exclama-t-elle, conquise par tant de romantisme.

La laissant s'imprégner du décor, il se mit à allumer les bougies. Lorsqu'il eut terminé et qu'une belle lumière dorée éclaira la scène, il alla ramasser la fleur sur l'oreiller et la lui tendit.

— Je t'offre ce lys, déclara-t-il en cherchant son regard, car c'est à cette fleur que tu me fais penser, depuis que j'ai posé pour la première fois les yeux sur toi. Jamais aucune autre femme ne m'a fait un tel effet.

Hayley huma longuement le parfum du lys et savoura contre sa joue le velouté de sa corolle. Puis, après avoir plongé la fleur dans le soliflore prévu à cet effet sur la table de chevet, elle revint se camper face à Harper.

— Déshabille-moi ! lança-t-elle à voix basse.

D'une main tremblante, Harper fit glisser les bretelles de sa robe le long de ses épaules, sur lesquelles ses lèvres se posèrent. Frémissante de désir et d'impatience, Hayley le débarrassa de sa veste, qui glissa lourdement sur le sol. De nouveau, leurs lèvres se joignirent, et tout se précipita.

Hayley entreprit de déboutonner la chemise de Harper, qui, de son côté, fit glisser dans son dos la fermeture Éclair de sa robe. Bientôt, celle-ci ne fut plus qu'une petite mare de tissu aux pieds de Hayley. Elle fit un pas de côté pour l'enjamber et retint son souffle en le voyant reculer d'un pas pour mieux l'admirer.

La gorge nouée, Harper ne parvenait pas à se repaître du saisissant spectacle qu'elle lui offrait. Ses sous-vêtements, fines pièces de dentelle et de soie rouges, semblaient irradier contre sa peau pâle et douce dans la lumière des bougies. Plus émouvantes encore, ses sandales aux talons aiguilles démesurés, rouges elles aussi, qui lui faisaient de longues, d'interminables jambes qu'il lui tardait de sentir se nouer autour de lui.

— Tu es... renversante !

— Je suis trop maigre, corrigea-t-elle avec une grimace de dépit. Tout en angles, pas une courbe...

Tout en secouant la tête, Harper s'approcha et dessina du bout du doigt le contour d'un sein.

— Renversante, insista-t-il. Délicate, mais aussi forte et élégante qu'un lys. Tu veux bien dénouer tes cheveux ?

Sans le quitter des yeux, Hayley ôta une à une ses épingles à cheveux, puis fit gonfler sa chevelure avec ses doigts et attendit. Harper lui prit la main et la conduisit jusqu'au lit.

— Assieds-toi.

Il s'agenouilla ensuite devant elle et entreprit avec un luxe de précautions de lui ôter ses souliers, tout en couvrant ses chevilles de petits baisers. Les doigts crispés sur le couvre-lit, Hayley ferma les paupières et se mit à haleter doucement.

— Ô mon Dieu ! gémit-elle.

— J'en rêve depuis si longtemps... murmura Harper tandis que ses lèvres traçaient un chemin brûlant le long de ses jambes. Laisse-moi faire tout ce que je meurs d'envie de faire depuis une éternité... Tout !

Ses doigts, qui avaient précédé sa bouche, se glissèrent sous l'élastique de la culotte. Hayley prit appui sur ses bras tendus afin de se soulever suffisamment pour l'aider à la débarrasser du sous-vêtement. L'agrafe du soutien-gorge ne lui résista pas longtemps. Elle sentit avec soulagement ses seins aux pointes tendues s'épanouir sous ses caresses.

Enfin nue, elle se laissa retomber en arrière sur le lit. En toute hâte, Harper acheva de se déshabiller. Troublée, elle l'entendit batailler un instant avec l'enveloppe d'un préservatif et l'enfiler prestement avant de la rejoindre. À présent, elle pouvait le toucher, le goûter, le caresser elle aussi. Elle ne s'en priva pas, accueillant ses soupirs et ses gémissements avec un sentiment de triomphe.

Harper avait promis à Hayley de ne pas précipiter les choses, mais ses mains, refusant de lui obéir, jouaient sur ce corps offert à ses caresses toute la gamme du plaisir. Ses lèvres, sa langue, son sexe n'étaient pas en reste, affamés qu'ils étaient de découvrir, de posséder, de conquérir. Enfin, elle était à lui...

Il sentit les ongles de Hayley lui labourer le dos, des omoplates jusqu'aux hanches, et cette infime douleur elle-même se changea dans le creuset de leur passion en pur plaisir. L'instant d'après, elle roula sur lui et le chevaucha, telle une amazone fière et victorieuse. Sa bouche, aussi habile et exigeante que la sienne, lui arracha en parcourant son corps livré à elle des halètements d'extase. La lueur des bougies nimbait d'or leurs peaux que faisait luire un voile de sueur. Il la vit se refléter dans les lacs de ses yeux bleus écarquillés lorsque, n'y tenant plus, il explora d'une main fébrile les replis de son intimité.

L'orgasme, aussi violent qu'imprévu, fondit sur Hayley comme la foudre sur un arbre. Elle sombra avec reconnaissance dans un miséricordieux oubli, puis refit surface avec vigueur dans le monde, tous ses sens aiguisés. Jamais autant qu'en cet instant elle ne s'était sentie vivante, éveillée, heureuse.

À présent allongé au-dessus d'elle, Harper la regardait avec une telle acuité qu'il devait voir au fond de son être qui elle était vraiment. Puis sa bouche s'empara de la sienne pour un baiser qui la fit trembler tout entière, corps et âme. Ainsi, songea-t-elle, c'était cela qu'on appelait l'amour. Cette confiance absolue, ce renoncement à tout égoïsme, ce don total de soi qui vous laissait sans défense, mais transporté de joie.

Doucement, elle caressa du bout des doigts la joue de Harper. Puis, soulevant le bassin, elle noua fermement ses jambes autour de ses hanches et, d'une main sûre, le guida en elle.

Harper, le souffle court, gémit de plaisir et laissa sa tête retomber dans le creux de l'épaule de Hayley. Ils n'auraient pu être plus proches, et pourtant, il lui semblait qu'ils ne le seraient jamais assez. Comme pour le rassurer, elle referma ses bras autour de lui. Leurs lèvres s'unirent. En douceur, leurs corps soudés entamèrent la danse qui devait les mener au bord de l'extase, et au-delà.

Il ne pouvait rien y avoir de plus relaxant que de traîner au lit avec son amant après avoir fait l'amour passionnément, songeait Hayley. Ou alors, ce devait être quelque chose d'illégal. En tout cas, elle appréciait chaque seconde de ce délicieux intermède. Au chapitre des soirées romantiques, celle-ci éclipsait, et de loin, toutes celles qu'elle avait pu connaître.

Parfaitement détendue, elle se lova plus confortablement contre le corps nu de Harper et eut un sourire rêveur en sentant sa main caresser son dos. Pour un peu, elle se serait mise à ronronner...

— C'était merveilleux, soupira-t-elle. Tu es merveilleux. Tout était absolument parfait. Je crois que si je sortais dans la rue à cette minute, cette lumière que je sens briller en moi suffirait à éclairer tout Memphis.

— Si tu sortais à cette minute, tu te ferais arrêter pour exhibitionnisme, plaisanta-t-il en passant autour de ses épaules un bras protecteur. Tu es bien mieux ici, près de moi.

— Et comment ! renchérit-elle en s'étirant comme un chat contre lui. Mmm… Je me sens si détendue ! Je crois que je devais être un peu frustrée sur les bords. Dans ce domaine, le self-service n'est pas la meilleure des…

Hayley se raidit et plaqua une main sur sa bouche.

— Ô mon Dieu ! gémit-elle d'une voix étouffée. Je n'arrive pas à croire que j'aie sorti une horreur pareille…

Harper laissa libre cours à son hilarité.

— Heureux d'être à… ton service ! lança-t-il entre deux hoquets de rire.

Mortifiée, Hayley enfouit son visage contre son épaule.

— Quelle gaffeuse je fais ! Par moments, les mots sortent de ma bouche sans que je puisse les contrôler. Mais tu sais, je suis loin d'être une nymphomane…

— Dommage, maugréa-t-il en feignant la déception. Pourquoi faut-il que tu brises aussi vite tous mes rêves ?

Passant ses mains autour du cou de Harper, Hayley enfouit les doigts dans ses cheveux et plongea son regard au fond du sien.

— C'est merveilleux de pouvoir rester ainsi, alanguis, nus l'un contre l'autre, sans l'ombre d'un souci pour ternir ce moment. J'aimerais que cela puisse durer éternellement, que cette soirée ne finisse pas…

— Qu'il en soit donc ainsi ! lança-t-il en lui adressant un sourire rusé. Ce lit est à nous jusqu'à demain. Je pourrai même t'y apporter le petit déjeuner…

— Ce serait génial, mais tu sais bien que je ne peux pas. Lily…

—... est à cette heure-ci profondément endormie dans son lit parapluie, que j'ai personnellement installé dans les appartements de ma mère cet après-midi.

Tandis que les yeux de Hayley s'agrandissaient sous l'effet de la surprise, Harper déposa un baiser sur son front avant de poursuivre :

— Maman se frottait littéralement les mains de bonheur à la perspective de pouvoir la garder chez elle toute la nuit.

Hayley se redressa brusquement sur un coude, secoua la tête et dit d'un ton catastrophé :

— Ta mère est... Oh, zut ! Y a-t-il quelqu'un à Harper House qui ignore ce que nous sommes en train de faire ?

— Euh... je ne pense pas, non. Roz, qui avait prévu ta réaction, m'a demandé de te rappeler qu'elle est parvenue à élever seule trois garçons, en réussissant non seulement à les maintenir en vie, mais aussi hors des murs d'une prison.

— Mais... Ne suis-je pas une mère déplorable ? Je n'ai qu'une envie : rester ici !

Harper se redressa sur le lit et posa ses mains sur les épaules de Hayley.

— Tu sais bien que tu es une mère admirable, assura-t-il en la regardant au fond des yeux. Et tu sais également que Lily est parfaitement dans son élément et que ma mère est aux anges de pouvoir s'occuper d'elle jusqu'à demain.

— Oui, bien sûr, tu as raison. Mais... si elle se réveille cette nuit et qu'elle me réclame ?

Voyant qu'il s'apprêtait à lui répondre, elle l'interrompit en levant une main devant elle.

— D'accord, d'accord... Si elle se réveille, Roz saura la consoler, et Lily adore rester avec elle et

Mitch. En m'inquiétant pour elle comme je le fais, je suis une véritable caricature de mère poule.

— Certes. Mais une adorable caricature...

Hayley lança autour d'elle un long regard d'envie.

— On peut vraiment rester ici ?

— Si tu le désires, oui.

Elle se mordit la lèvre et objecta :

— Mais je n'ai rien pour faire ma toilette, ni brosse à cheveux, ni brosse à dents, ni...

— David a préparé un sac pour toi.

— Dans ce cas, je suis sûre qu'il n'y manque rien.

Hayley laissa fuser un rire joyeux.

— Ça veut dire qu'on peut rester ici toute la nuit ?

— Tout est arrangé dans ce but. Qu'en penses-tu ?

— Ce que j'en pense ?

Elle se jeta sur lui sans ménagement et ajouta dans un grand rire :

— Je vais te le montrer !

Bien plus tard, Hayley sortit en trombe de la salle de bains.

— Harper ! Tu as vu ces peignoirs ? Il y en a deux, un pour chacun de nous, et je n'ai jamais touché un tissu-éponge aussi moelleux ni aussi doux !

Harper entrouvrit une paupière avec difficulté. Comme elle l'en avait prévenu, songea-t-il, Hayley savait apprécier le luxe à sa juste valeur.

— Super... grogna-t-il.

— Tout ici est tellement beau !

— Normal, ajouta-t-il en luttant contre le sommeil. C'est la suite Roméo et Juliette.

— Qu'est-ce que tu as dit ?

— La suite... C'est la suite Roméo et Juliette.

— C'est vrai ? De plus en plus romantique.

Amusé, il la vit froncer les sourcils et ajouter d'un air sévère :

— Encore que si tu y réfléchis bien, ils n'étaient l'un et l'autre que deux ados suicidaires et mal dans leur peau…

Surmontant sa fatigue, Harper se redressa sur un coude et se mit à rire.

— Tiens donc ! dit-il.

— Je n'ai jamais compris pourquoi on considérait leur histoire comme le summum du romantisme, reprit-elle. Elle est tragique, tout au plus. Et complètement stupide.

Tout en tournant sur elle-même pour faire virevolter le peignoir autour de ses jambes, elle se hâta de préciser :

— Pas la pièce de Shakespeare, bien sûr ! Je parle de ces deux-là. « Oups ! Elle est morte. Autant en finir et boire ce poison… » « Oups ! Il est mort. Je vais me planter ce poignard dans le cœur… »

Comme saisie d'un doute soudain, Hayley se figea sur place et considéra avec inquiétude Harper, qui l'observait depuis le lit.

— Tu dois me trouver bavarde comme une pie…

— Je te trouve surtout fascinante.

— J'ai tendance à me laisser emporter quand je parle de littérature… Peu importe le nom qu'on lui donne, cette suite est incroyable. Pour un peu, je me laisserais aller à danser toute nue tant je suis heureuse.

— Je le savais, marmonna Harper. J'aurais dû emporter une caméra.

— Je n'aurais rien eu contre.

Une nouvelle fois, elle tourna sur elle-même pour le plaisir de sentir le peignoir voler autour d'elle et ajouta :

— Et si on se photographiait nus, l'un et l'autre ? Comme ça, quand je serai vieille et toute fripée, je pourrai regarder les photos et me rappeler que j'ai été jeune.

D'un bond, elle regagna le lit et s'agenouilla près de lui.

— Est-ce que tu as déjà des photos de toi en tenue d'Adam ? s'enquit-elle.

— Pas encore.

— Regarde-toi ! lança-t-elle en lui pinçant le genou. Tu rougis...

Oui, songea Harper. Hayley était vraiment une femme exceptionnelle et fascinante.

— C'est parce que cette perspective me trouble, avoua-t-il. Et toi ? Tu en as ?

Elle croisa les bras sur sa poitrine en faisant la grimace et répondit :

— Jusqu'à présent, je n'ai trouvé personne en qui je puisse avoir suffisamment confiance pour faire ça. En plus, avec ce sac d'os qui me tient lieu de corps... Toi, cela ne semble pas te gêner.

— Je te l'ai déjà dit. Je te trouve magnifique.

Et il le pensait vraiment... N'était-ce pas un miracle ? Non seulement Hayley le croyait quand il le lui disait, mais elle avait pu également le voir au fond de ses yeux, le sentir au contact de ses doigts lorsqu'il la caressait.

— Grâce à toi, je me sens magnifique, ce soir, dit-elle en se redressant pour reprendre son défilé de mode en peignoir. Je me sens même somptueuse, sensuelle et décadente.

— Dans ce cas, conclut Harper d'un ton résolu, un dessert s'impose pour fêter ça !

Hayley cessa aussitôt ses évolutions.

— Un dessert ? s'étonna-t-elle. Mais il est presque 2 heures du matin !

— Tu oublies où nous nous trouvons. Dans ce vénérable établissement, on peut se faire servir vingt-quatre heures sur vingt-quatre.

— Bien sûr ! Où avais-je la tête ?

Hayley se laissa retomber de tout son long sur le lit.

— On pourra manger le dessert ici ? reprit-elle. Au lit ?

— Le règlement stipule que pour toute commande de dessert passée après minuit, celui-ci devra être consommé au lit, et que ceux qui y goûteront devront être entièrement nus.

— Dans ce cas, il n'y a plus à hésiter, commenta-t-elle avec un sourire coquin. Le règlement, c'est le règlement.

Dix minutes plus tard, nus l'un et l'autre, ils étaient installés à plat ventre sur le lit, deux parts de fondant au chocolat entre eux.

— Je vais probablement me rendre malade, dit Hayley après avoir dégusté une nouvelle bouchée. Mais c'est si bon…

Harper tendit le bras pour attraper une des deux flûtes de champagne qu'il avait posées sur le sol.

— Tiens, dit-il en la lui tendant. De quoi te faire digérer.

— Je n'en reviens pas que tu aies commandé une autre bouteille de champagne !

— Impossible de déguster du fondant au chocolat sans boire de champagne. C'est vulgaire.

— Si tu le dis…

Hayley but longuement, puis, après avoir reposé sa flûte sur le sol, le dévisagea un long moment avant de conclure :

— Tu sais, tu vas avoir beaucoup de mal à faire mieux la prochaine fois. Je ne crois pas pouvoir me contenter de moins que… disons un week-end en amoureux à Paris, ou peut-être un voyage éclair en Toscane pour faire l'amour dans un vignoble.

Avec un grand soupir, elle laissa retomber sa cuillère dans l'assiette et roula sur le dos.

— Si j'avale une bouchée de plus, décréta-t-elle, je crois que je le regretterai toute ma vie.

Repoussant son assiette à son tour, Harper s'allongea à côté d'elle et se pencha pour lui donner un baiser.

— Mmm… fit-elle lorsque leurs lèvres se séparèrent. Encore meilleur que le chocolat !

Puis elle ferma les paupières et le laissa en souriant parcourir du bout des lèvres son menton, son cou, sa poitrine. Lorsque, du bout des dents, il titilla la pointe dressée d'un de ses seins, elle tressaillit et rouvrit les yeux.

— J'ai oublié de te parler de cet article du règlement, dit-il en dardant sur elle un regard grivois. Voilà ce qu'on doit faire avec ce qui reste du dessert…

Avec application, il enduisit son doigt de crème et de chocolat, avant d'en barbouiller le sein qu'il venait de mordiller.

— Oups ! s'exclama-t-il. Quel maladroit je fais ! Je vais devoir tout nettoyer, à présent…

Son sac en bandoulière, Hayley sortit de l'ascenseur avec la sensation d'être une héroïne de film dans un décor de cinéma. Il était midi passé, et sa journée démarrait à peine. Comme Harper le lui avait promis, ils avaient pris leur petit déjeuner au lit. En réalité, ils avaient fait ensemble dans ce lit à peu près tout ce que la loi ne réprouve pas dans l'État du Tennessee.

En conséquence, elle se sentait en débarquant dans le hall du *Peabody* aussi radieuse et resplendissante que Cendrillon pénétrant dans la salle de bal au bras de son prince.

— Je vais régler la note, dit Harper après avoir déposé un baiser léger sur ses lèvres. Pourquoi ne pas t'asseoir en m'attendant ?

— Je préfère jeter un dernier coup d'œil au hall. Et je voudrais également aller choisir quelques petites choses à la boutique de souvenirs.

— OK. Je me dépêche.

Restée seule, Hayley parcourut la vaste pièce du regard et poussa un soupir de bonheur. Avant de retourner à son quotidien, elle voulait tout voir et tout enregistrer dans sa mémoire : les clients, la fontaine, les grooms en uniforme qui s'affairaient, les magnifiques présentoirs de bijoux et d'objets d'art.

Dans la boutique de souvenirs, elle eut bien du mal à limiter ses achats. Pour Lily, elle choisit un canard de bain en plastique, et pour remercier Roz, un petit cadre en argent. Il lui fut également difficile de résister aux savons en forme de canard, à la mignonne petite casquette jaune qui irait si bien à Lily, ainsi qu'à...

— Aucun homme sensé ne devrait laisser une femme seule dans une boutique ! lança soudain Harper dans son dos.

— Je n'ai pas pu me retenir, dit-elle d'un air coupable. Tout est si beau...

En le voyant porter la main à son portefeuille, elle protesta vivement :

— Non, non, non ! C'est moi qui paie.

Elle fit glisser ses achats sur le tapis de la caisse et lui tendit une petite boîte quand elle fut enregistrée.

— Tiens. C'est pour toi.

— Oh ! Un savon en forme de canard...

— En souvenir de notre séjour ici, expliqua-t-elle. Et du bon temps que nous y avons passé.

Après avoir réglé ses emplettes et ramassé son sac, Hayley glissa la main dans celle de Harper et regagna le hall avec lui.

— Nous ferions mieux de rentrer, maintenant, dit-elle. Avant que Lily ait tout à fait oublié à quoi je ressemble et... Oh, regarde ce bracelet !

La vitrine devant laquelle elle venait de s'arrêter net était celle d'un bijoutier local qui profitait du passage dans le hall de l'hôtel pour exposer quelques pièces de choix. Plusieurs parures brillaient de tous leurs feux, mais ce qui avait attiré l'attention de Hayley était un bracelet de rubis et diamants de plus modeste allure.

— Il est magnifique, n'est-ce pas ? reprit-elle, fascinée. À la fois élégant et romantique, avec ces rubis taillés en forme de cœur. C'est un véritable bijou ancien, ça se voit. C'est comme si quelque chose en lui proclamait : « Hé, regardez-moi, je brillais déjà au poignet d'une femme avant votre naissance ! »

— Pas mal, commenta sobrement Harper.

— Pas mal ? répéta-t-elle en lui lançant un regard courroucé. Époustouflant, tu veux dire ! Les autres bijoux exposés ici ont sans doute plus de valeur, mais c'est celui-là qui vaut le détour. À mon avis, en tout cas.

Reportant son attention sur le panneau d'information, Harper enregistra mentalement le nom et l'adresse du bijoutier.

— Dans ce cas, allons l'acheter, conclut-il.

— C'est cela, oui ! railla-t-elle. On pourrait aussi choisir une nouvelle voiture en route, tant qu'on y est...

— Ma voiture me suffit. Mais ce bracelet est de toute évidence fait pour toi. Le rubis, c'est ta pierre.

— Harper... maugréa Hayley en cherchant son regard. Ma pierre, c'est le toc !

Elle fit une tentative pour l'entraîner par la main, mais il ne bougea pas et continua d'observer le bijou. Plus il l'étudiait, plus il lui semblait avoir été créé pour orner le poignet de Hayley.

— Donne-moi quelques minutes, dit-il en lui lâchant la main. Je vais parler au concierge.

À présent tout à fait contrariée, Hayley croisa les bras et le dévisagea d'un œil réprobateur.

— Je jetais juste un petit coup d'œil ! lança-t-elle. C'est ce que nous autres femmes ne pouvons nous empêcher de faire : regarder les vitrines, tout en sachant parfaitement que tout ne peut être à nous.

— Ce bracelet peut être à toi, insista-t-il. Je veux te l'offrir.

Bien plus paniquée que fâchée, Hayley secoua vivement la tête.

— Tu ne peux pas m'offrir un truc pareil ! Il coûte sans doute... Je ne parviens même pas à me faire une idée de son prix.

— Il suffit de demander.

— Mais je me fiche de savoir ce qu'il coûte ! Harper, s'il te plaît, sois raisonnable. Je ne m'attends pas que tu m'offres des bijoux hors de prix. Ce... ce n'est pas pour cela que je suis avec toi !

— Hayley... Tu devrais savoir que je tiens suffisamment de ma mère pour ne faire que ce dont j'ai envie. Or, j'ai envie de t'offrir ce bracelet, et s'il n'est pas tout à fait hors de portée de ma bourse, c'est ce que je vais faire.

Comme pour clore la discussion, il déposa un baiser sur le front de Hayley et conclut :

— Attends-moi ici.

Réduite au silence, elle le regarda gagner le comptoir du concierge.

Et sur le chemin du retour, ce fut dans le même silence stupéfait qu'elle contempla le bracelet de rubis et diamants qui scintillait à son poignet.

11

Durant tout l'après-midi, Hayley submergea Lily d'attentions et de câlins. Elle n'était pas dupe d'elle-même. Probablement était-ce de sa part une façon toute maternelle et égoïste de montrer à sa fille qu'elle lui avait manqué, même si elle avait passé loin d'elle des moments inoubliables.

Comme elle avait déjà eu l'occasion de l'expérimenter, la mauvaise conscience pouvait s'exprimer sous de multiples formes. Et à l'heure où Roz rentra du travail, en fin d'après-midi, elle n'en était plus à nier l'intense sentiment de culpabilité qui gâchait son bonheur.

— Bienvenue à la maison ! lança Roz en pénétrant dans le grand salon de Harper House, où se trouvait Hayley. J'espère que tu as pris du bon temps.

— C'était formidable, répondit-elle. Vous pouvez vous féliciter d'avoir fait de Harper le plus merveilleux et le plus attentionné des hommes.

— Merci... Je n'ai donc pas œuvré en vain.

En un geste inconscient, Hayley couvrit de la main le bracelet qu'elle n'avait pu se résoudre à ôter et poursuivit :

— Roz... Je ne vous remercierai jamais assez de vous être occupée de Lily.

— C'est moi qui te remercie. Nous nous sommes bien amusées. Où est-elle ?

— Je crois que je l'ai épuisée tant j'étais heureuse de la retrouver, avoua Hayley avec un sourire gêné. Elle fait une petite sieste.

Elle ramassa sur un guéridon un paquet à l'enseigne du *Peabody*, s'approcha de Roz et le lui tendit.

— Tenez, dit-elle. Pour vous remercier.

Roz, qui ne s'attendait pas à cela, déballa le présent avec impatience. En découvrant le joli cadre, elle sut tout de suite quelle photo d'elle et de Lily elle allait y insérer.

— Merci ! lança-t-elle en embrassant Hayley. Il est magnifique. Je vais le mettre sur mon bureau, dans mon salon.

— J'espère que Lily ne vous a pas donné de fil à retordre cette nuit ? reprit Hayley avec inquiétude.

— Pas le moins du monde ! Elle a presque fait le tour du cadran...

Manifestement gênée, Hayley baissa les yeux et se tordit nerveusement les mains avant de se résoudre à demander :

— Je peux vous parler un instant ?

Tout en acquiesçant d'un signe de tête, Roz prit place sur un canapé, étendit les jambes et croisa les chevilles sur la table basse. L'air soucieux, le dos raide et les mains jointes dans son giron, Hayley s'assit face à elle sur une chaise.

— Pour moi, ce n'est pas très facile, commença-t-elle après avoir longuement cherché ses mots. Cela me paraît tellement... irréel, d'être amie avec la mère de l'homme avec qui je viens de passer la nuit.

— De mon point de vue, intervint Roz pour la mettre à l'aise, cela ne peut qu'être un plus.

Hayley hocha longuement la tête et reprit :

— Je sais que je vous l'ai déjà dit, mais je tiens à vous répéter que vous avez su faire de Harper un homme bien. Il s'est plié en quatre pour m'offrir cette soirée inoubliable. Il n'y en a pas beaucoup qui se seraient donné cette peine.

— Il est vrai que c'est un homme de valeur, reconnut Roz avec un sourire attendri. Je suis heureuse que tu l'aies compris et que tu l'apprécies.

— Je serais difficile de ne pas l'apprécier ! Il avait réservé cette suite magnifique, fait livrer des fleurs, commandé du champagne... Personne n'a jamais rien fait de tel pour moi. Je veux dire... Ce n'est pas cet étalage de luxe qui m'a touchée. Moi, pour cette nuit, j'aurais pu me contenter d'un hamburger et d'une chambre dc motel !

Réalisant ce qu'elle venait de dire, Hayley grimaça.

— Et voilà... gémit-elle. Encore une fois, il faut que je sorte sans réfléchir un truc super choquant !

— Je ne vois rien de choquant là-dedans, protesta Roz. C'est honnête. Et tout à fait rafraîchissant.

— Ce que je veux vous dire, reprit Hayley en se forçant à la regarder dans les yeux, c'est que je ne suis pas du genre à abuser de sa générosité, de sa gentillesse.

— Il t'a offert ce bracelet.

Hayley sursauta. Machinalement, elle recouvrit le bijou de sa main.

— Je ne peux m'empêcher de l'admirer depuis que je suis entrée dans cette pièce, poursuivit Roz en souriant. Et de constater que tu le portes comme si tu l'avais volé...

— C'est exactement l'impression que je me fais.

Roz haussa les sourcils et agita une main agacée.

— Ne sois pas ridicule, s'il te plaît... Tu vas finir par m'énerver.

— Je ne lui ai rien demandé ! s'exclama Hayley comme pour se justifier. Je n'en voulais pas, et je le lui ai dit. Tout ce que j'ai fait, c'est admirer ce bijou dans une vitrine. Mais quand il se met quelque chose en tête, il peut être plus têtu qu'une mule ! Il n'a même pas voulu me dire ce que ça lui avait coûté.

— J'espère bien ! s'écria Roz. Je n'ai pas élevé mon fils ainsi.

— Roz, ces pierres, ce sont des vraies ! Et ce bracelet est un authentique bijou ancien.

— Je suis restée debout toute la journée. Ne m'oblige pas à me lever pour l'admirer.

La gorge serrée, Hayley rejoignit Roz sur le canapé et tendit la main pour lui montrer le bracelet.

— Magnifique, commenta celle-ci à mi-voix, tout en examinant le bijou. Et il te va bien. Combien de rubis en forme de cœur y a-t-il ?

— Je n'ai pas compté… commença Hayley.

Puis, confrontée au regard sévère de son aînée, elle rougit et rectifia :

— Quatorze. Chacun d'eux est relié à son voisin par deux diamants. C'est minable de ma part de les avoir comptés, n'est-ce pas ?

— Certainement pas. Tu es une femme, tout simplement. Et tu as bon goût. Je te conseille de ne pas le porter en travaillant. Il s'encrasserait.

— Vous n'êtes pas fâchée ? s'étonna Hayley en laissant retomber sa main.

— Harper est libre de dépenser son argent comme bon lui semble. Et je suis heureuse de constater qu'il en fait bon usage. Il t'a offert un très beau cadeau. Pourquoi ne pas simplement l'apprécier et lui en être reconnaissante ?

— J'étais sûre que vous seriez fâchée.

— Alors, c'est que tu as une piètre opinion de moi.

— Ce n'est pas vrai. Ne soyez pas injuste...

Sans crier gare, les larmes jaillirent des paupières de Hayley.

— Vous savez à quel point je tiens à vous, reprit-elle en sanglotant. Mon Dieu, je suis désolée... C'est comme si je n'avais plus toute ma tête. Je suis si heureuse ! Et j'ai si peur... Je suis amoureuse de lui. J'aime Harper.

Passant un bras autour de ses épaules, Roz l'attira à elle et lui caressa gentiment les cheveux.

— Oui, ma chérie... murmura-t-elle. Je le sais.

Hayley se redressa brusquement et s'étonna :

— Vous le savez ?

Amusée, Roz repoussa les mèches mouillées de larmes qui avaient glissé sur les yeux de Hayley et répondit :

— Comment pourrais-je ne pas m'en rendre compte, en te voyant te mettre dans cet état ? Tu pleures, tu ris, tu es heureuse et effrayée en même temps... Tu te conduis comme une femme amoureuse qui vient à peine de réaliser qu'elle l'est et qui se demande encore comment ça lui est arrivé.

— En fait, je l'ignorais jusqu'à la nuit passée. Je savais que Harper ne me laissait pas indifférente, que je l'aimais bien, mais j'imaginais que j'avais juste envie de coucher avec lui...

Mortifiée par les paroles qui venaient de lui échapper, Hayley pressa ses deux mains contre ses joues soudain brûlantes.

— Voyez dans quelle situation je me mets ! ajouta-t-elle, furieuse contre elle-même. Avouer à la mère de Harper que je voulais juste coucher avec lui...

— Je dois admettre que la situation est un peu originale. Mais je pense que j'y survivrai.

— La vérité m'est apparue cette nuit. Quelque chose... quelque chose s'est ouvert en moi, et tout mon amour pour Harper s'y est engouffré. Je n'avais jamais rien ressenti de tel.

Hayley posa la main sur son cœur, faisant scintiller les rubis dans la lumière du couchant.

— Je n'ai jamais été amoureuse auparavant, reprit-elle à mi-voix. Je veux dire... vraiment amoureuse. Mais quand cela s'est produit, cette nuit, j'ai tout de suite compris ce qui se passait.

Saisissant les mains de Roz, elle lança d'une voix suppliante :

— Je vous en prie, ne dites rien à Harper !

— Ce n'est pas à moi de le lui dire, assura Roz. Tu le lui avoueras toi-même quand tu seras prête. L'amour est un don, Hayley, qui s'offre et qui s'accepte librement.

— L'amour est un mensonge ! Une illusion entretenue par des femmes faibles, de connivence avec des hommes en réalité obsédés par le sexe ! Un prétexte qui permet aux classes privilégiées de se marier et de se reproduire en vase clos, de manière à accumuler toujours plus de puissance et de richesse !

Un frisson glacé secoua Roz de la tête aux pieds. Le brusque changement qui s'était produit chez Hayley lui avait coupé le souffle, mais elle s'efforça de ne rien montrer de sa frayeur. Comme si de rien n'était, elle fixa ces yeux qui n'étaient plus tout à fait ceux de Hayley et y découvrit une rage noire, à laquelle se mêlait une infinie tristesse.

— Est-ce ainsi, demanda-t-elle tranquillement, que tu justifies les choix que tu as faits dans l'existence ?

Celle qui avait pris possession du corps de Hayley remarqua le bracelet qui scintillait à son poignet et le caressa du bout des doigts.

— Ces choix m'ont permis de bien vivre, répondit-elle en examinant le bijou avec ravissement. Très, très bien. Beaucoup mieux, en tout cas, que ceux qui m'ont donné le jour. Ma mère était heureuse de servir ses maîtres à genoux. Moi, j'ai préféré servir le mien sur le dos ! Cela ne m'a pas trop mal réussi. J'aurais pu finir par vivre ici...

Reportant son attention sur le décor qui l'entourait, elle se leva et se mit à déambuler dans le salon.

— Faute d'y être parvenue, reprit-elle d'une voix chargée d'amertume, j'ai décidé d'y rester. Pour toujours.

— Mais cela ne te rend pas plus heureuse. Que s'est-il passé ? Pour quelle raison t'éternises-tu entre ces murs ? Et pourquoi es-tu si triste ?

Comme piquée au vif, celle qui n'était plus tout à fait Hayley se retourna et plaça une main protectrice sur son ventre.

— J'ai donné la vie ! lança-t-elle d'un ton farouche. Tu sais toi aussi quelle puissance la maternité procure. La vie s'est développée en moi, est sortie de moi. Et lui, il m'a pris mon enfant. Mon fils.

L'air soudain alarmé, elle lança autour d'elle des regards inquiets et ajouta :

— Mon fils ! Je suis venue chercher mon fils.

Avec une lenteur prudente, Roz se leva à son tour.

— Il est parti il y a longtemps, dit-elle. Il était mon grand-père, et c'était un homme bon.

— Un bébé, corrigea-t-elle en secouant longuement la tête. Mon bébé. Mon garçon si petit, si chaud, si doux. Les hommes... les hommes sont tous des menteurs, des voleurs, des tricheurs ! J'aurais dû le tuer.

— L'enfant ?

Le visage de Hayley se figea.

— Le père ! corrigea-t-elle, les yeux aussi brillants que les diamants qu'elle portait au poignet. J'aurais dû trouver un moyen de le tuer, de tous les tuer, et de brûler la maison pour que nous nous retrouvions tous en enfer !

Un courant d'air glacé balaya la pièce, qui suffit à éteindre en Roz la pitié qu'il lui était arrivé de ressentir pour cette malheureuse créature.

— Qu'as-tu fait ? demanda-t-elle durement.

— Je suis venue ici, la nuit, aussi silencieuse qu'une souris.

Portant un doigt à ses lèvres, elle se mit à rire, d'un rire grinçant qui s'éteignit brusquement lorsque des cris se firent entendre à travers le récepteur du babyphone.

— Le bébé ! gémit-elle en jetant un regard paniqué dans cette direction. Le bébé pleure...

Puis, telle une marionnette dont on vient de couper les fils, le corps de Hayley s'effondra comme une masse sur le sol. Roz, qui s'était précipitée pour lui porter secours, arriva à temps pour éviter que sa tête ne heurte le plancher.

— Mitch ! David ! appela-t-elle d'une voix forte.

— Je me sens faible... murmura Hayley en revenant à elle et en se passant une main sur le visage.

Puis, se redressant péniblement, elle s'agrippa à la main de Roz et gémit :

— Mon Dieu... Que s'est-il passé ? C'était encore elle, n'est-ce pas ?

— Ça va aller, assura Roz. Ne te lève pas tout de suite. Reste tranquille un instant.

Puis, s'adressant à David qui se précipitait vers elles, Mitch sur ses talons, elle ordonna :

— Apporte-lui quelque chose à boire. De l'eau et un peu de cognac.

— Que s'est-il passé ? s'enquit Mitch.

— Amelia, répondit Roz, laconique. Hayley a eu droit à une autre de ses petites visites.

— Lily... s'inquiéta Hayley en tentant de se relever. Lily est en train de pleurer !

— Ne t'en fais pas, répondit Mitch. Je vais la chercher.

— Je crois que... je crois que je me rappelle. Il me semble... Ma tête me fait mal.

— Une chose à la fois, ma chérie, dit Roz. Laisse-moi t'aider à t'installer sur ce canapé.

— J'ai la tête qui tourne ! se plaignit Hayley lorsque Roz l'aida à se remettre sur pied. Je n'ai rien senti venir. C'était... c'était beaucoup plus fort, cette fois.

David revint, muni d'un grand verre d'eau et d'un petit de cognac.

— Bois ça, dit-il à Hayley en s'asseyant à côté d'elle. Un peu d'eau te fera du bien.

— Merci. Je me sens déjà mieux. Juste un peu tremblante, c'est tout.

— Tu n'es pas la seule ! s'exclama Roz.

— Cette fois, vous lui avez parlé...

— Nous avons eu une bonne petite conversation, toutes les deux.

— Vous lui avez même posé des questions ! J'admire votre présence d'esprit...

— Bois un peu de cognac, suggéra Roz. Cela te remontera.

— Je n'aime pas ça, répondit Hayley avec une grimace. De toute façon, je me sens mieux, je vous assure...

— Dans ce cas, c'est moi qui vais le boire !

Pendant que Roz avalait en frissonnant une bonne gorgée de cognac, Mitch revint, Lily dans ses bras.

— Je vais lui donner son jus de fruits, dit Hayley en se levant pour les rejoindre. Elle est toujours assoiffée après sa sieste.

— Laisse-moi m'en charger, proposa Mitch.

— Non, je m'en occupe. J'aimerais, pendant quelques minutes, faire quelque chose de normal.

Roz regarda Hayley sortir de la pièce, sa fille accrochée à son cou, puis déclara :

— Je vais appeler Harper. Il a le droit de savoir ce qui vient de se passer.

— J'aimerais bien le savoir moi-même ! lui rappela Mitch dans son dos.

— Alors, va chercher ton bloc-notes et ton Dictaphone. Tu vas en avoir besoin…

— Nous étions assises sur le canapé, en train de discuter… raconta Hayley. Je montrais le bracelet à Roz et je lui disais - pardon, Harper - que je me sentais un peu coupable que tu me l'aies offert. Je crois que c'est à ce moment-là… que je me suis laissé emporter par mes émotions.

Avant de poursuivre son récit, Hayley chercha le regard de Roz, comme pour se donner du courage.

— Et tout à coup… je me suis sentie éjectée de moi-même. La suite est un peu vague, dans mon esprit. J'avais l'impression d'écouter une conversation à travers un mur, comme ces gamins qui plaquent l'oreille contre un verre pour entendre ce qui se dit dans la pièce voisine…

Roz prit le relais pour préciser :

— Amelia avait l'air de bien s'amuser. Comme si elle se réjouissait d'avoir joué un mauvais tour.

— Elle était habituée à recevoir des cadeaux en échange de ses faveurs sexuelles, intervint Mitch, tout en écrivant sur son bloc-notes. Sans doute est-ce ce qu'elle a vu dans ce bracelet : un paiement pour services rendus.

En réponse au sourd gémissement de protestation poussé par Hayley, il poursuivit :

— Elle est incapable de voir ce qu'est en réalité ce cadeau : un acte de générosité gratuit. Quand quelque chose lui était offert, c'était toujours pour elle une récompense, jamais un gage d'affection.

L'air morose, Hayley hocha la tête et se remit à jouer avec Lily sur le tapis.

— L'élément nouveau, reprit Mitch, c'est qu'elle a dit à Roz être venue ici de nuit. Elle était animée d'intentions mauvaises à l'égard de Reginald, et peut-être même de toute la maisonnée. Elle voulait se venger, mais elle n'en a rien fait. On peut donc supposer que c'est à elle qu'il est arrivé malheur.

— Ce qui expliquerait pourquoi elle hante cette maison, compléta Harper à sa place. Cela expliquerait également pourquoi elle porte un si grand intérêt aux enfants qui s'y trouvent. Du moins tant qu'ils ne commettent pas l'erreur de grandir – surtout pour devenir des hommes.

— Elle est pourtant venue à mon aide quand j'en avais besoin, fit valoir Roz. Ce qui indique qu'elle n'est pas insensible aux liens du sang.

— Tout cela est bien beau, maugréa Hayley, mais je ne comprends toujours pas pourquoi elle a fait de moi sa cible privilégiée.

— Peut-être parce que tu es une jeune mère, supposa Mitch. Qui plus est, tu as pratiquement l'âge qu'elle avait quand elle est morte.

Hayley hocha la tête d'un air pensif. Et lorsque Lily se dressa sur ses jambes pour courir en direction de Harper, elle ne fit rien pour la retenir.

— Ce qui est sûr, poursuivit-elle, c'est qu'elle devient de plus en plus agressive et de plus en plus forte.

Machinalement, elle s'était mise à jouer avec le bracelet. Sans les voir vraiment, elle contempla les rubis taillés en forme de cœur. Soudain, ses yeux s'écarquillèrent, et elle murmura en portant la main à sa bouche :

— Mon Dieu... J'avais complètement oublié ! Hier soir, après m'être habillée, alors que je peaufinais ma tenue devant le miroir... elle était là.

— Que veux-tu dire ? s'inquiéta Harper. Tu as eu une autre de ces expériences hier soir ?

— Pas du tout, répondit-elle en secouant la tête avec impatience. Je suis restée moi-même, mais pendant une minute, ce n'est plus mon reflet que j'ai vu dans la glace – c'est le sien. Je n'ai pas voulu en parler tout de suite pour ne pas me gâcher la soirée, et ensuite, cela m'est totalement sorti de l'esprit.

— À quoi ressemblait-elle ? demanda Mitch, le crayon suspendu au-dessus de son bloc-notes.

— Elle était habillée d'une robe de bal rouge richement brodée, avec un décolleté plongeant. Sa coiffure était très élaborée, elle était couverte de bijoux et...

Hayley laissa sa phrase en suspens et baissa lentement les yeux sur le bracelet de rubis et diamants.

— Elle portait ceci au poignet droit, acheva-t-elle d'une voix tremblante. J'en suis absolument certaine. Je n'ai pas fait le lien quand je l'ai vu dans le hall de l'hôtel, parce que j'avais décidé de ne plus y penser, mais ce bracelet était à elle.

Mitch quitta son siège pour aller s'accroupir près d'elle et examiner le bijou.

— Hélas, je n'y connais rien dans ce domaine, soupira-t-il. Harper ? Le bijoutier a-t-il pu te donner des éléments d'information ?

— Il m'a dit que le bracelet datait de 1890 environ... répondit-il d'une voix morne. Il ne me serait pas venu à l'esprit de faire le rapprochement avec Amelia.

— C'est peut-être elle qui t'a influencé, de manière à ce que tu me l'offres, suggéra Hayley en se relevant. Et si elle...

— Certainement pas ! coupa-t-il avec conviction. Je voulais t'offrir quelque chose, un souvenir. C'est aussi simple que cela. Mais si ce bracelet te rend nerveuse ou te fait peur, rien ne t'oblige à le porter. Il peut rester au coffre.

Hayley ne mit pas plus d'une seconde à se décider. D'un pas résolu, elle se dirigea vers lui et se hissa sur la pointe des pieds pour déposer un baiser sur ses lèvres.

— Peu m'importe ce qu'en pense Amelia, déclara-t-elle en le fixant droit dans les yeux. C'est le plus beau cadeau qu'on m'ait jamais fait. Je le garde. Qu'elle aille au diable, et qu'elle y reste !

Le soir venu, Hayley avait retrouvé son calme. Et quand elle put enfin s'installer dans le fauteuil à bascule avec Lily, tout le reste passa aux oubliettes. Elle appréciait par-dessus tout ces moments de détente, lorsque tout était calme dans la nursery plongée dans la pénombre et qu'il ne lui restait plus pour achever sa journée qu'à endormir son bébé en lui fredonnant une berceuse. Elle avait toujours trouvé que sa voix ne valait pas grand-chose, mais Lily paraissait l'apprécier.

Dans sa folie d'outre-tombe, sans doute était-ce ce qui frustrait le plus Amelia. Ces instants de plénitude et de paix que connaît une mère en endormant son enfant lui avaient toujours été refusés. Elle essaierait de s'en souvenir, se promit Hayley, quand, en présence du fantôme de Harper House, la peur ou la colère la submergeraient. Elle ferait de son mieux pour ne pas oublier ce qu'Amelia avait perdu ou, plus exactement, ce qui lui avait été volé.

Parce qu'elle connaissait toutes les paroles et que Lily s'endormait généralement avant la fin, Hayley se décida pour *Hush, Little Baby*. Elle s'apprêtait à entamer le dernier couplet lorsqu'un mouvement, dans l'encadrement de la porte, la fit sursauter.

Un sourire de Harper, qui l'observait, les bras croisés, appuyé de l'épaule contre le chambranle, suffit à la calmer. Comme s'il s'agissait d'un nouveau couplet de la berceuse, elle fredonna doucement :

— Elle ne voudra pas s'endormir si elle te voit là...

D'un hochement de tête, Harper lui indiqua qu'il avait saisi le message, s'attarda une seconde encore, puis s'éclipsa.

Sans cesser de fredonner, Hayley se leva et alla déposer Lily dans son lit. Lorsque la fillette y fut confortablement lovée avec son chien en peluche, elle murmura en caressant doucement ses cheveux :

— Dors bien, mon ange...

Après avoir allumé la veilleuse et le babyphone, Hayley quitta la chambre en laissant la porte entrebâillée et alla rejoindre Harper sur la terrasse.

— Quel charmant tableau vous formiez, Lily et toi, dans ce fauteuil à bascule... commenta-t-il lorsqu'elle vint s'accouder à la rambarde près de lui. Tu sais que c'est le même dans lequel ma mère nous a bercés nuit après nuit, mes frères et moi ?

— Vraiment ? Voilà pourquoi il fait si bon s'y balancer.

Durant quelques instants, ils se turent pour profiter de la douceur du crépuscule, des dernières lueurs dans le ciel et du chant des premières cigales. Et lorsque Harper mit fin à cette parenthèse en reprenant la parole, ce fut d'une voix ferme qu'il s'exprima.

— Après ce qui vient de se passer, je pense que vous ne devriez pas rester ici plus longtemps, Lily et toi. Tu pourras déménager tes affaires chez Logan et Stella dès demain. Un peu de vacances ne te fera pas de mal...

— Un peu de vacances ? répéta Hayley, interloquée, en tournant la tête vers lui.

— L'expérience prouve que tu n'es pas plus à l'abri d'Amelia à la jardinerie qu'ici.

— Et par conséquent, selon toi, je devrais abandonner mon job ?

— Je n'ai pas dit ça ! Il s'agit juste de vacances...

Harper s'exprimait d'une voix calme et patiente, mais aux oreilles de Hayley, elle paraissait aussi irritante qu'une craie grinçant sur un tableau noir.

— Des vacances...

— Cela te fera du bien, renchérit-il. J'en ai déjà parlé à Roz et à Stella.

— Tu as fait ça ? dit Hayley d'une voix aussi menaçante qu'un grondement de tonnerre. Tu leur en as déjà parlé ?

Harper savait reconnaître une femme sur le point de lui remonter les bretelles, mais il n'était pas homme à reculer.

— Que cela te plaise ou non, c'est la meilleure chose à faire.

— Parce que la meilleure chose à faire, c'est de prendre des décisions à ma place, de les mettre en œuvre dans mon dos, pour venir ensuite me les présenter sur un plateau ?

Hayley se redressa, recula d'un pas, se campa fermement sur ses jambes et croisa les bras sur sa poitrine.

— Tu n'as pas à me dire ce que je dois faire, Harper Ashby ! Et je ne quitterai pas cette maison tant que Roz ne m'aura pas elle-même montré la porte.

— Personne ne te met à la porte ! répliqua-t-il avec impatience. Et je ne vois pas ce que le fait d'aller vivre quelques semaines chez une amie a de si insupportable pour toi...

Rien n'aurait pu rendre Hayley plus furieuse que ses efforts pour lui faire entendre raison.

— Tu ne le vois pas ? Eh bien, je vais te le dire ! C'est insupportable parce que c'est ici que je vis, et que c'est à la jardinerie que je travaille !

— Rien de tout cela n'est remis en cause, rétorqua-t-il. Pour l'amour de Dieu, arrête de faire ta tête de mule !

— Et toi, répliqua-t-elle, cesse de jurer et de m'insulter !

— Mais je ne...

Harper enfouit ses mains au fond de ses poches et fit un effort pour se calmer.

— Tu as dit toi-même qu'Amelia devenait plus agressive et plus forte, reprit-il, un ton plus bas. Pourquoi prendre le risque de rester en son pouvoir, alors qu'il te suffit d'aller vivre à quelques kilomètres d'ici pour que vous soyez à l'abri, toi et Lily ? Cela ne durera que quelque temps...

— Combien de temps ? As-tu décidé de cela aussi ? Jusqu'à quand vais-je être condamnée à me morfondre chez Stella en me tournant les pouces ? Jusqu'à ce que tu aies décrété que nous pouvons revenir ?

— Jusqu'à ce qu'il n'y ait plus de danger.

— Comment sauras-tu qu'il n'y a plus de danger ? Et si Amelia t'inquiète autant, pourquoi ne pas faire tes valises et aller vivre ailleurs, toi aussi ?

— Parce que je...

Gêné, Harper renonça à conclure et détourna les yeux.

— Tu ne l'as pas dit, mais je l'ai lu sur ton visage ! s'exclama Hayley d'un ton triomphant. C'est donc parce que je suis une faible femme que je devrais prendre mes cliques et mes claques et m'enfuir ? Alors que toi, homme sans peur et sans reproche, tu peux rester bien tranquillement ici ?

— Ne me fais pas dire ce que je n'ai pas dit, maugréa-t-il. Je veux juste te savoir en un lieu sûr où je n'aurai pas à m'inquiéter pour toi.

— Personne ne te demande de t'inquiéter ! Ça fait déjà pas mal d'années que je m'occupe très bien de moi toute seule. Et contrairement à ce que tu penses peut-être, je ne suis pas stupide et bornée au point d'ignorer les risques que je cours. En outre, tu sembles oublier que ma présence ici constitue une chance de mettre un terme aux agissements d'Amelia. Roz a pu lui parler parce qu'elle s'est manifestée à travers moi ! La prochaine fois, elle nous fournira peut-être des réponses qui nous permettront de comprendre ce qui s'est passé et de réparer les torts qui lui ont été causés.

Harper faillit s'étrangler d'indignation.

— La prochaine fois ? répéta-t-il. Comment peux-tu dire une chose pareille ? Je veux qu'elle te laisse tranquille ! Je ne peux pas supporter l'idée qu'elle se glisse une nouvelle fois en toi.

— Ce n'est pas à toi d'en décider. Tu me connais mal si tu penses que je suis une dégonflée qui va courir se mettre à l'abri à la première alerte. Croyais-tu vraiment que j'allais obtempérer docilement, ravie de me placer sous la protection de mon seigneur et maître ?

— Arrête ! protesta-t-il avec un claquement de langue agacé. Je ne cherche pas à te dicter ta conduite. Je ne fais qu'essayer de te protéger.

Hayley ne pouvait mettre en doute sa bonne foi. Harper avait même l'air si inquiet et frustré qu'elle se radoucit un peu. Un tout petit peu...

— Ce n'est pas de cette façon que tu y parviendras, répondit-elle. En faisant des plans dans mon dos pour assurer ma sécurité, tu ne réussiras qu'à me braquer contre toi. Même si j'apprécie ta sollicitude...

— Grande nouvelle ! Alors, éloigne-toi juste une semaine, le temps pour moi de...

— Harper... coupa-t-elle en posant la main sur son avant-bras. Il lui a pris son bébé et ça l'a rendue folle. Peut-être le serait-elle devenue de toute façon, mais il lui a donné le coup de pouce qui l'a fait basculer dans la folie. Voilà plus d'un an que je suis mêlée à cette histoire. Je me sens trop impliquée. Il m'est impossible de reculer aujourd'hui et de tout laisser tomber.

Elle baissa les yeux sur le bracelet qu'elle n'avait pu se résoudre à ôter et ajouta :

— D'une manière ou d'une autre, c'est elle qui nous a guidés vers ce bijou. Ce bracelet lui a appartenu, c'est moi qui le porte, et c'est toi qui me l'as offert. Cela signifie forcément quelque chose. Il nous faut découvrir ce que c'est, et nous n'y parviendrons que si je reste ici, avec toi... Mais je suppose que ma réaction ne te surprend pas, ajouta-t-elle. Comment ta mère a-t-elle réagi quand tu lui as dit ce que tu comptais faire ?

Pour toute réponse, Harper haussa les épaules et se retourna vers la rambarde.

— Je m'en doutais, commenta-t-elle avec un sourire amusé. Je suppose que Stella a adopté la même position que Roz ?

— Logan, lui, était de mon avis.

— Voilà qui n'est pas pour m'étonner non plus.

Toute colère enfuie, Hayley le rejoignit et entoura sa taille de ses bras. Avec un soupir de bien-être, elle ferma les yeux et posa sa joue contre son dos. Harper était un homme solide. C'était bon de s'appuyer contre lui.

— J'apprécie l'intention, dit-elle pour mettre un terme à leur différend. Même si je désapprouve la méthode.

— Tu ne bougeras pas d'ici, alors ? demanda-t-il d'une voix maussade.

— Pas d'un pouce. J'imagine que le sang des Ashby, si dilué soit-il dans mes veines, doit avoir laissé quelques traces en moi.

Avec un soupir de frustration, Harper pivota entre ses bras et chercha son regard avant d'ajouter :

— Tu comptes énormément à mes yeux, Hayley. Et tu ne pourras pas m'empêcher de m'inquiéter pour toi.

— Je le sais. Essaie simplement de ne pas oublier que je suis une femme responsable, ne serait-ce que parce que j'ai un enfant, et que je suis suffisamment inquiète pour ne prendre aucun risque inutile.

— Je reste près de toi cette nuit, décréta Harper avec un regard de défi. Je ne transigerai pas là-dessus !

— Tant mieux ! fit-elle en lui caressant la joue. Parce que c'est exactement là que je te veux : près de moi.

Avec un petit rire, elle se pendit à son cou.

— Qui plus est, reprit-elle, si nous faisons ce qu'il faut pour cela, Amelia pourrait fort bien se manifester.

Se hissant sur la pointe des pieds, elle effleura ses lèvres des siennes et murmura :

— Ce serait pour la bonne cause. Un test, en somme. Une sorte d'expérience...

— J'adore les expériences. C'est même ce que je préfère dans mon métier.

Impatiente à présent, Hayley prit Harper par la main et l'entraîna vers la porte-fenêtre.

— Rentrons, dit-elle. Le laboratoire nous attend...

Plus tard, allongés sur le lit défait et tournés l'un vers l'autre dans le noir, ils attendirent d'avoir retrouvé leur souffle pour tirer les conclusions de leur expérience.

— Eh bien, on dirait qu'on ne l'intéresse pas, constata Hayley avec plus de soulagement que de regret.

— Avec un fantôme qui serait plus à sa place dans un asile de fous que dans une maison hantée, renchérit Harper, on ne peut être sûr de rien.

Hayley se lova amoureusement contre lui avant de reprendre :

— Une expérience a besoin d'être répétée avant d'être concluante. Tu es un scientifique, n'est-ce pas ?

— Dans mon genre, oui.

Pour le lui démontrer, il laissa ses mains courir le long de son corps, en une palpation qui n'avait rien de médical.

— Alors, conclut Hayley d'une voix étranglée, autant renouveler l'expérience tout de suite. La science n'attend pas...

12

David retourna la carte dépliée devant lui et suivit le tracé d'une route d'un doigt hésitant.

— J'adore jouer au détective ! s'exclama-t-il. Toi et moi, on est comme Batman et Robin...

— Sauf que Batman et Robin ne sont pas des détectives mais des justiciers, corrigea Harper.

— Tu chipotes... Alors, comme Nick et Nora Charles[1], si tu préfères.

— Ce que je préférerais, c'est que tu m'indiques la route, Nora...

— Ça devrait être à droite dans trois kilomètres.

David laissa retomber la carte sur ses jambes et tourna la tête pour profiter du paysage.

— Comme c'est excitant ! reprit-il. Nous voilà sur la trace du mystérieux bracelet. Mais en supposant que nous découvrions son origine, à quoi cela nous servira-t-il ?

— Comme dirait Mitch, répondit Harper en haussant les épaules, la connaissance, c'est le pouvoir. Ou quelque chose comme ça. En tout cas, je préfère suivre une piste, si incertaine soit-elle, qu'attendre sans

1. Couple de détectives amateurs héros d'une série télévisée américaine des années 60. (*N. d. T.*)

rien faire que quelque chose se passe. Et puisque le joaillier a bien voulu nous révéler que le bracelet provenait de la succession Hopkins...

— Il faut dire que tu as su te montrer persuasif, répondit David en riant. Du grand art ! « Ma petite amie adore ce bracelet, et c'est bientôt son anniversaire. J'aimerais lui trouver un collier assorti. Ce bijou vous a été vendu par la famille Kent, m'avez-vous dit ? » Le brave homme s'est bien évidemment empressé de corriger ton « erreur ». Quant à la magnifique paire de boucles d'oreilles qu'il a essayé de te vendre par la même occasion, tu aurais dû te laisser convaincre. Hayley les aurait adorées.

— Je viens de lui offrir un bracelet, qu'elle a d'ailleurs failli refuser. Ce n'était pas le moment de lui offrir des boucles d'oreilles.

— Au prochain carrefour à droite, indiqua David. Pour ce qui est des boucles, tu n'y connais rien. Un beau bijou est toujours bienvenu.

Après que Harper eut tourné, il ajouta :

— Dans cinq cents mètres environ, tu prendras à gauche, et nous y serons.

Au bout d'une double allée de garage, Harper se gara à côté d'une petite voiture citadine dernier modèle. Puis il coupa le contact et examina les alentours tout en pianotant du bout des doigts sur son volant.

La maison, grande et bien entretenue, se fondait avec bonheur dans un voisinage de demeures anciennes et cossues. De style Tudor, elle était entourée d'un jardin ombragé par un vieux chêne et agrémenté de massifs de fleurs et de plantes qui dénotaient l'intervention d'un professionnel. Quant à la pelouse luxuriante et parfaitement taillée, elle bénéficiait à l'évidence des soins d'une société spécialisée.

— Bon, fit-il. Résumons la situation...

Avec une gourmandise non dissimulée, David s'exécuta.

— Mae Hopkins Ives Fitzpatrick est la seule fille encore en vie d'Ethel Hopkins. Deux fois mariée, deux fois veuve, elle est aujourd'hui âgée de soixante-seize ans. Tu pourrais me remercier de t'avoir déniché si vite ces informations en m'inspirant avec tant de succès des méthodes de Mitch...

— Voyons d'abord si nous parvenons à la convaincre de nous ouvrir et de nous révéler ce qu'elle sait du bracelet. Je te remercierai ensuite.

Délaissant à regret la fraîcheur climatisée de la voiture, ils sortirent dans la fournaise et allèrent sonner à la porte d'entrée. La femme qui vint leur ouvrir quelques instants plus tard avait des cheveux courts et foncés, impeccablement coiffés, et de grands yeux d'un bleu délavé derrière des lunettes cerclées d'or. Pas très grande - guère plus d'un mètre soixante -, elle était vêtue d'un pantalon bleu marine et d'un chemisier blanc. Elle portait un rang de perles autour du cou, de fins anneaux d'or aux oreilles et un saphir à chaque annulaire.

La main posée sur la poignée de la porte moustiquaire, elle les dévisagea avec méfiance.

— Messieurs... dit-elle d'une voix aigrelette. Que puis-je pour vous ? Vous ne ressemblez pas à des représentants de commerce...

— En effet, nous n'avons rien à vous vendre, répondit Harper avec un sourire rassurant. Je m'appelle Harper Ashby. Mon ami s'appelle David Wentworth. Nous aimerions parler, si c'est possible, à Mae Fitzpatrick.

— C'est exactement ce que vous êtes en train de faire.

Un bon héritage génétique – à moins que ce ne soit le scalpel d'un habile chirurgien esthétique – ôtait une bonne dizaine d'années à la vieille dame.

— Ravi de faire votre connaissance, madame Fitzpatrick, reprit Harper en s'inclinant légèrement. Je sais que nous nous imposons chez vous sans nous être annoncés, et je m'en excuse, mais nous aimerions discuter avec vous de...

— Ai-je l'air d'une pauvre folle qui laisse entrer chez elle de parfaits étrangers ? coupa-t-elle sèchement.

Ses yeux, quoique d'un bleu délavé, étaient aussi affûtés que des poignards. Mais en dépit de son bon sens autoproclamé, songea Harper, elle se trompait si elle s'imaginait qu'une simple moustiquaire pourrait la protéger de deux hommes animés de mauvaises intentions.

— Non, madame, répondit-il humblement. Je voudrais simplement vous poser une question à propos d'un...

— Ashby, m'avez-vous dit ?

— Oui, madame.

— Seriez-vous par hasard apparenté à Miriam Norwood Ashby ?

— Oui, madame. C'était ma grand-mère paternelle.

— Je l'ai un peu connue.

— Je ne peux pas en dire autant, hélas.

— Cela ne m'étonne pas. Voici bien longtemps qu'elle n'est plus de ce monde. Si je comprends bien, vous êtes un des fils de Rosalind Harper.

— Oui, madame. Son fils aîné, plus précisément.

— Je l'ai rencontrée une ou deux fois. J'ai même assisté à son mariage avec John Ashby. Vous ressemblez à votre mère, n'est-ce pas ?

— Oui, madame. C'est ce qu'on dit généralement.

Apparemment décidés à disséquer une autre proie, les yeux de Mae Fitzpatrick se portèrent sur David.

— Et si j'ai bien compris, reprit-elle, ce jeune homme n'est pas un de vos frères.

— Je suis un ami de la famille, répondit l'intéressé avec un sourire à faire fondre un iceberg. Je vis à Harper House et je travaille pour Rosalind. Vous vous sentirez peut-être plus à l'aise si vous prenez le temps de lui passer un coup de fil. Nous serons ravis d'attendre ici que vous ayez vérifié nos dires auprès d'elle.

Au lieu de suivre ce conseil, la vieille dame ouvrit la porte moustiquaire pour les laisser entrer.

— J'ai du mal à imaginer que le petit-fils de Miriam Ashby puisse m'assommer pour me cambrioler. Entrez, jeunes gens.

— Merci.

La maison, avec ses parquets cirés miroitants et ses murs couverts d'un crépi vert pâle, était aussi nette et pimpante que sa propriétaire. Celle-ci les conduisit dans un vaste salon meublé dans un style minimaliste et contemporain.

— Puis-je vous offrir une boisson fraîche ? s'enquit-elle.

— Nous ne voudrions pas vous déranger… répondit Harper.

— Servir un peu de thé glacé n'est pas un bien grand dérangement. Installez-vous. J'en ai pour une minute.

— Chapeau ! commenta David lorsqu'elle les eut laissés seuls. Plus de première jeunesse, mais quelle classe…

— La maison ou la maîtresse de maison ?

— Les deux, répondit David en s'installant confortablement dans un canapé moelleux. Heureusement, les noms des Harper et des Ashby restent des sésames efficaces. Notre charme naturel n'aurait pas suffi à nous introduire dans cette demeure.

— Je trouve intéressant qu'elle ait connu ma grand-mère... reprit Harper d'un air songeur. Et qu'elle ait été invitée au mariage de mes parents. Tous ces petits hasards de l'existence... Je me demande si un de ses ancêtres a pu connaître Reginald ou Beatrice.

— Pour qui sait garder l'esprit ouvert, commenta David, le hasard n'existe pas.

— Et vivre avec un fantôme incite à l'ouverture d'esprit...

Comme leur hôtesse revenait avec un plateau, Harper se leva et alla à sa rencontre.

— Laissez-moi vous aider, dit-il. Nous vous sommes très reconnaissants de nous accorder un peu de votre temps et nous allons essayer de ne pas en abuser.

— Votre grand-mère était une personne très estimable, assura Mae en prenant place dans un fauteuil face aux deux hommes. Je n'étais pas très proche d'elle, mais mon premier mari et votre grand-père étaient associés dans une petite affaire d'immobilier, il y a bien longtemps de cela.

Cette évocation parut plonger la vieille dame dans ses souvenirs. L'espace d'un instant, une expression lointaine passa sur son visage, puis elle hocha la tête et conclut :

— Qu'est-ce qui me vaut aujourd'hui la visite du petit-fils de Miriam Ashby ?

— Un bijou qui faisait partie de la succession de votre mère, répondit Harper sans détour.

— Ah, oui ? s'étonna-t-elle, la tête penchée sur le côté.

— Il se trouve que j'ai acquis chez un joaillier de Memphis un bracelet de rubis et diamants qui lui a appartenu, reprit-il.

À ces mots, Mae Fitzpatrick fronça les sourcils.

— Y aurait-il un problème avec ce bracelet ?

— Non, pas du tout. C'est un bijou de toute beauté, que je suis heureux d'avoir pu offrir à ma fiancée. Je suis simplement curieux de connaître son origine, et j'aimerais en savoir plus à son sujet. Selon le joaillier, il daterait de la fin du XIXe siècle. Il est constitué de rubis taillés en forme de cœur et reliés par des diamants.

— Oui, je vois tout à fait de quoi il s'agit. Je l'ai vendu récemment, avec d'autres bijoux de ma mère qui n'étaient pas à mon goût.

Avant de poursuivre, elle prit le temps de siroter quelques gorgées de thé glacé.

— Ainsi, jeune homme, vous vous intéressez à l'histoire de ce bracelet.

— Oui, madame.

— Puis-je vous demander pourquoi ?

— J'ai des raisons de penser, si étrange que cela puisse paraître, que ce bijou – ou un autre lui ressemblant beaucoup – a appartenu à ma famille autrefois.

— Voyez-vous cela ! Très intéressant, en effet. Mon grand-père a offert ce bracelet à sa femme en 1893, en guise de cadeau d'anniversaire de mariage. Une histoire curieuse lui est attachée, que je peux vous raconter – si cela vous intéresse, naturellement…

— Avec plaisir, assura David. Nous vous en serions très reconnaissants.

Mae Fitzpatrick fit passer l'assiette de cookies qu'elle avait apportée et attendit que ses visiteurs se soient servis. Puis, une ombre de sourire sur le visage, elle se recula sur son siège et expliqua :

— Pour tout vous dire, mes grands-parents n'ont pas fait un mariage heureux. Mon grand-père était ce qu'à l'époque, on appelait un vaurien. De l'aveu de sa propre épouse, qui a vécu jusqu'à l'âge avancé de quatre-vingt-dix-huit ans et que j'ai donc bien connue, c'était un joueur invétéré et un coureur de jupons.

Avec une étonnante souplesse pour une femme de son âge, Mae Fitzpatrick se leva et alla chercher sur une étagère une vieille photo encadrée.

— Mes grands-parents, dit-elle en passant le cliché à Harper. Ce portrait date de 1891. Comme vous pouvez le constater, vaurien ou pas, mon grand-père était bel homme.

— Votre grand-mère était une beauté elle aussi, affirma David, qui s'était penché pour observer la photo. Vous lui ressemblez beaucoup.

— C'est exact... Et la ressemblance ne s'arrête pas au physique. J'ai, paraît-il, le même tempérament qu'elle.

Manifestement satisfaite, elle alla remettre le cadre en place et poursuivit :

— Ma grand-mère aimait raconter que les deux plus beaux jours de sa vie avaient été celui de ses noces et celui où elle était devenue veuve. Le premier, parce qu'elle était encore trop jeune pour savoir quelle erreur elle commettait en épousant son mari, le second, douze ans plus tard, parce qu'elle l'était encore suffisamment pour profiter de la vie sans lui.

Ravie du rire par lequel les deux hommes saluèrent cette confidence, elle revint s'asseoir et but son thé glacé avant de reprendre d'un ton de conspiratrice :

— Ma grand-mère, une femme de principes, ne badinait pas avec la morale. Elle n'était cependant pas assez collet monté pour ne pas éprouver quelque fierté des succès remportés par son mari aux tables de jeu, même si elle les lui reprochait.

Reposant son verre sur la table basse, elle s'adossa à son siège et croisa sagement les mains dans son giron.

— Elle m'a souvent raconté comment elle avait appris, une nuit où son mari était en veine de confidences, que ce fameux bracelet n'avait pas été acquis dans les conditions les plus claires... Il aurait été remis à mon grand-père en paiement d'une dette de jeu par un homme qui faisait office de prêteur sur gages – certains disaient même qu'il jouait les receleurs, à l'occasion.

Un grand sourire illumina le visage de la vieille dame lorsqu'elle conclut :

— Cet individu lui aurait raconté en lui donnant ce bijou qu'il avait appartenu à la maîtresse d'un homme riche et puissant. Il aurait été dérobé à cette femme par un de ses serviteurs, après que celle-ci avait été répudiée par son protecteur. Selon ma grand-mère, elle en aurait perdu l'esprit et aurait ensuite mystérieusement disparu. Je me suis toujours demandé si cette histoire était vraie...

De retour chez lui, Harper rejoignit sa mère dans les jardins et s'agenouilla près d'elle pour l'aider à désherber.

— J'ai cru comprendre que tu avais pris un peu de temps libre, aujourd'hui ? dit-elle.

— J'avais quelque chose à faire. Pourquoi ne portes-tu pas ton chapeau ?

— Je l'ai oublié. Je suis sortie juste pour une minute, puis je me suis laissé prendre au jeu.

Harper ôta sa casquette et la lui posa sur la tête. Sa mère le remercia d'un sourire et reprit :

— Tu te rappelles combien tu aimais, autrefois, venir me retrouver après l'école, quand je travaillais dehors ? Tu me racontais tes soucis et tes succès, en m'aidant à désherber ou à planter.

— Je me rappelle surtout que tu avais toujours le temps de nous écouter, moi, Austin ou Mason – quand ce n'était pas les trois à la fois. Comment faisais-tu ?

— Une mère a toujours une oreille pour chacun de ses enfants, comme un chef d'orchestre qui entend le son de chaque instrument au milieu d'une symphonie... Alors, tu avais quelque chose à me dire, mon petit ?

— Tu avais raison, à propos de Hayley.

— Je me fais un devoir d'avoir toujours raison. Peux-tu me rappeler à quel sujet, exactement ?

— Tu disais qu'elle n'accepterait pas d'aller vivre chez Logan et Stella si je lui en donnais l'ordre...

Roz releva la tête pour dévisager son fils, les sourcils haussés sous la visière de sa casquette.

— L'ordre ? répéta-t-elle.

— Ou le conseil, si tu préfères, riposta Harper, agacé. Quelle importance ? Ce qui compte, c'est qu'elle soit en sécurité.

Laissant échapper un rire rauque, Roz tapota gentiment la joue de son fils de sa main terreuse.

— Quel homme tu fais, mon fils ! railla-t-elle.

— Il y a une minute à peine, j'étais ton petit...

— Mon petit est devenu un homme. Parfois, cela m'amuse – comme en ce moment. De temps à autre, cela me surprend. Et plus rarement, il arrive que cela m'agace. Vous êtes-vous disputés, Hayley et toi ? Il ne me semblait pourtant pas que vous étiez à couteaux tirés, ce matin, quand vous êtes descendus main dans la main pour le petit déjeuner.

— Non. Tout va bien. Mais si tu n'aimes pas l'idée que je couche avec elle dans la maison, je m'arrangerai.

— Tu t'arrangeras ? Tu veux dire, pour respecter le sanctuaire qu'est notre demeure familiale et aller coucher avec l'élue de ton cœur ailleurs ?

— Exactement.

— Bien que tu préfères peut-être l'ignorer, j'ai moi-même invité dans mon lit des hommes avec qui je n'étais pas mariée. Harper House n'est pas une cathédrale. C'est notre maison, la tienne comme la mienne. Et si c'est plus simple pour Hayley et toi de passer la nuit sous mon toit, je ne trouve rien à y redire.

Roz abandonna sa tâche un instant et darda soudain sur son fils un œil sévère.

— Sauf si tu ne prends pas les précautions nécessaires, ajouta-t-elle.

Harper n'était plus un adolescent depuis bien longtemps, mais il sentit une fois encore ses épaules s'affaisser et ses joues s'enflammer.

— Je suis assez grand pour acheter mes préservatifs tout seul, maugréa-t-il sans la regarder.

— Heureuse de l'entendre.

— Ce n'est pas ce dont je voulais te parler, de toute façon. Nous avons suivi la piste du bracelet, David et moi, et nous sommes remontés jusqu'à Amelia.

Cette fois, Roz se redressa et s'assit sur ses talons, l'air réjoui.

— Vraiment ? s'exclama-t-elle. Beau travail ! Vous n'avez pas traîné.

— Un peu de réflexion, quelques coïncidences, beaucoup de chance... Ce bijou provient de la succession d'Ethel Hopkins. C'est sa fille qui l'a vendu au joaillier de Memphis chez qui je l'ai trouvé. La fille en question, Mae Fitzpatrick, dit qu'elle te connaît.

— Mae Fitzpatrick ?

Roz ferma les paupières un instant pour se plonger dans le vaste répertoire de ses connaissances.

— Désolée, dit-elle finalement. Ce nom ne m'évoque rien.

— Elle est deux fois veuve. Elle portait un autre nom autrefois. Attends un peu... Ives ?

— Mae Ives... Cela ne me dit rien non plus.

— Elle nous a dit ne t'avoir rencontrée qu'une ou deux fois et avoir assisté à ton mariage.

— C'est intéressant, mais cela ne m'aide pas beaucoup. Ma mère et celle de John avaient invité à nos noces à peu près tout le comté de Shelby...

— Quoi qu'il en soit, voici ce qu'elle nous a raconté...

Assis sur le dallage de l'allée, Harper rapporta en détail à Roz les confidences de Mae Fitzpatrick.

— Intéressant, n'est-ce pas ? murmura-t-elle quand il eut terminé. Tous ces petits riens qui s'additionnent pour faire tenir debout une grande histoire...

Harper acquiesça d'un hochement de tête et considéra sa mère d'un air sombre avant d'ajouter :

— Maman... Je crois que cette femme a tout compris. Son sens des convenances l'a empêchée de nous le dire, mais elle sait que cet homme riche et puissant qui a répudié sa maîtresse avant qu'elle ne disparaisse n'était autre que Reginald. Elle va sûrement en parler autour d'elle.

— Tu trouves cela gênant ? demanda Roz en soutenant tranquillement son regard. Mon chéri, le fait que mon arrière-grand-père ait entretenu des maîtresses et qu'il se soit conduit avec elles comme un salaud est une honte qui ne peut rejaillir que sur lui – pas sur moi, ni sur toi, ni sur aucun de nous. Son comportement ne peut en aucun cas nous être reproché. Et j'aimerais vraiment qu'Amelia finisse par le comprendre, elle aussi.

Roz se remit au travail avant de poursuivre :

— D'ailleurs, à ma demande, Mitch est en train d'écrire sur le sujet. À moins que toi ou l'un de tes frères ne vous opposiez à ce projet, j'aimerais qu'il en fasse un livre.

— Pour quelle raison ? s'étonna Harper.

Avant de lui répondre, Roz se redressa sur ses talons et chercha le regard de son fils.

— Même si cette histoire n'est pas de notre faute, elle relève aujourd'hui de notre responsabilité. Je pense que mettre tout cela sur la place publique serait un bon moyen d'intégrer Amelia dans la famille. Nous devons reconnaître en elle notre aïeule. Que cela nous plaise ou non, c'est d'elle que nous descendons.

— Suis-je pour autant un monstre parce que je veux la voir disparaître, pour qu'elle ne puisse plus faire ce qu'elle t'a fait, ce qu'elle est en train de faire à Hayley ?

— Pas du tout. Cela signifie simplement que tu tiens plus à Hayley et à moi qu'à Amelia.

Sur ces mots, Roz se releva et décréta en s'essuyant les mains sur son pantalon de travail :

— Assez travaillé pour aujourd'hui ! Nous allons finir par nous dessécher si nous restons une minute de plus sous ce soleil. Rentrons nous mettre à l'ombre.

Bras dessus, bras dessous en dépit de la chaleur, ils prirent le chemin de la maison. Au bout d'un instant, Harper s'enquit, les yeux fixés sur la façade :

— Je me suis toujours demandé… Comment as-tu fait pour comprendre que papa était l'homme de ta vie ?

— Quand je l'ai rencontré, j'ai vu des étoiles, répondit Roz en riant. Je te le jure ! Des étoiles… Mais ce n'était encore qu'un prélude. J'ai compris que c'était à la vie à la mort entre nous lors de notre premier rendez-vous. Je m'étais glissée en secret hors de la maison pour le rejoindre. J'ose à peine imaginer ce qui se serait produit si mon père nous avait surpris… Allongés sous un saule, nous nous sommes contentés de bavarder des heures durant. En écoutant ton père parler cette nuit-là, j'ai compris que je ne cesserais jamais de l'aimer. Et c'est effectivement ce qui s'est produit. Quand il est mort, j'ai cru ne plus jamais pouvoir aimer un autre homme. Mais même si je me suis trompée sur ce point, cela n'enlève rien à l'amour que je lui ai porté, que je lui porte toujours. Tu comprends ?

— Je comprends, assura-t-il en se serrant contre elle avec affection. Et pour Mitch ? Comment as-tu su ?

— Je n'étais plus assez jeune et idéaliste pour voir des étoiles… Tout s'est passé plus lentement. Mais ç'a été aussi beaucoup plus effrayant. Mitch m'a fait rire, réfléchir, rêver, trembler parfois. Et à un moment de ce long processus, je l'ai regardé vraiment et j'ai senti mon cœur se réchauffer. Ça m'a d'autant plus surprise que j'avais oublié ce que c'était que de frissonner de joie à la vue d'un homme…

— C'est un homme bon, dit Harper. Et il t'aime. Que tu rentres dans une pièce ou que tu en sortes, il ne te quitte pas des yeux. Je suis heureux que vous vous soyez trouvés.

— Moi aussi.

— Avec papa… De quel saule s'agissait-il ?

— Oh ! C'était un grand arbre magnifique et très vieux, à côté des anciennes écuries.

D'un geste, elle désigna un bâtiment délabré couvert de lierre et précisa :

— John est revenu le lendemain graver un cœur portant nos initiales dans le tronc. Mais la nuit suivante, la foudre est tombée et a fendu en deux le... Ô mon Dieu !

— Amelia, murmura Harper, qui l'avait comprise à demi-mot.

— Je n'y avais jamais pensé avant ce soir, reprit Roz, mais je me rappelle parfaitement qu'il n'y a pas eu d'orage, cette nuit-là. Les hommes chargés d'enlever le tronc s'en sont d'ailleurs étonnés.

— Ainsi, reprit Harper d'une voix chargée de colère, déjà à cette époque, elle ne supportait pas qu'on puisse s'aimer à Harper House...

— Quelle méchanceté, quelle mesquinerie de sa part ! s'écria Roz, bouleversée. J'adorais cet arbre ! J'ai pleuré en regardant les ouvriers le débiter en morceaux...

L'œil rivé à l'élégante façade de la vieille demeure, Harper songea à ce qui s'y cachait depuis plus d'un siècle.

— Toute cette souffrance, dit-il à mi-voix, toute cette haine accumulées et retenues comme par un barrage durant des décennies. De temps à autre, une fissure dans l'édifice en libère un peu. Mais c'est de plus en plus fréquent, de plus en plus violent. Il est inutile de chercher à consolider le barrage. Il s'écroulera tôt ou tard, et malheur à ceux qui se trouveront dessous... Tout ce que nous pouvons faire, c'est essayer de libérer le flot jusqu'à la dernière goutte.

— Comment ?

— Je crois qu'il va nous falloir agrandir les brèches avant de perdre la maîtrise de la situation.

Le crépuscule achevait de tomber lorsque Hayley décida de s'aventurer dans le parc. Lily était endormie, et Roz et Mitch étaient de garde auprès du babyphone. La voiture de Harper était garée à son emplacement habituel. Il devait donc être quelque part sur le domaine, mais où ? Pas chez lui, en tout cas. Elle venait de frapper à sa porte, et en l'absence de réponse, elle avait même glissé la tête par l'entrebâillement pour l'appeler.

Bien sûr, il était libre d'aller où bon lui semblait, se rappela-t-elle pour se raisonner. Mais il avait éveillé sa curiosité en renonçant au dîner sous prétexte qu'il avait quelque chose à faire. Il lui avait précisé qu'il serait de retour avant la nuit, et puisqu'il faisait presque noir, n'était-elle pas en droit de partir à sa recherche ?

En outre, elle adorait se promener dans le jardin entre chien et loup. La lumière déclinante avait sur elle un effet apaisant, et après avoir appris de la bouche de Harper l'histoire du bracelet qu'il lui avait offert, elle avait bien besoin d'un peu de sérénité. Ils allaient finir par obtenir les réponses qu'ils cherchaient. Elle en était certaine, à présent. Mais elle doutait de plus en plus que cela suffise à régler le problème.

Amelia ne renoncerait pas pour autant à ce monde-ci pour passer enfin dans l'autre – si toutefois il existait. Elle avait pris goût au fait de pouvoir se glisser dans un corps vivant. Hayley en avait la certitude, tout comme elle était persuadée que c'était une expérience nouvelle pour Amelia.

Si cela se reproduisait – ou, plus exactement, *quand* cela se reproduirait –, elle ferait en sorte de lutter pour garder plus de contrôle sur la situation. D'ailleurs, inconsciemment, n'était-ce pas dans l'espoir d'avoir à affronter le fantôme qu'elle avait décidé de sortir à cette heure crépusculaire ? Une sorte de défi – « Viens un peu si tu l'oses, garce ! » Elle voulait voir ce qui se passerait et comment elle pourrait résister sans personne autour d'elle pour intervenir.

Mais elle avait beau se concentrer, rien ne se produisait. À son grand dépit, elle restait seule dans sa tête et parfaitement maîtresse d'elle-même...

Elle allait renoncer et rentrer quand, aux abords des anciennes écuries, un bruit régulier l'alerta. Ses bras se couvrirent de chair de poule. Cela ressemblait à... Non, c'était impossible. Son imagination survoltée devait lui jouer des tours.

Et pourtant, cela ressemblait bien au bruit chuintant et répétitif que fait une pelle en s'enfonçant dans la terre pour y creuser un trou... ou, plus exactement, une tombe. N'était-ce pas ce qu'était en train de faire cette silhouette fantomatique dont elle commençait à distinguer les contours dans la pénombre ?

La tombe d'Amelia... L'ultime réponse aux questions qu'ils se posaient ! Selon toute vraisemblance, Reginald avait assassiné son ex-maîtresse pour l'empêcher de nuire et se débarrasser définitivement d'elle, puis il l'avait enterrée là, sur le domaine, en terre non consacrée. Par-delà l'abîme du temps, c'était à une réminiscence de cette scène qu'il lui était donné d'assister. Sans doute était-ce un signe adressé par Amelia afin que ses restes puissent être retrouvés et que son âme en peine ne soit plus condamnée à hanter Harper House.

La gorge serrée, le cœur battant à ses tympans comme un tambour, Hayley contourna le bâtiment enfoui sous les ronces, se rapprochant du lieu où s'accomplissait la sinistre besogne, franchissant la distance qui la séparait de la source de ces bruits macabres, de plus en plus puissants et évocateurs. Elle se glissait derrière un dernier obstacle et se préparait mentalement à découvrir une scène d'horreur lorsqu'elle reconnut dans la pénombre Harper, torse nu, une pelle à la main, qui creusait avec entrain un trou dans le sol.

Avec un soupir de soulagement, elle franchit les derniers mètres qui la séparaient de lui et s'exclama, les poings sur les hanches :

— Harper, pour l'amour de Dieu, qu'est-ce que tu fabriques ? Tu as failli me faire mourir de peur !

Sans lui prêter attention, Harper continua d'enlever des pelletées de terre, qu'il déposait en une pile bien nette à côté du trou. Agacée qu'il l'ignore ainsi, Hayley lui enfonça un doigt dans le dos. La réaction de Harper fut bien plus vive qu'elle ne s'y attendait. Il pivota brusquement sur ses talons, le visage figé et les yeux écarquillés par l'effroi, en brandissant sa pelle avec l'intention manifeste de la lui abattre sur la tête. Reculant d'un pas, Hayley perdit l'équilibre et alla s'affaler lourdement sur le sol, les quatre fers en l'air.

— Bon sang, Hayley ! tonna Harper en sortant de ses oreilles les écouteurs d'un baladeur. Tu m'as fait une peur bleue ! Qu'est-ce qui te prend de surgir ainsi par surprise ?

— Je n'ai pas surgi par surprise ! protesta-t-elle. Je t'ai appelé, mais tu ne m'as pas répondu. Si tu n'écoutais pas ta musique aussi fort, tu entendrais les gens arriver... J'ai cru que tu allais me fracasser le crâne !

Le premier instant de surprise passé, rattrapée par le comique de la situation, Hayley se mit à rire.

— Si tu t'étais vu... gémit-elle entre deux hoquets. Tu avais les yeux comme des soucoupes !

— Cela ne m'explique pas ce que tu fiches ici ! grogna-t-il en lui tendant une main pour l'aider à se relever.

— En t'apercevant dans le noir, j'ai cru assister à une scène du passé – Reginald creusant à la sauvette la tombe d'Amelia.

— Alors, tu as décidé de venir lui donner un coup de main ? railla-t-il.

— Très drôle ! Mais toi, pourquoi diable creuses-tu un trou dans le noir ? Tu plantes un arbre ? s'étonna-t-elle.

Elle venait d'apercevoir près de la fosse creusée par Harper un jeune saule aux racines emmaillotées de toile de jute.

— C'est pour ma mère, expliqua-t-il en ramassant sa pelle.

Tout en se remettant au travail, il lui raconta l'histoire que lui avait rapportée Roz plus tôt dans la soirée.

— Comme c'est touchant ! s'exclama-t-elle quand il eut terminé. Est-ce que je peux t'aider, ou tiens-tu à accomplir ce geste tout seul ?

— Le trou est assez grand, maintenant. Tu peux m'aider à mettre le saule en terre.

— Je n'ai jamais planté d'arbre.

— C'est simple : le trou doit être trois fois plus large que la motte, mais pas plus profond.

En termes simples et précis, joignant le geste à la parole, Harper expliqua à Hayley comment procéder afin de faire en sorte que le jeune arbre dispose des meilleures conditions pour prospérer.

Lorsqu'ils eurent achevé leur tâche, il se redressa et contempla le résultat d'un air satisfait.

— Et voilà, dit-il. Tu as planté un arbre.

Satisfaite elle aussi, Hayley recula d'un pas et lui prit la main.

— C'est magnifique, Harper. Roz sera très touchée. Cet arbre va représenter beaucoup pour elle.

— Il représente beaucoup pour moi également.

Après lui avoir pressé légèrement la main, il se pencha pour ramasser ses outils.

— Il aurait été préférable d'attendre le printemps pour le planter, dit-il, mais je tenais à le faire dès maintenant. Une sorte de pied de nez à Amelia.

— Tu es toujours très en colère contre elle.

— Je ne suis plus un gamin charmé par ses berceuses. À présent, je la vois telle qu'elle est.

Pensive, Hayley secoua la tête et frissonna malgré la douceur de la nuit.

— Je ne crois pas qu'aucun d'entre nous l'ait jamais vue telle qu'elle est, dit-elle. Pas encore.

13

La salle de greffage était pour Harper bien plus qu'un simple lieu de travail. En partie salle de jeu, en partie sanctuaire, en partie laboratoire, c'était un endroit où il pouvait passer des heures, dans une atmosphère saturée de chaleur et de musique, à travailler, expérimenter ou savourer sa solitude d'être humain dans un monde végétal.

Il n'était pas sûr de ne pas préférer la compagnie des plantes à celle de ses semblables. Il n'était pas certain non plus de ce que cela disait de lui, mais peu lui importait. Il avait une passion qui donnait un sens à son existence, et il s'estimait heureux de pouvoir gagner sa vie en exerçant un métier qui le comblait.

Ses frères avaient dû quitter leur foyer pour exercer le leur. Pouvoir rester chez lui pour faire ce qu'il aimait était pour lui un bonheur supplémentaire. Sa maison, son travail, sa famille emplissaient sa vie. Il avait également croisé depuis qu'il était adulte la route d'un certain nombre de femmes dont il avait apprécié le charme et la compagnie.

Mais aucune ne lui avait donné l'envie de passer à la phase suivante de son existence, ce futur indéterminé dans lequel il se voyait à son tour fonder une famille. Sa vision du mariage était directement inspirée du couple parfait qu'avaient formé ses parents. Amour, respect mutuel, dévouement, le tout baigné dans une complicité inaltérable : il ne renoncerait au célibat qu'à ces conditions. Il avait donc apprécié ce qu'avaient à lui offrir les femmes qui avaient croisé sa route, sans pour autant envisager qu'elles puissent être l'amour de sa vie.

Jusqu'à ce que Hayley vienne bouleverser son existence.

Pour ses plantes, il avait choisi ce jour-là du Chopin comme fond musical, tandis que le groupe P.O.D. se déchaînait dans les écouteurs de son baladeur. Il régnait dans la serre un certain désordre, qui pouvait paraître à un œil non averti peu propice à un travail efficace. Mais s'il lui arrivait de temps à autre de ne pas trouver de chaussettes assorties à se mettre aux pieds, Harper avait toujours sous la main l'outil dont il avait besoin.

Comme chaque matin, il commença par aérer ses plants. Quelques minutes à l'air libre suffisaient à venir à bout des traces d'humidité sur les rhizomes. Le risque d'affections fongiques était une préoccupation permanente, mais un excès d'air frais pouvait assécher la greffe et se révéler tout aussi catastrophique. Tout en procédant à cette tâche, il examina soigneusement chaque spécimen, notant le moindre progrès mais aussi toute trace de dégénérescence ou de pourriture.

Ce travail requérait autant de passion que de minutie et de patience. Quand il eut fini, il prit le temps de rentrer quelques notes dans son ordinateur avant de faire de nouveau le tour des plants, pour les recouvrir cette fois. La chaleur moite qui régnait dans la serre recouvrait sa peau d'une pellicule de sueur. Il se promit, plus tard dans la journée, d'aller étudier les iris et les lys d'eau qu'il avait hybridés, histoire de se rafraîchir en piquant une tête dans l'étang. Mais avant d'en arriver à cette récompense, il avait du pain sur la planche.

Après l'album de P.O.D., il eut le temps d'écouter tout un CD de Michelle Branch et de vider une canette de Coca avant d'en avoir terminé avec ses tâches matinales. Puis, abandonnant son baladeur sur son bureau, il emporta avec lui un sac d'outils et sortit vérifier l'état de ses plants de pleine terre.

Quelques clients déambulaient çà et là, examinant les plantes en promotion abritées sous des parasols ou passant d'une serre à l'autre. S'il ne se dépêchait pas de déguerpir, songea Harper, l'un d'eux finirait fatalement par l'aborder. Il ne refusait pas de répondre aux questions des visiteurs ou à leurs demandes de conseils, mais pour l'instant, il avait autre chose à faire.

Il tournait les talons quand il entendit une voix de femme l'interpeller derrière lui. Regrettant de n'avoir pas gardé son baladeur, il se retourna en plaquant sur ses lèvres le sourire commercial de rigueur. La jolie brune qui se hâtait de le rejoindre avait un corps aux courbes alléchantes qu'il avait eu à plusieurs reprises l'occasion de voir nu. Pour l'heure, un short taille basse et un débardeur conçu pour réjouir le regard d'un homme ne laissaient pas ignorer grand-chose de son anatomie.

Quand elle fut devant lui, elle se hissa sur la pointe des pieds avec un rire joyeux, passa les bras autour de son cou et lui donna le plus doux et le plus voluptueux des baisers. Ses lèvres avaient toujours un goût de cerise, et cela également éveillait en lui des souvenirs précis...

Instinctivement, Harper la serra contre lui, avant de reculer d'un pas pour la détailler de la tête aux pieds.

— Dory ! s'exclama-t-il. Quelle surprise ! Comment ça va ?

— Très bien, répondit-elle. Je suis revenue il y a à peine quinze jours. J'ai trouvé un job en ville, dans une boîte de com'. J'en avais ma claque de Miami. À vrai dire, je crois que j'avais le mal du pays...

Sans doute avait-elle changé de coiffure depuis la dernière fois qu'ils s'étaient vus. Les femmes adorent changer de coiffure. Mais puisqu'il n'en était pas tout à fait sûr, il préféra s'en tenir aux généralités.

— Tu as l'air en forme...

— C'est parce que je le suis ! Toi aussi, tu as l'air de tenir la forme. Toujours aussi musclé et hâlé par le grand air. Je voulais t'appeler, mais je n'étais pas sûre que tu vivais encore dans cette charmante petite maison.

— Je n'ai pas déménagé.

— Tant mieux ! J'adore cet endroit. Et ta mère ? Et David et tes frères ? Comment vont-ils ?

— Tout le monde va bien. Maman s'est mariée il y a quelques semaines.

— C'est ce que j'ai entendu dire. Ma mère m'a tenue au courant des potins du pays. J'ai aussi appris que toi, tu ne l'étais pas...

— Que je ne l'étais pas ? répéta-t-il sans comprendre. Ah, marié. Non, non.

Dory laissa courir son index le long de sa poitrine et reprit d'une voix cajoleuse :

— Ça te dirait qu'on rattrape le temps perdu, tous les deux ? Je pourrais revenir ce soir avec quelques plats chinois et une bouteille de vin, comme au bon vieux temps.

— Eh bien, je…

— Ce serait une façon de te remercier de l'aide que tu vas m'apporter, coupa-t-elle. Je voudrais choisir quelques plantes pour décorer mon nouvel appartement. Tu veux bien faire cela pour moi, n'est-ce pas, Harper ?

— Bien sûr ! Je veux dire, je serais ravi de t'aider à choisir quelques plantes. Mais…

— Pourquoi n'irions-nous pas nous mettre à l'ombre ? On étouffe, au soleil ! Tu pourrais me raconter dans les grandes lignes ce que tu as fait pendant mon absence, en gardant le meilleur pour ce soir.

D'autorité, elle lui prit la main et la serra fort dans la sienne en l'entraînant dans son sillage.

— Tu m'as beaucoup manqué, confia-t-elle. Nous avons à peine eu le temps d'échanger quelques mots quand nous nous sommes croisés, l'an dernier. À l'époque, je sortais avec ce photographe… Tu te rappelles ? Je t'avais parlé de lui.

— Oui, répondit-il d'un ton absent. Mais il faut que tu saches…

— Eh bien, tout est fini entre lui et moi. Et je n'en suis pas fâchée ! Comment ai-je pu consacrer une année entière de mon existence à un homme aussi égoïste ? Je ne sais pas comment j'ai pu croire que ça collerait entre lui et moi. Le genre artiste ombrageux, j'en ai soupé !

Passant les bras autour de la taille de Harper, elle glissa ses mains dans les poches arrière de son jean, vieille habitude qui éveilla de nouveaux souvenirs en lui.

— Tu m'as vraiment manqué, tu sais… reprit-elle d'un ton câlin. Et toi ? Tu es heureux de me revoir, Harper ?

— Naturellement ! Mais pour tout te dire, Dory... je sors déjà avec quelqu'un.

— Oh, je vois... murmura-t-elle en faisant la moue. Et c'est sérieux, entre vous ?

— Oui, ça l'est.

— D'accord.

Avant de retirer ses mains, Dory les laissa s'attarder dans les poches de Harper quelques secondes encore.

— Je suppose que je ne dois pas m'étonner de ne pas te retrouver célibataire, dit-elle en lui donnant une tape sur les fesses. Vous vous connaissez depuis longtemps ?

— Oui, assez longtemps. Mais cela fait relativement peu de temps que nous... sommes ensemble.

— Tant pis pour moi ! conclut-elle avec une grimace. J'aurais dû revenir plus tôt. Mais nous sommes toujours amis, n'est-ce pas ?

— Nous l'avons toujours été.

— C'est vrai. Je crois que c'est ce qui m'a manqué avec Justin, le photographe. Nous n'avons jamais été vraiment amis, tous les deux. Et nous ne l'étions plus du tout quand nous nous sommes séparés... Rien à voir avec toi. Je disais encore à une amie, il n'y a pas longtemps, qu'aucun homme ne m'avait plaquée avec autant de classe et de gentillesse que toi.

Avec un petit rire guilleret, elle se hissa une nouvelle fois sur la pointe des pieds et déposa un baiser léger sur ses lèvres avant de conclure :

— Tu es une véritable perle, Harp. Ta petite amie a bien de la chance.

À peine s'était-elle écartée de lui que Hayley, comme par un fait exprès, franchit la double porte en verre du magasin et se dirigea droit sur eux.

— Désolée, j'espère que je ne vous dérange pas ! lança-t-elle d'une voix trop aiguë. Puis-je vous être utile, mademoiselle ?

— Ne vous embêtez pas pour moi, répondit Dory en glissant son bras sous celui de Harper. Je n'y connais rien en plantes, alors je me suis adressée directement au spécialiste…

— Je te présente Dory, intervint Harper. Nous avons fait nos études ensemble.

— Vraiment ? reprit Hayley avec un grand sourire figé. Il ne me semble pas vous avoir déjà vue ici, Dory…

— Je suis restée absente un long moment. Je viens juste de revenir de Miami. Nouveau boulot, nouveau départ – vous savez ce que c'est.

Sans se départir de son sourire mécanique, Hayley acquiesça d'un hochement de tête.

— Et comment… murmura-t-elle.

— Bref, je me suis dit que je ferais bien de rendre une petite visite à Harper, histoire de reprendre contact et de choisir quelques plantes pour décorer mon appartement. Tu ne vas pas en revenir quand tu le verras, Harp ! Rien à voir avec le placard à balais que je louais autrefois à l'extérieur du campus.

— Difficile de ne pas faire mieux, grogna-t-il. T'es-tu débarrassée de ce maudit futon ?

— Je l'ai brûlé !

Prenant Hayley à témoin, Dory crut bon d'ajouter :

— Harp avait cette chose en horreur… Il voulait même m'offrir un vrai lit, mais je n'avais qu'une pièce minuscule, et il fallait que je puisse replier mon futon. Dès que nous étions plus de trois, cela virait presque à l'orgie !

— C'était le bon temps ! lança Harper, ce qui fit rire Dory.

— Tu ferais mieux de me montrer tout de suite ce que je dois prendre, reprit-elle. Sinon, je suis capable de te tenir la jambe toute la journée.

— Alors, je vous laisse entre vieilles connaissances ! dit Hayley en tournant brusquement les talons.

Elle parvint tant bien que mal à se remettre au travail, mais fit en sorte de ne pas se trouver derrière la caisse au moment où Dory vint régler ses emplettes choisies par Harper. Cela ne l'empêcha malheureusement pas d'entendre la jeune femme éclater de rire à tout bout de champ – d'un rire particulièrement agaçant, de son point de vue. Du coin de l'œil, elle remarqua que Harper, penché vers elle, ne cessa pas de lui sourire durant l'enregistrement des achats. Tout comme elle remarqua que ces deux-là éprouvaient les plus grandes difficultés à ne pas se toucher pour un oui ou pour un non.

Aussi, lorsque Harper souleva le carton de plantes en pots pour raccompagner sa vieille amie à sa voiture, Hayley éprouva-t-elle le besoin irrésistible d'aller vérifier l'approvisionnement des étagères qui jouxtaient la porte d'entrée. Elle arriva à temps pour voir s'unir les lèvres des deux tourtereaux, brièvement mais pour un baiser d'adieu des plus intenses.

Harper fit un signe de la main à son amie en la regardant s'éloigner, puis longea le bâtiment d'un air dégagé, comme s'il n'était pas le plus infâme salaud que la terre ait jamais porté. Pire encore, ce rustre avait le culot de ne pas se cacher pour faire ses sales coups et de lui infliger en direct le triste spectacle de sa duplicité !

Mais elle n'allait pas en faire un drame pour autant, décida-t-elle en s'efforçant de dominer sa colère. Tout comme elle n'irait certainement pas lui infliger dans les parties le bon coup de pied qu'il méritait ! Tout juste allait-elle sortir pour voir si un client n'avait pas besoin de ses services à l'extérieur. Et si par hasard son chemin venait à croiser celui de Harper...

Elle était presque à mi-chemin de la salle de greffage lorsqu'elle aperçut Harper dans le champ où il effectuait ses plantations en pleine terre. Elle le rejoignit alors qu'il se penchait pour examiner les plants de magnolias qu'elle l'avait aidé à greffer des semaines auparavant. En la voyant approcher, il lui lança un bref regard assorti d'un sourire satisfait.

— Viens voir ! lança-t-il gaiement. Cela prend bonne tournure. Encore une ou deux semaines, et nous pourrons enlever le ruban de greffage.

— Si tu le dis.

— Je crois que nous aurons aussi quelques beaux spécimens d'arbres fruitiers à la prochaine saison, ajouta-t-il en se redressant. T'ai-je montré les poiriers que j'ai réussi à obtenir – les variétés naines ?

— Non. Ton amie a-t-elle fini par trouver ce qu'elle cherchait ?

— Mmm ? Oh, oui !

À grands pas, il gagna à l'autre extrémité du champ le coin des arbres fruitiers. Les poings serrés au fond de ses poches, Hayley le suivit.

— Je n'en reviens pas de la simplicité du processus, dit-il d'un air absent, en examinant la ramure des jeunes arbres. Comme porte-greffe, j'ai utilisé du pyrus communis de trois ans d'âge. Pour être sûr d'obtenir une belle forme, il faut espacer convenablement les rameaux greffés.

— Et en matière de belle forme, tu t'y connais... As-tu passé tout ce temps avec Dory pour lui expliquer les subtilités du greffage ?

— Hein ? Quoi ?

Surpris, Harper s'était retourné vers elle et la considérait sans paraître comprendre où elle voulait en venir.

— Ce genre de chose ne l'intéresse pas du tout, reprit-il. Elle est dans les relations publiques.

— Publiques ou même très privées, d'après ce que j'ai pu constater...

— Comment ?

— J'ai failli vous suggérer d'aller prendre une chambre, poursuivit-elle d'un ton acerbe. La jardinerie est un lieu public, au cas où tu l'aurais oublié.

Cette fois, il en resta bouche bée.

— Mais... qu'est-ce que tu racontes ? protesta-t-il au bout d'un instant. Nous ne faisions rien de... Nous étions juste...

— La porte du magasin est en verre, Harper ! Je vous ai vus vous bécoter de manière indécente. Si tu veux mon avis, tu ne te grandis pas en infligeant ce spectacle à tes collègues et à tes clients. Mais comme tu es le boss, j'imagine que tu te crois autorisé à n'en faire qu'à ta tête...

Les poings sur les hanches, Harper vint se camper face à elle et lança avec une hargne égale à celle de Hayley :

— Je ne suis pas le boss. C'est ma mère qui l'est. Quant à Dory et moi, nous n'avons rien fait de mal. Nous sommes de vieux amis, et nous ne faisions que...

— Vous ne faisiez que vous dévorer des yeux, coupa Hayley, vous toucher, vous embrasser à bouche que veux-tu et prendre sans doute rendez-vous pour de futurs tête-à-tête ! Libre à toi de te conduire en public de manière si offensante et si peu professionnelle. Mais que tu aies en plus le culot de le faire sous mes yeux, ça dépasse les bornes !

— Tu aurais préféré que je le fasse dans ton dos ?

Hayley le foudroya du regard et laissa libre cours à sa fureur.

— Laisse-moi juste te dire une bonne chose, Harper… Va te faire foutre !

Préférant en rester à cette conclusion qui lui donnait le dernier mot, Hayley pivota sur ses talons. Mais lorsqu'elle voulut s'éloigner, il l'en empêcha en lui saisissant le bras et lui fit faire volte-face d'une brusque traction. Il n'avait plus du tout l'air de débarquer, remarqua-t-elle distraitement. À présent, il avait l'air d'un homme sur le point de commettre un meurtre de sang-froid.

— Nous n'étions pas en train de flirter ni de prendre rendez-vous ! lança-t-il d'une voix grondante.

— Ah, oui ? Tu me rassures ! Moi qui avais cru vous voir vous embrasser sur la bouche…

— J'ai embrassé Dory parce que c'est une vieille amie, une femme que j'estime, et que je ne l'avais pas vue depuis longtemps. Je l'ai embrassée en toute amitié, ce qui n'a rien à voir avec un baiser comme celui-ci, par exemple…

Sans ménagement, il l'attira contre lui, la saisit par les cheveux de manière à lui faire basculer la tête en arrière et écrasa ses lèvres contre les siennes. Ce ne fut pas un de ces baisers doux et langoureux qu'il avait l'habitude de lui donner. Ce fut le baiser vengeur et sans merci d'un homme furieux.

Hayley, le premier instant de surprise passé, tenta de se débattre pour se libérer. Mais il la maintenait si fort contre lui qu'il lui fut impossible de lui échapper. Enfin, il la relâcha, avec autant de brusquerie que lorsqu'il l'avait enlacée.

— Voilà ! lança-t-il d'une voix rageuse. Voilà comment j'embrasse une femme qui n'est pas qu'une amie pour moi !

— Tu t'imagines avoir le droit de me traiter comme ça ?

— Et toi ? Tu t'imagines avoir le droit de me jeter à la tête des accusations sans fondement ? Je ne trompe personne et je ne mens jamais ! Et je n'ai aucunement l'intention de m'excuser de ma conduite. Si tu veux en savoir davantage sur les relations que j'entretiens avec Dory ou avec n'importe qui d'autre, alors pose-moi des questions sensées ! Mais ne viens pas m'accuser sans me laisser une chance de m'expliquer.

— Je vous ai vus...

— Tu as sans doute vu ce que tu voulais voir. C'est ton problème, Hayley, pas le mien. À présent, j'ai du boulot. Si tu veux en reparler, ce sera en dehors des heures de travail.

Sur ce, il s'écarta et se dirigea à grandes enjambées vers l'étang, ne laissant d'autre choix à Hayley que de foncer avec une égale détermination dans la direction opposée.

— Ensuite, il a eu le culot de faire comme s'il n'avait rien à se reprocher et de rejeter tous les torts sur moi !

Les mains croisées derrière le dos, Hayley faisait les cent pas sur la véranda de Stella pendant que Lily, sur la pelouse, courait en riant derrière Parker. Ravi de l'aubaine, le chien de la maison se prêtait de bonne grâce à ce petit jeu.

— À l'entendre, reprit Hayley d'une voix sourde, je ne serais qu'une espèce de malade folle de jalousie à l'esprit mal tourné. Comme si je n'avais pas de raisons légitimes de me plaindre ! Comme si je ne l'avais pas vu faire des mamours à cette femme !

— Il y a une minute, intervint Stella, tu disais que c'était elle qui lui faisait des mamours.

Avec un claquement de langue agacé, Hayley précisa sèchement :

— L'un ne valait pas mieux que l'autre. Et quand je suis sortie, il n'a même pas eu la décence de paraître embarrassé ou nerveux, alors qu'il savait pertinemment que j'avais dû voir toute la scène... Il a eu le culot de faire comme s'il n'avait rien à se reprocher !

Bonne copine avant tout, Stella se garda bien de faire remarquer à son amie qu'elle se répétait.

— Écoute, dit-elle d'une voix raisonnable, cela fait déjà un petit bout de temps que nous connaissons Harper, toutes les deux. Ne penses-tu pas, justement, qu'il aurait été troublé si tu l'avais surpris en train de faire quelque chose de répréhensible ?

La mine renfrognée, Hayley secoua la tête d'un air têtu.

— C'est parce que je ne représente rien pour lui, lâcha-t-elle d'un ton amer. Ou pas suffisamment, du moins, pour lui donner des remords...

— Arrête ! protesta Stella. Tu sais que ce n'est pas vrai.

— Cela paraît vrai, gémit Hayley en se laissant glisser sur la première marche de la véranda. En tout cas, c'est ce que je ressens.

Stella vint s'asseoir près d'elle et lui entoura les épaules d'un bras amical.

— Je sais, ma douce. Je sais que cela t'a fait souffrir. Et j'en suis désolée pour toi.

— Mais lui, il s'en fiche !

— Je suis sûre que non. Peut-être as-tu réagi ainsi à cause des sentiments que tu éprouves pour lui ?

— Stella... Il l'a embrassée !

— Il lui est arrivé de m'embrasser aussi.

— Ce n'est pas la même chose, et tu le sais bien.

— Écoute, reprit Stella d'un ton patient, je ne suis pas en train de lui chercher des excuses à tout prix, mais j'essaie de te faire comprendre que tu as peut-être mal interprété la situation. Je me base pour dire cela sur ce que je sais de Harper et sur sa réaction telle que tu me l'as décrite.

— Tu penses que j'exagère ?

— Je pense que si j'étais toi, j'y regarderais à deux fois avant de tirer des conclusions définitives.

— Ils ont couché ensemble... gémit Hayley d'une voix amère, avant de s'empresser de préciser : Je sais... C'était avant, et avant c'est avant, bla-bla-bla, bla-bla-bla. Mais si tu l'avais vue ! Elle est si... mignonne. Un corps de rêve, de grands yeux sombres, exotiques. Et puis, elle a ce je-ne-sais-quoi, ce truc qui attire les hommes comme des mouches... Oh, zut !

— Tu vas aller parler à Harper, n'est-ce pas ?

— Je pense que je n'ai pas le choix.

— Tu veux que je garde Lily ?

— Non.

Hayley laissa échapper un long soupir et ajouta :

— C'est bientôt l'heure de son dîner, et si je l'emmène avec moi, nous n'en viendrons pas à crier l'un sur l'autre.

— Très bien. Tu peux m'appeler pour me dire comment ça s'est passé, si tu veux. Tu peux aussi revenir ici si tu préfères. J'ouvrirai la boîte de Ben & Jerry's.

— Étant donné le moral des troupes, je risque de lui faire un sort à moi toute seule...

Hayley tenait Lily par la main lorsqu'elle frappa à la porte de l'ancienne remise à voitures. Harper n'était pas sorti de la douche depuis longtemps, remarqua-t-elle quand il vint lui ouvrir. Mais si ses cheveux humides le rendaient séduisant, sa mine renfrognée n'ajoutait pas à son charme et en disait long sur son état d'esprit.

— J'aimerais te parler.

Elle avait prononcé ces mots plus sèchement qu'elle ne l'aurait souhaité. Pour les adoucir, elle ajouta un ton plus bas :

— Si je ne te dérange pas.

Sans lui répondre, il se baissa afin de soulever Lily, qui s'était déjà accrochée à sa jambe. En l'emmenant vers la cuisine, il lui dit avec une gentillesse qui contrastait avec la rudesse de son accueil :

— Salut, jeune fille... Viens voir ce que j'ai en réserve pour toi.

D'une main, il fouilla habilement dans un placard, en tira deux saladiers en plastique, prit dans un tiroir une grande cuillère en bois, puis déposa Lily sur un tapis avec sa batterie improvisée.

— Tu veux boire quelque chose ? demanda-t-il à Hayley en se redressant.

— Non, merci. Je voulais juste te demander...

— Moi, je vais prendre une bière, coupa-t-il. Puis-je servir un peu de lait ou de jus de fruits à Lily ?

— Je n'ai pas apporté son gobelet.

— Pas grave. J'en ai un.

Surprise et attendrie qu'il ait pris la peine d'acquérir cet ustensile, Hayley sentit sa détermination fléchir.

— Un peu de jus de fruits lui fera plaisir, dit-elle. Dilué dans de l'eau minérale.

— Je sais. Je t'ai déjà vue faire.

Harper prépara le gobelet de Lily, le lui tendit, se servit une bière et en avala une longue gorgée.

— Alors ? dit-il enfin en prenant appui contre le mur.

— Je voulais te demander… commença Hayley. Non. Je voulais te dire que j'ai conscience qu'officiellement, rien ne nous engage l'un envers l'autre. Mais faire l'amour est déjà une forme d'engagement, selon moi. Un engagement assez fort pour que je me sente blessée de voir l'homme qui partage mon lit flirter avec une autre femme.

Harper la dévisageait d'un air pensif. Il but une nouvelle gorgée de bière avant de répondre :

— Si tu avais commencé par là, tu ne m'aurais pas mis en colère ni insulté comme tu l'as fait. Quoi qu'il en soit, je ne peux que te répéter que si je flirtais avec Dory, ça ne portait pas à conséquence.

Les poings serrés, Hayley sentit son irritation atteindre de nouveaux sommets.

— Si tu sautes sur toutes les femmes comme…

— Je ne lui ai pas sauté dessus ! Méfie-toi, car je ne vais pas tarder à me sentir de nouveau insulté. Si tu tiens tant à savoir ce qui s'est passé entre nous, il suffit de me le demander.

— Je déteste être placée dans cette situation.

— Et moi donc ! Si tu préfères, nous pouvons en rester là. Je me suis passé de déjeuner, et il va bien falloir que je finisse par avaler quelque chose.

— Comme tu voudras.

Décidée à partir, Hayley se dirigea vers Lily. Se ravisant *in extremis*, elle se tourna vers lui et demanda :

— Pourquoi te montres-tu si dur avec moi ?

— Et toi ? Pourquoi ne me fais-tu pas confiance ?

— Je vous ai vus ! s'exclama-t-elle avec indignation. Elle avait passé ses bras autour de ta taille et glissé ses mains dans tes poches pour te peloter les fesses ! Tu n'avais pas l'air de vouloir lui échapper...

— D'accord ! Un point pour toi, la parole à la défense... Quand nous étions ensemble, c'était quelque chose qu'elle avait l'habitude de faire, et j'avoue que je n'ai pas su tout de suite comment réagir. J'étais en train de réfléchir à la meilleure façon de lui dire que nous ne pouvions reprendre notre relation où nous l'avions laissée. Je ne lui avais pas encore annoncé que j'avais rencontré quelqu'un d'autre et que je n'avais que mon amitié à lui offrir.

— Combien de temps t'a-t-il fallu pour le lui dire ?

— Le temps qu'il faut à un homme qui se fait peloter les fesses pour retrouver ses esprits !

Hayley ouvrit la bouche pour protester, mais y renonça en le voyant froncer les sourcils d'un air menaçant.

— Je m'y suis peut-être mal pris, reprit-il, je ne l'ai sans doute pas fait assez vite, mais je le lui ai dit, Hayley. Juste avant que tu ne franchisses cette porte pour nous rejoindre.

— Avant ? Mais... tu n'as même pas eu l'air embarrassé de me voir. Et tous les deux, vous étiez tellement...

À court de mots, elle agita vaguement la main en l'air avant de conclure :

—... touchants ! Et rien ne t'obligeait à l'embrasser sur la bouche quand tu l'as raccompagnée à sa voiture.

Harper plissa les yeux.

— Ôte-moi d'un doute, dit-il en la dévisageant. Nous aurais-tu espionnés, par hasard ?

— Non ! Enfin, si... Et alors ?

— Dommage que tu n'aies pas pu pousser plus loin tes investigations. Si tu avais eu le temps de poser des micros, tu nous aurais épargné cette conversation.

Hayley accueillit le reproche sans broncher.

— Si c'est ce que tu attends, grogna-t-elle, je ne compte pas m'excuser pour ma conduite.

Ils s'affrontèrent quelques secondes du regard avant que Harper ne riposte d'une voix ferme :

— Moi non plus ! Mais je peux m'expliquer sur ce que tu me reproches. D'abord, pour quelle raison aurais-je dû paraître embarrassé ? Je ne faisais rien de mal et n'avais donc aucune raison de me sentir coupable. Ensuite, Dory est une femme adorable. Elle est très proche des gens, très chaleureuse. Sans doute est-ce pour cela qu'elle est douée pour les relations publiques. C'est vrai, je l'ai embrassée quand je l'ai raccompagnée. Et je l'embrasserai sans doute de nouveau la prochaine fois que nous nous verrons, parce que Dory est une femme que j'aime bien. Nous partageons une histoire commune. Nous nous sommes rencontrés au lycée, nous sommes allés à l'université ensemble. Nous avons été amants pendant toute une année – alors que nous étions étudiants, Hayley, c'est-à-dire il y a une éternité. Lorsque nous avons cessé de l'être, nous sommes restés amis. Et si tu parviens à surmonter ta jalousie, tu finiras sans doute par devenir amie avec elle, toi aussi.

— Je n'aime pas être jalouse. Je ne l'ai jamais été, et je déteste ça !

— Tu n'as aucune raison de l'être. Si tu avais pu surprendre notre conversation lorsque j'ai raccompagné Dory à sa voiture, tu l'aurais entendue dire qu'elle espérait nous inviter tous les deux dès que possible chez elle, afin de faire plus ample connaissance avec toi. Elle a ajouté qu'elle était d'autant plus contente de m'avoir revu que j'avais l'air heureux. Je lui ai dit à peu près la même chose, et nous nous sommes quittés – oui, c'est vrai ! – sur un baiser d'adieu.

— C'est juste que… bredouilla Hayley. Vous aviez l'air d'un vrai couple.

— Nous n'en sommes plus un. Un couple, c'est ce que nous formons, toi et moi. C'est ce que je ressens. C'est ce que je veux. Je ne sais pas ce que j'ai pu faire pour que tu doutes à ce point de moi.

— Tu ne m'as jamais dit…

Sans la laisser achever sa phrase, Harper la rejoignit et encadra son visage entre ses deux mains.

— Je ne désire aucune autre femme que toi, Hayley. Tu es la seule. Est-ce suffisamment clair pour toi ?

— Oui.

Posant sa main sur celle de Harper, Hayley tourna la tête de manière à lui embrasser la paume.

— Le malentendu est-il dissipé ? s'enquit-il.

— Il me semble.

— Dans ce cas, je peux te répéter à présent ce que Dory m'a dit quand tu nous as laissés pour regagner le magasin. Elle m'a donné un petit coup de poing dans le bras et elle a lancé : « Elle est plus grande que moi, plus mince aussi, et elle a des cheveux fabuleux. » Qu'est-ce que vous avez, vous autres femmes, à toujours préférer les cheveux des autres ?

D'un geste de la main, Hayley balaya la question.

— Laisse tomber, tu ne peux pas comprendre. Elle a dit autre chose ?

— Oui. Elle a conclu en disant que si elle devait se résoudre à me voir dans les bras d'une autre, il fallait au moins que ce soit dans ceux d'une femme comme toi. Je n'en suis pas sûr, mais ce doit être un compliment typiquement féminin.

Hayley acquiesça d'un hochement de tête.

— Dans la bouche d'une ex, je dois reconnaître qu'il s'agit d'un fameux compliment. Oh, zut ! Voilà que je me sens coupable… Pire encore, j'ai l'impression que je vais finir par l'aimer, cette Dory.

Après avoir fait la moue un instant par principe, elle laissa un sourire radieux éclairer son visage et conclut :

— Je pense que j'y survivrai. Mais je ne suis toujours pas prête à m'excuser, à cause de ses mains sur tes fesses. En revanche, je peux nous préparer à dîner.

— Marché conclu ! Et pour que tu ne sois pas dérangée, ajouta-t-il en se baissant pour prendre Lily sous son bras, j'emmène ce jeune troll à côté pour un bon chahut !

Hayley les regarda sortir de la cuisine en souriant.

Comme par un coup de baguette magique, le petit nuage noir qui s'attardait au-dessus de sa tête s'était dissous. Se pouvait-il que la vie reprenne aussi rapidement son cours normal ? Oui, décida-t-elle, puisque la confiance était revenue.

Alors que des grognements d'ours suivis des cris de terreur ravie de Lily s'élevaient dans le salon, elle alla examiner le contenu du réfrigérateur. Il ne lui fallut qu'un coup d'œil pour répertorier l'approvisionnement typique du célibataire : bière, sodas, eau minérale, une cuisse de poulet ratatinée sous Cellophane, deux œufs et ce qui ressemblait vaguement à un bout de fromage. Pitoyable…

Un tout autre spectacle l'attendait dans le congélateur, rempli à ras bord de plats cuisinés étiquetés avec soin. Ce cher David… songea-t-elle avec un sourire ému. Elle aurait aimé impressionner Harper en lui mitonnant un bon petit plat, mais pour ce soir, il lui faudrait se contenter d'accommoder les restes.

« Qui donc est pitoyable, dans l'histoire ? demanda alors une mesquine petite voix en elle. Il lutine une autre femme sous ton nez, et tu t'empresses de passer l'éponge. Et comme si cela ne suffisait pas, tu t'abaisses à jouer les servantes en lui préparant son dîner ! Voilà ce que sont les femmes aux yeux des hommes : des domestiques tout juste bonnes à contenter leurs appétits, à table comme au lit ! Il te ment, comme mentent tous les hommes. Tu préfères le croire parce que tu es faible et naïve. Mais tu dois lui faire payer ce qu'il t'a fait. Tôt ou tard, ils devront tous payer… »

— Non ! lança Hayley d'une voix ferme devant la porte ouverte du congélateur. Ces pensées ne sont pas les miennes. Je ne veux aucune de ces saloperies dans ma tête !

— Tu disais ? lança Harper depuis le salon.

— Rien, répondit-elle tranquillement. Rien du tout.

En faisant son choix dans le large éventail des talents culinaires de David qui lui était offert, Hayley songea qu'il n'y avait effectivement rien à ajouter, rien à regretter, rien à reprocher.

Avec les moyens du bord, elle allait s'arranger pour leur préparer un bon petit dîner qu'ils mangeraient ensemble. En amoureux. Mieux encore : en famille.

Tous les trois. Rien que tous les trois.

14

Harper se sentait si bien qu'il finissait par en concevoir une sourde inquiétude. Ils dînaient tranquillement dans la cuisine, Lily dans la chaise haute qu'il avait récupérée à Harper House, Hayley et lui de part et d'autre de la table. La conversation était enjouée et agréable, et c'était précisément ce qui le rendait nerveux.

Plus le temps passait, plus leur relation s'approfondissait, plus se nouaient entre eux des liens solides. Cela inquiétait-il aussi Hayley, sous ses airs insouciants, ou ne faisait-il que projeter sur elle sa propre inquiétude ?

Ce repas pris en commun après une journée de travail paraissait si normal ; il lui semblait si naturel de rire avec elle des derniers exploits de Lily... Pourtant, un sentiment plus grave se mêlait à tant d'insouciance : l'envie de ne pas se quitter, puisqu'ils étaient si bien ensemble.

— Je me disais que je pourrais te montrer comment procéder à quelques hybridations, déclara-t-il au terme d'un long silence pensif, s'il n'y a pas trop de monde demain à la jardinerie.

— J'ai déjà eu un aperçu de cette technique, répondit fièrement Hayley. Roz m'a montré comment faire sur des gueules-de-loup.

— Là, il s'agirait de créer une nouvelle variété de lys – quelque chose de petit et de rose, en hommage à Lily.

Le visage de Hayley s'illumina d'une joie enfantine.

— Oh... Harper ! Ce serait fantastique !

— Je songe à un rose profond, rehaussé de quelques traces de rouge, parce que le rouge est ta couleur.

— Arrête... Tu vas me faire pleurer.

— Quand tu auras investi énormément de temps sur des hybrides qui auront tous été des échecs, c'est effectivement ce qui risque de t'arriver. Dans ce domaine, il ne faut pas s'attendre à une récompense instantanée...

— Je serais quand même ravie d'essayer.

— Alors, nous nous y mettrons dès demain.

Puis, se tournant vers Lily, il ajouta gaiement :

— Qu'en penses-tu, ma chérie ? Tu aimerais avoir une fleur à ton nom ?

L'intéressée saisit entre deux doigts un haricot qu'elle laissa résolument tomber sur le sol.

— Je crois qu'elle préfère les fleurs aux légumes verts ! plaisanta Hayley en se levant. C'est sa façon de nous signifier qu'elle n'a plus faim. Au bain, maintenant !

— Je peux m'en occuper, si tu veux.

En riant, Hayley fit basculer le plateau de la chaise haute et s'étonna :

— Tu as déjà donné son bain à un bébé ?

— Non, mais ça ne doit pas être bien compliqué. Il suffit de remplir la baignoire, de la mettre dedans, de lui tendre le savon pour qu'elle se lave et d'aller boire une bière en attendant qu'elle ait terminé.

En voyant Hayley écarquiller les yeux avec horreur, il lui parut nécessaire d'ajouter :

— Rassure-toi, je plaisante.

Après avoir ôté la ceinture de sécurité de la chaise haute, il prit habilement la fillette dans ses bras et dit à son intention :

— Ta maman pense que je suis incapable de te donner ton bain… Nous allons lui montrer !

— Tu es sûr que…

En quittant la pièce, Harper énuméra à voix haute :

— Pas plus de vingt à trente centimètres d'eau, chaude mais pas bouillante, ne jamais lui tourner le dos, ne pas la quitter des yeux, etc.

Par-dessus son épaule, Lily eut le temps d'adresser à sa mère un petit signe d'adieu.

Confiante mais prudente malgré tout, Hayley alla par trois fois s'assurer d'un coup d'œil discret que tout se passait bien dans la salle de bains. Et quand elle eut terminé de ranger la cuisine, elle retrouva Lily dans le salon, en train de déambuler, fraîche et rose dans sa couche. Certains hommes avaient un don naturel pour s'occuper des enfants. Harper, décida-t-elle, devait être l'un d'eux.

— Et maintenant ? s'enquit-il en regardant Lily jouer. Qu'y a-t-il d'autre au programme de cette demoiselle ?

— Habituellement, je la laisse jouer encore une petite heure. Ensuite, je lui lis une histoire – enfin, la plupart du temps, un morceau d'histoire, car elle tombe de sommeil avant la fin.

Dardant sur lui un œil suspicieux, elle demanda :

— Harper… Tu n'en as pas marre de nous avoir sur le dos ?

— Pas du tout. J'espère même que vous allez rester. Je pourrais aller chercher son lit parapluie et l'installer dans la chambre d'amis. Ainsi, nous l'entendrions si elle se réveille. Et tu pourrais rester près de moi.

Il prit les mains de Hayley dans les siennes, les porta à ses lèvres et ajouta :

— Je veux que cette nuit soit à nous.

Hayley tourna la tête, distraite par le bruit que faisait sa fille en fouillant dans un coffre en bois, et la vit en extraire quantité de voitures et de véhicules miniatures en tous genres.

— D'où viennent ces jouets ? s'étonna-t-elle.

— Ils étaient à moi, répondit-il, un peu gêné. Dans certains domaines, je suis assez conservateur...

Elle n'avait aucun mal à se représenter Harper enfant, s'amusant aux petites voitures avec force bruits de bouche, comme sa fille était en train de le faire à cet instant.

— Oh, Harper... reprit-elle d'une voix brisée par l'émotion. C'est si dur !

— Si dur de quoi ?

— De ne pas tomber raide dingue amoureuse de toi.

Harper garda le silence un long moment, avant de la saisir par les avant-bras pour l'attirer à lui.

— Et alors ? demanda-t-il d'une voix douce. En quoi cela serait-il gênant ?

— Je n'en sais rien, avoua-t-elle en détournant le regard. Tout est si confus, si compliqué... Nous sommes ensemble depuis quelques semaines à peine, et pourtant, il me semble que cela fait des mois. Le problème, c'est que je ne sais pas ce que tu attends de cette relation.

— Je suis en train de le découvrir.

— Tant mieux pour toi, mais que se passera-t-il si je finis par t'aimer et que tu t'aperçois finalement que ce qui te branche, c'est six mois de nouba au Belize plutôt qu'une relation sérieuse ? Je ne suis pas seule.

Je dois prendre Lily en considération. Je ne peux pas…

— Hayley, coupa-t-il, si j'étais du genre à être tenté par une nouba de six mois au Belize, je pense que je m'en serais déjà rendu compte.

— Ne finasse pas, s'il te plaît ! Tu comprends ce que je veux dire.

— OK ! Alors, à ton tour, mets-toi à ma place une seconde. Et si je tombe amoureux de toi, moi aussi, et que tu décides finalement de retourner vivre avec Lily à Little Rock pour y ouvrir ta propre jardinerie ?

— Je ne pourrais jamais…

D'un geste impérieux de la main, il la fit taire et reprit :

— Bien sûr que si, tu le pourrais ! Ce risque, c'est celui que prennent tous ceux qui se décident à rompre leur solitude et à s'engager dans une relation sentimentale. Ce risque, c'est celui de tomber amoureux de quelqu'un qui ne l'est pas de toi. Et rien ne pourra te prémunir contre ça.

— Morale de l'histoire ? fit Hayley d'une voix coupante. Ne pas s'emballer, prendre les choses telles qu'elles se présentent et profiter de chaque jour sans faire de plans sur la comète ?

— Cela semble la conduite la plus raisonnable, en effet.

— Et si je n'ai pas envie d'être raisonnable ? riposta-t-elle. Et si je te disais, là, tout de go, que je t'aime, que je suis raide dingue amoureuse de toi, comment réagirais-tu ?

— Comme tu me l'annonces sur ce ton, j'ai un peu de mal à te répondre…

Exaspérée, Hayley leva les bras au ciel et s'exclama :

— Sur quel ton voudrais-tu que je te le dise ? Je suis en train de t'avouer que je t'aime, et toi, tout ce que tu trouves à faire, c'est de me conseiller de ne pas m'emballer et de ne pas faire de plans sur la comète !

Harper se considérait comme un homme pondéré. Il y avait une raison à cela. Sachant à quel point ses accès de colère pouvaient être dévastateurs, il faisait en sorte de les garder soigneusement sous contrôle. Aussi était-il surpris d'être tombé sous le charme d'une femme au tempérament diamétralement opposé, dont l'humeur était aussi imprévisible que la course erratique d'une bille dans un flipper. Sans doute fallait-il y voir la preuve, songea-t-il, que l'amour n'obéissait à aucune logique.

— Au lieu de monter sur tes grands chevaux, dit-il d'une voix posée, tu ferais mieux de m'écouter. J'ai dit que ce serait la conduite la plus raisonnable à tenir, mais puisque je suis moi-même raide dingue amoureux de toi, elle ne me plaît pas non plus.

— Tu m'offres la plus romantique des soirées, continua Hayley sur sa lancée, tu fais tout pour que je m'attache à toi, tu te conduis comme un père avec Lily, tu veux même créer une fleur à son nom, et moi, je suis censée rester de marbre et profiter de chaque jour sans arrière-pensée ? Qu'est-ce que tu comptes faire, Harper, quand...

Brisée dans son élan, Hayley se tut et écarquilla les yeux.

— Qu'as-tu dit ? murmura-t-elle dans un souffle.

— Je viens de te dire que je t'aime, répondit-il avec un sourire satisfait. Mais je peux te le redire, si tu veux...

Elle n'aurait rien eu contre, mais Lily vint à cet instant s'accrocher à ses jambes pour lui montrer un rutilant camion de pompiers.

— Il est magnifique, ma chérie... dit-elle en se baissant pour se mettre à son niveau. Et si tu essayais de le faire rouler ?

Imitant maladroitement le bruit d'une sirène, Lily partit à quatre pattes faire rouler le véhicule à travers la pièce.

— Tu ne dis pas ça parce que je me suis énervée ? fit Hayley en se redressant.

— Tu vas finir par me vexer, prévint-il d'un ton égal qui démentait ses propos. Je ne suis pas du genre à dire à une femme que je l'aime simplement parce que je lui tape sur les nerfs... En fait, je n'ai jamais rien dit de tel à aucune femme, parce que ce sont des paroles qui ont un certain poids pour moi. Des paroles qui engagent. Tu es donc la première à entendre de ma bouche une telle déclaration.

— J'ai besoin d'être sûre... insista-t-elle, l'air gêné. Tu ne dis pas ça non plus parce que tu t'es attaché à Lily ?

— Hayley ! protesta-t-il en levant les yeux au plafond. Tu veux vraiment me mettre hors de moi ?

— Je retire ce que j'ai dit ! s'empressa-t-elle de corriger en agitant les mains devant elle. C'est juste que... je suis si heureuse que je ne sais plus où j'en suis !

Avec un rire joyeux, elle noua les bras autour de son cou et plongea son regard dans le sien avant d'ajouter :

— J'ai eu tellement peur ! L'espace d'un instant, je me suis vue, dans quelques mois, à la place de Dory... Si cela devait ne plus marcher entre nous, Harper, je jure que je ne pourrais jamais rester amie avec toi !

Après avoir déposé sur ses lèvres un baiser léger, elle conclut :

— En fait, si ça devait ne pas marcher entre nous, je crois que je t'en voudrais toute ma vie.

— Ça me va, puisque j'en ai autant à ton service.

Hayley soupira longuement et ferma les yeux en posant la joue contre son épaule.

— Et maintenant ? demanda-t-elle. Que faisons-nous ?

— Puisque c'est une première pour moi, répondit-il, je vais avoir besoin d'un peu de temps pour m'y faire… Mais dans l'immédiat, je propose que nous jouions un peu avec Lily. Et quand tu l'auras mise au lit, je pourrai enfin te mettre dans le mien…

— J'aime ce programme.

Une douce musique accueillit Hayley lorsqu'elle rejoignit Harper dans sa chambre, après avoir couché Lily. De la part d'un homme qui vivait avec les écouteurs d'un baladeur constamment glissés dans les oreilles, cela n'avait rien d'étonnant. Ce qui l'était davantage, c'étaient les chandelles qu'il avait disposées de-ci de-là dans la pièce, alors que la nuit tombait à peine, et les bouquets de fleurs qui la décoraient.

— Lily dort ? s'enquit-il en la regardant venir à lui.

— Comme une masse. Elle n'a jamais de problème pour s'endormir. Ce qui est moins évident pour elle, c'est de ne pas se réveiller au cours de la nuit.

— Dans ce cas, profitons du répit qu'elle nous offre.

D'un geste plein de douceur, Harper fit courir ses mains le long des bras de Hayley, avant de les laisser glisser contre ses flancs.

— J'aime faire l'amour avec toi… murmura-t-il en la fixant droit dans les yeux. J'aime te caresser. Te regarder quand je te caresse. J'aime voir ton corps bouger en rythme avec le mien.

— Tu es sûr de ne pas confondre amour et luxure ? s'inquiéta-t-elle à mi-voix.

Du bout des lèvres, Harper dessina le contour du menton de Hayley et susurra contre son oreille :

— Je sais ce que c'est que la luxure. C'est ce que tu m'as inspiré pendant des mois. Et toi ? N'es-tu pas uniquement attirée par mon corps d'apollon ?

Hayley tourna la tête de manière à ce que leurs lèvres se touchent.

— Non, répondit-elle contre sa bouche. Plus maintenant.

— J'ai si souvent rêvé de toi... confessa-t-il d'une voix rauque. Je t'ai imaginée cent fois nue devant moi. Je me suis rendu fou en nous imaginant tous les deux au lit. Et te voilà enfin toute à moi...

Hayley enlaça le cou de Harper et se laissa porter dans ses bras jusque sur son lit.

— Tu es parfaite, reprit-il en explorant le corps alangui offert à ses caresses. Tu es même plus que parfaite pour moi...

À travers le tissu de son tee-shirt, il titilla entre le pouce et l'index les pointes durcies de ses seins. Hayley se cambra sur le matelas avec un gémissement de plaisir. Puis il entreprit de la déshabiller avec une savante lenteur, et lorsqu'elle en eut fait autant avec lui, il n'y eut plus rien pour séparer leurs peaux brûlantes de désir.

Tandis qu'elle lui rendait baiser pour baiser, caresse pour caresse, Hayley eut la confirmation qu'il y avait bien plus entre eux qu'une simple passion charnelle. Une joie profonde se mêlait à leur excitation, aussi légère et grisante que les bulles d'une flûte de champagne.

Une certitude avait tout changé entre eux : il l'aimait autant qu'elle l'aimait. Harper n'était pas qu'un amant aux mains habiles, au corps de rêve, au tempérament de feu. Il était amoureux d'elle, et cela changeait tout pour elle. Aucun cadeau n'aurait pu avoir plus de valeur à ses yeux.

Submergé par le désir autant que par l'émotion, Harper sentait son cœur battre à tout rompre dans sa poitrine. Jamais il n'aurait imaginé qu'elle le bouleverserait à ce point, cette sensation qui le prenait au cœur autant qu'aux tripes. Il était amoureux, et rien de ce qu'il avait vécu auparavant ne pouvait se comparer à cette expérience nouvelle. Cette femme, dont le corps ondulait en rythme avec le sien, qui répondait avec tant d'ardeur à ses baisers et à ses caresses, partageait avec lui la force de cet amour tout neuf. Jamais le monde ne lui avait paru plus beau.

Grisé par l'odeur et le goût du corps de Hayley sous ses lèvres, il se rendit à peine compte que l'obscurité progressait autour d'eux. Dehors, dans le pommier, sous la fenêtre ouverte, un engoulevent lança son cri. À l'intérieur, l'air surchauffé résonnait des soupirs de Hayley.

Sous la caresse habile et exigeante de sa langue au plus intime de son être, il la sentit se cabrer et gravir peu à peu la pente du plaisir. Parvenue au sommet, elle sombra dans l'oubli de l'orgasme en murmurant son nom, encore et encore.

Ravi, Harper se laissa retomber de tout son long sur le lit. L'instant d'après, Hayley roula sur lui et le chevaucha. Dans la lumière dorée des bougies, il vit son visage rayonner de la plénitude qui suit l'extase. Avec un petit gémissement étouffé, elle fondit sur ses lèvres et s'en empara pour un baiser passionné qui lui arracha un murmure de désir. Puis, s'emparant de son sexe palpitant, elle le guida en elle, et le murmure de Harper se transforma en râle de jouissance.

— Ça te plaît, hein ? susurra-t-elle d'une voix grinçante. Les hommes ne vivent que pour ça !

Le changement était radical. Il s'était produit en un clin d'œil, comme sur un claquement de doigts, en même temps qu'un froid glacial envahissait la pièce.

Tétanisé, Harper se souleva sur les coudes et contempla Hayley en secouant la tête.

— Non ! s'écria-t-il en tentant vainement de se dégager. Non...

— Ne dis pas le contraire, reprit-elle de la même voix hideuse et vulgaire. Comme tous les hommes, tu ne vis que pour conquérir, pénétrer, posséder...

— Stop !

Tout en parlant, elle roulait vigoureusement des hanches, et le plaisir se mêlait en Harper à un sentiment d'horreur nauséeuse. Il tenta de l'agripper par la taille pour l'arrêter, sans succès.

— Peu t'importe ce qu'il te faut dire pour parvenir à tes fins, n'est-ce pas ? Belles paroles, mensonges, promesses... Tout ce qui compte pour toi, c'est qu'elle finisse par t'ouvrir les cuisses et que tu puisses t'enfouir en elle !

C'était bien le corps de Hayley qui s'agitait avec fougue au-dessus du sien, mais ces yeux qui étincelaient d'une lueur vicieuse n'étaient pas les siens, et ce n'était pas elle non plus qui débitait ce chapelet d'insanités.

Celle qui avait pris possession du corps de la femme qu'il aimait éclata de rire et poursuivit avec la même joie mauvaise :

— Dois-je te faire jouir tout de suite, maître Harper, ou préfères-tu prolonger le plaisir ? Je suis bien en selle, et je peux te chevaucher jusqu'à ce que...

Dans un sursaut d'énergie et de volonté, Harper parvint à la repousser suffisamment pour que leurs corps se séparent.

— Laisse-la tranquille ! cria-t-il. Tu n'as aucun droit sur elle !

— J'ai autant de droits sur elle que toi, mon mignon ! Bien plus, même... Nous sommes semblables, elle et moi. Semblables...

— Certainement pas ! Hayley ne choisira jamais la voie de la facilité comme tu l'as fait. Elle est forte, courageuse, droite et honnête...

— J'aurais pu l'être, moi aussi.

Dans les yeux qui n'étaient plus tout à fait ceux de Hayley, la tristesse et le regret éclipsèrent un instant le vice et la méchanceté.

— Mais je sais bien mieux qu'elle ce qu'il est possible de faire de ce corps, reprit l'affreuse voix.

Le prenant par surprise, elle se pressa langoureusement contre lui et lui glissa à l'oreille d'explicites suggestions érotiques.

Envahi par la nausée, Harper l'agrippa par les épaules et la secoua violemment.

— Hayley ! supplia-t-il d'une voix pressante. Tu es plus forte qu'Amelia ! Ne la laisse pas te faire ça...

Et bien que ce fût toujours une autre qui le regardait à travers les yeux de Hayley, bien que ses lèvres fussent froides sous les siennes, il l'embrassa avec toute la douceur et la tendresse dont il était capable.

— Je t'aime, Hayley ! reprit-il à mi-voix, tout contre sa bouche. Je t'aime... Reviens à toi, je t'en prie.

Il sut qu'il avait de nouveau affaire à elle à la seconde où elle fut de retour. Il la serra dans ses bras et la maintint contre lui en lui caressant doucement les cheveux.

— Harper... gémit-elle, terrifiée.

— Tout va bien, à présent, dit-il d'une voix apaisante.

— Elle était... Ô mon Dieu ! Ce n'était pas moi. Je ne voulais pas dire ces choses affreuses. Harper...

Le réconfort n'était pas ce dont elle avait le plus besoin en cet instant, comprit-il. Serrant son visage entre ses mains, il plongea son regard au fond du sien et lança d'un air farouche :

— Elle ne compte absolument pas ! Il n'y a que toi et moi ici. C'est toi que je désire...

Il dévora de baisers passionnés le visage de Hayley, tandis que ses mains partaient en exploration le long de son corps, jusqu'à y ramener la vie qui lui avait été volée durant quelques minutes.

— Juste toi et moi ! répéta-t-il.

Allongé au-dessus d'elle, il enlaça ses doigts aux siens et la fixa intensément en plongeant en elle d'un coup de reins.

— Regarde-moi ! ordonna-t-il. Reste avec moi...

L'amour constituait leur meilleure arme contre Amelia. La chaleur de la passion aurait raison du froid glacial d'outre-tombe. Unis l'un à l'autre, ils triompheraient de la mort. Amoureux et vivants.

Longtemps après qu'ils eurent fait l'amour, alors que la tête de Harper reposait sur son ventre et que le chant des engoulevents avait cédé la place à celui des cigales, Hayley resta incapable de prononcer un mot. Il se passait tant de choses en elle qu'il lui était impossible de dissocier la peur de la colère et la colère de la honte.

Après avoir déposé un baiser sur sa peau, Harper se leva en disant :

— Je vais nous chercher un peu d'eau. J'en profiterai pour jeter un coup d'œil à Lily.

Hayley dut s'empêcher de le retenir, de le supplier de ne pas la laisser seule, même pour un instant. Une telle attitude aurait été stupide et déraisonnable. Elle ne pouvait vivre sous surveillance en permanence. En outre, elle n'aurait pas supporté que Harper guette la moindre de ses réactions de crainte qu'Amelia ne se glisse de nouveau en elle.

Elle s'assit à la tête du lit, entoura ses jambes de ses bras et posa le front sur ses genoux. Et quand il revint s'asseoir à côté d'elle, elle préféra rester dans cette position plutôt que d'avoir à affronter son regard.

— Harper... dit-elle d'une voix défaite. Je ne sais pas quoi te dire.

— Tu n'as pas à te sentir coupable, assura-t-il, comme s'il lisait en elle à livre ouvert. Tu n'es pas responsable de ce qui est arrivé. En plus, tu es parvenue à la chasser.

— Je n'arrive pas à croire que tu m'aies embrassée alors qu'elle était en moi.

— Tu aurais préféré que je la laisse triompher ? Que je l'écoute sans broncher me débiter ses saloperies ?

La fureur à peine contenue qui perçait dans la voix de Harper incita Hayley à redresser la tête.

— Tu étais... en moi quand c'est arrivé, dit-elle avec un frisson d'horreur rétrospective. C'est... c'est effrayant.

— À qui le dis-tu ! renchérit-il en lui tendant la bouteille d'eau qu'il avait rapportée. Et plus qu'un peu incestueux en ce qui me concerne... Seigneur Jésus ! Je donnerais cher pour ne pas avoir connu mon arrière-arrière-grand-mère de si près.

Réprimant un nouveau frisson, Hayley lui rendit la bouteille.

— Je ne sais pas si ça peut te réconforter, reprit-elle, mais il ne me semble pas qu'elle te voyait sous cet angle. Pour elle, c'était avec Reginald qu'elle réglait ses comptes. Tout a commencé alors que j'étais encore secouée par les contrecoups de l'orgasme. Et puis... au plaisir s'est mêlée une rage noire. Ensuite, tout s'est embrouillé, et j'ai en quelque sorte perdu prise sur moi-même. C'était comme s'il y avait simultanément toi et moi, elle et lui. J'étais si déboussolée que je ne maîtrisais plus rien. Puis je t'ai entendu dire que tu m'aimais, tu m'as embrassée, et j'ai pu me reprendre.

Harper posa la bouteille sur le sol et entoura d'un bras réconfortant les épaules de Hayley.

— Elle a essayé de nous utiliser, conclut-il, mais nous ne l'avons pas laissée faire. Ça va aller, maintenant.

Hayley n'aurait pas demandé mieux que de le croire, mais même lorsqu'ils se recouchèrent et que Harper la serra fort contre lui, l'inquiétude continua de la tenailler.

Mitch avait un don surnaturel pour deviner tout incident impliquant Amelia, fût-il survenu dans un lit entre Harper et Hayley. Au moins Harper pouvait-il se féliciter de n'avoir à rendre compte des événements qu'entre hommes. Si sa mère devait être mise au courant, mieux valait qu'elle le soit par son beau-père que par lui.

— Combien de temps cela a-t-il duré ? s'enquit Mitch d'une voix toute professionnelle.

— Une minute ou deux, peut-être. Cela m'a paru bien plus long, sur le coup, mais en fait, cela n'a pas dû dépasser cette durée.

— Et elle ne s'est pas montrée violente ?

— Non. Mais tu sais...

Avant de pouvoir poursuivre, Harper dut faire une pause. Il s'absorba dans la contemplation des portraits anciens disposés sur le bureau de la bibliothèque pour se ressaisir.

— Un viol, reprit-il, n'a pas besoin d'être violent pour être un viol. C'est exactement ainsi que je considère ce qui m'est arrivé : une sorte de viol, quelque chose du genre : « C'est moi qui gagne tant que je te tiens par la queue... »

— Voilà qui correspond bien au profil que nous avons établi, commenta Mitch en prenant quelques notes. Dans sa folie, rien ne semble pouvoir arrêter Amelia – pas même les liens du sang. Tu dois être encore sous le choc...

Harper hocha la tête d'un air sombre. Il s'efforçait de surmonter cette expérience atroce, mais il ne pouvait ignorer ce goût de cendre, dans sa bouche, et la nausée qui s'attardait au creux de son ventre.

— Combien de temps encore va-t-on devoir endurer ça ? demanda-t-il. Qu'avons-nous besoin d'apprendre de nouveau à son sujet avant de pouvoir mettre un terme à cette folie ?

Mitch réfléchit un instant avant de répondre d'un air pensif :

— J'aimerais pouvoir te le dire. Nous connaissons son nom, ses origines familiales. Nous savons qu'elle est votre ancêtre directe, à toi et à Roz. Nous savons que son enfant lui a été enlevé sans son consentement – à moins qu'elle n'ait changé d'avis après avoir accepté de l'abandonner. Nous supposons qu'elle est venue ici, à Harper House, et qu'elle y est morte. Peut-être franchirons-nous un pas décisif quand nous connaîtrons les circonstances de sa mort. Mais c'est sans garantie.

En retournant travailler, Harper songea qu'il avait vécu jusqu'alors sans trop de garanties. Il n'avait que sept ans lorsque son père était mort, ce qui l'avait privé des gages de sécurité qu'offre une famille traditionnelle. Son métier lui-même le poussait en permanence à expérimenter, à prendre des risques calculés. Avancer dans l'existence sans aucune garantie n'était donc pas pour lui faire peur. Mais les choses étaient plus compliquées dès lors qu'il en allait de la sécurité de la femme qu'il aimait...

Il y songeait encore lorsqu'il découvrit Hayley en train d'arroser des plates-bandes à l'extérieur. Vêtue du short et du tee-shirt qui constituaient l'uniforme estival de l'équipe de Côté Jardin, elle avait coiffé une casquette publicitaire aux armes de la jardinerie et semblait bien trop triste et mélancolique à son goût.

— Salut ! lança-t-il gaiement.

En la voyant sursauter violemment, Harper comprit qu'elle n'était pas absorbée par sa tâche, mais qu'elle avait la tête ailleurs.

— Bon sang ! Tu m'as fait peur...

— Voilà ce qui arrive quand on rêvasse au boulot. À propos de boulot, si tu le veux bien, nous allons pouvoir nous lancer dans cette expérience d'hybridation dont je te parlais hier.

— Tu y tiens toujours ?

— Naturellement ! Pourquoi aurais-je changé d'avis ?

— Après ce qui s'est passé cette nuit, je me disais que tu voudrais peut-être prendre un peu de recul.

D'un geste, Harper écarta le tuyau d'arrosage et se campa devant elle pour déposer sur ses lèvres un baiser.

— Apparemment, dit-il, tu t'es trompée.

— Apparemment oui. Tant mieux pour moi.

— Rejoins-moi quand tu en auras terminé ici. J'ai déjà prévenu Stella que je t'enlevais pour une demi-heure.

En attendant Hayley, Harper prépara avec soin les outils et les plants dont ils auraient besoin. Puisqu'il ne serait pas seul et ne pourrait utiliser son cher baladeur, il glissa dans le lecteur de la minichaîne un CD de Loreena McKennitt. Cela lui convenait parfaitement, et ses plantes n'y trouveraient rien à redire.

Il sortait du réfrigérateur une canette de Coca au moment où Hayley fit son entrée. Il en prit donc une deuxième et la lui tendit.

— Je suis tellement excitée à l'idée de faire cette expérience ! déclara-t-elle en la décapsulant.

— Dis-moi tout ce que tu sais sur le sujet.

— D'abord, il faut choisir, en quelque sorte, un père et une mère. Deux plantes qui peuvent être différentes ou du même… Comment dit-on, déjà ?

— Du même genre.

— C'est ça ! Il s'agit donc de féconder l'une des plantes avec le pollen de l'autre. Un peu comme dans le cas de la reproduction humaine, en somme…

— Pas mal…

Harper s'approcha d'une des tables de travail et expliqua en désignant les différents éléments qu'il y avait rassemblés :

— Comme plante mère, nous allons utiliser cette variété miniature de lys, que nous allons féconder avec le pollen de cette variété panachée. Tu vois, j'ai pris soin dès la floraison de la protéger par un filet pour que les insectes pollinisateurs ne viennent pas interférer dans notre expérience.

— Cela fait donc un bon moment que tu penses à cette hybridation…

— Oui. En fait, depuis le jour où Lily est née.

Troublée par cette précision, Hayley éprouva quelques difficultés à se concentrer sur les explications détaillées que lui fournissait Harper tout en travaillant. Il suffisait de le regarder procéder aux différentes phases de l'hybridation avec une minutie de chirurgien pour constater l'amour des plantes qui l'animait. Mais elle ne pouvait faire abstraction du fait que c'était par amour d'une enfant qui ne lui était rien qu'il se donnait toute cette peine depuis des mois.

— Voilà, conclut-il en achevant sa délicate tâche. Reste à surveiller tout cela de près. Il s'écoulera sans doute une semaine avant que ne se produise le gonflement ovarien – si l'opération d'aujourd'hui est un succès.

— Le gonflement ovarien... répéta rêveusement Hayley. Cela me rappelle quelque chose.

Tout en remettant un peu d'ordre sur la table de travail, Harper sourit et reprit :

— Deux semaines de plus, et la cosse devrait se former. Il faudra ensuite un bon mois pour que les graines arrivent à maturité. Elles seront à point quand le sommet de la cosse se craquellera.

— Ça aussi, ça me rappelle quelque chose.

— Arrête... protesta-t-il avec une grimace. Le jour où ça s'est produit pour toi, j'étais plutôt vert !

Harper alla prendre place devant son ordinateur et tapa rapidement quelques notes.

— Quand les graines seront prêtes, poursuivit-il tout en pianotant sur son clavier, nous les planterons. Mais pas avant la fin de l'automne. Je préfère que la germination se produise au printemps.

— Nous les planterons dehors ?

— Non. Bien au chaud et à l'abri, à l'intérieur, dans le terreau spécial de maman. Il faudra toute une année avant que se produise la floraison et que nous découvrions ce que nous avons obtenu.

— Heureusement pour moi, je n'ai pas eu à subir une grossesse de deux ans...

— Oui. Pour vous, les femmes, neuf petits mois, et on n'en parle plus. Autant dire une bagatelle.

— Essaie un peu, et on en reparlera.

— Chacun son rôle... Dans ce domaine-là aussi, je suis assez conservateur. Avec un peu de chance, certains des lys qui fleuriront conserveront les caractéristiques de leurs deux parents. Et si nous n'obtenons pas précisément le résultat voulu, il faudra recommencer toute l'opération.

— Autrement dit, il pourrait s'écouler des années avant qu'on arrive à quelque chose.

— La patience est le meilleur outil du jardinier.

— J'aime ce dicton. Et j'aime cette idée... En plus du frisson né de l'attente, il y a la surprise finale : tu n'obtiendras peut-être pas ce que tu avais en tête, mais quelque chose de différent, qui sera aussi beau, sinon plus.

— Voilà qui est bien parlé.

Laissant la table de travail derrière elle, Hayley rejoignit Harper près de l'ordinateur.

— Je te remercie de m'avoir fait partager ce moment, reprit-elle. Ça m'a changé les idées. Je ruminais des idées noires, tout à l'heure, quand tu es venu me trouver. Je n'arrive pas à me sortir de la tête ce qui s'est passé cette nuit.

— Je te l'ai déjà dit : ce n'est pas de ta faute et tu n'as rien à te reprocher.

— Je le sais. Mais au fond de moi, dans cette partie inaccessible à la raison, je ne peux m'empêcher de craindre que plus rien ne soit comme avant entre nous, désormais. J'ai peur que tu te sentes mal à l'aise avec moi et que, de mon côté, je reste nerveuse. J'ai peur que la chance que nous avons eue de tomber amoureux ne soit gâchée.

Du plat de la main, Harper tapota le banc de bois sur lequel il était assis. Après un instant d'hésitation, Hayley vint l'y rejoindre.

— Tu n'as pas à t'en faire pour ça, assura-t-il en passant un bras autour de sa taille. Pour moi, rien n'a changé.

Hayley laissa sa tête reposer contre son épaule.

— Merci, dit-elle. Ça me fait du bien de l'entendre.

— Je voulais te dire... J'ai raconté à Mitch ce qui s'est passé.

— Aïe ! fit-elle en grimaçant. Mais je suppose qu'il fallait en passer par là, et je préfère que ce soit toi qui l'aies fait. Ça n'a pas été trop difficile ?

— Non. Juste un peu étrange. Nous avons passé pas mal de temps à en parler en évitant de nous regarder dans les yeux.

— Je préfère ne pas y penser ! décréta Hayley. Je crois que cela vaut mieux.

Elle redressa la tête, déposa un baiser sur ses lèvres et conclut :

— Je ferais mieux de retourner au travail pour lequel on me paie. À ce soir !

Hayley passa le reste de la journée sur un petit nuage et se surprit plus d'une fois à fredonner. Stella, lorsqu'elle vint à passer près d'elle, s'en aperçut et s'exclama gaiement :

— Eh bien ! On dirait que l'hybridation t'a plu...

— C'était super !

— Tant mieux. Tu me paraissais un peu tristounette, ce matin.

— Je n'ai pas bien dormi, cette nuit.

D'un rapide coup d'œil, Hayley vérifia que personne n'était assez proche pour l'entendre et ajouta :

— Nous sommes amoureux !

Radieuse, elle dessina dans les airs un cœur avec ses deux index.

— Moi et Harper, insista-t-elle. Tous les deux...

— Tu parles d'une nouvelle ! Cela fait un moment que je suis au courant, figure-toi.

Tout en continuant à mettre en rayon des sachets de terre de bruyère, Hayley éclata de rire.

— Je veux dire que nous nous le sommes avoué l'un à l'autre ! précisa-t-elle. En bonne et due forme...

— Je suis heureuse pour toi, répondit Stella en la prenant dans ses bras. Sincèrement.

— Je serais moi aussi parfaitement heureuse sans...

D'un nouveau coup d'œil circulaire, Hayley s'assura qu'elles étaient toujours seules et, à mi-voix, raconta à son amie les événements de la nuit.

— Mon Dieu ! s'exclama Stella quand elle eut terminé. Comment te sens-tu ?

— Beaucoup mieux que cette nuit, même si le seul fait d'y penser continue à me retourner l'estomac. Je ne sais pas comment nous avons fait pour surmonter cela. Mais nous y sommes parvenus. Pour Harper, cela a dû être pire encore que pour moi. Et pourtant, il ne m'a pas rejetée...

— C'est parce qu'il t'aime.

Émerveillée par ce miracle, Hayley hocha longuement la tête, comme si elle avait encore du mal à y croire.

— Stella, reprit-elle, la gorge serrée, je me doutais bien que je finirais par tomber amoureuse un jour, mais j'étais loin d'imaginer que ce serait ainsi. Et à présent que j'ai pu goûter à ce merveilleux cadeau, je ne peux concevoir de le perdre. Tu comprends ce que je veux dire ?

— Tout à fait, assura Stella en serrant ses mains dans les siennes. Harper et toi devriez pouvoir savourer pleinement ce bonheur, parce que c'est une époque bénie et précieuse de votre vie qui n'appartient qu'à vous. Il devient de plus en plus urgent de renvoyer Amelia dans les limbes…

— C'est comme si je n'avais vécu jusqu'à présent que pour en arriver là, pour parvenir jusqu'à lui. Après bien des péripéties, bonnes ou mauvaises, je crois que nous avons fini par trouver notre port d'attache l'un en l'autre. Cela peut paraître un peu bébête, mais…

— Pas du tout ! protesta son amie, les yeux embués. Cela me paraît juste très vrai. Et très émouvant…

15

Hayley avait la sensation d'avoir fait une bonne affaire en achetant d'occasion cet ordinateur portable sur lequel elle pianotait depuis que Lily était couchée. Qui plus est, s'en servir pour explorer les ressources d'Internet lui donnait l'impression d'agir enfin, au lieu d'attendre passivement la prochaine lubie d'Amelia. Certes, deux heures de surf intensif sur la toile ne lui avaient pas permis de rassembler énormément d'informations inédites, mais elle se sentait moins seule.

Les témoignages ne manquaient pas de personnes qui s'étaient trouvées mêlées à des affaires de possession. Les notes qu'elle accumulait à mesure de ses recherches commençaient à s'étoffer, surtout maintenant qu'elle pouvait les dactylographier et n'avait plus à les griffonner sur un bloc-notes. Autre avantage de cette acquisition, elle lui avait permis de renouer le contact par e-mail avec ses amis restés à Little Rock.

Naturellement, elle n'était pas plus à l'abri de se perdre dans les méandres virtuels d'Internet que dans les pages des livres qu'elle avait consultés. Tant d'informations étaient à sa portée, la plupart intéressantes, l'une menant à l'autre, dans une ronde sans fin… Si elle n'y prenait pas garde, elle allait finir par passer une nuit blanche devant l'écran.

Le menton niché au creux de sa main et les yeux lourds de sommeil, elle consultait le rapport d'un cas de hantise survenu à Toronto lorsqu'elle sentit une main se poser sur son épaule. À sa grande surprise, elle réussit à ne pas crier. Elle se retint même de sursauter, et ce fut d'une voix parfaitement maîtrisée qu'elle parvint à articuler :

— Par pitié… Dites-moi que cette main est réelle.

— Je l'espère, puisqu'elle est attachée à mon poignet.

— Roz… lâcha Hayley dans un soupir de soulagement. Reconnaissez que j'ai du mérite de ne pas avoir escaladé les rideaux comme un chat de dessin animé !

— Dommage, cela aurait pu être drôle.

Plissant les yeux pour examiner l'écran par-dessus son épaule, Roz lut tout haut :

— Hantise point com…

— Un des nombreux sites du genre, précisa Hayley. Vous seriez surprise des choses intéressantes que l'on peut y trouver. Saviez-vous qu'un des moyens traditionnels pour empêcher un fantôme d'entrer dans une pièce consiste à planter dans l'encadrement de la porte des petits clous de tapissier ? On dit que les spectres s'y accrochent et restent prisonniers. Naturellement, si le spectre en question est déjà dans la pièce, il ne peut plus en sortir…

— Si je te surprends à planter quoi que ce soit dans mes boiseries, répliqua Roz d'un ton sévère, tu auras affaire à moi !

— J'ai déjà songé à cet inconvénient. En plus, je ne vois pas bien comment cela peut marcher.

Hayley fit pivoter son siège pour se tourner face à sa visiteuse avant de poursuivre son exposé.

— Il paraît également qu'il suffit de demander poliment à un esprit frappeur de déménager pour qu'il débarrasse le plancher. « Excusez-moi, monsieur le fantôme, j'ai bien conscience que ce n'est vraiment pas de chance que vous soyez mort, mais il se trouve que cette maison est à présent la mienne et que votre présence me gêne quelque peu. Auriez-vous l'amabilité, s'il vous plaît, d'aller voir ailleurs si j'y suis ? »

— Il me semble que nous avons déjà essayé quelques variations sur ce thème avec Amelia.

En voyant Roz s'installer confortablement sur le canapé, Hayley comprit que sa visite avait un but précis et sentit sa nervosité grimper d'un cran.

— Reste la solution des chasseurs de fantômes, reprit-elle d'un ton précipité. Mais je suppose que l'idée de voir votre maison envahie par des étrangers ne vous enchante guère.

— Tu supposes juste.

— Alors, que diriez-vous de faire bénir les lieux par un prêtre ? C'est moins envahissant, et ça ne mange pas de pain.

— Tu as peur d'elle...

— Plus que jamais, c'est vrai.

Avec un soupir, elle désigna l'écran de l'ordinateur et ajouta :

— Je sais que tous ces sites ne peuvent pas nous être utiles à grand-chose, car ce que nous voulons, c'est élucider l'histoire d'Amelia afin qu'elle puisse reposer en paix, et pas seulement nous débarrasser d'elle. Mais plus nous rassemblerons d'informations, plus nous aurons de chances d'y parvenir.

— Mitch et toi, vous faites vraiment la paire... As-tu déjà couché sur le papier ce qui t'est arrivé avec Harper, l'autre nuit ?

Instantanément, les joues de Hayley virèrent au rouge pivoine.

— Oui, répondit-elle. Mais je n'ai pas encore remis mon rapport à Mitch.

— C'est très personnel... Je n'aimerais pas non plus partager une expérience de ce genre avec un étranger.

— Ni Mitch ni vous n'êtes des étrangers pour moi.

— Hayley... Dès qu'il s'agit de ce qui se passe dans le secret de l'alcôve entre deux amants, le monde entier est étranger. Je veux que tu saches que je le comprends et que je l'accepte. Je veux aussi que tu comprennes que tu n'as pas à marcher sur des œufs avec moi. J'ai attendu quelques jours pour t'en parler, espérant qu'en laissant passer un peu de temps, le sujet serait moins sensible.

— Harper m'a dit qu'il était allé en parler à Mitch, et je me doutais bien que Mitch vous raconterait tout. Moi, j'aurais été incapable d'aborder le sujet avec vous. Bien sûr, si j'avais été avec un autre homme que Harper - non pas que cela soit possible, mais... Et voilà que je recommence à me prendre les pieds dans le tapis !

— Je comprends, tranquillise-toi.

— Tout serait plus facile si Harper n'était pas votre fils.

— Mais il l'est. Heureusement pour moi.

Avec un soupir de bien-être, Roz se déchaussa et croisa les chevilles sur la table basse.

— Je crois avoir été la première à comprendre qu'il était tombé amoureux de toi, reprit-elle. Toi, tu ne t'en serais jamais doutée à l'époque, et lui n'en était probablement même pas conscient.

— Ne serait-ce pas le jour où il m'a emmenée au *Peabody* ?

Un sourire amusé sur les lèvres, Roz secoua la tête.

— C'est un beau souvenir romantique, répondit-elle, et ça compte, mais il t'aimait déjà bien avant cela. Qui t'a tenu la main, le jour où Lily est née ?

Saisie par l'émotion, Hayley porta la main à sa gorge.

— Ô mon Dieu ! murmura-t-elle. C'est lui. Et je crois qu'il avait encore plus peur que moi.

— Quand j'ai compris ce qui lui arrivait, mon cœur s'est serré. Tu sauras ce que c'est le jour où Lily passera par là elle aussi. Et si tu as autant de chance que moi, tu regarderas ton enfant tomber amoureuse de quelqu'un que tu pourras aimer toi aussi, que tu respecteras, de qui tu te sentiras proche. Et lorsque ton cœur de mère se serrera en comprenant ce qui arrive à ta fille, ce sera sous l'effet de la joie et de la reconnaissance.

Les larmes se mirent à couler sur les joues de Hayley sans qu'elle cherche à les retenir.

— Je ne sais pas comment je pourrais être plus heureuse que je ne le suis déjà, dit-elle. Vous avez été si bonne avec moi...

En voyant Roz hausser les sourcils, Hayley leva la main et protesta :

— Non, s'il vous plaît, laissez-moi finir ! Je ne pourrai jamais vous dire à quel point je vous suis reconnaissante de ce que vous avez fait pour moi et pour Lily. Quand je suis arrivée ici, je croyais être si maligne et si forte... « Si elle me met à la porte, me disais-je, je n'aurai qu'à trouver à me caser ailleurs. Je trouverai un job, un appartement, tout ira bien, j'aurai ce bébé et je l'élèverai seule. » Si j'avais su quel bouleversement représente la naissance d'un enfant, c'est à genoux que je vous aurais suppliée de m'aider !

— Je t'ai offert du travail et un toit par solidarité familiale, intervint Roz. Mais si tu es toujours là, tu ne le dois qu'à tes qualités et à tes compétences. Si je n'avais pas été satisfaite de toi, que ce soit ici, à la maison, ou à la boutique, tu peux être sûre que je t'aurais déjà montré la porte.

— Je le sais, répondit Hayley avec un sourire de contentement. Je voulais vous prouver que vous aviez eu raison de me faire confiance, reprit-elle, et je suis fière d'y être parvenue. Mais à présent que j'ai Lily, je comprends ce que représente Harper pour vous, qui êtes sa mère. Et si j'ai si peur, c'est parce que je crains qu'Amelia ne finisse par s'en prendre à lui.

— Qu'est-ce qui te fait croire cela ?

— À travers lui, c'est Reginald qu'elle voit, expliqua Hayley. C'est peut-être d'ailleurs en raison des sentiments que j'ai développés pour Harper qu'elle a jeté son dévolu sur moi. Après ce qui s'est passé l'autre nuit, je crains qu'elle ne m'utilise pour le blesser physiquement, en s'imaginant atteindre Reginald.

— Il me semble que Harper est de taille à se défendre, objecta Roz en fronçant les sourcils.

— Peut-être. Ou peut-être pas... Elle est terriblement forte, et elle le devient un peu plus chaque jour. En outre, voilà des décennies qu'elle rumine sa vengeance.

— Harper est plus fort que ne le pense Amelia, affirma Roz avec une assurance inébranlable. Et toi aussi...

Hayley espérait que Roz avait raison de se montrer aussi confiante en leurs capacités de résistance. Allongée près de Harper, incapable de trouver le sommeil, elle craignait cependant de ne pas avoir suffisamment de ressources et de volonté pour contenir la soif de vengeance d'un fantôme vindicatif.

La sympathie qu'elle ne pouvait s'empêcher d'éprouver à l'égard d'Amelia ne l'aidait probablement pas, hélas, à lui résister. Mais Harper n'était pas responsable de ce qui lui était arrivé, pas plus que les autres occupants de la maison. Il devait exister un moyen de faire comprendre à celle qui l'avait charmé de ses berceuses dans son enfance qu'il n'avait rien de commun avec son aïeul.

Reginald Harper avait été tellement obsédé par la nécessité d'engendrer un héritier qu'il avait engrossé délibérément une autre femme que son épouse. Qu'Amelia ait été ou non associée à ce projet – ils ne le sauraient sans doute jamais –, il s'était agi de la part de Reginald d'un acte égoïste et cruel. Quant au fait de prendre l'enfant à sa mère avant de forcer sa femme à l'élever comme le sien, il prouvait que cet homme n'avait jamais aimé ni Beatrice, ni Amelia, ni son fils.

Il n'était guère étonnant, dans ces conditions, qu'Amelia l'ait méprisé et détesté au point d'en arriver à mettre tous les hommes dans le même sac. Quelle avait pu être, se demanda Hayley dans un demi-sommeil, la vie de cette femme qui s'était crue habile manipulatrice et qui avait fini par découvrir, pour son plus grand malheur, qu'elle avait été le jouet d'un monstre sans scrupule ?

Assise devant sa coiffeuse, elle fardait ses joues avec soin. La grossesse avait eu raison de l'éclat naturel de son teint. Une autre indignité à supporter, après les nausées du matin, l'élargissement de ses hanches et la fatigue constante qui lui pesait sur les épaules.

Pourtant, son état n'était pas sans lui procurer quelques avantages. Des avantages si nombreux, en fait, qu'elle avait cessé de les compter. Elle sourit en passant le bâton de rouge sur ses lèvres. Comment aurait-elle pu imaginer que Reginald se montrerait si enthousiaste ? Et si généreux…

Elle baissa les yeux vers son poignet droit, où scintillait le bracelet de diamants et rubis qu'il lui avait offert. Un peu trop délicat à son goût, mais tout ce qui brille n'est-il pas de nature à rehausser la beauté d'une femme ? Il avait aussi embauché une autre servante et lui avait laissé carte blanche pour qu'elle puisse adapter sa garde-robe aux changements de son corps. En somme, il la couvrait plus que jamais de toilettes, de bijoux, d'attentions.

Désormais, il lui rendait visite trois fois par semaine. Il n'arrivait jamais les mains vides, même quand il ne s'agissait que de chocolats ou de fruits confits destinés à rassasier ses fringales incessantes de sucreries. C'était fascinant de voir à quel point la perspective de devenir père pouvait rendre un homme gâteux…

Elle imaginait que sa légitime épouse avait eu droit au cours de ses grossesses successives aux mêmes attentions. Mais Beatrice n'avait jamais mis au monde que des filles… Elle, elle lui donnerait ce fils tant attendu. Et elle en engrangerait les bénéfices pour le reste de son existence.

Pour commencer, décida-t-elle, il lui faudrait une plus grande maison. En plus de tout le reste : vêtements, bijoux, fourrures. Une nouvelle voiture ne serait pas du luxe non plus. Peut-être même pourrait-elle se faire offrir un petit cottage à la campagne. Après tout, Reginald Harper pouvait se le permettre. Il ne rechignerait pas à la dépense pour que son fils, fût-il un bâtard, ne manque de rien.

Quant à elle, en tant que mère du précieux rejeton, elle n'aurait pas à chercher un nouveau protecteur lorsque Reginald finirait par se lasser de ses charmes. Elle n'aurait plus à repérer, à séduire, à flatter les hommes riches et puissants. Elle n'aurait plus à leur offrir sexe et réconfort en échange du mode de vie auquel elle aspirait, qu'elle méritait.

Elle se leva pour aller se camper devant la psyché. Ses cheveux brillants comme de l'or et ses bijoux scintillants lui donnaient fière allure, mais sa longue robe argentée ne parvenait pas à dissimuler son ventre à présent proéminent. Pourtant, Reginald ne s'était jamais montré aussi empressé auprès d'elle que depuis qu'elle était enceinte. Même pendant les transports de l'amour, il adorait passer la main sur ce renflement qu'elle trouvait si inesthétique. Avec elle, il se montrait même plus doux et plus patient. Elle aurait presque pu l'aimer, à ces moments-là, quand ses caresses se faisaient plus tendres que possessives. Presque, mais pas tout à fait...

L'amour n'était qu'une illusion, un des aspects du jeu auquel se livraient hommes et femmes. Comment aurait-elle pu l'aimer, lui qui se montrait si faible, si arrogant ? Cette idée même lui paraissait ridicule, comme celle de prendre en pitié les épouses trompées, ces femmes qui passaient dans la rue devant elle, la tête haute, les lèvres pincées par le dégoût, en faisant mine de l'ignorer. Quant à celles qui, comme sa mère, préféraient rester esclaves en échange de quelques sous, elles ne valaient guère mieux à ses yeux.

Une femme comme elle, conclut-elle en s'emparant d'un flacon de cristal pour déposer un soupçon de parfum sur sa gorge, était faite pour la soie et les diamants. Quand Reginald arriverait, décida-t-elle, elle se montrerait légèrement boudeuse. Naturellement, il la cuisinerait pour savoir pourquoi, et elle lui parlerait alors de cette broche de diamants qu'elle avait admirée dans la vitrine du joaillier. Elle lui dirait à quel point elle était tombée amoureuse de ce bijou, à quel point il lui faisait envie. Elle était certaine de ne pas avoir à attendre longtemps avant de pouvoir l'épingler à sa poitrine. Il pouvait être si dangereux de laisser insatisfaites les envies d'une future mère...

Avec un petit rire mutin, elle tourna sur elle-même en faisant bouffer sa jupe. Soudain, elle se figea et porta une main tremblante à son ventre. Le bébé... Ne venait-elle pas, pour la première fois, de le sentir bouger ? Cela avait été plus léger et plus fugace que le frôlement d'aile d'un papillon, mais elle était certaine de son fait et se sentait envahie par une étrange émotion.

Le miroir reflétait une grande et belle femme immobile, le visage très pâle sous le maquillage, les doigts largement écartés sur son ventre, comme si elle avait voulu y garder à jamais ce qui s'y trouvait.

Son fils. En elle. Vivant.

Rien que pour elle...

Hayley conserva un souvenir très vivace de son rêve. Lorsqu'elle se réveilla le lendemain matin, il ne lui apparut pas sous ce jour brumeux et fragmentaire qui est la marque des songes.

— Je pense, dit-elle en sirotant son bol de café fumant, qu'il s'agissait de la part d'Amelia d'une sorte d'appel pour susciter ma sympathie.

— Que veux-tu dire ? demanda Mitch en enclenchant le Dictaphone dont elle lui avait demandé de se munir. S'est-elle adressée directement à toi ?

— Non, parce qu'elle et moi ne formions qu'une seule et même personne dans le rêve. En fait, je n'avais pas l'impression de rêver, mais de vivre cette scène en partageant ses pensées et ses émotions.

— Mange tes œufs brouillés ! lui ordonna David d'un air sévère. Tu as l'air vannée, ce matin.

Plus pour lui faire plaisir que par réel appétit, Hayley avala quelques bouchées avant de poursuivre :

— Elle était belle, grande, bien en chair, blonde et parée de bijoux, très élégante. Absolument pas telle qu'elle nous est apparue jusqu'à présent. Mais quelle nature mesquine sous cette apparence séduisante ! Dégoûtée par son corps transformé par la grossesse, évaluant les avantages qu'elle comptait soutirer à Reginald, surprise de le voir s'attendrir devant son ventre rond, méprisant les hommes tels que lui et plus encore leurs épouses légitimes, dévorée par l'envie, la cupidité, l'ambition…

Hayley marqua une pause, le temps de reprendre son souffle et de siroter une gorgée de café, et conclut :

— En fait, je pense qu'elle était déjà, dès cette époque, au bord de la folie…

— En quoi cela est-il de nature à susciter ta sympathie ? s'enquit Harper. Qu'est-ce qui peut bien te rendre proche d'une femme pareille ?

— La maternité, répondit-elle sans hésiter. Lorsqu'elle a senti le bébé bouger dans son ventre, tout a changé pour elle. Elle s'est mise à l'aimer pour lui, et non pour les avantages que pourrait lui valoir sa naissance. Je ne pense pas qu'elle était une personne attachante, et sans doute n'était-elle déjà plus très maîtresse d'elle-même. Mais on ne peut nier qu'elle aimait cet enfant qui lui a été volé. Je pense que c'est pour me communiquer ce sentiment qu'elle m'a fait partager cet instant de son existence. Elle savait que je la comprendrais mieux que quiconque. Je n'approuve pas sa conduite, je n'excuse pas ses erreurs, mais il est vrai que je suis désolée pour elle.

— Tu peux la plaindre, mais surtout, ne baisse pas ta garde, prévint Mitch. Tu ne dois pas perdre de vue qu'elle se sert de toi.

— Je le sais bien. Et je ne compte pas me laisser faire. La comprendre ne signifie pas lui faire confiance.

Les jours passèrent, puis les semaines. En vain Hayley attendit-elle qu'Amelia se manifeste de nouveau. Août laissa la place à septembre sans que la canicule reflue. Tout ce que Hayley eut à déplorer, ce fut la panne soudaine et irrémédiable de sa voiture entre le domicile de la nounou et la jardinerie.

— Ce n'est pas qu'un problème d'argent, expliqua-t-elle à Harper en engageant la poussette de Lily sur le parking d'un marchand de voitures d'occasion. Cette vieille Pontiac est le dernier lien qui me rattache à mon enfance. C'est mon père qui l'a achetée. C'est avec elle que j'ai appris à conduire.

— Ne t'inquiète pas pour elle. Je suis sûr qu'elle va se retrouver entre de bonnes mains, affirma Harper.

— C'est gentil, mais ça ne marche pas ! Tu sais aussi bien que moi qu'elle va finir à la casse. C'est sans doute mieux ainsi. Je ne peux pas me permettre de transporter Lily dans un véhicule peu fiable, voire dangereux. J'aurai de la chance si le garagiste ne revient pas sur sa promesse de me consentir une remise en échange de ma vieille épave.

— Laisse-moi négocier avec lui.

— Certainement pas !

S'arrêtant derrière une camionnette, Hayley décocha un coup de pied dans un pneu et s'exclama :

— Tu sais ce que je déteste ? La façon qu'ont ces vendeurs de voitures de traiter les femmes qui se présentent à eux comme des bimbos sans cervelle sous prétexte qu'elles n'ont pas de pénis ! Comme s'ils stockaient leur savoir en matière d'automobile dans leur slip !

— Tu n'es pas tendre ! s'exclama Harper en éclatant de rire.

— Mais n'ai-je pas raison ? Alors, j'ai effectué quelques recherches. Je sais parfaitement ce dont j'ai besoin et à quel prix je peux l'obtenir.

Elle s'arrêta à l'ombre d'un véhicule, agita la main devant son visage et gémit :

— Seigneur, qu'il fait chaud ! J'ai l'impression d'être aussi desséchée qu'une vieille momie…

— Tu me sembles un peu pâle. Et si nous allions prendre le frais à l'intérieur quelques minutes ?

— Ça va aller, assura-t-elle en se ressaisissant. Je ne dors pas très bien, en ce moment. Même endormie, j'ai l'impression de rester sur mes gardes, comme après la naissance de Lily. Cela me rend irritable. Alors, s'il m'arrive de te houspiller, je compte sur toi pour te montrer compréhensif.

— Message reçu, assura-t-il en lui caressant gentiment le dos. Ne t'inquiète pas pour ça.

Elle le remercia d'un sourire et reprit :

— Je te sais gré d'avoir pris le temps de venir avec moi, mais surtout, ne te sens pas obligé d'intervenir dans la transaction.

— Tu as déjà acheté une voiture ?

Le visage de Hayley se figea.

— Là n'est pas la question ! répliqua-t-elle en avançant le long d'une allée bordée de véhicules. J'ai déjà acheté tout un tas d'autres choses, et je suis sans doute plus douée que toi pour négocier un prix, espèce de gosse de riche !

Cela le fit sourire.

— Tu oublies que je suis un modeste jardinier...

— Tu as beau travailler de tes mains, je parie que tu gardes au frais quelques cuillères en argent pour les jours de disette... Ah ! Voilà ce que je cherche.

Garant à l'ombre la poussette de Lily, Hayley se mit à étudier de plus près une robuste Chevrolet cinq portes.

— Elle est spacieuse, commenta-t-elle, sans être pour autant encombrante. En plus, elle n'a pas une couleur voyante, et le faible kilométrage devrait me garantir quelques années de tranquillité.

Seul le prix affiché sur un panonceau fluo la fit tiquer.

— En le faisant baisser un peu, cela devrait coller avec mon budget. Ou presque...

— Surtout, ne lui dis pas que...

— Harper !

— D'accord... maugréa-t-il en fourrant ses mains au fond de ses poches. Mettons que je n'aie rien dit.

Il lui fut plus difficile encore de garder le silence lorsque le concessionnaire vint, tout sourire, annoncer le maigre montant de la reprise qu'il offrait en échange de la voiture de Hayley.

— Oh, c'est tout ? s'étonna-t-elle en battant tristement des paupières. Bien sûr, je sais que vous ne pouvez prendre en compte la valeur sentimentale qu'elle a pour moi. Mais peut-être accepterez-vous de faire un petit effort en fonction du véhicule que je me propose d'acquérir ? Celui-ci me plaît beaucoup. J'aime sa couleur...

Harper se rendit bien vite compte qu'il n'avait pas à s'en faire pour Hayley. Jouant délibérément de son accent de l'Arkansas et de tous les charmes de l'innocence et de la jeunesse, elle se lança dans un grand numéro de séduction. Le vendeur tenta bien de l'entraîner vers d'autres occasions plus coûteuses, mais elle leur accorda à peine un regard assorti d'une moue boudeuse avant d'en revenir avec un irrésistible sourire à son premier choix.

Sortant Lily de sa poussette, Hayley se glissa avec elle derrière le volant. Une minute plus tard, charmé et conquis, le concessionnaire augmenta son offre de reprise. Un quart d'heure de plus de ce manège, et ce fut le prix de la Chevrolet qui baissa substantiellement. Hayley et Lily formaient un duo adorable, songea Harper. Qui aurait pu leur résister ?

Au bout d'une heure et demie, ils quittèrent tous trois la concession automobile à bord du véhicule convoité. Lily battait des mains dans son siège à l'arrière. Harper, sur le siège passager, ne s'était pas autant amusé depuis très longtemps, et Hayley triomphait derrière le volant.

— J'ai adoré le moment où il a soulevé le capot pour emporter ton adhésion, dit-elle. J'ai cru que j'allais piquer un fou rire en te voyant te gratter le crâne d'un air perplexe, comme si tu contemplais le moteur d'une fusée ! Je pense que j'ai fait une bonne affaire, mais il n'y a pas perdu lui non plus. Ainsi, tout le monde est content, et la prochaine fois que j'aurai à acheter une voiture, j'irai tout droit chez lui...

— Tu es remise de tes émotions ? s'enquit-il avec une sollicitude feinte. Les quelques larmes que tu as versées ont joué leur rôle dans les réductions qu'il t'a consenties...

— Hé ! protesta-t-elle vivement. Je n'ai pas eu à me forcer ni à faire semblant. Les traites que je vais devoir payer ne sont pas indolores pour mon maigre budget, et ça me brisait véritablement le cœur d'avoir à me débarrasser de mon vieux tacot !

Elle avait aussi eu le cœur lourd quand elle avait constaté, au cours de la négociation, que le concessionnaire les prenait pour une vraie famille, tous les trois...

— Hayley... reprit-il d'une voix hésitante. Si tu as besoin d'un petit coup de main, financièrement parlant...

— Ne commence pas, Harper...

Mais pour lui montrer qu'elle appréciait son offre, elle tendit le bras et lui tapota la main.

— Tu n'as pas à t'inquiéter pour nous, reprit-elle. Nous nous débrouillons très bien, Lily et moi.

— Alors, laisse-moi au moins vous inviter à déjeuner pour fêter ça.

— Voilà qui est plus raisonnable. Je meurs de faim !

Durant tout le repas, Hayley s'efforça de lutter contre la troublante impression qu'ils formaient un jeune couple qui venait de s'acheter une voiture d'occasion et qui célébrait l'événement au restaurant en offrant au dessert une glace à leur fille. Précipiter les choses ne pouvait faire de bien à personne. La réalité avait beau être moins enthousiasmante, elle était néanmoins préférable à l'illusion. Il n'y avait, à cette table autour de laquelle ils achevaient de déjeuner, qu'un homme et une mère célibataire épris l'un de l'autre, pas une famille.

De retour à Harper House, Hayley décida de profiter de sa journée de congé pour partager la sieste de sa fille.

— Qu'est-ce qu'on est bien ! murmura-t-elle en laissant Lily, les yeux lourds de sommeil, jouer avec les mèches de ses cheveux. Pas vrai, mon bébé ? Seigneur, ce que je suis fatiguée... J'ai un million de choses à faire, mais cela devra attendre.

Les yeux fermés, elle commença à recalculer mentalement son budget, ajustant les dépenses au plus juste de manière à y intégrer les traites à venir de la nouvelle voiture.

Mais les chiffres s'emmêlaient dans sa tête, et son esprit préféra se fixer sur le souvenir du visage souriant du concessionnaire, quand il lui avait chaleureusement serré la main, en leur souhaitant tout le bonheur possible, à elle et à sa charmante petite famille...

Puis, par un glissement imperceptible, elle se retrouva assise sur la terrasse de sa chambre, avec Harper, en train de siroter un verre de vin blanc glacé par une étouffante soirée d'été.

Elle se vit danser dans ses bras, dans le décor luxueux et romantique de la suite du *Peabody*.

Elle se vit travailler à ses côtés à la mise au point d'une nouvelle variété de lys dédiée à Lily.

Elle le vit hisser sans effort sa fille sur ses épaules.

« Tout est tellement plus facile quand on est amoureux, songea-t-elle dans un demi-sommeil. Tout est si simple... »

Mais comment aurait-elle pu ne pas désirer cette vie de famille dont ils ne faisaient que donner l'apparence ?

Laissant un faible soupir franchir le seuil de ses lèvres, elle s'ordonna d'apprécier ce bonheur inespéré qui était le sien et de laisser le reste venir en son temps.

Et pourtant...

La douleur incessante lui plantait des aiguilles dans le ventre. Tout son corps luttait contre la souffrance, mais elle ne pouvait échapper à cette sensation horrible d'être écartelée, déchirée, fendue en deux.

La chaleur, étouffante... La douleur, insupportable...

Comment un événement tellement attendu pouvait-il la faire souffrir de cette façon ? Sans doute n'y résisterait-elle pas... Elle allait finir par en mourir. Jamais elle ne verrait son fils.

Des ruisseaux de sueur cascadaient le long de son corps. Elle se sentait épuisée, accablée de souffrance.

Du sang... De la sueur... L'agonie... Tout cela pour son enfant, son fils, la prunelle de ses yeux, le sens de sa vie.

Un nouveau raz de marée de douleur né de son ventre faillit avoir raison d'elle et la plonger dans l'inconscience. Ce qui la retint, ce fut un cri. Non pas le sien mais celui, espéré et ténu, de l'enfant à l'instant de sa mise au monde.

Hayley se réveilla trempée de sueur, le corps courbatu et l'esprit en alerte. La vue de sa fille, paisiblement endormie dans le creux protecteur formé par son bras, la rassura instantanément.

Après s'être redressée en douceur pour ne pas la réveiller, elle saisit sur la table de chevet le combiné téléphonique, pressa une touche pour composer un numéro enregistré et chuchota quand on décrocha :

— Harper... Tu peux venir ?

— Où es-tu ?

— Dans ma chambre. Lily est endormie sur mon lit. Je ne peux pas la laisser. Rassure-toi, nous allons bien, mais il s'est passé quelque chose.

— J'arrive tout de suite.

En attendant qu'il la rejoigne, Hayley installa quelques oreillers autour de Lily pour l'empêcher de tomber du lit. Ses jambes parvenaient à peine à la porter, mais elle s'obligea à faire les cent pas dans la chambre pour s'efforcer de se calmer.

Dès que Harper franchit le seuil de la pièce, elle se précipita vers lui.

— Je sais ! s'exclama-t-elle à mi-voix. Ils lui ont dit que son bébé était mort-né ! Ils ont prétendu que c'était une fille et qu'elle était morte à la naissance.

16

Dans le grand salon, où les rideaux de gaze filtraient la lumière et où des bouquets de roses embaumaient l'air, Harper se tenait debout devant une porte-fenêtre ouverte, les poings serrés au fond de ses poches.

— Elle était bouleversée, raconta-t-il, le dos tourné à la pièce. Elle s'est un peu reprise quand je suis arrivé, mais elle avait beau essayer de faire bonne figure, elle avait l'air au trente-sixième dessous.

— Elle n'a pas été blessée.

Voyant Harper faire volte-face pour protester, Mitch leva une main en l'air.

— Je sais ce que tu ressens, reprit-il. Vraiment. Mais le fait est qu'Amelia ne s'en est pas physiquement prise à elle, et ce n'est pas rien.

— Il n'empêche que la situation nous échappe, insista Harper. Cela fait d'ailleurs un bon moment qu'elle n'est plus sous contrôle !

— Raison de plus pour faire bloc et rester calme.

— Je serai calme quand elle quittera cette maison !

— Qui ça ? intervint Logan. Amelia ou Hayley ?

— Les deux !

— Tu sais que Hayley peut venir s'installer chez nous quand elle veut, reprit le mari de Stella. Et si j'étais à ta place, je réagirais comme toi. Mais il me semble que tu as déjà essayé de la convaincre et que le résultat n'a pas été des plus probants. Si tu arrives à lui faire entendre raison cette fois, je serai ravi de porter ses valises jusqu'à la voiture.

— Inutile d'y songer, répondit Harper en secouant la tête d'un air découragé. Elle ne bougera pas d'ici. Quelqu'un peut me dire ce qui cloche avec les femmes de cette maison ?

— Solidarité féminine ? suggéra David. Même lorsqu'elles la voient sous son jour le moins favorable, elles restent attachées à Amelia et se sentent touchées par ce qui lui est arrivé.

— Sans compter que Hayley est ici chez elle autant que toi, à présent, renchérit Mitch. Partir équivaudrait pour elle à une désertion. Elle ne tient pas plus que toi ou moi à capituler et à laisser Amelia hanter ces murs sans fin. Aussi est-ce à nous de faire en sorte que cette histoire trouve une conclusion définitive.

— Un pour tous, tous pour un ! commenta Harper d'une voix grinçante. Je pourrais applaudir à deux mains, si ce n'était pas toujours Hayley qui se retrouvait en première ligne.

Son regard se porta vers les portes closes du salon, et son esprit s'envola jusqu'à l'étage, où Hayley se reposait dans sa chambre, sous la garde de Roz.

— D'accord ! lança Mitch d'un ton résolu. Examinons posément ce qui s'est passé. Hayley a revécu en rêve l'accouchement d'Amelia, qui s'est conclu tragiquement quand on a annoncé à celle-ci que son bébé était mort. Et durant toute cette expérience, Lily dormait tranquillement dans le creux de son bras et n'a pas été dérangée. Ce qui indique clairement, à mon sens, qu'Amelia n'avait pas l'intention de blesser le bébé ni de lui faire peur. Si cela avait été le cas, combien de temps aurait-il fallu à Hayley, à ton avis, pour faire ses bagages ?

— Tu as sans doute raison, mais il n'en reste pas moins qu'Amelia se sert de Hayley et qu'elle ne la ménage pas ! répliqua Harper.

— Hayley connaît mieux que personne ses limites. Et elle est notre seule source d'informations. Grâce à elle, nous savons à présent que non seulement l'enfant d'Amelia lui a été enlevé, mais qu'on a essayé en plus de lui faire croire qu'il était mort. Pas étonnant, dans ces conditions, que son esprit déjà chancelant ait chaviré dans la folie...

— Le reste peut se deviner aisément, poursuivit Logan. Un jour, elle a décidé de venir jusqu'ici dans l'espoir de récupérer son fils...

— Et elle le cherche aujourd'hui encore ? coupa Harper avec un rire teinté d'amertume. Quelqu'un pourrait peut-être lui expliquer qu'il y a belle lurette que le gamin est mort ! Aussi mort qu'elle !

Dans sa chambre, Hayley émergea d'un coup d'un sommeil sans rêves. Les rideaux étaient tirés de manière à ne laisser passer qu'un mince rayon de soleil, à la lueur duquel Roz lisait un livre dans un fauteuil.

— Lily... s'inquiéta Hayley.

Roz se leva et, posant le livre ouvert sur son siège, la rejoignit.

— Stella s'occupe d'elle, expliqua-t-elle. Elle l'a emmenée jouer dans l'autre aile avec les garçons afin que tu puisses te reposer tranquillement. Comment te sens-tu ?

— Épuisée. Et un peu à vif... à l'intérieur.

Hayley ferma les yeux et soupira de bien-être lorsque la main de Roz, qui s'était assise près d'elle, vint lui caresser les cheveux.

— C'est impossible, reprit-elle, mais j'ai l'impression que ça a été beaucoup plus difficile à vivre, et que ça a été plus long, que la naissance de Lily. Je sais qu'objectivement, je n'ai rêvé que quelques minutes, et pourtant, c'est comme si ça avait duré des heures. Des heures et des heures de souffrance dans une chaleur accablante. Sans oublier cette affreuse sensation de nausée, sur la fin... Ils ont dû lui donner quelque chose, peut-être un médicament pour apaiser la douleur, mais c'était presque pire.

— Du laudanum, j'imagine, dit Roz. Les sensations que tu décris ressemblent aux effets d'un opiacé.

— Je l'ai entendu... J'ai entendu le bébé crier.

Hayley roula sur le côté et rouvrit les yeux.

— Vous savez ce que c'est, poursuivit-elle en cherchant le regard de Roz. Quoi qu'il ait pu arriver auparavant, tout s'efface, et on se sent revivre quand on entend son bébé crier pour la première fois.

— Celui d'Amelia, corrigea gentiment Roz en lui prenant la main. Pas le tien.

— Je sais... Mais, l'espace d'un instant, j'ai réellement cru qu'il était à moi. Et cette horrible sensation d'arrachement, ce sentiment d'incrédulité impuissante, quand le médecin a dit que l'enfant était mort-né... je les ai vécus avec autant d'acuité qu'Amelia.

— Heureusement pour moi, je n'ai jamais eu le malheur de perdre un enfant, dit Roz d'une voix émue. Je n'arrive même pas à imaginer la souffrance que cela peut représenter.

— Ils lui ont menti dès la naissance de son enfant, Roz... J'imagine qu'ils avaient été payés pour cela. Ils lui ont menti, mais elle savait. Elle avait entendu son bébé crier, et elle savait. C'est cela qui l'a rendue folle.

Roz se rapprocha d'elle sur le lit, s'installant en biais de manière à ce que Hayley, qui s'était mise à pleurer en silence, puisse poser la tête sur ses genoux.

— Elle… elle ne méritait pas ça.

— C'est vrai, approuva Roz en lui caressant doucement les cheveux. Personne ne mérite une chose pareille.

— Quoi qu'elle ait pu être, quoi qu'elle ait pu faire, elle ne méritait pas d'être traitée ainsi, insista Hayley. Elle aimait cet enfant, même si…

— Même si ?

— J'ai senti…

Hayley laissa sa phrase en suspens. Comment traduire cette avidité, cette obsession, ce désir de toute-puissance qu'elle sentait constamment à l'œuvre dès qu'Amelia se glissait en elle ? se demandait-elle.

— Vous comprenez, reprit-elle avec animation, il fallait absolument que ce soit un garçon ! Une fille n'aurait eu aucune valeur à ses yeux. Et si elle avait pu élever son fils elle-même… elle en aurait fait sa chose et lui aurait complètement perverti l'esprit. Jamais il ne serait devenu l'homme qu'il est devenu. Il n'aurait pas enterré son chien en prenant soin de marquer sa tombe d'une stèle. Il n'aurait pas aimé votre grand-mère comme il l'a aimée.

Hayley se redressa sur un coude, de manière à pouvoir regarder Roz dans les yeux, et poursuivit :

— Vous, Harper, cette maison… rien n'aurait été pareil. Mais cela ne suffit pas à justifier la tragédie qu'a vécue Amelia. Rien ne peut équilibrer les plateaux de la balance.

— Ne serait-ce pas formidable, dit Roz, amusée, si le bien pouvait toujours contrebalancer le mal ? Le bien serait systématiquement récompensé, le mal instantanément puni. Le monde serait sans doute beaucoup plus simple ainsi… mais aussi terriblement plus ennuyeux.

D'un revers de la main, Hayley essuya ses larmes et sourit.

— Ce ne serait pas si mal, dit-elle. Justin Terrell, qui m'a trahie en sixième, serait à l'heure qu'il est gros et chauve et servirait des frites dans un fast-food au lieu d'être un restaurateur connu qui ressemble comme deux gouttes d'eau à Tobey Maguire… Par ailleurs, poursuivit-elle d'un air pensif, je serais punie pour ne pas avoir dit la vérité au père de Lily.

— Tu l'as fait pour de bonnes raisons.

— C'est ce qu'il me semble. Il n'en reste pas moins que faire ce qui est bien ne veut pas toujours dire faire ce qui est juste. Ainsi, il valait mieux pour votre grand-père qu'il soit élevé ici, à Harper House.

Roz secoua la tête.

— Ce n'est pas tout à fait la même chose. Dans cette affaire, les motivations d'Amelia et de Reginald étaient loin d'être pures et désintéressées. D'un côté comme de l'autre, on retrouve le mensonge, la trahison, la cruauté, l'égoïsme. Je frémis à l'idée de ce que serait devenu cet enfant s'il n'avait pas été un garçon… Tu te sens mieux, à présent ?

— Oui, beaucoup mieux.

— Tu devrais manger un peu. Je pourrais demander à David de te préparer un plateau et te l'apporter ici…

— Inutile, je vais descendre. Mitch doit être impatient d'enregistrer tout cela. Sans doute Harper lui a-t-il déjà répété ce qui s'est passé, mais je sais qu'il préfère les témoignages de première main. En plus, cela me fera sans doute du bien d'en parler avec lui.

— Si tu en es sûre…

Hayley acquiesça d'un hochement de tête et se redressa sur le lit.

— Merci d'avoir veillé sur moi pendant que je dormais, reprit-elle. Avant de descendre, je vais me maquiller un peu. Je suis peut-être possédée par un esprit, mais cela ne signifie pas que je dois ressembler à un fantôme !

— Bien parlé ! approuva Roz en se levant. Pendant ce temps, je vais aller prévenir Stella que tu es réveillée.

En découvrant Mitch seul dans la bibliothèque, prêt à enregistrer son témoignage, Hayley poussa un soupir de soulagement. Elle avait redouté d'avoir à raconter son rêve en présence des autres occupants de la maison, et sans doute devait-elle remercier Roz d'avoir veillé à organiser ce tête-à-tête.

Hayley avait toujours apprécié la qualité d'écoute de Mitch. Avec son allure d'intellectuel qui observait le monde avec circonspection derrière ses lunettes, il avait de faux airs de Harrison Ford. Elle aimait également cette pièce qui lui servait de bureau et dans laquelle tout le monde se réunissait dès qu'Amelia se manifestait. Au tout début de son installation à Harper House, il lui était même arrivé de se faufiler de nuit dans la bibliothèque pour en savourer tout à son aise le calme austère et confortable et la compagnie de centaines de livres sur leurs étagères.

Après avoir fait un récit aussi détaillé que possible de son rêve, Hayley s'attarda devant l'arbre généalogique des Harper affiché sur un grand tableau.

— Quand tout ceci sera fini, dit-elle d'une voix rêveuse, vous pourriez dresser l'arbre généalogique de ma famille ?

— Bien sûr. Pour commencer, je n'ai besoin que du nom complet de tes parents, ainsi que de leur date et lieu de naissance.

— J'aimerais vraiment en connaître plus sur mon histoire familiale… En plus, je serais curieuse de savoir précisément de quelle façon je suis apparentée à Harper. Est-il réellement en colère contre moi ?

— Je ne le pense pas. Pourquoi le serait-il ?

— Quand je l'ai appelé, il était hors de lui. Il voulait nous embarquer *illico* dans sa voiture, moi et Lily, avec armes et bagages, pour nous installer chez Stella.

Mitch sourit et hocha la tête.

— Si j'avais moi-même pu extraire Roz de cette maison il y a quelques mois de cela, je n'aurais pas hésité.

— Vous est-il arrivé de vous disputer à cause de cela ?

— À quoi cela aurait-il servi ? répondit-il d'un ton amusé. Moi qui suis plus âgé que Harper, je sais qu'il est inutile pour un homme de s'opposer à la volonté d'une femme têtue. Le privilège de l'âge et de l'expérience…

— Vous pensez que j'ai tort de ne pas vouloir bouger ?

— Ce n'est pas à moi de le dire.

— Bien sûr que si, puisque je vous le demande.

Manifestement surpris par l'insistance de Hayley, Mitch s'adossa à son siège et retira ses lunettes. Après l'avoir dévisagée un instant, il déclara, en donnant l'air de soupeser chaque mot :

— Disons que je comprends parfaitement ce que ressent Harper et que j'estime qu'il n'a pas tort. Mais je respecte également ta position, que je trouve tout aussi fondée. Que dis-tu de cela ?

— Même si cela ne m'aide en rien, ce doit être la voix de la sagesse, reconnut-elle.

— Un autre des privilèges de l'âge... Laisse-moi te donner un petit conseil, et tant pis si tu le prends comme un avis de mâle surprotecteur. Tu devrais faire en sorte de rester le moins souvent possible seule.

— Heureusement que j'aime la compagnie !

La sonnerie du portable de Mitch vint les interrompre. Le saluant d'un signe de la main, Hayley le laissa répondre et sortit de la bibliothèque par la terrasse. Elle avait aperçu Harper dans le parc, et le moment n'était pas plus mal choisi qu'un autre pour tenter de s'expliquer avec lui.

Dès qu'elle quitta la fraîcheur de la maison, Hayley sentit la chaleur s'abattre comme une chape de plomb sur ses épaules. Une fois dehors, elle s'efforça d'enregistrer autant de détails que possible – une cure de réalité, en quelque sorte, destinée à chasser les derniers miasmes du rêve qui flottaient encore dans son esprit. Une enivrante odeur végétale saturait l'air surchauffé. De fleur en fleur, les papillons improvisaient un ballet à grand renfort de battements d'ailes, sur fond de chants d'oiseaux.

Dans un virage de l'allée qu'elle remontait, Hayley vit Harper prodiguer ses soins à un hortensia dont les massives fleurs bleues pesaient lourdement au bout de leurs tiges. Ses doigts habiles et entraînés coupaient les têtes fanées et les déposaient dans un sac pendu à sa ceinture. À ses pieds se trouvait un panier plein de marguerites, de gueules-de-loup, de pieds-d'alouette et de cosmos fraîchement coupés.

Cette vision – un homme entouré de fleurs, dans la quiétude du soir tombant – avait quelque chose de si romantique que Hayley sentit son cœur s'emballer.

Comme pour compléter le tableau, un colibri aux vrombissantes ailes émeraude et saphir vint virevolter autour de lui. Harper, qui s'apprêtait à couper une tête d'hortensia, suspendit son geste et le regarda s'ébattre. Hayley aurait voulu avoir le talent d'un peintre pour fixer sur la toile ces couleurs de la fin de l'été, rendues plus vibrantes par l'approche du crépuscule, et ce jardinier cessant son travail pour admirer le vol d'un oiseau.

Après avoir bu au calice d'une fleur, le colibri s'en fut battre des ailes ailleurs. Harper le suivit du regard. Hayley, quant à elle, ne voyait que lui, le cœur débordant d'amour.

— Harper... commença-t-elle en s'approchant de lui.

— Les colibris aiment les fleurs, commenta-t-il sans se retourner vers elle. Et les jardiniers aiment les colibris. Ce sont de bons agents de pollinisation.

— Harper... reprit-elle en glissant les bras autour de sa taille et en posant la joue contre son dos. Je sais que tu es inquiet, et je ne peux pas t'empêcher de l'être. Mais, s'il te plaît, ne sois pas en colère contre moi.

— Je ne le suis plus. Je suis sorti pour me calmer. Cela a marché, comme d'habitude. Mais c'est vrai, je suis toujours inquiet.

Hayley huma les odeurs mêlées de savon et de sueur qui émanaient de lui, toute deux saines et viriles, et soupira de bonheur.

— J'étais venue pour m'expliquer, dit-elle. Puis je t'ai vu, et je n'ai plus eu envie que d'être près de toi. Je ne veux pas qu'on se dispute. Mais je ne peux pas non plus faire ce que tu me demandes si je suis persuadée qu'il me faut faire le contraire. Même si je me trompe, même si j'ai tort, je ne le peux pas.

Sans se soustraire à l'étreinte de Hayley, Harper se remit au travail sur le buisson d'hortensia.

— Je ne peux pas aller contre ta volonté, dit-il après un long silence. Mais tu ne pourras pas non plus aller contre la mienne. Que cela te plaise ou non, j'emménage avec toi et Lily. Quand tout ceci sera terminé, nous réévaluerons la situation.

Hayley laissa ses bras retomber le long de ses flancs et se raidit. Harper lui jeta un rapide coup d'œil pour observer sa réaction, sans cesser pour autant de s'activer sur le buisson d'hortensia.

— Si je te comprends bien, résuma-t-elle, tu comptes vivre avec nous le temps qu'il faudra pour qu'Amelia se calme, et ensuite, on en reparlera.

— Exactement.

Tout compte fait, songea Hayley, elle était peut-être quand même d'humeur à se disputer…

— Ce sera tout, Votre Majesté ?

Sans relever la provocation, Harper poursuivit :

— Non. À la jardinerie, désormais, tu ne travailleras plus seule, mais avec moi, Stella ou maman. En permanence.

— Te voilà devenu le boss, à présent ?

Le geste sûr et la voix ferme, Harper continuait à tailler l'hortensia tout en dictant ses conditions.

— Pour ce qui est du trajet de la maison à la jardinerie, à l'aller comme au retour, l'un de nous trois t'accompagnera également.

— Me suivrez-vous aux toilettes si je dois faire pipi ?

— Si nécessaire, oui. Puisque tu t'obstines à rester ici en dépit du bon sens, telles sont les règles à respecter.

Le colibri revint folâtrer autour d'eux, mais cette fois, Hayley était trop en colère pour apprécier le charme de sa présence.

— Les règles ? répéta-t-elle. Qui t'a fait soudainement roi pour édicter des règles ? Écoute, Harper…

— Certainement pas ! coupa-t-il sèchement. Je ne t'écouterai pas. Je suis déterminé à assurer ta protection malgré toi, et puisque je t'aime, c'est à prendre ou à laisser.

Hayley ouvrit la bouche, mais aucun son n'en sortit. Il lui fallut inspirer profondément avant de pouvoir protester d'un ton radouci :

— Si tu avais commencé par ça – cette déclaration, là, que tu viens de me faire –, je me serais sans doute montrée plus ouverte à la discussion…

— Je te l'ai dit : il n'y a pas à discuter.

À présent plus amusée qu'irritée par son entêtement, Hayley croisa les bras et attendit qu'il interrompe sa tâche pour lui faire face.

— Quelle tête de mule tu fais ! lança-t-elle avec affection. On peut dire que tu sais te rendre insupportable quand tu t'y mets.

— Détrompe-toi. Je n'ai aucun effort à fournir. Cela me vient naturellement.

Sur ce, il se pencha, saisit les fleurs qui se trouvaient dans le panier posé à ses pieds et les arrangea rapidement en bouquet. Puis il se tourna vers elle et les lui offrit en disant simplement :

— Tiens.

Hayley prit le bouquet et s'étonna :

— Tu les as cueillies pour moi ?

— Bien sûr, répondit-il avec un sourire nonchalant. Pour qui d'autre ?

Hayley baissa la tête et s'imprégna avec délices du riche parfum des fleurs.

— C'est exaspérant, commenta-t-elle avec un agacement feint. Tu peux te rendre insupportable en un rien de temps et redevenir adorable tout de suite après. Mais merci. Ces fleurs sont merveilleuses.

— Comme toi.

— Un autre homme aurait commencé par les fleurs, les cajoleries et la déclaration d'amour pour faire passer ses ultimatums. Mais toi, tu attaques bille en tête sans même prendre la peine d'essayer de m'attendrir...

Elle serra les fleurs contre elle et se hissa sur la pointe des pieds pour déposer un baiser sur les lèvres de Harper.

— Au cas où cela t'intéresserait, conclut-elle, je suis heureuse que tu viennes vivre avec nous. À présent, si tu dois encore travailler, je vais te...

Elle s'interrompit en voyant Logan déboucher au détour de l'allée.

— Désolé de vous déranger, dit-il. Rassemblement des troupes dans un quart d'heure. Mitch a du nouveau.

En entrant dans la bibliothèque avec Harper, Hayley sentit dans l'air l'excitation des grands jours. Son premier regard fut pour Lily. À quatre pattes sur le tapis, près de la cheminée que David garnissait de bouquets de fleurs séchées durant l'été, elle jouait aux petites voitures avec Gavin et Luke.

Lorsqu'elle aperçut sa mère, Lily interrompit son jeu et courut jusqu'à elle pour lui montrer le camion-benne qu'elle serrait contre elle. Mais dès l'instant où Hayley la prit dans ses bras, la fillette tendit les siens vers Harper.

— Quand tu es là, commenta la jeune femme, personne ne trouve grâce à ses yeux.

— C'est parce que je suis un fin connaisseur des subtilités des jouets Fisher-Price... plaisanta-t-il.

Souplement, il laissa Lily s'accrocher à lui comme un singe à son arbre et se tourna vers Roz.

— Que se passe-t-il ? lui demanda-t-il.

Sa mère haussa les épaules.

— Ça, il faut le demander à Mitch. Ah ! David... On peut toujours compter sur toi.

Poussant devant lui un chariot chargé de boissons et de friandises pour les enfants, David venait de faire son entrée dans la pièce.

— Voilà de quoi lester le corps pour empêcher l'esprit de s'envoler, dit-il en faisant un clin d'œil aux garçons. Ce qui est important, surtout dans cette maison.

— Que chacun se serve et s'installe ! ordonna Roz en battant des mains. Ensuite, nous pourrons peut-être enfin commencer...

Quoique tentée par un verre de vin, Hayley, qui se sentait toujours un peu nauséeuse, opta pour du thé glacé.

— Merci de t'être occupée de Lily, dit-elle à Stella.

— Tu sais que c'est un plaisir pour moi. Je suis toujours émerveillée de voir qu'ils s'entendent si bien, elle et les garçons.

Gentiment, elle caressa le bras de Hayley et s'inquiéta :

— Comment te sens-tu ?

— Encore un peu secouée, mais ça va mieux. Tu sais de quoi Mitch veut nous parler ?

— Aucune idée. Mais va donc t'asseoir. Tu as l'air crevée.

Hayley s'exécuta et dit en souriant à son amie :

— Sais-tu que tu commences à prendre l'accent du Sud ? Version yankee, bien sûr, mais ça vient.

— Ce doit être parce que je suis cernée de Sudistes pur jus...

Inquiète de voir son amie si pâle, Stella s'assit sur l'accoudoir du fauteuil dans lequel s'était installée Hayley.

Debout devant sa table de travail, Mitch attendit que tout le monde se soit installé et demanda le silence.

— Vous savez tous, commença-t-il quand le calme revint dans la pièce, que je suis en contact depuis plusieurs mois avec une descendante de la gouvernante qui s'occupait de cette maison du temps de Reginald et Beatrice.

— L'avocate de Chicago, précisa Harper, assis sur le tapis avec Lily et son camion.

Mitch acquiesça d'un hochement de tête et poursuivit :

— Intriguée par cette histoire, elle s'est prise de passion pour son ancêtre et n'a cessé d'interroger les membres de sa famille à son sujet. Jusqu'à présent, elle n'avait pas trouvé grand-chose d'utile pour nous. Mais hier, elle a fini par dénicher une pépite.

Radieux et triomphant, Mitch brandit une liasse de feuillets devant lui.

— Mitch ! protesta Roz. Ne crois-tu pas que ce suspens a assez duré ?

— J'ai ici une copie de la lettre que Roni – c'est-à-dire Veronica, mon contact – vient de me faire parvenir par fax, expliqua-t-il enfin. Elle l'a découverte dans le grenier d'une de ses grand-tantes, au fond d'une boîte remplie de vieux courrier. Il s'agit d'une missive envoyée par Mary Havers, la gouvernante des Harper, à l'une de ses cousines. Elle est datée du 12 janvier 1893.

— Quelques mois après la naissance du bébé, intervint Hayley.

— Exact. Pour l'essentiel, on n'y trouve que des détails concernant la famille de Mary Havers, donc sans intérêt pour nous, mais la dernière partie de la lettre fournit une information capitale pour nos recherches...

— M'man ! s'exclama Luke d'une voix indignée. Gavin arrête pas de me faire des grimaces !

— Désolé, fit Logan en se levant pour rejoindre ses beaux-fils. Je vais régler ça.

Un court conciliabule s'ensuivit, au terme duquel Gavin se dressa d'un bond joyeux sur ses jambes.

— On emmène Lily dehors, dit-il en bombant le torse. Tu viens, Lily ? Tu veux jouer avec les grands ?

Son camion serré sous le bras, l'intéressée abandonna Harper sans hésiter et courut glisser sa petite main dans celle de l'aîné des garçons. Après avoir accompagné les enfants jusqu'au seuil de la pièce, Logan referma soigneusement la porte derrière eux.

— Nous en sommes quittes pour leur offrir une glace au retour, annonça-t-il à Stella en retournant s'asseoir.

— Bien joué, mon chéri... Désolée, Mitch.

— Ce n'est pas grave, répondit celui-ci. Voici donc ce qu'a écrit Mary Havers à sa cousine Lucille.

Appuyé contre sa table de travail, il ajusta ses lunettes sur son nez et entama sa lecture.

— « Je ne devrais sans doute pas t'écrire ceci, ma chère Lucille, mais mon cœur et mon esprit troublés me poussent à me confier à toi. L'été dernier, je t'annonçais la naissance du fils de mes employeurs. Le jeune maître Reginald a bien grandi depuis. C'est un bel enfant doté d'une douce nature. La nurse engagée par Mme Harper est très compétente et paraît s'être attachée à lui. Mais la mère de l'enfant semble se désintéresser totalement de son fils. Alice, la nurse, prend ses ordres de M. Harper et de lui seul. Comme tu t'en doutes, les commentaires vont bon train à l'office sur l'indignité d'une mère qui, pas une fois, n'a pris son enfant dans ses bras, ne s'est inquiétée de son sort ou n'a cherché à le voir. »

— Une garce insensible… commenta Roz d'un ton égal. Je suis heureuse de ne pas lui être apparentée par les liens du sang. Plutôt risquer de finir folle que méchante et cruelle… Désolée de t'avoir interrompu, Mitch.

— Aucun problème. J'ai déjà lu ce document plusieurs fois, et je partage ton indignation, ma douce. Et ce, d'autant plus que Mary Havers poursuit sa lettre ainsi : « Je ne suis pas du genre à médire de mes employeurs, comme tu le sais. Cependant, je ne peux m'empêcher de trouver curieux que Mme Harper ne montre aucun intérêt pour ce fils si longtemps attendu et si ardemment espéré. Bien sûr, on ne peut pas dire qu'elle soit d'un naturel très doux ni très maternel. Mais au moins s'implique-t-elle au jour le jour dans l'éducation de ses filles. Je te raconte tout cela, Lucille, car ce comportement curieux cache quelque troublant mystère, qui n'est pas sans m'inquiéter quant à l'avenir du jeune maître et qui me laisse sans repos. »

— Elle se doutait de quelque chose, murmura Hayley, tandis que Mitch reprenait son souffle.

— Et elle s'était elle aussi prise d'affection pour le bébé, ajouta Stella en faisant tournoyer son vin dans son verre. Entre sa nurse et la gouvernante, le fils d'Amelia n'était donc pas totalement privé de tendresse… Nous sommes tout ouïe, Mitch.

— « Quand je t'ai annoncé la naissance de l'enfant, écrit Mary Havers, je ne t'ai pas fait part des circonstances de la curieuse grossesse de Mme Harper. Au cours des mois qui ont précédé l'accouchement, rien n'aurait pu indiquer dans son comportement ou son apparence qu'elle était enceinte. Il n'y a eu aucun préparatif particulier dans la maison, nulle constitution de trousseau, aucune rénovation de la nursery, pas plus de visites du médecin ou de changements dans la silhouette de la future mère. Un matin, on nous a fait part de la naissance du bébé, tout simplement, comme s'il avait été amené durant la nuit par la proverbiale cigogne... J'ai dû intervenir pour faire cesser les ragots à l'office, au moins en ma présence – juger la vie privée de ceux qui nous emploient n'est pas de notre ressort. Et pourtant, ma chère Lucille, la conduite de Mme Harper est si peu conforme à celle d'une mère que j'avoue avoir eu tout de suite de sérieux doutes quant à la réalité de sa maternité, même si la paternité du maître ne peut être remise en cause tant son fils lui ressemble. »

— Elle savait ! lança Harper d'une voix sourde en se tournant vers sa mère. Ils avaient tous compris, et pourtant, personne n'a rien fait...

— Qu'auraient-ils pu faire ? protesta Hayley d'une voix altérée par l'émotion. Ils n'étaient que des domestiques, des employés. Même s'ils avaient osé protester, qui les aurait écoutés ? On se serait contenté de les mettre à la porte, et rien ici n'aurait changé.

— C'est à craindre, en effet, approuva Mitch. Il faut se replacer dans le contexte de l'époque. Il aurait été difficile pour n'importe qui de contrecarrer les plans du tout-puissant Reginald Harper, *a fortiori* pour ses employés. Hayley a raison : ils ne s'y seraient certainement pas risqués. C'est d'ailleurs ce que la conclusion de la lettre semble clairement indiquer.

Avant d'achever sa lecture, Mitch prit le temps de boire un verre d'eau. Un silence parfait régnait à présent dans la pièce. Chacun était suspendu à ses lèvres.

— « Aujourd'hui, poursuit la gouvernante, un coup de théâtre est venu confirmer les soupçons que nous pouvions légitimement entretenir. En début d'après-midi, une femme s'est présentée à la porte de Harper House. Elle était très nerveuse, échevelée, pitoyable... Maigre et livide, elle flottait dans une robe grise trop grande pour elle. Mais ce qui m'a le plus frappée, ce sont ses yeux. Des yeux de femme au désespoir. Des yeux de folle. Danby...

Levant les yeux de sa feuille, Mitch précisa :

— Danby était à cette époque le majordome de Harper House.

Puis, après s'être éclairci la voix, il reprit :

— « Danby a bien essayé de la retenir, mais l'inconnue est parvenue à le repousser et s'est introduite de force dans la maison, en clamant qu'elle était venue chercher son bébé, qu'elle appelait James. Elle affirmait l'entendre pleurer, même si c'était impossible depuis le hall. Je suis intervenue pour tenter de la raisonner, mais en vain. Elle s'est précipitée dans l'escalier en appelant désespérément son fils. C'est alors qu'est apparue sur le palier Mme Harper, attirée par le bruit. Elle m'a ordonné d'introduire l'inconnue au salon et de les laisser seules. J'avoue, ma chère Lucille, que je n'aurais pas dû faire ce que j'ai fait ensuite, ce que pas une fois je n'ai fait au cours de toute ma carrière. Poussée par la pitié que je ressentais pour cette pauvre créature autant que par ma curiosité, je l'avoue, j'ai espionné leur conversation derrière la porte.

« J'ai pu entendre Mme Harper lancer à cette femme, qui disait s'appeler Amelia Connor, qu'elle aurait préféré que son enfant meure avec elle. La pauvre mère ne demandait rien d'autre que son enfant lui soit rendu. Dans les termes les plus blessants et les plus crus, cela lui fut refusé. Elle fut insultée, giflée, menacée par la maîtresse de maison. Je sais à présent que le maître a eu ce fils qu'il désirait tant avec cette pauvre femme venue réclamer justice. Je sais qu'il lui a pris son enfant et qu'il a imposé à sa femme de l'élever comme le sien.

« Je ne me faisais guère d'illusions au sujet de Reginald Harper, mais jamais je ne l'aurais cru capable d'un acte aussi abject et répréhensible. Je n'aurais jamais imaginé non plus que son épouse accepterait de se prêter à ce simulacre. On nous a ordonné de jeter cette pauvre femme dehors. À ma grande honte, j'ai fait mon devoir, Lucille, j'ai obéi. J'ai regardé sa voiture disparaître au bout de l'allée, et depuis, j'ai perdu la paix de l'âme.

« Je sens que j'aurais dû chercher à lui venir en aide. N'était-il pas de mon devoir de chrétienne d'apporter au moins un peu de réconfort à cette femme réprouvée et si injustement traitée ? Mais j'ai laissé mon devoir professionnel l'emporter sur ma conscience. Je m'en suis tenue aux obligations qui me lient à mes employeurs, ceux qui me fournissent le gîte, le couvert et le salaire qui me permet de rester indépendante. Jusqu'à présent, je n'ai soufflé mot à personne de ce que je sais. Tu es la première à qui j'en parle.

« Je vais prier pour qu'au jour où j'aurai à me présenter devant le Seigneur, ma complicité passive ne pèse pas trop lourd à Ses yeux. Je vais prier pour cette jeune femme, qui était venue chercher l'enfant à qui elle avait donné le jour et qui fut renvoyée comme une malpropre. »

Mitch laissa retomber le dernier feuillet sur son bureau dans un silence recueilli. Des larmes coulaient sur le visage de Hayley, qui gardait la tête baissée, comme elle l'avait fait durant toute la dernière partie de la lecture. Puis, lentement, elle redressa la tête, un sourire indéfinissable frémissant sur ses lèvres, les yeux brillants d'une joie mauvaise.

— Et pourtant, dit-elle, je suis revenue…

17

— Hayley ! cria Harper en se redressant d'un bond.

Mitch s'interposa entre Hayley et lui et le retint par le bras.

— Attends, ordonna-t-il. Écoutons ce qu'elle a à dire.

— Je suis revenue, répéta Hayley d'une voix qui n'était plus vraiment la sienne. Pour réclamer ce qui était à moi.

— Et pourtant, objecta Mitch, vous n'êtes pas arrivée jusqu'à l'enfant.

— Vraiment ? En êtes-vous sûr ?

Hayley leva les bras, paumes en l'air, et balaya la bibliothèque du regard.

— Ne suis-je pas ici ? reprit-elle. N'y suis-je pas restée ? Jamais… jamais ils ne seront débarrassés de moi !

— Mais cela ne vous suffit plus, n'est-ce pas ?

— Je veux ce qui est à moi ! Je veux récupérer ce qui m'est dû ! Je veux…

Les yeux écarquillés, elle lança autour d'elle quelques regards affolés.

— Les enfants… murmura-t-elle. Où sont les enfants ?

— Dehors, répondit tranquillement Roz. Ils jouent dans le jardin.

Cette précision parut rassurer celle qui avait envahi le corps de Hayley.

— J'aime les enfants, reprit-elle rêveusement. Qui aurait pu croire que je m'attacherais à des êtres aussi égoïstes et agités ? Mais dans leur sommeil, ils paraissent si doux et si adorables... Je les préfère quand ils dorment. Pour mon James, j'aurais décroché la lune. J'aurais déposé le monde à ses pieds. Le monde ! Et il ne m'aurait jamais quittée. Pensez-vous que j'aie besoin de la pitié de cette femme ?

Une rage soudaine fit flamboyer ses yeux et durcit son visage et sa voix.

— Une gouvernante ! Une domestique ! Qu'elle aille au diable, elle et sa pitié ! Qu'ils aillent tous au diable ! J'aurais dû les tuer dans leur sommeil.

— Pourquoi ne l'as-tu pas fait ?

Lentement, la tête de Hayley pivota et son regard se fixa sur Harper, qui venait de poser cette question.

— Il y a d'autres façons de leur faire payer, mon tout beau ! Tu lui ressembles tellement, tu sais...

— Certainement pas ! riposta-t-il sèchement. Si je dois ressembler à quelqu'un, c'est à toi. Je suis l'arrière-petit-fils de ton fils.

À ces mots, les yeux de Hayley s'embuèrent. Ses mains se crispèrent sur son pantalon.

— James ? gémit-elle. Mon James ! Je t'ai vu dans ton berceau, petit ange... Ta maman est venue te reprendre.

— Que me veux-tu ?

— Trouve-moi ! Je suis perdue...

— Que t'est-il arrivé ? Que t'ont-ils fait ?

Le visage de Hayley se tordit en une grimace haineuse.

— Tu le sais ! C'est toi qui es responsable ! Et tu seras damné pour cela ! Maudit sois-tu ! Je veux ce qui est à moi ! À moi !

La tête de Hayley retomba brusquement sur sa poitrine. Sa main s'agrippa à son ventre, et un frisson violent secoua tout son corps.

— Ô mon Dieu... gémit-elle tout bas.

Harper se rua vers elle et s'agenouilla pour prendre ses mains dans les siennes.

— Hayley... appela-t-il doucement. Hayley...

Elle secoua la tête, comme pour chasser un mauvais rêve, puis fixa les yeux sur lui, le visage livide.

— J'ai terriblement soif, dit-elle. Je peux avoir un verre d'eau ?

Déjà, David se précipitait pour le lui servir.

Harper porta les mains de Hayley à ses lèvres et les couvrit de baisers.

— Cela ne peut plus continuer ainsi, maugréa-t-il. Tu ne dois plus la laisser te faire ça.

— Si tu t'imagines qu'elle me laisse le choix...

D'un sourire, elle remercia David et entreprit de boire à petites gorgées le verre qu'il lui avait apporté.

— C'est la lettre qui a tout déclenché, expliqua-t-elle en se tournant vers Mitch. Elle m'a émue aux larmes, puis rendue furieuse, puis bouleversée de nouveau, jusqu'à ce que je m'aperçoive que j'étais embarquée sur une espèce de grand huit émotionnel que je ne maîtrisais absolument plus. C'était Amelia qui menait la danse...

— Tu es plus forte qu'elle ! assura Harper.

— Plus forte, je ne sais pas. Mais moins folle, ça, c'est sûr ! Heureusement pour moi.

— Tu t'es très bien débrouillée, conclut Mitch en allant éteindre son Dictaphone, qui avait enregistré toute la scène sans que personne s'en aperçoive. À présent, je crois que tu devrais aller te reposer un peu. Tu l'as mérité.

Sans lui laisser le loisir de protester, Harper aida Hayley à se lever. Elle paraissait d'ailleurs tellement secouée qu'elle n'éleva pas la moindre protestation quand il la soutint fermement pour l'accompagner vers la sortie. Le visage rembruni, Roz les regarda quitter la pièce.

— Cela ne peut plus durer, dit-elle quand la porte se fut refermée derrière eux. Je ne l'ai jamais vue dans cet état. En temps normal, Hayley est une boule d'énergie. Cela me fend le cœur de la voir ainsi.

— Mais que pouvons-nous faire ? intervint Stella.

— Vous l'avez entendue comme moi, répondit Roz. Elle a dit à Harper : « Trouve-moi ! Je suis perdue… »

— Autrement dit, compléta Mitch, trouvez mon corps, sinon je ne connaîtrai jamais le repos.

— Je crois que nous sommes tous d'accord là-dessus, conclut Roz. Reste à savoir comment nous allons nous y prendre…

Plus tard dans la soirée, lorsque la maison eut retrouvé son calme et que Lily fut endormie, Hayley sentit une certaine effervescence la gagner.

— Je n'y comprends rien, se plaignit-elle à Harper. À un moment donné, je suis prête à sauter au plafond, et tout de suite après, je me retrouve au trente-sixième dessous… Ça doit être épuisant pour toi.

Avec un sourire rassurant, il lui prit la main et l'attira sur le canapé à son côté.

— Et si nous nous installions devant la télé pour regarder un bon match ? suggéra-t-il. Je pourrais aller piller les placards de David et rapporter tout un tas de trucs à grignoter…

— Tu veux que je reste assise à regarder du base-ball ?

— Tu m'as dit que tu aimais ça !

— Oui, mais pas au point de zoner deux heures durant devant un match.

— D'accord.

Harper poussa un soupir à fendre l'âme et ajouta :

— Pour toi, je suis prêt à tous les sacrifices. Choisis un DVD. On va regarder un film, même s'il doit s'agir d'un truc de filles à l'eau de rose.

— Tu es sérieux ? demanda-t-elle, incrédule.

— Mais pour la peine, tu devras préparer toi-même le pop-corn !

— Tu veux dire que tu es d'accord pour regarder une comédie romantique avec moi sans faire de commentaires désobligeants ?

— Je ne me rappelle pas avoir donné mon accord pour la seconde partie de ta proposition.

— Tu sais, en fait, je préfère les films d'action…

— Voilà qui est bien parlé !

— Mais j'avoue que ce soir, j'adorerais regarder un bon mélo avec quelques scènes sirupeuses à souhait…

Après avoir pressé ses lèvres contre celles de Harper avec un grand bruit mouillé, Hayley se releva et se précipita vers la porte.

— Ça marche pour le pop-corn ! lança-t-elle. Avec un max de beurre et une tonne de sucre !

Sur le seuil, elle se retourna et ajouta avec un sourire éblouissant :

— Merci ! Je me sens déjà mieux.

Hayley ne se rappelait pas être jamais passée en si peu de temps par autant de hauts et de bas, de la joie au désespoir, de l'énergie survoltée à l'épuisement. En une seule journée, lui semblait-il, elle parcourait toute la gamme des sentiments. Chaque saute d'humeur l'emplissait de l'attente anxieuse d'une nouvelle manifestation d'Amelia – le pire étant qu'elle ne savait ni quand ni dans quelles circonstances celle-ci se produirait.

Lorsqu'elle se sentait descendre au plus bas, elle luttait pour se rappeler tous les aspects positifs de sa vie – sa fille, cet homme merveilleux qui l'aimait, ses amis, son boulot –, et pourtant, elle ne parvenait pas à contrôler sa chute. À tel point qu'elle finissait par se demander s'il ne fallait pas y voir le symptôme de quelque problème physique. Une tumeur au cerveau, un dérèglement hormonal... À moins qu'elle ne soit tout simplement en train de devenir aussi folle que l'Épouse Harper.

Ce fut donc fourbue et harassée qu'elle débarqua de bon matin dans son supermarché habituel afin d'y acheter des couches, du shampooing et quelques autres produits de base. Bien loin d'être une corvée pour elle, elle appréciait cette petite escapade loin de Harper House qui lui permettait de se retrouver seule avec Lily, laquelle était confortablement installée dans le siège du chariot et observait avec de grands yeux tout ce qui l'entourait.

Au moins, dans les allées de la grande surface, personne ne se sentait tenu d'épier chacune de ses paroles et de surveiller le moindre de ses gestes. Bien sûr, elle comprenait pourquoi tout le monde, à Harper House comme à la jardinerie, se faisait un devoir de garder l'œil sur elle. Mais il n'en restait pas moins qu'elle se sentait cernée. C'était tout juste si elle pouvait encore se brosser les dents sans que quelqu'un se propose d'étaler le dentifrice sur sa brosse...

Sans se presser, elle longea les allées du magasin pour y prendre ce dont elle avait besoin. Puis, ses emplettes terminées, elle décida de faire un détour par le rayon des cosmétiques. Peut-être un nouveau rouge à lèvres pourrait-il lui remonter le moral... Mais aucune des teintes proposées sur le nuancier ne la séduisit. Elles étaient soit trop foncées, soit trop claires, soit trop mates, soit trop brillantes. Alors, un nouveau parfum, peut-être ? Hélas, ceux qu'elle essaya ne lui inspirèrent rien d'autre qu'une vague nausée.

— Laisse tomber, Hayley... murmura-t-elle en reportant son attention sur sa fille.

Lily tendait désespérément le bras vers un présentoir de crayons à paupières et de mascaras.

— Pas avant quelques années ! lança-t-elle gaiement. Tu verras, c'est chouette d'être une fille et d'avoir tous ces jouets pour se déguiser. Mais aujourd'hui, je ne me sens pas très inspirée.

À contrecœur, Hayley remonta l'allée en direction de la sortie. Elle rechignait à mettre un terme à son escapade. Ensuite, elle n'aurait plus qu'à déposer sa fille chez la nounou, avant de se rendre au boulot, où elle redeviendrait le centre de l'attention collective.

Tournant la tête sur le côté, elle jeta un regard absent au rayon devant lequel elle passait et se figea sur place. Une vague nausée se logea au creux de son ventre et un vent de panique se leva dans son esprit tandis qu'elle se lançait en hâte dans de savants calculs.

Tétanisée par la conclusion à laquelle elle venait de parvenir, Hayley dut fermer un instant les paupières pour ne pas s'effondrer. Quand elle les rouvrit, son regard s'accrocha au visage rieur de sa fille comme à une bouée. D'un geste vif, elle saisit sur l'étagère deux tests de grossesse et les jeta dans son chariot.

Sans trop savoir comment, elle parvint à faire comme si de rien n'était. Elle échangea même quelques plaisanteries avec la nounou et réussit à garder un sourire plaqué sur ses lèvres jusqu'à ce qu'elle ait regagné l'abri de sa voiture.

Durant le trajet du retour, décidée à garder son calme, elle s'efforça de ne penser à rien. Elle allait se contenter de rentrer à Harper House et d'effectuer les deux tests, coup sur coup. Ensuite, quand ils se révéleraient négatifs – car ils ne pouvaient qu'être négatifs –, elle cacherait les emballages quelque part jusqu'à ce qu'elle trouve le moyen de s'en débarrasser. Ainsi, personne ne saurait qu'elle avait eu une crise de panique.

Après s'être garée, elle s'assura que les deux tests étaient bien cachés au fond du sac qui contenait ses courses. Avec un peu de chance, songea-t-elle, elle pourrait monter à l'étage sans rencontrer personne. Mais à peine eut-elle fait deux pas dans le hall que David surgit devant elle, tel un génie jailli d'une bouteille.

— Salut, ma belle. Je peux t'aider à porter ça ?

— Non !

Pour le soustraire à la main que tendait David, Hayley serra le sac contre sa poitrine.

— Non, répéta-t-elle plus calmement. Je monte juste un instant déposer ces quelques courses, et j'en profiterai pour faire pipi. Si ça ne te dérange pas.

— Pas le moins du monde, répondit-il avec une grimace. C'est quelque chose qu'il m'arrive de faire, moi aussi.

Comprenant qu'elle s'était montrée un peu abrupte, Hayley se passa une main lasse sur le visage.

— Désolée, marmonna-t-elle. Je suis de mauvais poil.

— Ça aussi, ça m'arrive.

David tira de sa poche un étui de bonbons à la cerise.

— Ouvre la bouche, ordonna-t-il en faisant glisser un bonbon hors de l'étui.

Hayley sourit et s'exécuta.

— Un peu de sucre aidera peut-être à adoucir ton humeur, reprit-il en déposant le bonbon sur sa langue. Mais je ne peux pas m'empêcher de m'en faire pour toi, tu sais.

— Je sais. Si je ne suis pas redescendue dans un quart d'heure, tu auras le droit d'appeler la cavalerie. Marché conclu ?

— OK.

Hayley gravit les marches quatre à quatre et se rua dans sa chambre. En renversant le contenu du sac sur le lit, elle se rendit compte qu'elle avait oublié les couches et maudit son étourderie. Puis, munie des deux tests, elle courut s'enfermer dans la salle de bains.

L'espace d'un instant, elle redouta de ne pas parvenir à uriner. Ne serait-ce pas le comble ? Fermant les yeux, elle se força à se calmer, inspira profondément deux ou trois fois et, pour faire bonne mesure, ajouta une prière.

Quelques minutes plus tard, alors que la douceur du bonbon s'attardait encore sur sa langue, elle contemplait avec ahurissement le bâtonnet du second test, dans la fenêtre duquel le mot « enceinte » s'affichait une fois encore en toutes lettres.

— Non ! gémit-elle. Non, non, non !

Elle secoua plusieurs fois le test, comme s'il s'était agi d'un thermomètre, dans le vain espoir de faire changer le verdict.

— Qu'as-tu dans le ventre ? lança-t-elle en dévisageant sévèrement le reflet que lui renvoyait le miroir. Une éponge à spermatozoïdes ?

Anéantie, elle se laissa retomber sur la cuvette des toilettes et enfouit son visage entre ses mains.

Bien qu'elle eût préféré s'enfermer dans le placard sous le lavabo pour s'y terrer dans le noir durant les neuf mois à venir, Hayley ne pouvait se permettre de ruminer sans fin son infortune. Elle se força donc à s'asperger le visage d'eau froide pour y effacer les traces par trop visibles que les larmes y avaient laissées.

— Pas la peine de pleurer, idiote ! lança-t-elle à son reflet dans la glace. Ce n'est pas ça qui va attendrir ce crétin de test et l'inciter à afficher dans cette stupide fenêtre : « Je t'ai bien eue, c'était une blague ! »

Réprimant de son mieux une nouvelle crise de larmes, elle tira la langue à son image.

— Tu n'as que ce que tu mérites, conclut-elle. Tu as joué, tu as perdu. Maintenant, tu assumes…

Un rapide maquillage l'aida à reprendre figure humaine. Une paire de lunettes de soleil pêchée au fond de son sac compléta l'illusion. Puis elle se rendit dans sa chambre et fourra en hâte les emballages des tests de grossesse au fond de son tiroir à sous-vêtements, telle une *junkie* dissimulant furtivement sa réserve de drogue.

David gravissait déjà l'escalier lorsqu'elle parvint sur le palier.

— Je m'apprêtais à emboucher mon clairon, dit-il.

— Quoi ? fit-elle sans comprendre.

— Pour appeler la cavalerie… Cela fait plus d'un quart d'heure que tu es montée.

— Désolée. Je… Désolée.

L'esquisse d'un sourire se dessina sur les lèvres de David, mais s'évanouit aussitôt.

— Non, décréta-t-il fermement en secouant la tête. Je ne parviendrai pas à faire comme si je n'avais rien remarqué. Je vois bien que tu as pleuré. Qu'est-ce qui ne va pas ?

— Je… je ne peux pas te le dire.

Même pour prononcer ces quelques mots, elle n'avait pu empêcher sa voix de trembler.

— Je vais être en retard au travail, parvint-elle à ajouter d'un ton plus assuré.

— Et le monde ne s'arrêtera pas de tourner pour autant. Ce qu'on va faire, c'est avoir une bonne petite discussion tous les deux.

S'asseyant sur une marche, David lui prit la main et la tira vers lui, jusqu'à ce qu'elle accepte de s'asseoir à son côté.

— Vas-y, raconte à tonton David tous tes problèmes, lui ordonna-t-il gentiment.

Hayley n'avait pas l'intention de confier à quiconque ce qui lui arrivait. Pas avant d'avoir eu le temps de réfléchir à la meilleure façon de faire face à la situation. Mais David enroula un bras autour de ses épaules pour la serrer contre lui, et les mots jaillirent spontanément de ses lèvres.

— Je suis enceinte.

— Oh ! fit-il en lui caressant le bras. Voilà un problème que même ma réserve spéciale de truffes au chocolat ne pourra pas régler.

Hayley tourna la tête sur le côté, cacha son visage au creux de son épaule et gémit :

— Qu'est-ce que je vais bien pouvoir faire, David ? Bon sang ! Qu'est-ce que je vais faire ?

— Pour commencer… tu es sûre que tu es enceinte ?

De sa poche, Hayley tira le test de grossesse.

— Qu'est-ce que tu lis là ?
— Mmm…
Gentiment, il lui attrapa le menton et examina avec soin son visage.
— Comment te sens-tu ? demanda-t-il.
— Malade de trouille. Et stupide, si stupide ! Pourtant, nous avons pris nos précautions… Ce n'est pas comme si nous nous étions conduits comme deux ados aveuglés par le désir ! Je dois avoir des ovules particulièrement entreprenants et agressifs, qui montent à l'assaut des spermatozoïdes derrière leurs remparts de latex…
Cela fit rire David, qui se reprit bien vite.
— Désolé, dit-il en lui serrant l'épaule. Je sais que c'est loin d'être drôle pour toi. Essayons de ne pas nous affoler et de considérer les choses sereinement. Si j'ai bien compris, tu es amoureuse de Harper, n'est-ce pas ?
— Bien sûr ! Mais…
— De son côté, coupa-t-il, il est amoureux de toi lui aussi ?
— Oui, mais… Oh ! David… Voilà à peine quelques semaines que nous nous le sommes avoué. Nous n'avons pas encore parlé d'avenir. Bon, d'accord, j'ai peut-être un peu rêvé de ce que pourrait devenir notre relation… Mais nous n'avons fait aucun projet.
— Il n'est jamais trop tard pour bien faire. Le moment ne peut être mieux choisi.
— Comment un homme pourrait-il ne pas se sentir piégé quand une femme qu'il connaît à peine vient lui annoncer qu'elle est enceinte de lui ?
— Tu t'es arrangée pour tomber enceinte toute seule ?
— Arrête. Ce n'est pas le problème !
— Hayley…

Il se recula légèrement et lui ôta délicatement ses lunettes de soleil, de manière à pouvoir la fixer droit dans les yeux.

— C'est exactement le problème, reprit-il. Quand Lily est née, tu as fait ce qui te paraissait être le mieux pour toi ainsi que pour l'enfant et le père. Bien ou mal – à titre personnel, je penche pour la première solution –, c'était de toute façon courageux. Aujourd'hui, il va te falloir faire preuve du même courage, mais en choisissant la solution inverse. Pour le bien de tous ceux qui sont concernés, tu dois aller l'annoncer à Harper.

Hayley baissa les yeux et secoua longuement la tête.

— Je ne sais pas si je vais pouvoir, murmura-t-elle. Rien que d'y penser, ça me rend malade.

— Alors, laisse-moi te dire que même si tu l'aimes, tu connais bien mal Harper si tu t'imagines qu'il va se dérober.

Hayley baissa les yeux vers le test et les quelques lettres lourdes de sens qui étaient apparues au centre de la fenêtre.

— Je n'imagine rien de tel, dit-elle d'une voix défaite. En fait, c'est parce que je suis sûre qu'il va assumer ses responsabilités que je redoute de lui annoncer la nouvelle. Comment saurai-je si c'est parce qu'il est un homme responsable ou si c'est parce qu'il m'aime ?

David se pencha pour déposer un baiser sur sa tempe.

— Tu n'as pas à t'en faire pour ça, assura-t-il. Tu le sauras.

Le conseil de David avait beau lui paraître avisé et raisonnable, Hayley ne le trouvait pas moins difficile à mettre en œuvre. Elle aurait voulu prendre son temps, laisser passer quelques jours et, pourquoi pas, se bercer de l'illusion que tout finirait par s'arranger comme par miracle... Un reste d'amour-propre lui interdisait de se montrer aussi lâche. Aussi, dès qu'elle fut arrivée à la jardinerie, se dirigea-t-elle vers la salle de greffage, où elle savait pouvoir trouver Harper.

En chemin, elle remarqua les nombreux clients qui se pressaient dans les allées : les affaires reprenaient, après l'accalmie due à la canicule. La température avait suffisamment chuté pour que les gens commencent à penser à leurs plantations d'automne. Les enfants de Stella avaient repris le chemin de l'école, et les jours, déjà, raccourcissaient. En somme, conclut-elle avec amertume, le monde ne s'arrêtait pas de tourner parce qu'elle avait une crise à gérer.

Une musique douce jouait dans la serre surchauffée lorsqu'elle y pénétra. Elle ne reconnut pas le morceau, à base de flûtes et de guitares, mais elle se doutait que le baladeur de Harper devait diffuser une musique autrement plus musclée. Pour ne rien arranger, il travaillait à l'autre bout de la serre. Elle dut remonter toute l'allée centrale, ce qui lui parut durer des heures, avant qu'il ne s'aperçoive de sa présence et ne lui adresse un sourire éblouissant.

— Super ! lança-t-il en ôtant ses écouteurs. Exactement la femme que je voulais voir. Regarde ça...

Piquée malgré elle par la curiosité, elle examina les plants qu'il lui désignait.

— Qu'est-ce que c'est ?

— Notre enfant.

Penché comme il l'était vers le sol, il ne put remarquer qu'elle avait sursauté à cette réponse.

— Ce sont les lys que nous avons hybridés, poursuivit-il avec une satisfaction évidente. Tout se déroule comme prévu. Regarde ce gonflement ovarien... Encore trois ou quatre semaines, et nous devrions pouvoir récolter les graines pour les planter. Je me disais que nous pourrions prochainement nous mettre au travail sur une nouvelle variété de rose, si tu es d'accord. En hommage à ma mère, cette fois...

— Cela lui ferait plaisir, répondit-elle en songeant que s'ils avaient une fille, ils pourraient l'appeler Rose. Et c'est gentil de ta part.

— En fait, précisa-t-il, c'est une idée de Mitch, mais le pauvre homme n'est pas capable de garder un caoutchouc en vie, même avec un mode d'emploi. Personne n'a jamais réussi à mettre au point une vraie rose noire. C'est un sacré défi, qui mérite qu'on y consacre du temps. En plus, c'est la bonne époque de l'année. Il est grand temps de laver, de désinfecter et d'aérer à fond cette serre. L'hygiène est importante pour ce genre de travail. Pour les roses, mais pas seulement. Mon viburnum, par exemple, malgré tous mes soins, s'est chopé une infection.

L'enthousiasme qu'il manifestait à l'idée de se lancer dans ce nouveau projet était impressionnant. Comment réagirait-il lorsqu'il apprendrait qu'en ce qui la concernait, elle s'était « chopé » bien pire qu'une infection ?

La mort dans l'âme, elle le suivit jusqu'à sa table de travail, où il se mit à taper quelques notes sur le clavier de son ordinateur.

— Harper... murmura-t-elle en le regardant faire. Je suis désolée.

— Oh, ce n'est rien ! s'exclama-t-il tout en continuant à travailler. Il ne faut pas plaisanter avec une infection, mais je sais comment traiter ce genre de problème.

Comme les larmes menaçaient de rompre une nouvelle fois les digues de ses paupières, Hayley s'empressa d'en finir.

— Je suis enceinte.

Voilà, songea-t-elle avec soulagement. C'était fait. Tout était dit. De manière claire et nette. Aucun retour en arrière possible...

Harper se figea, comme frappé par la foudre, la main suspendue au-dessus du clavier.

— Quoi ? dit-il en pivotant sur son tabouret de manière à lui faire face. Qu'est-ce que tu as dit ?

Hayley ne sut comment interpréter sa réaction, ce qui la plongea dans un profond désarroi.

— J'aurais dû m'en apercevoir plus tôt, ajouta-t-elle précipitamment. J'étais si fatiguée, ces derniers temps... Et puis, je n'ai pas eu mes règles, ce mois-ci. Je crois que j'ai dû faire l'autruche... J'ai mis ça sur le compte de ce qui se passait avec Amelia. J'ai manqué de vigilance. Je suis désolée.

Ces paroles avaient jailli de sa bouche dans un désordre tumultueux, en une tirade confuse qu'elle comprenait à peine elle-même.

— Enceinte... répéta Harper comme s'il s'entraînait à prononcer ce mot. Tu as bien dit que tu étais enceinte ?

— Bon sang, oui ! Il faut que je te l'épelle ?

Partagée entre la confusion et la colère, Hayley sortit le test de sa poche et l'agita sous le nez de Harper.

— Lis toi-même ! reprit-elle. E, n, c, e, i, n...

Sans la laisser finir, Harper s'empara du bâtonnet.

— Quand t'en es-tu rendu compte ? demanda-t-il en le fixant attentivement, les yeux plissés.

— Aujourd'hui. Ce matin même. J'étais allée faire quelques courses au supermarché avant le travail. Il me fallait surtout des couches pour Lily, mais figure-toi que j'ai oublié d'en prendre... Quel genre de mère suis-je donc ?

— Calme-toi...

Comme s'il retrouvait ses esprits, Harper se leva, la prit par les épaules et l'incita en douceur à s'asseoir sur le tabouret.

— Tu te sens bien ? demanda-t-il en la dévisageant avec anxiété. Je veux dire… Ça ne te fait pas mal, ni rien ?

— Bien sûr que non ! Qu'est-ce que tu crois ? Je ne suis pas malade. Je suis enceinte.

— D'accord, d'accord, ne t'énerve pas.

Manifestement perplexe, Harper se massa la nuque sans cesser de l'examiner avec curiosité. Exactement, songea Hayley, comme il aurait observé une nouvelle espèce de plante particulièrement intéressante.

— Cela fait combien de temps ? reprit-il. Je veux dire, depuis quand es-tu enceinte ?

— Environ cinq semaines. Six, maximum.

— Le bébé… Il est grand comment, dans ton ventre ?

Hayley haussa les épaules.

— Je n'en sais rien, maugréa-t-elle. Peut-être comme un grain de riz.

— Waouh…

Fasciné, Harper baissa les yeux, fixa le ventre de Hayley et posa dessus une main hésitante.

— Quand va-t-il commencer à bouger ? demanda-t-il. Il a déjà des bras, des jambes, des doigts, un nez ?

— Harper… Là n'est pas le problème. Qu'allons-nous faire ?

— Je suis totalement ignare dans ce domaine ! Je veux commencer par en apprendre le plus possible. Je veux tout savoir ! Et d'abord, tu dois voir un docteur, pas vrai ?

Prenant ses mains dans les siennes, il se redressa et ajouta d'un ton décidé :

— Allons-y tout de suite !

— Je n'ai pas besoin de voir un docteur pour le moment, protesta-t-elle vivement. Harper... qu'allons-nous faire ?

— Ce qu'on va faire ? Mais on va avoir un bébé, bon sang de bois !

Dans un élan d'enthousiasme, il la saisit par la taille et la souleva sans effort dans les airs. Les deux mains posées sur ses épaules, Hayley le dévisagea un long moment avant de murmurer d'un air ébahi :

— Tu n'es pas en colère.

— Pourquoi le serais-je ? s'étonna-t-il.

Hayley ne savait plus où elle en était. Elle ne s'était attendue à rien de précis, mais la réaction de Harper la déstabilisait complètement.

— Je ne sais pas, avoua-t-elle piteusement. Parce que.

En douceur, Harper la reposa sur le tabouret, le visage brusquement assombri.

— Je vois, dit-il. Tu ne veux pas de cet enfant.

— Mais je n'en sais rien ! s'exclama-t-elle. Comment pourrais-je savoir ce que je veux ? Je suis incapable de réfléchir !

— Intéressant... murmura Harper sur le ton d'un savant examinant les réactions d'un cobaye. Apparemment, la grossesse aurait des répercussions sur le fonctionnement normal du cerveau.

— Je...

— Cela ne fait rien, coupa-t-il. Je réfléchirai et je déciderai pour nous deux. Nous allons tout de suite prendre rendez-vous chez un spécialiste pour qu'il s'assure que tout va bien là-dedans. Ensuite, il nous faudra organiser le mariage. Et au printemps prochain, le bébé naîtra...

— Le mariage ? répéta-t-elle en secouant la tête avec affolement. Mais... de nos jours, les gens ne se marient plus uniquement parce que...

— Là d'où je viens, objecta-t-il doctement, là où l'herbe est verte et le ciel bleu, les gens qui s'aiment et qui font des enfants se marient. C'est peut-être un peu en avance par rapport au programme établi, mais un tel événement mérite qu'on bouscule un peu nos plans.

— Nous avions un programme établi ?

— Moi, j'en avais un.

Il s'agenouilla alors devant elle et repoussa une mèche des cheveux de Hayley derrière son oreille.

— Je t'aime, reprit-il en la fixant au fond des yeux. Tu le sais. Tu es la femme de ma vie. Je veux que nous vivions ensemble, avec ce bébé qu'il me tarde déjà de tenir dans mes bras. Nous allons faire les choses comme il faut, et il n'y a pas à revenir là-dessus.

— Si je comprends bien, tu m'ordonnes de t'épouser.

— J'avais prévu d'en arriver là dans quelque temps, après t'avoir convaincue en douceur. Mais puisqu'il faut faire face à une situation nouvelle, et si c'est ainsi que tu préfères voir les choses, je t'ordonne de m'épouser.

Réduite au silence, Hayley le dévisagea un long moment en secouant la tête.

— Je... je ne sais pas quoi dire, avoua-t-elle enfin. Tu n'es pas fâché.

— Non. Je ne suis pas fâché.

Harper marqua une pause, comme s'il prenait le temps de la réflexion, et ajouta :

— Juste un peu effrayé. Et complètement ébahi. Bon sang ! Lily va adorer ça... Un petit frère ou une petite sœur à tourmenter. Mes frères vont sauter de joie lorsque je vais leur annoncer la nouvelle. Et maman ! Elle ne va pas en revenir quand je vais lui dire qu'elle va être...

— ... grand-mère, acheva Hayley à sa place.

Satisfaite de voir enfin l'ombre d'un doute passer au fond de ses yeux, elle poursuivit malicieusement :

— À ton avis, comment va-t-elle prendre cela ?

— Je l'ignore. Mais je ne tarderai pas à le savoir.

Comme pour s'assurer que sa tête reposait toujours sur ses épaules, Hayley posa ses mains sur ses tempes.

— Je… je ne sais plus où j'en suis, avoua-t-elle. Je ne sais plus que penser.

Laissant retomber ses mains dans son giron, elle chercha le regard de Harper et demanda anxieusement :

— Tu es sûr que nous ne commettons pas une erreur ?

— Notre enfant ne peut pas être une erreur, répondit-il sans l'ombre d'une hésitation.

Toujours à genoux devant elle, il la prit délicatement dans ses bras et la sentit s'abandonner aux larmes dans un sanglot.

— Il ne peut être une erreur, répéta-t-il en lui caressant doucement les cheveux. Tout juste une sacrée surprise !

18

Harper passa le reste de la journée dans un état second. Il y avait tant de choses à considérer, à organiser, à mettre en œuvre...

Dans son esprit, les premières étapes coulaient de source. Ils allaient commencer par prendre rendez-vous chez le meilleur spécialiste de Memphis, qui s'assurerait que tout allait bien pour Hayley et pour le bébé. Ensuite, ils profiteraient de leur passage en ville pour écumer les librairies afin de se documenter le plus complètement possible. Il voulait tout savoir, tout comprendre de ce processus merveilleux qui, à partir de deux individus, donnait naissance à un nouvel être humain.

Ils se marieraient dès que possible, mais en évitant de faire de ce mariage une formalité vide de sens et vite expédiée. Il ne voulait de cela ni pour Hayley, ni pour Lily et le bébé à venir, ni même pour lui. Il souhaitait se marier à Harper House, dans le jardin qu'il contribuait depuis des années à embellir, à l'ombre de la maison qui l'avait vu grandir. Voilà ce qu'il désirait, ce qu'il avait, sans même le savoir, désiré toute sa vie. Il n'y avait jamais réfléchi, mais il en était à présent aussi sûr que du nom qu'il portait.

Hayley et Lily emménageraient dans l'ancienne remise à voitures, qui deviendrait le foyer de leur nouvelle famille. Il allait falloir agrandir la vieille bâtisse sans en dénaturer le charme, afin que leurs enfants et eux-mêmes puissent disposer de toute la place nécessaire. Leurs enfants qui grandiraient à leur tour à Harper House, dans son parc et ses bois, acteurs de cette histoire qui serait la leur comme elle était pour l'instant la sienne.

Tout cela, il le voyait, il se le représentait clairement. Ce qu'il avait plus de mal à imaginer, c'était cet enfant que Hayley et lui avaient créé. Un grain de riz ? Comment quelque chose d'aussi petit pouvait-il occuper déjà tant de place dans leur vie et susciter autant d'amour au fond de leur cœur ?

Mais avant toutes ces étapes qui les attendaient, il en était une autre qu'il lui fallait affronter seul.

Harper trouva sa mère dans le jardin, occupée à ajouter quelques asters et deux ou trois chrysanthèmes dans une plate-bande. Elle portait des gants de travail salis par des saisons de jardinage. Son fin pantalon de coton était de la couleur de cette terre qu'elle avait travaillée toute sa vie et qui donnait un sens à son existence. Elle travaillait pieds nus, comme à son habitude, et il vit à deux pas de là les sabots qu'elle avait abandonnés dans l'herbe, avant de s'agenouiller au bord du massif.

Lorsqu'il était enfant, il voyait en elle une force invincible, presque surnaturelle. Elle savait tout, ce qu'elle devait savoir comme ce qu'il aurait préféré qu'elle ignore. Elle avait toujours les réponses dont il avait besoin et lui offrait sans compter son amour et sa tendresse. Plus important encore, elle était toujours là pour lui, dans les bons moments de la vie comme dans les coups durs.

À présent, cela allait être à lui de reprendre le flambeau.

Roz tourna la tête en l'entendant approcher et passa le dos de sa main sur son front. Il fut frappé par la beauté et la sérénité de son visage, sous le chapeau de paille qui abritait ses yeux.

— Salut, maman. Comment était ta journée ?

— Bonne. J'en profite pour la prolonger un peu tant que la terre est sèche. Il va pleuvoir cette nuit.

En un geste réflexe, Harper leva les yeux vers le ciel.

— Pas trop tôt, dit-il. Un bon arrosage ne fera pas de mal.

Roz plissa les yeux et l'étudia attentivement.

— Toi, reprit-elle, tu as ton air grave des grands jours. Et si tu t'asseyais près de moi pour m'éviter un torticolis ?

— Il faut que je te parle, dit-il en s'exécutant.

— C'est généralement le cas quand tu fais cette tête-là.

— Hayley est enceinte.

Lentement, très lentement, Roz posa son plantoir sur le sol et se tourna vers lui.

— Eh bien ! murmura-t-elle. Eh bien, eh bien, eh bien…

— Elle s'en est rendu compte aujourd'hui, reprit-il, mais cela doit faire selon elle cinq ou six semaines. Elle a tous les symptômes – je ne sais pas si le terme convient – et elle a fait un test.

— Comment prend-elle la chose ?

— Elle m'a l'air un peu effrayée. Ennuyée aussi d'être une fois de plus dépassée par les événements.

Roz tendit le bras, ôta les lunettes de soleil de son fils et plongea son regard au fond de ses yeux.

— Et toi ? reprit-elle. Comment le prends-tu ?

— Très bien. Je l'aime, maman.

— Je le sais, mais… es-tu heureux ?

— Entre autres choses, je suis heureux. Tu espérais peut-être que cela se passerait autrement pour moi, mais...

— Harper, coupa-t-elle. Peu importe ce que j'ai pu espérer ou non pour toi.

Avec soin, Roz sélectionna un aster bleu, disposa ses racines dans un trou déjà creusé et les recouvrit de terre.

— Ce qui compte, poursuivit-elle tout en s'activant, c'est ce que vous voulez, toi et Hayley. Ce qui compte, c'est cette petite fille et ce bébé à venir.

— Tu sais que j'aime déjà Lily comme ma propre fille. Une fois que j'aurai épousé sa mère, je veux l'adopter de manière à ce qu'elle le devienne légalement. Et ce bébé me comble de joie, même si nous ne nous y attendions pas. Je sais que tout cela semble un peu précipité, mais nous... Ne pleure pas. Je t'en prie, ne pleure pas.

— J'ai bien le droit de verser quelques larmes lorsque mon aîné m'apprend qu'il va faire de moi une grand-mère ! protesta Roz. Où diable ai-je pu fourrer mon bandana ?

Voyant l'extrémité du foulard dépasser de la poche arrière du pantalon de sa mère, Harper tira dessus et le lui tendit.

— Je crois que je vais devoir m'asseoir une minute.

Roz se laissa lourdement tomber dans l'herbe, s'essuya les yeux et se moucha.

— Bien sûr, reprit-elle d'un ton rêveur, on sait dès le départ que ce jour arrivera. Dès l'instant où on tient son bébé dans ses bras, confusément, on le sait. C'est le cycle de la vie. Les femmes savent cela. Les jardiniers aussi.

Avec un sourire tremblant, elle lui ouvrit les bras.

— Harper… murmura-t-elle quand il vint s'y réfugier. Dire que te voilà papa !

— Je n'en reviens pas moi-même, répondit-il en enfouissant son visage dans son cou, comme autrefois. Et toi… Dire que te voilà grand-mère !

— Là, c'est moi qui n'en reviens pas. Qui plus est, deux fois grand-mère d'un seul coup !

Roz s'écarta pour embrasser son fils sur les deux joues.

— J'aime cette petite fille, assura-t-elle. D'une certaine manière, nous sommes déjà des grands-parents pour elle, Mitch et moi. Je veux que vous sachiez, Hayley et toi, à quel point je suis heureuse pour vous. Même si vous vous êtes arrangés pour que le bébé arrive au moment le plus chargé de l'année…

— Oups ! Ça ne m'avait même pas effleuré l'esprit.

— Le contraire m'aurait étonné ! Tu es tout pardonné.

En riant, Roz ôta ses gants de travail, de manière à pouvoir serrer peau contre peau les mains de Harper dans les siennes.

— Dis-moi, l'as-tu déjà demandée en mariage ? reprit-elle en le dévisageant intensément.

— En quelque sorte. En fait, je lui ai fait comprendre qu'elle n'avait pas le choix… Ne me regarde pas comme ça !

Les sourcils froncés, Roz lui lançait un regard réprobateur.

— Pourquoi te regarderais-je autrement ? Après ce que tu viens de me dire, tu ne mérites pas mieux.

— Ne t'inquiète pas. Je vais me rattraper.

Harper baissa le regard sur leurs mains jointes, puis porta celles de sa mère, l'une après l'autre, à ses lèvres.

— Je t'aime, maman. Tu as mis la barre très haut.

— Quoi ? De quelle barre parles-tu ?

— De celle de l'exigence, répondit-il en redressant la tête pour la regarder dans les yeux. Je n'aurais pas pu me contenter d'une femme que je n'aurais pas aimée et respectée autant que je t'aime et te respecte.

De nouveau, les larmes coulèrent sur les joues de Roz.

— Oh, flûte ! gémit-elle. Je vais avoir besoin de bien plus que de ce bandana si tu n'arrêtes pas.

— J'ai l'intention de donner à Hayley le meilleur de moi-même. Et pour commencer, il va me falloir les bagues de grand-mère Harper. Celle de ses fiançailles et celle de ses noces. Tu m'avais dit que je pourrais les avoir quand je...

Avec un sourire tremblant, Roz embrassa son fils sur la joue et conclut en se redressant :

— Voilà bien l'homme que j'ai élevé. Viens. Allons les chercher ensemble.

Une autre chose à laquelle Harper n'avait jamais réfléchi était la façon de faire sa déclaration à une femme – plus exactement à *la* femme. Dîner romantique au champagne ? Pique-nique bucolique ? Match de base-ball avec tableau d'affichage proclamant un « Veux-tu m'épouser ? » géant ?

Aucune de ces solutions ne lui paraissait digne de Hayley. Le mieux, décida-t-il, était d'opter pour l'heure, l'endroit et l'ambiance qui leur ressemblaient le plus. Aussi emmena-t-il Hayley, ce soir-là, pour une promenade au crépuscule dans le parc de Harper House.

— L'idée d'avoir une fois de plus réquisitionné ta mère pour garder Lily ne m'enchante guère, grommela-t-elle en le suivant à contrecœur.

— C'est elle qui l'a proposé. Et j'avais besoin d'une heure en tête à tête avec toi. Tu vois ce prunier ?

Il venait de s'arrêter au pied d'un grand et bel arbre aux branches élégamment dressées vers le ciel.

— Mes parents l'ont planté en mon honneur lorsque je suis né, expliqua-t-il en caressant une de ses feuilles entre ses doigts. Je me suis toujours senti bien ici. C'est l'un de mes endroits préférés. Nous en planterons un pour Lily, et un pour notre bébé quand il sera né. Mais en attendant, il me paraissait important que notre histoire commence ici.

De sa poche, il tira un écrin ancien. Puis, cherchant dans la pénombre le regard de Hayley, il la fixa gravement et précisa :

— Je ne vais pas mettre un genou en terre, parce que je m'en voudrais de me sentir stupide dans un moment pareil, mais le cœur y est. Hayley… j'aime cette vie qui nous attend, cette histoire que nous avons commencé à écrire ensemble. Cette histoire, je veux la vivre et continuer à l'écrire avec toi, près de toi. Tu es la première femme que j'aime. Et tu seras également la seule.

Délicatement, Harper ouvrit l'écrin et sourit en voyant les yeux de Hayley s'écarquiller sous l'effet de la surprise.

— C'est l'anneau de fiançailles de ma grand-mère, dit-il comme s'il s'en excusait. Si tu le trouves trop ringard…

— Je…

Hayley dut déglutir longuement avant de poursuivre :

— Je le trouve merveilleux. Un bijou de famille n'est jamais ringard. En fait, c'est la plus belle bague que j'aie jamais vue. Mais tu es sûr que Roz…

— Elle t'était destinée dès ma naissance. Roz me l'a donnée pour toi, pour la femme que j'aime et avec qui je vais passer le reste de ma vie. Je veux que tu la portes… si tu acceptes de me supporter pour quelques décennies. Veux-tu m'épouser, Hayley ?

— C'est magnifique, Harper. Tu es magnifique…

— Attends ! coupa-t-il. Je n'ai pas terminé. Je veux que tu acceptes de prendre mon nom, mais je veux aussi le donner à Lily. Je vous veux toutes les deux. Je ne me contenterai de rien de moins.

— Es-tu sûr de ce que tu es en train de faire ? demanda-t-elle à mi-voix en lui caressant la joue.

— Sûr et certain. Et tu as intérêt à me répondre rapidement, parce que je détesterais gâcher le romantisme de cet instant en luttant avec toi dans l'herbe pour te passer de force cet anneau au doigt.

— C'est tentant, mais ce ne sera pas nécessaire.

Hayley ferma les yeux un instant. L'image d'un champ de pruniers en fleur s'imprima brièvement sur l'écran de ses paupières closes, comme un symbole du passage des générations et de la permanence de la tradition.

— Quand je suis venue t'annoncer ma grossesse, reprit-elle, j'étais certaine que tu allais proposer de m'épouser. Parce que c'est ta nature : tu es intimement programmé pour faire ce qui est bon et juste.

— Hayley ! protesta-t-il. Ce n'est pas…

D'un geste impérieux de la main, elle le fit taire.

— Tu as eu le temps de t'exprimer, dit-elle en le fixant d'un air farouche. À présent, c'est mon tour. Je savais donc comment tu allais réagir, et c'est en partie pour cela que je me sentais si mal. J'avais peur que tu ne veuilles m'épouser que par devoir. Mais mes craintes se sont dissipées. Je sais que tu m'aimes et que c'est pour cette raison que tu veux m'épouser.

Hayley marqua une pause, inspira profondément et se serra contre lui avant de conclure :

— Je veux être ta femme, Harper. J'accepte de porter ton nom, ainsi que Lily. Nous en serons honorées. Et nous t'aimerons toute notre vie.

Les doigts un peu tremblants, Harper saisit l'anneau et le passa à l'annulaire que lui tendait Hayley.

— Il est trop grand, constata-t-il en portant ses doigts à ses lèvres pour y déposer un baiser.

— Si tu le reprends, je hurle.

— Juste le temps de le faire resserrer, et je te le rends.

Hayley acquiesça d'un bref hochement de tête et noua les bras autour de la nuque de Harper pour se pendre à son cou.

— Je t'aime, je t'aime, je t'aime ! s'exclama-t-elle.

En riant, il lui souleva le menton pour l'embrasser.

— Enfin ! J'espérais bien que tu dirais ça.

Hayley se sentit gauche et intimidée lorsqu'il lui fallut annoncer en compagnie de Harper la nouvelle à Roz et à Mitch. Elle se détendit un peu quand David servit le champagne pour fêter l'événement. Il lui en offrit une demi-coupe, et elle dut s'en contenter pour les deux toasts qui furent portés – un pour le mariage, l'autre pour le bébé.

Après l'avoir serrée chaleureusement dans ses bras à l'issue de ces réjouissances, Roz lui murmura à l'oreille :

— Il faut qu'on parle, toi et moi. Au plus vite.

— Oh… répondit-elle, le cœur serré par une sombre appréhension. Bien sûr.

— Et pourquoi pas maintenant ?

Roz se tourna vers son fils et lança gaiement :

— Je t'enlève ta future femme pour quelques minutes. Il y a quelque chose que je dois lui montrer.

Sans attendre de réponse, Roz passa son bras sous celui de Hayley et l'entraîna hors de la pièce, en direction de l'escalier.

— Vous avez déjà une idée du genre de mariage que vous voulez ? demanda-t-elle en chemin.

— Je… je ne sais pas. Tout cela est si… précipité.

— Oui, bien sûr.

— Il me semble que Harper m'a dit vouloir se marier ici, à Harper House.

Un sourire ravi illumina le visage de Roz.

— C'est ce que j'espérais. On pourrait faire ça dans la salle de bal, si vous souhaitez quelque chose de solennel. Ou alors sur la terrasse et dans le parc, si vous voulez quelque chose de plus détendu. Parlez-en ensemble et dites-moi ce que vous préférez. Mais je te préviens, je meurs d'envie d'organiser tout cela et je peux être têtue comme une mule quand je m'y mets. Alors, je compte sur toi pour me dire quand je passe les bornes.

Hayley hocha la tête d'un air absent.

— Que se passe-t-il ? s'inquiéta Roz, que le manque d'enthousiasme de la jeune femme intriguait. Quelque chose te tracasse ?

Hayley se mordit la lèvre comme si elle hésitait à parler avant d'avouer :

— Je n'en reviens pas que vous ne soyez pas en colère contre moi.

Roz haussa les sourcils.

— En colère ? s'étonna-t-elle. Pourquoi donc, grands dieux ?

— Cette grossesse imprévue, ce mariage précipité…

— Moi, je n'en reviens pas que tu puisses avoir une si piètre opinion de moi, riposta Roz.

— Au contraire, j'ai une très haute opinion de vous, protesta Hayley alors qu'elles gravissaient l'escalier.

Mais je me mets à votre place… et je ne comprends pas.

— C'est parce que tu n'es pas à ma place. Ce qui me convient parfaitement. J'aime garder ma place pour moi toute seule.

Sur le palier du premier étage, Roz tourna en direction de l'aile qu'elle occupait avec son mari. En lui emboîtant le pas, Hayley ajouta d'une voix sourde :

— Je ne suis pas tombée enceinte intentionnellement.

Devant la porte de sa chambre, Roz fit volte-face et posa les mains sur les épaules de Hayley.

— C'est donc ce qui te turlupine ? fit-elle en la fixant droit dans les yeux. Tu m'imagines capable de t'accuser d'avoir tout manigancé ?

— Non… pas exactement… répondit Hayley en baissant la tête. Mais c'est ce que beaucoup de gens penseraient.

— Je suis heureuse de pouvoir prétendre que je ne suis pas comme « beaucoup de gens ». Je suis également très bon juge du caractère d'autrui, avec une seule erreur majeure dans mon illustre carrière. Si je te croyais capable de ça, Hayley, tu ne vivrais déjà plus dans cette maison.

— Mais quand vous avez dit que nous devions parler, j'imaginais…

Levant les yeux au plafond, Roz soupira bruyamment et ouvrit la porte de sa chambre.

— Suis-moi, dit-elle. Les actes valant mieux qu'un long discours, je vais te montrer ce que j'avais en tête.

D'un pas résolu, elle marcha jusqu'au lit et ouvrit la boîte posée dessus. Précautionneusement, elle en sortit ce qui ressemblait à un pâle nuage bleu.

— C'était la couverture de Harper, expliqua-t-elle en la portant à sa joue. Je l'ai faite moi-même, juste après sa naissance. Mes autres fils y ont eu droit également, et cela fait partie des rares choses que j'ai gardées pour les leur rendre plus tard. Si ce bébé est une fille, tu voudras sans doute pour elle quelque chose de plus féminin. Mais si c'est un garçon, je serais heureuse que tu puisses l'utiliser. Dans un cas comme dans l'autre, je tenais à te la donner maintenant.

La gorge serrée par l'émotion, Hayley murmura :

— Elle est magnifique.

Roz laissa sa joue reposer quelques instants contre le lainage.

— Harper est l'une des grandes joies de mon existence, reprit-elle. Je l'aime aujourd'hui comme je l'ai aimé dès le premier jour, et il n'y a rien que je désire plus au monde que son bonheur. Tu le rends heureux. C'est plus que suffisant pour moi.

— Je serai une bonne épouse pour lui.

— Tu as intérêt, si tu ne veux pas avoir affaire à moi ! À présent, pouvons-nous enfin nous asseoir sur ce lit et verser une petite larme toutes les deux ?

Allongée cette nuit-là dans le noir au côté de Harper, Hayley se laissait bercer par le bruit entêtant de la pluie.

— Je ne sais pas comment je peux être si heureuse et si effrayée à la fois, murmura-t-elle.

— Tu n'as pas à avoir peur, assura-t-il. Je suis là.

— Ce matin, j'ai eu l'impression qu'une bibliothèque entière s'écroulait sur moi et que je me retrouvais ensevelie sous une montagne de livres. Ce soir, je me rends compte qu'il s'agissait en fait de fleurs et que je nage dans une mer parfumée de pétales...

Dans le noir, Harper lui prit la main gauche. Avec le pouce, Hayley ne cessait de se gratter l'annulaire.

La bague de fiançailles reposait dans son écrin, sur la commode.

— J'irai dès demain la porter chez le joaillier, dit-il.

— Je ne sais pas si je vais m'habituer à l'idée d'épouser un homme qui lit dans mes pensées.

Souplement, elle roula sur lui et ajouta :

— Heureusement que je peux lire dans les tiennes aussi. Juste à l'instant, c'est bien à cela que tu pensais ?

Lentement, elle laissa ses lèvres s'abaisser à la rencontre des siennes. Avec lui, elle se sentait lisse et douce, tendre et chaude, mais avant tout, merveilleusement aimée. Rien ne pouvait assombrir ses pensées ni gâcher la douceur de ce moment. Elle était résolue à goûter chaque instant de bonheur vécu en sa compagnie, à déguster chaque seconde de leur nouvelle vie comme si elle devait être la dernière. Elle se sentait vivante, en sécurité, et irrémédiablement conquise.

Leurs corps se mirent à onduler en cadence avec la pluie qui tambourinait sur la terrasse, leurs cœurs mêlant à cette chanson leur propre tempo. Elle connaissait si bien Harper, à présent. C'était son ami, son partenaire, son amant, son futur mari… Submergée par l'amour qu'il lui inspirait, elle frotta tendrement sa joue contre la sienne.

— Je t'aime tant ! Il me semble que j'ai déjà passé toute une vie à t'aimer…

— J'espère bien que non ! protesta-t-il en riant. Car cela signifierait que notre histoire se termine. C'est aujourd'hui que tout commence. Une vie d'amour et de bonheur s'ouvre devant nous…

Rêveusement, Harper laissa ses doigts courir le long du visage de Hayley, caressant son menton, ses joues, ses tempes, avant de les laisser se perdre dans ses cheveux. Dans la pénombre, il distinguait à peine son visage. Seuls ses yeux brillaient d'une lueur mystérieuse.

Elle avait beau paraître lointaine et inaccessible dans cette nuit d'orage, elle n'en était pas moins sienne. En l'admirant, il voyait se dérouler devant lui cette longue vie de bonheur qui les attendait. Et en la caressant, il touchait du doigt la douceur et la beauté du moment présent.

Il la serra contre lui et la fit basculer sur le matelas pour rouler sur elle à son tour. Sous ses lèvres, il goûta la souplesse de sa bouche, la longue ligne de son cou, la courbe subtile de ses seins. Sous sa poitrine, son cœur battait, aussi régulier et obstiné que le bruit de la pluie. Il allait se faire un plaisir d'affoler cette belle mécanique en laissant ses lèvres se refermer sur la pointe dressée d'une aréole…

Lentement, guidé par ses soupirs, il descendit le long du torse étroit, laiteux, si émouvant dans la clarté diffuse de la lune. Le frémissement des muscles au passage de sa bouche, la chair de poule qui soulevait la peau de Hayley étaient pour lui de précieux témoignages du désir qui montait en elle et qu'il sentait simultanément s'exacerber en lui.

Près du nombril, il fit une pause, laissant sa joue reposer avec tendresse contre ce temple mystérieux à l'intérieur duquel un miracle s'était produit. La main de Hayley se posa sur ses cheveux pour les caresser doucement.

— Que ce soit une fille ou un garçon, dit-elle d'un ton rêveur, nous lui donnerons Harper comme deuxième prénom. Je ne reviendrai pas là-dessus, mais pour le prénom usuel, je suis ouverte à la discussion.

Harper déposa un baiser sur le ventre de Hayley et redressa la tête pour suggérer :

— Que dirais-tu de Cletis ? Cletis Harper Ashby…

Sur ses cheveux, les doigts de Hayley se figèrent.

— Rassure-moi, dit-elle d'une voix incertaine. C'est une blague ?

— Cletis pour un garçon, poursuivit-il sans lui répondre. Et si c'est une fille, pourquoi pas Hermione ? Je trouve qu'on n'en rencontre pas assez, de nos jours.

En accéléré, Harper refit en sens inverse tout le chemin qu'il venait de parcourir avec ses lèvres.

— Tu serais bien embêtée, reprit-il avec un sourire espiègle, si je tenais *mordicus* à ces prénoms alors que tu viens d'accepter de m'épouser…

Hayley lui chatouilla les côtes jusqu'à ce qu'il demande grâce.

— J'ai intérêt à aller remplir moi-même la déclaration de naissance ! conclut-elle en riant. Sinon, ce pauvre enfant va se retrouver avec…

Elle ne put en dire davantage. Les lèvres de Harper, possessives et affamées, venaient de se refermer sur les siennes. Bien plus bas palpitait la preuve de son désir. Refermant les jambes autour de ses hanches, ce fut avec joie et reconnaissance qu'elle l'accueillit en elle.

Elle se sentait si bien, blottie dans le dos de Harper… Lentement, le sommeil s'emparait d'elle. Le bruit de la pluie était une musique, une berceuse qui l'entraînait au pays des rêves.

Elle s'imaginait déjà marcher à sa rencontre dans sa longue robe blanche, un bouquet de lys pourpres et épanouis dans le creux de son bras. Il l'attendait près de l'autel, pour lui prendre la main et prononcer ces vœux qui les engageraient pour la vie.

Jusqu'à ce que la mort nous sépare…

Non. Elle ne voulait rien avoir à faire avec la mort en ce jour de bonheur, ni prononcer aucun serment qui lui fût lié. La mort était le royaume des ténèbres. Et dans les ténèbres, aucun soleil ne brillait.

Et quand bien même ils se jureraient amour et fidélité… une promesse n'existait-elle pas que pour être trahie ? Des mots, rien que des mots, prononcés par intérêt ou faiblesse, et destinés à n'être jamais suivis d'effets…

Il faisait froid. Les nuages avaient fini par masquer la lune dans le ciel nocturne, transformant sa robe blanche en loque d'un gris sale, tachée de boue. Elle n'avait pas froid : une haine brûlante lui réchauffait le cœur. Quelle chose étrange, songea-t-elle, que de se sentir aussi vivante en cet instant précis…

La maison était plongée dans le noir. Une tombe. Sans doute devaient-ils tous être morts, à l'intérieur. Seul son enfant vivait, et vivrait à jamais. Elle vivrait elle aussi, avec son fils, jusqu'à la fin des temps, pendant que tout le reste pourrirait.

Telle serait sa vengeance.

Elle avait donné la vie. Elle avait laissé cet enfant grandir en elle, puis sortir de son corps dans une souffrance proche de la folie. Elle ne laisserait personne la dépouiller de ce qui était à elle. Elle se tiendrait tapie, dans cette demeure, avec son fils. Elle y resterait, seule véritable maîtresse de Harper House. Au terme de cette nuit, plus jamais elle ne serait séparée de James.

La pluie la trempait jusqu'aux os, mais elle n'en avait cure. Elle fredonnait, indifférente à la boue qui maculait ses pieds et le bas de sa robe.

Le printemps reviendrait, et ils joueraient au soleil, dans le jardin, tous les deux. Oh ! Comme ils riraient ! Les fleurs s'épanouiraient, et les oiseaux chanteraient rien que pour eux.

À l'ombre d'un parasol, ils mangeraient des gâteaux et boiraient du thé. Oui… Du thé et des gâteaux, rien que pour elle et son merveilleux petit garçon. Un printemps perpétuel, à eux réservé, bientôt, très bientôt...

Pour ne pas risquer de mauvaises rencontres, elle préféra se rendre à la remise à voitures plutôt que dans les écuries. Aucun verrou ne l'arrêta – oh, cette insupportable prétention des puissants, qui se croyaient à l'abri de toute intrusion !

La porte grinça sur ses gonds lorsqu'elle l'ouvrit. Même dans la pénombre, elle vit luire les impeccables carrosseries des voitures. Pas de roues boueuses ni de marchepieds sales pour le maître de Harper House. Rien que de belles et rutilantes voitures pour les transporter où bon leur semblait, lui, sa garce de femme et ses piailleuses de filles. Alors que la mère de son fils, son fils unique, son héritier, devait se traîner à pied dans la boue et la nuit...

Oh ! Elle allait le lui faire payer !

Elle sourit de contentement en découvrant dans un coin, sur le sol, exactement ce qu'il lui fallait.

Un beau rouleau de corde neuve, enroulé comme un serpent dans son panier.

Harper se retourna dans le lit et, dans un demi-sommeil, chercha Hayley. Surpris de ne rencontrer que le vide, il tendit le bras et tâtonna plus loin, sans plus de succès.

— Hayley ?

En se redressant sur un coude, il songea qu'elle devait avoir été réveillée par Lily. Mais le récepteur du babyphone posé sur la table de chevet restait silencieux.

Il lui fallut quelques secondes supplémentaires pour comprendre ce qui l'avait tiré du sommeil. Le bruit de la pluie incessante sur le carrelage de la terrasse était trop intense. Tout en repoussant le drap, il tourna la tête vers la porte-fenêtre. Elle était ouverte. Tout à fait réveillé, à présent, il sauta à bas du lit et se précipita dehors après avoir rapidement enfilé son jean.

Le cœur glacé par l'angoisse, Harper constata que la terrasse était déserte et que la pluie et la nuit empêchaient de distinguer quoi que ce soit à plus de trois mètres. Réprimant un gémissement de détresse, il rentra et fila dans la chambre de Lily. Celle-ci dormait à poings fermés dans son lit à barreaux, mais sa mère n'était nulle part en vue.

De retour dans la chambre, il saisit le récepteur du babyphone et le glissa dans la poche arrière de son jean, avant de se ruer de nouveau sur la terrasse. Dévalant les marches quatre à quatre, au risque de glisser et de se rompre le cou, il prit d'instinct la direction de l'ancienne remise à voitures.

Il était convaincu depuis toujours qu'Amelia devait y être passée, autrefois. La nuit où il l'avait vue dans le jardin, lorsqu'il était enfant, c'était dans cette direction qu'elle marchait. Il s'en souvenait parfaitement, de même qu'il se rappelait sa robe trempée et maculée de boue qui collait à son corps décharné, comme si elle était restée des heures sous la pluie.

Il fut chez lui en un temps record – même dans le noir, le chemin n'avait aucun secret pour lui. Arrivé à destination, il remarqua que la porte était ouverte, et un profond soulagement s'empara de lui.

— Hayley ! cria-t-il en actionnant l'interrupteur.

Sur le sol parsemé de flaques d'eau, des traces de pas boueuses menaient à la cuisine et en repartaient. Harper sut avant même d'avoir fouillé toutes les pièces que la maison était vide.

Attrapant au passage le téléphone sans fil, il se précipita à l'extérieur. En composant le numéro, il plissa les yeux pour scruter la façade de Harper House plongée dans le noir.

— Maman ! s'écria-t-il dès que Roz décrocha. Hayley a disparu. Je n'arrive pas à la retrouver. Elle est... Ô mon Dieu ! Ça y est, je la vois. Elle est au deuxième, sur la terrasse...

Il laissa tomber le combiné dans l'herbe et se mit à courir en direction de la maison, coupant au plus court à travers massifs et pelouses.

Hayley ne tourna pas la tête quand il cria son nom. Les poumons en feu, le cœur battant à tout rompre, il gravit les marches quatre à quatre, ses pieds boueux glissant sur le carrelage.

Il atteignit la terrasse du deuxième alors que Hayley ouvrait une porte. En l'entendant crier son nom, elle eut un moment d'hésitation. Lentement, elle tourna la tête vers lui. Un affreux sourire étirait ses lèvres. Un sourire de démente.

— Une mort pour une vie, dit-elle d'une voix grinçante. C'est le prix à payer.

— Non !

En quelques pas, Harper franchit les derniers mètres qui les séparaient. Il l'agrippa par les épaules et l'entraîna à l'intérieur.

— Non, répéta-t-il en la serrant dans ses bras. Reviens à toi ! Tu sais qui je suis... Tu sais qui tu es... Ne la laisse pas te faire ça !

Hayley se débattait comme une furie, jetant la tête en tous sens, roulant des yeux révulsés et montrant les dents comme un chien enragé.

— Je veux mon fils ! cria-t-elle.

Pour l'empêcher de lui échapper, Harper resserra son étreinte.

— Tu n'as pas de fils ! cria-t-il plus fort qu'elle. Tu as une fille ! Lily est endormie dans son lit, mais à son réveil, elle aura besoin de toi. Hayley, reviens à toi, je t'en supplie ! Reviens-nous !

D'un coup, il la sentit s'effondrer contre lui.

— J'ai froid... gémit-elle, la tête abandonnée contre son épaule. Oh, Harper... Si tu savais comme j'ai froid !

D'un coup de pied, il referma la porte de la terrasse. Pour regagner leur chambre, mieux valait passer par l'intérieur. En la soutenant fermement, il l'entraîna à travers la salle de bal plongée dans la pénombre.

Autour d'eux, les linges blancs qui protégeaient meubles et tableaux semblaient observer leur progression tels des fantômes poussiéreux. Contre les vitres des fenêtres, la pluie se mit à tambouriner avec une ardeur renouvelée.

— Ça va aller, assura-t-il en lui frottant les bras pour la réchauffer. C'est fini. Tout va bien, à présent.

Avant qu'ils aient pu atteindre la porte de la salle de bal, Mitch l'ouvrit. D'un coup d'œil, il évalua la situation et hocha la tête d'un air préoccupé.

— Roz est allée s'occuper de Lily, expliqua-t-il. Que s'est-il passé ?

Harper sentait Hayley frissonner contre son flanc et l'entendait claquer des dents.

— Pas maintenant ! répondit-il. Avant toute chose, elle a besoin de se réchauffer. Le reste devra attendre.

19

Harper avait enveloppé Hayley de la tête aux pieds dans une couverture. Assis derrière elle sur le lit, il lui séchait les cheveux avec une serviette.

— Je ne me souviens de rien, raconta-t-elle à mi-voix. Ni de m'être réveillée, ni de m'être levée, ni d'être sortie.

— N'y pense plus, lui chuchota-t-il à l'oreille. As-tu assez chaud ?

Hayley acquiesça d'un hochement de tête, mais elle se sentait toujours glacée jusqu'aux os. Rien, lui semblait-il, ne parviendrait jamais à la réchauffer tout à fait.

— Je ne sais même pas combien de temps je suis restée dehors, reprit-elle.

— Tu es de retour, maintenant. C'est tout ce qui compte.

Hayley se laissa aller en arrière, prenant appui contre le torse solide et rassurant de Harper. Puis elle posa la main sur la sienne et la serra légèrement. Après ce qui venait de se passer, elle savait qu'il avait lui aussi besoin de réconfort et de chaleur.

— Tu t'es lancé à ma recherche, dit-elle au terme d'un long silence pensif. Tu m'as retrouvée…

Harper déposa un baiser sur ses cheveux humides.

— Naturellement, dit-il. Comment aurais-je pu te laisser tomber ?

— Tu as pris avec toi le récepteur du babyphone.

Et cela, aux yeux de Hayley, avait plus de signification et de valeur encore.

— Malgré ton affolement, tu as pensé à le prendre, insista-t-elle. Tu n'as pas oublié Lily.

L'entourant de ses bras, Harper posa la joue contre la sienne et une main protectrice sur son ventre.

— Hayley… Jamais je ne vous abandonnerai. Je le jure.

Hayley tourna la tête afin que leurs lèvres s'effleurent.

— Je le sais, murmura-t-elle entre deux baisers. Et j'ai confiance en toi. Amelia ne croyait pas aux promesses, à l'espoir, à l'amour. Moi, j'y crois. Je crois en nous, en tout ce que nous pouvons espérer de cette vie qui nous attend. La grande différence entre elle et moi, c'est qu'elle n'avait rien, alors que moi, j'ai tout.

— Tu te sens encore désolée pour elle ? Après ce qu'elle t'a fait ce soir ? Après tout ce qui s'est passé ?

— Je ne sais pas. Je ne sais plus ce que je ressens pour elle.

Hayley poussa un soupir d'aise. Il était tellement bon de laisser sa nuque reposer contre l'épaule forte et rassurante de Harper.

— Jusqu'à présent, je pensais la comprendre, reprit-elle d'un ton dubitatif. Au moins un tout petit peu. Nous nous sommes trouvées dans une situation semblable, toutes les deux. Nous sommes tombées enceintes sans l'avoir voulu ; dans un premier temps, nous avons rejeté le bébé…

— Arrête ! Tu n'as rien à voir avec elle.

— Harper... Oublie ta colère contre elle, une minute. Considère le problème en toute objectivité, comme tu le fais dans ton travail. Nous étions toutes les deux mères célibataires. Nous n'étions ni l'une ni l'autre amoureuses du père de l'enfant que nous portions. Après avoir redouté de voir nos petites vies bouleversées, nous en sommes venues, elle et moi, à désirer l'enfant qui grandissait en nous et à l'aimer – pour des raisons différentes, sans doute, mais le résultat est le même.

— Pour des raisons différentes, répéta-t-il. Même s'il est vrai qu'en apparence, il existe un motif commun dans vos deux histoires.

Quelques coups brefs furent frappés à la porte. Roz entra, les bras chargés d'un plateau.

— Je ne vous dérange qu'un instant, dit-elle. Harper, veille à ce qu'elle boive ceci, s'il te plaît.

Après avoir déposé le plateau au pied du lit, Roz en fit le tour pour venir embrasser Hayley.

— Repose-toi bien, surtout.

Harper tendit le bras pour serrer un instant la main de sa mère.

— Merci, maman.

— Surtout, n'hésitez pas à appeler si vous avez besoin de quelque chose.

— Amelia n'avait personne pour prendre soin d'elle, reprit Hayley quand Roz eut refermé la porte derrière elle. Personne pour qui elle comptait vraiment.

— Et elle ? objecta Harper. Qui comptait réellement à ses yeux ? L'obsession n'est pas l'amour.

Il repoussa doucement Hayley et se leva pour aller servir le thé.

— Nul ne conteste que ce qui lui est arrivé soit d'une injustice absolue, poursuivit-il. Mais tu veux que je te dise ? Il n'y a aucun héros dans cette triste histoire.

— Il devrait y en avoir, mais tu as raison, il n'y en a pas, reconnut Hayley en prenant la tasse fumante qu'il lui tendait. Amelia n'avait rien d'une héroïne tragique, comme Juliette. Elle était juste infiniment triste. Et amère.

— Égoïste, calculatrice, ajouta-t-il. Et folle à lier.

Harper marcha jusqu'à la porte-fenêtre, dont il écarta le rideau pour observer la pluie qui continuait à tomber. La compassion de Hayley pour Amelia avait fini par avoir raison de ses propres réticences vis-à-vis de son aïeule. S'il était toujours en colère contre elle, elle lui inspirait aussi une profonde pitié.

— Elle a toujours été si triste… reprit-il, sans cesser d'observer la pluie. Quand j'étais gamin et qu'elle venait chantonner sa berceuse pour moi la nuit, je le ressentais déjà. Triste et égarée… Pourtant, je me sentais en sécurité en sa présence. Les enfants savent intuitivement en qui ils peuvent avoir confiance. À sa façon, elle se souciait de moi et de mes frères. Je suppose que cela peut être porté à son crédit.

Harper se retourna à temps pour voir Hayley, les yeux humides, écraser une larme sur sa joue.

— Il y a une chose que je ne parviens pas à comprendre, dit-elle. Qu'allait-elle faire au deuxième étage ? En quoi cette salle de bal est-elle importante pour elle ?

Comprenant qu'il ne parviendrait pas à écarter ce sujet de la conversation, Harper la rejoignit, s'assit au bord du lit et lui prit la main.

— Avant de monter au deuxième, raconta-t-il, tu as dû te rendre chez moi. J'ai trouvé la porte ouverte, et il y avait des traces de pas boueuses sur le sol.

— Je suppose que c'est là, dans la remise à voitures, qu'elle a trouvé la corde qu'elle portait, la nuit où elle nous est apparue sur la terrasse. Tu te rappelles ? Il pleuvait également. Qu'avait-elle l'intention de faire avec cette corde ? Ligoter la nurse, pour pouvoir récupérer son fils ?

Harper secoua la tête.

— Je ne pense pas que ce soit pour cela qu'elle avait besoin d'une corde.

— Elle portait également cette horrible faucille, insista Hayley avec un frisson rétrospectif. Peut-être comptait-elle se servir de la lame pour se défendre contre quiconque essaierait de l'arrêter... Mais la corde ? Que voulait-elle en faire, hormis ligoter quelqu'un avec ?

Ses yeux s'arrondirent, et elle reposa précipitamment sa tasse quand la réponse lui apparut.

— Ô mon Dieu ! s'exclama-t-elle en soutenant le regard grave de Harper. Elle voulait se pendre ! C'est bien à cela que tu penses, n'est-ce pas ? Mais dans ce cas, pourquoi traverser tout le parc sous la pluie pour aller se pendre dans la salle de bal ?

— La nursery se trouvait au deuxième étage, à l'époque.

Hayley sentit le sang se retirer de son visage. Pour conjurer l'image affreuse qui venait de se former dans son esprit, elle répéta d'un ton absent :

— La nursery...

Cette fois, elle en était certaine, jamais elle ne réussirait à se réchauffer tout à fait.

Hayley avait l'habitude de voir filer les heures à toute allure. Ses journées étaient tellement remplies, entre les tâches ménagères, administratives et domestiques, qu'elle se rappelait à peine le sens que donnent au mot « loisir » ceux qui n'ont pas un emploi à plein temps et un enfant en bas âge.

Sans doute était-ce pour cette raison qu'elle était si désemparée de se retrouver sans rien avoir d'autre à faire que se reposer et reprendre des forces. Mais lorsque c'est votre patronne elle-même qui vous ordonne de prendre une journée de congé, inutile de songer à résister. Surtout quand votre patronne s'appelle Rosalind Harper...

Ainsi avait-elle été reléguée dans la maison de Stella et Logan, sans même la présence de Lily pour lui changer les idées. On lui avait ordonné de se reposer, et elle avait essayé. Réellement essayé. Hélas, son goût habituel pour la lecture l'avait désertée, rien ne la tentait dans la pile de DVD que Stella lui avait laissée avant de partir, et le silence parfait qui régnait dans la maison vide l'incitait à compter les minutes plus qu'à en profiter pour dormir.

Pour passer le temps, elle déambula de pièce en pièce, admirant le foyer lumineux, élégant, chaleureux et coloré que ses amis avaient créé. Tout dans cette maison avait été conçu, décoré, meublé en tenant compte de la présence des enfants. Le jardin lui-même, sans rien perdre de sa beauté et de son élégance, était un endroit où deux garçons turbulents et un chien pouvaient s'ébattre sans restriction et en toute sécurité.

Suivie de Parker, le chien de la maison, elle redescendit l'escalier en se demandant si elle saurait se montrer aussi avisée que ses amis lorsqu'il s'agirait pour elle d'aménager son propre foyer.

Jamais elle n'y avait réfléchi auparavant. Elle n'était pas aussi organisée et prévoyante que Stella. Depuis qu'elle était en âge de prendre des responsabilités, elle s'était contentée de vivre au jour le jour.

Certes, lorsqu'elle vivait à Little Rock, l'idée l'avait parfois titillée de prendre des cours de gestion, pour se préparer au vague projet d'ouvrir un jour sa propre librairie. Comme toutes les filles le font sans doute, elle avait également joué avec l'idée de tomber amoureuse. Un jour...

Le destin s'était chargé de la bousculer et de bouleverser les vagues plans qu'elle avait dressés pour sa vie. Ainsi se retrouvait-elle, à vingt-six ans, enceinte de son deuxième enfant, à exercer un métier auquel elle ne connaissait rien deux ans plus tôt, et si béatement amoureuse qu'elle aurait pu dessiner des cœurs dans des cahiers. Bref, tout aurait été parfait si un esprit irascible et psychotique n'avait pas jugé bon de s'approprier son corps de temps à autre.

Le chien se mit à gémir devant la porte de la cuisine, la tirant de ses pensées.

— D'accord... maugréa-t-elle en allant lui ouvrir. Tu vas sortir. Je reconnais que je ne suis pas d'une compagnie très agréable aujourd'hui.

Elle suivit Parker sur la terrasse et le regarda filer en direction des bois tout proches, comme s'il avait un rendez-vous urgent à honorer. La pluie avait rafraîchi l'atmosphère, mais il faisait un beau soleil. Elle aurait pu faire une petite promenade le long des allées, en profiter pour désherber un peu, mais il y avait sur la terrasse un transat qui lui tendait les bras. Peut-être le grand air serait-il plus propice à la sieste ?

Sans grand espoir, elle s'allongea et rabattit le dossier en arrière. L'espace d'un instant, elle caressa l'idée d'aller chercher un livre à l'intérieur. Mais deux minutes plus tard, elle était déjà endormie.

Hayley se réveilla, tirée du sommeil par des ronflements sonores. Confuse, elle plaqua une main sur sa bouche, mais le bruit incongru ne cessa pas pour autant. Tandis qu'elle dormait, on avait jeté un plaid sur elle, et le parasol avait été orienté de manière à la protéger. Quant aux ronflements, ils étaient produits par Parker, allongé de tout son long au pied du transat. Elle avait beau avoir l'esprit engourdi, elle n'imaginait pas que le chien ait pu prendre soin d'elle pendant qu'elle dormait.

À l'instant même où elle se redressait pour éclaircir ce mystère, Stella sortit de la cuisine, un verre de thé glacé dans chaque main.

— Tu as fait une bonne sieste ? s'enquit-elle en la rejoignant.

— Je ne sais pas, répondit Hayley. J'ai l'impression de m'être endormie il y a une minute à peine.

Avec un sourire de remerciement, elle prit le verre que lui tendait son amie et consulta sa montre.

— Quelle heure est... Ouch ! Cela fait deux bonnes heures que je suis sur ce transat.

— Heureuse de l'entendre. Tu as meilleure mine.

— Merci. Où sont les enfants ?

— Logan est allé les chercher à la sortie de l'école, avant de se rendre à son dernier rendez-vous de la journée. Ils adorent le suivre sur ses chantiers. Belle journée, pas vrai ? Un temps idéal pour se la couler douce sur la terrasse.

— Comment ça a été, à la jardinerie ? C'est aussi un temps idéal pour les affaires.

— Tu ne crois pas si bien dire ! Nous n'avons pas arrêté de la journée. As-tu mangé ?

— Je n'avais pas très faim.

— Toi, peut-être, protesta Stella en se penchant pour lui caresser le ventre, mais tu oublies que quelqu'un là-dedans doit avoir bon appétit. Je vais te préparer un sandwich.

— Ne te mets pas en frais pour moi, Stella...

— Jambon-beurre ?

Avec un soupir, Hayley préféra capituler.

— Ce n'est pas juste. Tu connais toutes mes faiblesses.

— Ne bouge pas. Le bon air te fait du bien. J'en ai pour une minute.

En un rien de temps, effectivement, Stella fut de retour, non seulement avec le sandwich annoncé, mais également avec de petits dés de fromage, une grappe de raisin noir et une assiette de cookies.

Après avoir détaillé le plateau d'un œil gourmand, Hayley redressa la tête et sourit à son amie.

— Tu veux bien être ma maman ?

En riant, Stella s'installa à ses pieds et commença à les masser de manière si experte que Hayley sentit tous ses muscles se détendre et soupira de bien-être.

— Ce que j'ai préféré lors de mes grossesses, expliqua Stella tout en continuant son massage, c'est de pouvoir me faire chouchouter.

— J'avoue ne pas avoir eu cette chance, au début, quand j'attendais Lily.

— Raison de plus pour te rattraper cette fois-ci. Alors ? Comment te sens-tu, ô femme enceinte ?

— Bien. Fatiguée – tu sais ce que c'est – et un peu instable sur le plan émotionnel – tu as connu ça aussi –, mais globalement, ça va.

Après avoir avalé une nouvelle et généreuse bouchée de sandwich, elle ajouta :

— En fait, je déteste avoir à le reconnaître, mais je me sens mieux. Une bonne sieste, un copieux en-cas et un massage m'ont remise d'aplomb. Je vais prendre soin de moi, Stella. Je te le promets. J'ai été très prudente quand j'étais enceinte de Lily, et je le serai autant cette fois.

— Je l'espère bien ! s'exclama Stella en mettant fin à son massage. De toute façon, nous ne te laisserons pas le choix.

— Ça ne me plaît pas trop que…

Hayley hésita un instant, puis se décida à conclure avec un haussement d'épaules :

— Que vous vous fassiez autant de souci pour moi.

— Tant pis pour toi. Tu vas devoir t'y habituer. C'est plus fort que nous, nous ne pouvons pas nous en empêcher. Surtout avec tout ce qui se passe en ce moment.

— La nuit dernière, c'était tellement… J'ai dû utiliser tous les qualificatifs possibles, les fois précédentes – puissant, étrange, bizarre, intense –, mais jamais, jusqu'à présent, je n'avais ressenti ça.

Laissant retomber son sandwich dans l'assiette, Hayley chercha le regard de son amie.

— Je n'ai pas tout raconté à Harper, reprit-elle. Je n'ai pas pu.

— Que veux-tu dire ?

— Je ne lui ai pas dit exactement ce que j'ai ressenti, précisa-t-elle, parce qu'il en aurait fait tout une histoire. Alors, je compte sur toi pour réagir avec pondération.

— Ne t'inquiète pas et dis-moi tout.

— C'est juste une sensation. Je ne sais pas si elle est uniquement liée au stress de ce qui s'est passé ou si elle est fondée, mais… j'ai l'impression qu'elle veut l'enfant.

Posant la main sur son ventre, Hayley précisa :

— Pas le sien. Enfin, plus exactement, à défaut du sien, celui que je porte.

— Quoi ? protesta Stella, les yeux écarquillés par l'inquiétude. Mais comment…

— Rassure-toi, coupa Hayley. Elle ne pourra rien faire pour me le prendre. Aucune puissance, sur cette terre ou dans l'autre monde, n'est assez forte pour me déposséder de mon bébé. Tu sais ce que c'est, toi qui as mis au monde deux enfants. Mais Harper… il serait malade d'inquiétude.

— Si tu ne veux pas que je le sois moi-même, fit Stella en grimaçant, tu as intérêt à t'expliquer un peu !

— Amelia n'arrête pas de se mélanger les pinceaux dans les époques, expliqua Hayley après avoir réfléchi un instant. Je ne vois pas comment l'expliquer autrement. Elle ne cesse d'osciller entre le présent – notre présent – et le passé – son présent à elle. Quand elle est ici et maintenant avec moi, en moi, elle veut tout ce qui est à moi : l'enfant que je porte, ma vie, mon corps… Si je la laissais faire, elle ferait en sorte d'obtenir tout ce à quoi elle aspire : bijoux, argent, pouvoir. Son appétit est insatiable. Elle est du genre à vouloir le beurre et l'argent du beurre. Tu vois ?

— Je crois.

— Elle est beaucoup plus effrayante, mesquine, violente et égoïste quand elle est consciente d'évoluer dans notre présent. Lorsque son esprit se laisse rattraper par ce qui lui est arrivé, c'est comme si elle était encore en train de vivre ce lointain passé, comme s'il constituait pour elle un éternel présent. Alors, elle peut être en colère et vouloir que quelqu'un paie pour ce qui lui est arrivé. Mais elle peut également être infiniment triste et pitoyable et juste vouloir que tout s'arrête. Dans ces cas-là, elle se montre extrêmement lasse et fatiguée… Harper pense qu'elle s'est suicidée, tu sais.

Stella hocha la tête.

— C'est ce qu'il m'a dit ce matin.

— Il pense qu'elle s'est pendue dans la nursery où son fils devait être endormi... Elle en était bien capable, hélas. Elle était suffisamment éperdue de rage et de désespoir pour cela.

— Cela aussi, je le sais.

Manifestement troublée, Stella se releva et s'assit dans le transat voisin de celui de Hayley.

— J'ai de nouveau eu affaire à elle... reprit-elle en fixant son amie avec gravité. Elle m'est apparue dans de nouveaux flashs dernièrement.

— Et c'est maintenant que tu me le dis ! s'exclama Hayley en se redressant. Où ça ? Quand ?

— Cela ne s'est pas passé ici, et ce n'était pas la nuit. Il s'agissait en quelque sorte de rêves éveillés. Au boulot, à la jardinerie. Comme autrefois, je contemplais un dahlia bleu. Mais cette fois, il était monstrueux – c'était ainsi qu'elle voulait que je le voie. Ses pétales étaient affûtés comme des lames de rasoir prêtes à lacérer. Mais le plus horrible, c'est qu'il ne fleurissait pas dans un jardin. Il jaillissait d'une tombe béante, affreuse et anonyme. Il n'y avait aucun nom sur la stèle.

— Quand ces flashs ont-ils commencé ?

— Il y a deux ou trois jours.

— Sais-tu si Amelia s'est également manifestée à Roz ?

— Je l'ignore, mais nous allons le lui demander. Elle ne devrait pas tarder à arriver.

— Stella... Il va falloir qu'on explore l'ancienne nursery. Je pense que c'est là qu'Amelia veut nous amener, et c'est peut-être là qu'elle nous donnera les réponses qui nous manquent.

Pour parler entre femmes à l'abri des indiscrètes oreilles masculines, rien de tel que de se pencher sur l'organisation d'un mariage... Les hommes, comme le constata Hayley avec surprise, s'empressèrent de prendre leurs jambes à leur cou dès qu'il fut question de listes d'invités, de choix de décoration et de plans de tables.

Ainsi purent-elles se retrouver toutes les trois sur la terrasse de Stella en cette délicieuse soirée, Lily passant avec délices d'une paire de bras à une autre ou jouant dans l'herbe avec Parker.

— Je n'imaginais pas qu'il serait si facile d'éloigner Harper, commenta Hayley, mi-figue mi-raisin. On pourrait s'attendre qu'il s'investisse un minimum dans les préparatifs. Après tout, c'est aussi lui qui se marie !

Roz et Stella échangèrent un regard amusé.

— Je suppose, reprit Hayley, que c'est sans importance, puisque ce motif de réunion n'était qu'un prétexte. Mais tout de même, je...

Laissant sa phrase en suspens, elle balaya d'un geste de la main ses propres doutes et se tourna vers Roz.

— Ainsi, lui dit-elle, Amelia s'est également manifestée à vous dernièrement ?

— Oui, à deux reprises, alors que j'étais seule à la jardinerie. Je travaillais, et brusquement, je me suis retrouvée transportée en un lieu si sombre, glacial et humide que j'en frissonne rien que d'y repenser. Comme Stella, j'étais debout au bord d'une fosse ouverte. Je me suis penchée pour regarder, et je l'ai vue allongée au fond de la tombe. Les yeux ouverts, elle soutenait tranquillement mon regard. Entre ses mains croisées sur sa poitrine, elle tenait une rose noire.

— Pourquoi ne pas nous en avoir parlé tout de suite ? s'étonna Stella.

— Je pourrais vous poser la même question, rétorqua Roz. Je comptais bien vous en parler, mais nous avons été quelque peu perturbés, ces temps-ci...

— Au tout début de cette histoire, intervint Hayley en hissant Lily sur ses genoux et en admirant l'anneau de plastique orange que sa fille lui tendait, j'ai évoqué la possibilité d'une séance de spiritisme. Au risque de provoquer de nouveau l'hilarité, je réitère ma suggestion. Nous avons toutes les trois, successivement, eu un lien particulier avec Amelia. Mais jusqu'à présent, c'est toujours elle qui a pris l'initiative. Si, à notre tour, nous essayons d'entrer en contact avec elle, peut-être nous dira-t-elle ce qu'elle attend de nous.

— Je vous préviens, dit Roz d'un ton ferme, pour rien au monde je n'enfilerai un turban pour regarder au fond d'une boule de cristal. En plus, je ne suis pas persuadée qu'Amelia puisse nous dire précisément où se trouve sa dépouille. À mon avis, elle n'en sait rien elle-même.

— Qui plus est, renchérit Stella, rien ne nous garantit que ses restes soient enterrés sur le domaine de Harper House.

— Certes, convint Roz. Mais Mitch a fait des recherches très poussées et n'a découvert nulle part dans les environs de sépulture officielle à son nom. Et ne dit-on pas qu'un esprit qui ne peut trouver le repos éternel hante les lieux où son corps a été inhumé ?

— Je suis d'accord avec Roz, approuva Hayley. Mais une autre manière d'aborder le problème pourrait être de découvrir les circonstances de son décès. Qu'elle ait été tuée ou qu'elle se soit suicidée, nous devons le découvrir. Tout comme il nous faut savoir dans quelles circonstances et où.

— La nursery du deuxième... fit Roz d'un ton rêveur. Elle était encore en fonction quand je suis née.

— Vous y avez dormi, étant bébé ? s'étonna Hayley.

— Je n'en garde bien sûr aucun souvenir, mais c'est ce qu'on m'a raconté. J'y ai passé mes premiers mois, avec ma nurse. Ma grand-mère n'approuvait pas ce choix. Apparemment, elle ne s'en était servie, quant à elle, que quand elle donnait des réceptions dans la salle de bal. Elle avait sur mes parents une influence considérable, et elle a fini par les convaincre de me rapatrier dans une chambre du premier étage, qui fait office depuis lors de nursery. Moi-même, je n'ai jamais utilisé la nursery du deuxième pour mes garçons.

— Pour quelle raison ?

Les yeux perdus dans le vague, Roz réfléchit un instant avant de répondre à la question de Hayley.

— D'abord, je ne tenais pas à ce qu'ils dorment si loin de moi. Ensuite, il y avait dans cette pièce un je-ne-sais-quoi qui me déplaisait. Je ne m'y sentais pas bien, mais j'aurais été incapable de dire pourquoi. À vrai dire, je n'y ai pas beaucoup réfléchi, à l'époque.

— Je n'y suis moi-même jamais allée, enchaîna Hayley d'un ton surpris. Ce qui est étrange, maintenant que j'y pense. Curieuse comme je suis, j'adore visiter les maisons anciennes et essayer de me les représenter telles qu'elles étaient autrefois. Mais depuis que je vis ici, jamais je n'ai été tentée de grimper au deuxième. Et toi, Stella ?

— Pareil... Et ce qui est encore plus étrange, c'est que les garçons semblent avoir évité eux aussi de monter là-haut, tout le temps qu'ils ont vécu à Harper

House. Pourtant, quel terrain d'aventure et de jeux rêvé que ces pièces mystérieuses et inoccupées ! Ils y sont peut-être allés sans me le dire, mais cela m'étonnerait. Luke aurait fini par cracher le morceau. Il est incapable de garder un secret, au grand désespoir de son frère.

— Je pense qu'il va falloir qu'on y monte, conclut Hayley en les dévisageant l'une après l'autre. Nous n'avons pas le choix.

— Ce soir ? demanda Stella.

— Je ne crois pas pouvoir attendre davantage.

— D'accord, intervint Roz. Mais si nous devons y aller, nous irons tous les six. David s'occupera des enfants.

Avant de passer à l'action, ils s'octroyèrent un vrai repas de famille. Roz avait insisté, faisant valoir que ce genre de rituel était important, et Hayley comprenait pourquoi. La chaleureuse normalité d'une telle réunion proclamait que rien ne pouvait ébranler la solidité de la famille qu'ils formaient. Et dans ce rassemblement familial, elle avait sa place, tout naturellement.

Elle avait désormais une mère, une sœur, un amoureux, des frères, des amis, une petite fille aimée de tous, et un autre enfant qui naîtrait bientôt. Et tout ce qu'il lui faudrait faire pour qu'il continue à en être ainsi, elle le ferait. Aussi s'efforça-t-elle de manger comme les autres, d'écouter les conversations et d'y participer, de faire le service et de réparer les petits dégâts occasionnés par les enfants. Il fut question de fleurs, de livres, d'école, de livres encore. Mais la conversation ne s'anima véritablement que lorsque fut abordé le sujet du mariage.

— Maman ? lança Harper. Hayley t'a dit que nous souhaitions nous marier ici, je suppose ? Si cela te convient, naturellement…

— Non seulement cela me convient, mais c'est ce que j'espérais.

Reposant sa fourchette, Roz s'accouda à la table et fit face à sa future belle-fille.

— Dans le parc, c'est bien cela ? Nous ferons une prière pour que le temps reste au beau fixe, mais nous louerons également un ou deux chapiteaux pour avoir une solution de repli. Tu peux compter sur moi pour vous couvrir de fleurs ! J'imagine que tu voudras des lys…

— Bien sûr ! Dans mon bouquet de mariée, je ne veux que des lys pourpres.

— Une fois n'est pas coutume, nous oublierons donc les couleurs pastel et travaillerons avec des couleurs franches… Je sais que vous ne voulez pas quelque chose de trop formel, et puisque nous avons déjà deux mariages derrière nous, il ne devrait pas être difficile de mettre sur pied rapidement toutes les conditions d'une fête réussie.

— Un bon conseil, glissa Logan à Harper. À partir de maintenant, méfie-toi de ce que tu dis. Si elle te demande de choisir entre deux solutions, tu dis que les deux te semblent formidables et que tu préfères la laisser choisir.

— Il s'imagine qu'il est drôle, soupira Stella à côté de lui.

— Pourquoi tout le monde veut se marier ? s'enquit innocemment Gavin. Et pourquoi il faut toujours qu'on porte des cravates ?

— Tu tiens vraiment à le savoir ? lui répondit son beau-père. C'est parce que les femmes adorent nous torturer.

— Alors, protesta Gavin, il faudrait qu'elles en portent aussi !

— Je veux bien mettre une cravate, proposa Stella. Mais dans ce cas, il faudra que vous portiez des talons aiguilles, messieurs !

— Moi, je sais pourquoi les gens se marient ! intervint Luke en jaillissant de sa chaise. C'est pour pouvoir dormir dans le même lit et faire des bébés.

Il se tourna vers Roz et ajouta d'un air très intéressé :

— Vous avez déjà fait votre bébé, toi et Mitch ?

— Nous avons tous les deux fait notre quota de bébés il y a déjà bien longtemps. Sur ce...

Repoussant sa chaise, Roz se leva et conclut :

— Je crois qu'il est temps pour vous d'aider David à débarrasser la table, les garçons. Ensuite, glace à volonté pour tout le monde à la cuisine !

— En route, mauvaise troupe ! s'exclama David.

Avant que Hayley ait pu s'en occuper elle-même, il vint sortir Lily de sa chaise haute en expliquant à sa mère :

— Elle adore m'aider à charger le lave-vaisselle. Ne t'en fais pas pour elle.

— Oh, je ne m'inquiète pas. Je sais qu'elle ne peut être entre de meilleures mains et que je ne lui manquerai pas une seconde. Mais si tu le veux bien, j'ai deux mots à te dire dans la cuisine.

David la laissa s'emparer d'une pile d'assiettes et lui emboîter le pas jusque dans la cuisine, où il exerçait jour après jour ses talents. Après avoir déposé Lily sur un tapis en lirette, il lui confia en guise de batterie une boîte en plastique et une cuillère en bois. Puis, laissant les enfants de Stella ranger les assiettes dans le lave-vaisselle, il se tourna vers Hayley et lui sourit.

— Alors ? fit-il, manifestement intrigué. Tu as quelque chose à me demander ?

— Cela va sans doute te paraître un peu étrange, prévint Hayley. Voilà... D'après moi, le jour de son mariage, chacun devrait pouvoir se faire plaisir et s'entourer des gens qu'il aime le plus. Qu'en penses-tu ?

— Ce jour-là plus que tout autre encore, bien sûr !

— C'est pourquoi je me demandais si tu accepterais de... de jouer le rôle de mon père, en quelque sorte, et de me donner le bras pour me conduire à l'autel.

— Comment ? s'exclama-t-il, soudain très pâle. Moi ?

— Je sais que tu es bien trop jeune pour tenir le rôle d'un père de substitution, s'empressa de préciser Hayley. Ce n'est pas du tout de cette manière-là que j'envisage les choses. Mais tu es mon ami, en plus d'être celui de Harper. C'est un peu comme si nous étions de la même famille, toi et moi. Et comme je n'ai hélas plus mon père pour m'accompagner, je serais très heureuse que tu acceptes de me rendre ce service.

Les yeux embués de larmes, David glissa son bras sous le sien et se pressa affectueusement contre elle.

— C'est la chose la plus gentille... murmura-t-il d'une voix étranglée. La plus gentille des choses que l'on m'ait...

— Tu es d'accord ? coupa-t-elle.

Reculant d'un pas, David s'inclina devant elle.

— J'en serais ravi. Et très honoré.

Il s'empara de ses mains et les porta l'une après l'autre à ses lèvres

— Je suis soulagée, avoua-t-elle dans un soupir. J'avais peur que tu trouves cette idée stupide.

— Pas le moins du monde ! Je suis très, très fier. Et très touché. D'ailleurs, pour tout te dire, si tu ne te dépêches pas de sortir de cette pièce, la situation va devenir très embarrassante pour moi.

— Pour moi aussi, répondit-elle en reniflant. OK. Nous en reparlerons plus tard, d'accord ?

Hayley s'accroupit pour déposer un baiser sur les cheveux de sa fille. En pleine improvisation rythmique, celle-ci l'ignora royalement.

— Sois sage, mon ange.

Avant qu'elle ait atteint la porte, David la rappela.

— Hayley ? Je voulais te dire… Ton père serait fier de toi.

20

— Il est possible qu'en dépit de tous nos espoirs, il ne se passe rien dans cette pièce, prévint Mitch en prenant son Dictaphone et en glissant une cassette de rechange dans sa poche.

— Ce n'est pas mon avis, intervint Hayley, qui venait de rejoindre les autres au salon. Cette visite de l'ancienne nursery, il me semble que c'est autant son idée que la nôtre. Cela fait plus de cent ans qu'une part d'elle-même souhaite que la vérité éclate.

— Et l'autre part ? demanda Harper d'un ton lugubre.

Hayley se tourna vers lui pour lui faire face et soutint le regard chargé de reproches qu'il lui adressait. Dès qu'il avait été au courant de son projet, Harper s'y était opposé avec force. Elle avait dû faire preuve de toute la persuasion dont elle était capable pour le convaincre. En fait, seule la volonté de ne pas la laisser seule aux prises avec Amelia l'avait décidé à se joindre aux autres dans cette expérience.

— L'autre part n'aspire qu'à la vengeance, répondit-elle calmement. Mais il me semble que si elle devait se venger, elle serait plus encline à s'en prendre à toi qu'à moi…

Lorsque leur petit groupe fut rassemblé sur le palier du deuxième étage, Roz se tourna vers la double porte de la salle de bal, qu'elle ouvrit en grand.

— Mes parents ont donné ici de grandes réceptions, dit-elle en s'avançant dans la pièce. Je me rappelle qu'étant enfant, je me relevais parfois la nuit pour observer les invités depuis cette porte.

Elle tendit le bras pour actionner l'interrupteur. Un flot de lumière inonda les meubles recouverts de leurs housses et les motifs complexes du parquet de danse. Levant la tête, Roz contempla les trois impressionnants lustres de cristal qui donnaient toute sa solennité à l'endroit.

— Dire que j'ai failli les vendre, autrefois, se souvint-elle. Cela aurait mis du beurre dans les épinards, à cette époque, mais j'ai bien fait d'y renoncer. Il m'est arrivé, à moi aussi, d'organiser des fêtes dans cette salle. À présent que cette maison revit, il va falloir remettre cette coutume à l'honneur.

— Amelia est venue ici, cette nuit-là... intervint Hayley en embrassant la salle de bal du regard. Je le sens, j'en suis certaine.

Elle lança un sourire tremblant à Harper, dont elle serrait la main dans la sienne, et ajouta :

— Surtout, ne me lâche pas...

— Aucun risque !

— Elle est entrée par une des portes-fenêtres de la terrasse, reprit Hayley en tournant la tête dans cette direction. Elle n'était pas fermée, mais elle n'aurait pas hésité à briser un carreau s'il l'avait fallu... Harper !

— Je suis là.

— Elle m'entraîne... Ne me lâche pas !

Une gangue de boue et de sang mêlés entoure ses pieds nus – la boue des chemins, le sang de sa chair meurtrie par les cailloux. Elle laisse derrière elle des traces sur le beau parquet de danse ciré, mais elle n'en a cure. Elle se sent vivante, si vivante… Jamais le sang n'a couru avec tant d'ardeur dans ses veines.

Elle allume une chandelle et observe avec fascination ce qui l'entoure. C'est donc ainsi que vivent les riches. Des fontaines de cristal au plafond, de grands miroirs, de longues tables de bois précieux, des palmiers en pots, si verts qu'ils fleurent bon les tropiques…

Elle n'a jamais voyagé jusqu'à ces contrées ensoleillées. Peut-être un jour, avec James, arpentera-t-elle ces plages de sable blanc baignées par des flots émeraude. Mais non… Non. Leur vie est ici, à Harper House. Ils ont voulu la chasser, mais elle demeurera ici pour l'éternité, à danser sur ce parquet de bois doré sous une pluie de larmes de cristal…

Enlaçant un partenaire imaginaire, elle esquisse un pas de valse, la tête rejetée en arrière. Par commodité, elle a passé le rouleau de corde autour d'un de ses bras. Au bout de l'autre scintille dans la lumière la faucille acérée. Elle apprendra à James à valser. Comme il sera beau, enveloppé dans sa belle couverture bleue ! Quel magnifique tableau ils formeront, tous les deux ! Mère et fils…

Soudain, elle se fige. Il lui faut agir, à présent. Elle doit aller chercher son petit, le reprendre, pour qu'ils puissent demeurer ensemble à jamais.

Elle sort de la salle de bal et s'aventure sur le palier. Où peut bien être la nursery ? Dans l'autre aile, bien sûr. Les gens de la haute ne tolèrent pas que leurs enfants et ceux qui s'en occupent demeurent près d'eux. En passant devant l'escalier, elle hésite. Sans doute le fumier et sa putain dorment-ils à l'étage en dessous... Il serait si facile de descendre, de se glisser dans le noir, de pousser une porte, de les tuer dans leur sommeil, de les réduire en pièces...

Langoureusement, elle caresse le tranchant de la lame et regarde avec fascination le sang perler sur son doigt. Leur sang – le sang très noble des Harper – serait-il rouge ou bleu ? Il serait si réjouissant de le voir jaillir à flots de leurs gorges blanches et maculer leurs draps de soie. Mais quelqu'un pourrait les entendre agoniser, se précipiter à leur secours et venir l'empêcher de faire son devoir. Or, elle le sait, de sa discrétion dépend son succès.

Avec un sourire mystérieux, elle pose son index ensanglanté sur ses lèvres. Puis, à pas de loup, elle s'avance et remonte le long couloir. Aussi furtive qu'un fantôme, elle entrouvre une porte ici ou là. Enfin, elle parvient devant celle derrière laquelle son James est endormi. C'est ici, elle en est sûre. Son instinct maternel, se dit-elle, ne peut la tromper. D'une main tremblante, elle appuie sur la poignée et pousse le battant.

Une faible lueur éclaire la pièce, lui permettant de distinguer les étagères chargées de livres et de jouets, le fauteuil à bascule, les meubles de bois blanc. Et là, dans un coin, le berceau...

Des larmes jaillissent de ses yeux tandis qu'elle traverse la pièce pour le rejoindre. Le voilà enfin, endormi sous ses yeux, son fils si précieux, la chair de sa chair, le sang de son sang... Il est superbe, avec ses cheveux sombres répandus sur l'oreiller, ses joues roses d'enfant en pleine santé, ses lèvres plissées dans le sommeil en une moue boudeuse. Il n'y a jamais eu au monde de plus beau bébé que son James.

— Plus personne ne nous séparera, lui promet-elle en lui caressant tendrement les cheveux et la joue.

Tout en fredonnant à mi-voix sa berceuse, elle se laisse glisser sur le sol et se met au travail. La faucille lui permet de tailler la corde à la dimension voulue. Il lui est plus difficile de faire un nœud coulant, mais elle y parvient après quelques essais infructueux. Enfin, satisfaite de son œuvre, elle se relève et glisse le manche de la faucille dans sa ceinture. Puis elle s'empare d'une chaise et va la placer au centre de la pièce, juste sous le lustre de l'éclairage au gaz.

Sans cesser de chantonner, elle grimpe sur la chaise et attache solidement aux branches du lustre l'extrémité de la corde. D'un coup sec, elle tire pour éprouver la solidité du dispositif et sourit de contentement. Il est temps de sortir les grigris qu'elle transporte dans une bourse de soie pendue à son cou. Elle a appris par cœur l'incantation que la sorcière vaudoue lui a vendue en même temps que les amulettes, mais elle bute sur les mots tandis qu'elle disperse les grigris autour d'elle.

Enfin, elle entame du bout de la faucille la paume d'une de ses mains et asperge de son sang les grigris. Un peu de son sang pour sceller le charme. Le même que celui qui court dans les veines de son fils. Le sang d'une mère... Peut-on concevoir plus puissante magie ?

Elle tremble de tous ses membres, à présent, mais sa détermination est intacte.

— Lavande bleue, *dilly dilly*... Lavande verte...

Elle regagne le berceau et se penche délicatement sur son fils. Pour la première fois depuis qu'il est né, elle peut enfin serrer son enfant dans ses bras, et peu importe que sa main blessée tache de sang sa joue rose et son petit pyjama blanc. Oh ! Qu'il est doux, tendre, chaud ! Versant des larmes de bonheur, elle le serre contre sa robe trempée et se met à le bercer tendrement. Et quand il commence à s'agiter, elle le serre plus fort encore.

— Chut... Chut, mon trésor... Ta maman est là. Maman ne te quittera plus jamais.

Dans son sommeil, il tourne la tête vers sa poitrine et se met à téter dans le vide. Avec un petit gémissement de joie, elle déboutonne en hâte l'encolure de sa robe. Mais lorsqu'elle presse la tête de son James contre son sein, il pousse un cri de détresse et s'arcboute entre ses bras.

— Chut ! Ne crie pas ! Tiens-toi tranquille, mon cœur.

En le berçant de plus belle, elle se dirige vers la chaise et lui murmure des mots d'amour et de réconfort.

— Maman est là, mon bébé... Elle ne te laissera plus jamais. Viens avec moi, petit James. Je t'emmène là où tu n'auras plus jamais ni mal, ni faim, ni froid. Là où nous mangerons des gâteaux et nous boirons du thé à l'ombre des arbres en fleurs. Là où nous valserons pour l'éternité...

L'enfant s'agite désespérément et hurle de terreur entre ses bras, mais elle continue à le dévorer du regard et à lui sourire en grimpant sur la chaise. Elle a encore le temps de se passer la boucle du nœud coulant autour du cou, et autour de celui de son fils celle, plus petite, qu'elle a préparée à son intention. Mais brusquement, la porte de communication avec la pièce voisine s'ouvre, libérant un flot de lumière qui lui fait tourner la tête et découvrir les dents comme une tigresse défendant son petit. La nurse aux yeux gonflés de sommeil se met à hurler.

— Il est à moi ! crie Amelia en envoyant valser la chaise d'un coup de pied.

À peine a-t-elle le temps de voir la nurse se précipiter vers elle, les bras tendus pour sauver l'enfant, qu'une grande douleur s'abat sur elle, avant que ce qui fut Amelia Ellen Connor n'aille se perdre dans les ténèbres glaciales et éternelles.

Assise à même le sol d'une pièce vide dans laquelle elle ne se rappelait plus être entrée, Hayley revint à elle. Hagarde, elle fondit en larmes dans les bras de Harper.

Longtemps après, même enveloppée d'une couverture, devant le feu tout à fait hors de saison que Mitch avait allumé au salon, Hayley ne parvenait toujours pas à se réchauffer.

— Elle était prête à le tuer... murmura-t-elle en laissant son regard se perdre dans les flammes. Elle était décidée à assassiner son fils ! Mon Dieu... Elle voulait pendre son propre enfant avec elle.

— Pour le garder à jamais rien que pour elle, enchaîna Roz d'une voix blanche. À ce stade, c'est pire même que de la démence.

— Finalement, reprit Hayley, il y a tout de même une héroïne dans cette histoire : la nurse. Si elle n'était pas intervenue à temps, Amelia serait arrivée à ses fins.

— Je ne suis pas parvenu à retrouver sa trace, déclara Mitch en tisonnant le feu. Plusieurs nurses se sont occupées de Reginald Junior, mais au moment où ces événements se sont produits, c'est une certaine Alice Jameson qui était en fonction. Elle a quitté Harper House en février 1893. Je n'ai rien pu apprendre d'autre à son sujet.

— Sans doute n'ont-ils rien trouvé de mieux que de la renvoyer pour la récompenser de ce qu'elle avait fait… déplora Stella en secouant la tête. À moins qu'ils ne l'aient menacée ou payée pour acheter son silence.

— Si ce n'est tout cela à la fois, ajouta Logan.

— Étant donné le fier service qu'elle a rendu à cette famille, conclut Mitch en se redressant pour se tourner vers Roz, il faudrait tout de même retrouver sa trace et celle de ses descendants. Je vais voir ce que je peux faire.

— Merci, lui dit sa femme avec un sourire reconnaissant. Sans cette femme, ni moi ni mes fils ne serions là.

Un silence morose retomba dans la pièce. Ce fut Hayley qui le rompit, en disant d'un air pensif :

— Il nous manque toujours la clé du mystère. Ce n'est pas tout ce qu'elle voulait que nous sachions. Où a-t-elle été inhumée ? Qu'a-t-on fait de son corps après sa mort ? Elle ne connaîtra pas la paix tant que nous n'aurons pas retrouvé ses restes.

— Je suis d'accord, dit Stella en écartant les mains en un geste d'impuissance. Mais comment faire ?

Roz les dévisagea l'une après l'autre avant d'affirmer :

— Je crois avoir une petite idée de la manière de procéder, mais cela ne va pas plaire à tout le monde ici…

— À quoi penses-tu ? demanda Harper. À infliger une nouvelle fois à Hayley le spectacle de cette folle essayant de pendre son bébé ?

— Nous devons retourner là-haut, rien que toutes les trois, pour essayer d'apprendre ce qu'il est advenu de la dépouille d'Amelia. Avec un peu de chance, cette fois, ce sera moi ou Stella qu'elle prendra pour cible.

Pour la première fois depuis qu'ils étaient montés au deuxième étage, Harper lâcha la main de Hayley.

— C'est l'idée la plus stupide que j'aie jamais entendue ! s'écria-t-il en jaillissant du canapé.

— Harper ! répliqua sèchement sa mère. N'emploie pas ce ton avec moi !

— Désolé, mais c'est le seul ton qui convienne lorsque ma mère devient folle ! Tu n'as donc pas vu ce qui s'est passé là-haut ? Tu n'as pas entendu Hayley nous raconter tout cela comme si elle y était ?

— Si. Et c'est précisément pour cette raison qu'il nous faut y retourner.

— Je ne peux qu'être d'accord avec Harper, intervint Logan avec un haussement d'épaules. Je ne me vois pas rester tranquillement ici en laissant trois femmes aller seules au casse-pipe. Et je me fiche de passer pour un macho !

— Je n'en attendais pas moins de toi, commenta Roz d'un ton égal. Mitch ?

Debout près de la cheminée, l'intéressé se contenta de soutenir le regard de sa femme et donna son accord d'un simple hochement de tête.

— Quoi ? s'exclama Harper en se tournant vivement vers son beau-père. Tu ne peux tout de même pas consentir à une telle folie !

— Que cela te plaise ou non, Harper, je ne vois pas comment faire autrement. Et avant de monter sur tes grands chevaux, réfléchis un peu. Même si nous les empêchons de remonter là-haut ce soir, elles n'en feront qu'à leur tête dès que nous aurons le dos tourné. Je préfère quant à moi être dans les parages quand elles agiront, prêt à intervenir s'il le faut.

— Je croyais que nous devions rester tous ensemble, que nous tirions notre force du fait que nous étions soudés...

— C'est un homme qui l'a trompée, trahie, séparée de son fils, fit valoir Hayley. Dernièrement, Amelia s'est encore manifestée à Roz et Stella. Si nous nous présentons à elle toutes les trois, sans aucun représentant de cette gent masculine qu'elle hait, peut-être parviendrons-nous à la convaincre de nous faire confiance.

— À moins qu'elle ne décide de vous jeter tête la première au bas de la terrasse du deuxième, maugréa Harper.

Traversant la pièce, Roz rejoignit son fils et se campa devant lui.

— Ne crains rien, dit-elle avec un sourire assuré. Si quelqu'un doit être jeté hors de cette maison, c'est elle. Ce qu'elle a voulu faire à mon grand-père est impardonnable, quelles que puissent être les circonstances. Je n'ai plus qu'un but, c'est de chasser cette âme damnée de ma maison !

Elle se tourna vers Hayley avec un sourire chaleureux et lui demanda :

— Tu penses pouvoir y retourner ?

— Oui. Non seulement je le peux, mais je le veux ! Moi aussi, j'ai envie d'en finir. Je crois que je n'aurai plus un moment de tranquillité tant qu'elle ne reposera pas en paix.

Les trois amies gravirent l'escalier jusqu'au deuxième étage, puis, main dans la main, remontèrent le couloir en direction de l'ancienne nursery.

— Et si Amelia ne sait pas ce qu'est devenu son corps après sa mort, s'entendit dire Hayley d'une voix trop aiguë, comment ferons-nous pour l'apprendre ?

— Chaque chose en son temps, répondit Roz en serrant plus fort sa main. Comment te sens-tu ?

— Mon cœur bat à cent à l'heure. Roz… Quand tout ça sera terminé, peut-être pourrions-nous remettre cette pièce en service. En faire une salle de jeu, pourquoi pas ? Une pièce pleine de couleurs et de lumière…

— Excellente idée !

— En attendant, nous y voilà, déclara Stella en s'arrêtant devant la porte demeurée ouverte.

Indécises, elles allèrent se placer au centre de la pièce et lancèrent autour d'elles des regards inquiets. Une tristesse indéfinissable planait entre ces murs recouverts d'un papier peint fané.

— Hayley ? s'enquit Roz. À quoi la nursery ressemblait-elle, à l'époque ?

— Le berceau était ici, répondit-elle avec un signe de tête en direction du mur le plus proche. Il y avait un fauteuil à bascule près de la fenêtre et une chaise droite – celle dont Amelia s'est servie – devant un petit bureau. Des étagères étaient accrochées à ce mur-ci, chargées de livres, de jouets. Et là…

La tête de Hayley vacilla soudain. Ses yeux roulèrent dans leurs orbites, et ses mains se portèrent à son cou. Elle ouvrit grand la bouche, comme si elle suffoquait. Roz se précipita pour la soutenir.

— Que se passe-t-il ? demanda-t-elle en la dévisageant anxieusement. Viens, nous allons sortir…

— Non, surtout pas ! s'écria Hayley en se raidissant sur ses jambes. Je suis avec elle. Elle se meurt. C'est horrible ! Tant de souffrance, tant de rage aussi…

À son tour, Stella vint au secours de Hayley, qui chancelait sur ses jambes. Les yeux clos, la tête posée sur l'épaule de Roz, elle reprit d'une voix comateuse :

— Il fait noir, si noir là où elle se trouve… Ni air ni lumière. Aucun espoir. Elle est perdue. Ils lui ont repris son enfant. Maintenant, elle est seule, pour l'éternité… Très froid. Très noir. Il y a des voix, mais elle ne les entend pas distinctement. Juste un écho. Puis elle se sent descendre, descendre, si bas… Il n'y a plus que du noir. Elle ne sait plus où elle est. Elle se sent flotter, dériver, sombrer…

Hayley poussa un profond soupir, se tut un instant, puis redressa la tête.

— Je ne peux pas m'en empêcher, confia-t-elle d'une voix bouleversée. Même dans cette pièce où elle a voulu tuer son fils, je me sens désolée pour elle. Elle avait beau être froide, cruelle, égoïste et manipulatrice, elle a payé pour ce qu'elle a fait, non ? Plus d'un siècle à hanter les mêmes lieux, à devoir regarder grandir les enfants des autres, sans avoir jamais eu quant à elle qu'un bref instant de folie avec le sien. Elle a payé…

— Peut-être… admit Roz avec réticence. Ça va ?

D'un faible hochement de tête, Hayley acquiesça.

— C'était très différent, cette fois. J'étais plus forte qu'elle. Je crois qu'elle est fatiguée, très, très lasse… Encore plus que nous, peut-être.

— Quoi qu'il en soit, intervint Stella, je te conseille de ne pas baisser ta garde.

Elle leva la tête pour contempler le plafond, où avait été fixé autrefois le lustre auquel s'était pendue Amelia, et ajouta :

— Pas même un instant.

— Sortons, dit Roz en entraînant Hayley vers la porte. Nous n'apprendrons rien de plus ici. Tu as fait tout ce que tu pouvais faire.

— Mais cela n'a pas suffi, répondit Hayley en secouant la tête. Elle a beau avoir eu une mort brutale, elle ne fut pas rapide. Elle a eu le temps de voir la nurse emmener l'enfant loin d'elle. Elle a encore eu la force de tendre les bras vers lui alors qu'elle agonisait.

— Quoi qu'elle ait pu en penser, commenta Roz d'une voix sourde, ce qu'elle ressentait pour son fils n'était en rien de l'amour maternel.

— C'est vrai, approuva Hayley. Mais c'était tout ce qu'elle avait.

Elle poussa un long soupir et sourit en voyant Harper grimper les dernières marches de l'escalier et les rejoindre sur le palier. Se précipitant vers elle, il lui prit les mains et la dévisagea longuement.

— Que s'est-il passé ? s'inquiéta-t-il.

— Je l'ai vue mourir, répondit-elle. Puis elle s'est retrouvée seule, perdue, dans le noir… C'était affreux.

Elle le laissa passer un bras autour de sa taille et l'aider à descendre les marches.

— Je n'ai pas compris ce qui est arrivé ensuite, reprit-elle. Ce qu'ils ont fait de son corps. J'ai juste eu l'impression qu'elle descendait toujours plus bas, dans le noir et dans le froid.

— Elle a peut-être été enterrée ?

— Je ne le pense pas. C'était plus… comme si son corps dérivait puis sombrait dans un puits sans fond, d'où elle ne pourrait plus s'évader.

En un geste inconscient, Hayley porta la main à son cou. Il lui semblait que sa chair gardait encore le souvenir de la morsure de la corde.

— Il s'agissait peut-être d'une sorte de passage dans l'autre monde, suggéra-t-elle.

Arrivé au bas des marches, Harper s'arrêta net.

— Elle dérivait, elle sombrait dans le froid et le noir… répéta-t-il. Dirais-tu qu'elle coulait ?

Après y avoir réfléchi un instant, Hayley hocha la tête.

— Il me semble que c'est une description plus juste de ce que j'ai ressenti, effectivement.

— L'étang, conclut-il en tournant la tête vers elle. Nous n'avons jamais imaginé qu'elle pouvait être dans l'étang...

— C'est de la folie.

Dans la lueur grise de l'aube, Hayley se tenait debout sur la berge et se tordait les mains avec anxiété.

— Ça va lui prendre des heures, reprit-elle. Peut-être plus. Il devrait attendre. Nous pourrions demander le concours de spécialistes, de gens dont c'est le métier...

Roz, qui observait avec elle les préparatifs en cours, passa un bras autour de ses épaules.

— Tu sais bien qu'il tient à faire ces recherches lui-même, dit-elle d'une voix rassurante. C'est important pour lui. Viens, éloignons-nous un peu, nous allons le gêner.

L'étang, à la surface duquel dérivaient des nappes de brume parmi les lys d'eau, paraissait sombre et menaçant. Hayley ne pouvait se départir d'un mauvais pressentiment, mais il lui fallait à son tour faire confiance à Harper, comme il lui avait fait confiance lorsqu'elle était retournée dans la nursery sans lui.

Mitch s'accroupit à côté de son beau-fils, que Logan aidait à enfiler une impressionnante paire de palmes, et lui tendit une grosse torche électrique étanche.

— Tu as tout ce qu'il te faut ? s'enquit-il.

— Je crois.

Pour augmenter sa capacité respiratoire, Harper inspira profondément deux ou trois fois et ajouta :

— Ça fait un moment que je n'ai pas plongé, mais la plongée, c'est comme le vélo, ça ne s'oublie pas.

L'air sombre, Mitch hocha brièvement la tête et reporta son attention sur l'étang.

— C'est une vaste étendue à explorer pour un seul homme, dit-il. Et si...

— Non ! coupa Harper. Je vois où tu veux en venir, mais c'est à moi d'effectuer les recherches. Si jamais les restes d'Amelia sont là-dedans, j'ai l'intime conviction que c'est à moi de les retrouver.

Avec un soupir, Mitch passa un bras autour de ses épaules et conclut :

— Garde l'œil sur ta montre et fais surface toutes les demi-heures, sans quoi ta mère est capable de me jeter à l'eau pour que j'aille te chercher.

— Compris.

Harper se redressa et tourna la tête vers Hayley, à qui il adressa un sourire. En quelques enjambées, elle le rejoignit, posa la main sur sa joue et ses lèvres sur les siennes.

— Pour te porter chance, murmura-t-elle.

— Ne t'en fais pas. Je nage dans cet étang depuis...

Il tourna la tête vers sa mère et eut l'impression que de vagues souvenirs remontaient à la surface de sa mémoire. Des souvenirs dans lesquels ses mains de bébé battaient l'eau tandis que celles de Roz, fortes et rassurantes, le maintenaient sous le ventre.

— Depuis si longtemps que j'ai du mal à m'en souvenir, conclut-il.

— Je ne suis pas inquiète, mentit-elle.

Il l'embrassa de nouveau, plus longuement cette fois, puis, après avoir ajusté son masque, il se glissa dans l'eau.

En gagnant les profondeurs, précédé par le faisceau de sa lampe, il songea aux innombrables fois où il avait profité du plan d'eau – pour se rafraîchir au terme d'une journée d'été surchauffée, ou sur un coup de tête, le matin, avant de se rendre au travail. Il y avait eu aussi quelques bains de minuit en galante compagnie, au clair de lune, préludes à une nuit d'amour.

Dans son enfance, avec ses frères, l'étang avait été pour eux le lieu de toutes les rigolades, de tous les jeux, de tous les défis. C'était là que leur mère leur avait appris à nager, et il conservait un souvenir vivace de crises de fou rire comme de moments de détente, de disputes et de cris comme d'inoubliables instants de complicité qui, tous, avaient l'étang pour cadre.

Devait-il conclure à présent qu'ils avaient vécu tout cela, sans le savoir, au-dessus de la tombe d'Amelia ?

Mentalement, Harper prit ses repères et découpa le fond vaseux de l'étang en parts égales, qu'il entreprit d'explorer méthodiquement. Surveillant sa montre comme Mitch le lui avait recommandé, il refit surface une demi-heure, puis une heure, après le début de ses recherches.

Assis sur la berge, tandis que Logan l'aidait à changer de bouteilles, il expliqua à son auditoire impatient :

— J'ai dû couvrir la moitié de la surface. Tout ce que j'ai trouvé, c'est quelques bouteilles de bière et des canettes de Coca.

Tournant le regard vers sa mère, il fronça les sourcils et ajouta :

— Et ne me regarde pas comme ça, je n'y suis pour rien. Qu'on me donne un sac : tant que j'y suis, je vais faire le ménage.

— Ne perds pas de temps avec ça, conseilla Mitch. Nous nous en occuperons plus tard.

— Ce n'est pas très profond, reprit Harper. Entre cinq et six mètres au centre. Mais le fond est très envasé, et les pluies récentes n'ont pas arrangé les choses.

Hayley s'accroupit près de lui, et Harper remarqua qu'elle veillait à ne pas tremper ses pieds dans l'eau.

— J'aimerais pouvoir y aller avec toi, dit-elle.

— L'année prochaine, je t'apprendrai à plonger.

Caressant tendrement son ventre, il lui sourit et conclut :

— Mais pour l'instant, tu restes là et tu prends bien soin d'Hermione...

Sur ce, il remit son masque et se glissa de nouveau dans l'eau.

C'était une tâche fastidieuse, qui ne lui procurait en rien ce frisson de l'aventure qu'il avait ressenti lorsqu'il lui était arrivé d'explorer les fonds marins en vacances. Le fait d'avoir à se concentrer sur la morne étendue de vase que balayait le faisceau lumineux commençait à lui donner mal à la tête.

Il n'entendait rien d'autre que le bruit régulier de sa respiration, monotone, hypnotique. Il aurait voulu en avoir déjà terminé et n'avait qu'une envie : aller s'asseoir à la cuisine, au sec, au chaud, afin d'y siroter un bon café, au lieu de perdre son temps au fond de l'eau à rechercher les restes d'une femme qui ne lui avait attiré que des ennuis.

Il était fatigué d'avoir à consacrer autant d'énergie à une folle qui n'aurait pas hésité à tuer son propre enfant si on l'avait laissée faire. C'était à se demander si Reginald était bien le salaud qu'il avait toujours vu en lui, s'il n'était pas possible de lui trouver quelques excuses...

Soudain, il eut l'impression qu'un poing se refermait au creux de son ventre. Cette sensation curieuse n'avait rien d'une nausée. Elle ressemblait bien plus à une explosion de fureur – le genre d'expérience susceptible de faire oublier à un homme qu'il se trouve six mètres sous l'eau.

Secouant la tête, Harper vérifia le temps qu'il lui restait sur le cadran de sa montre, fit en sorte de discipliner sa respiration et reprit ses recherches avec application.

Qu'est-ce qui lui prenait, tout à coup ? Reginald avait été un bien triste sire, aucun doute là-dessus. Tout comme Amelia avait été un lamentable spécimen d'humanité. Mais, curieusement, il était sorti de leur éphémère union quelque chose de bon, de fort, de doux. De la haine qu'ils avaient nourrie en eux était né un être humain dont l'amour et la bonté avaient irrigué toute une lignée. Jusqu'à lui.

Finalement, conclut-il pour lui-même, n'était-ce pas tout ce qui comptait ? Et pour cette raison, il était important de retrouver les restes de son aïeule. Afin que son âme puisse enfin reposer en paix… et que ses descendants puissent goûter à la paix, eux aussi.

Désespérant de trouver le moindre indice, Harper en vint à se demander si Amelia n'avait pas été enterrée quelque part dans les bois. Mais pourquoi s'échiner à creuser un trou dans la terre gelée en plein hiver quand on disposait à deux pas d'un étang si profond, si discret, si pratique ? Cela lui semblait si évident, maintenant, qu'il s'étonnait de ne pas y avoir pensé plus tôt.

Mais un geste pareil paraissait tellement inimaginable… Cet étang était depuis toujours utilisé pour y nager et y pêcher. Qui plus est, les cadavres dont on se débarrasse au fond de l'eau ont une fâcheuse tendance à refaire surface. Pourquoi prendre un tel risque ?

Passant à un autre des secteurs qu'il avait délimités, Harper s'efforça de ne pas laisser ses pensées divaguer – il aurait été dommage de rater par distraction ce qu'il cherchait. Une autre heure s'écoula, dans la vase en suspension et le froid, sans qu'il découvre quoi que ce soit. Il devait suspendre ses recherches, décida-t-il. Il irait faire remplir ses bouteilles et se remettrait à l'œuvre dès que possible.

Il levait sa lampe vers la surface pour remonter lorsque quelque chose, au fond, un peu plus au sud, attira son regard. Il nagea dans cette direction, et ce fut là que, avec un coup au cœur, il la découvrit. Amelia. Son aïeule. Ou, plus exactement, le peu qui restait d'elle : des os plus qu'à moitié enfouis dans la vase et la végétation aquatique, encore recouverts par endroits de lambeaux de tissu.

Envahi par la pitié, Harper vit les lourdes pierres attachées à chacun de ses membres et à son ventre par une corde – celle-là même, sans doute, avec laquelle elle s'était pendue, avec laquelle elle avait voulu pendre son fils. La corde semblait certes solide, mais il était étonnant qu'elle n'ait pas fini par pourrir et se rompre… Il paraissait contraire aux simples lois de la physique que, durant plus de cent ans, aucun indice de la présence sous l'eau de sa dépouille mortelle ne fût remonté à la surface. Mais il est vrai que les lois de la physique ne prennent pas en considération malédictions et fantômes…

Surmontant sa répugnance, Harper fit un mouvement de brasse pour se rapprocher du cadavre. Le coup, aussi imparable et inattendu qu'un direct du droit décoché par un ennemi invisible, le cueillit par surprise et lui fit lâcher sa lampe. Lentement, celle-ci coula jusqu'au fond, le laissant aux prises dans le noir avec un squelette. Pour ne rien arranger, ses réserves d'air arrivaient à épuisement.

Harper s'efforça de ne pas paniquer. Il lui suffisait de ne pas lutter, de se laisser couler et de donner au fond un bon coup de talon pour remonter. Mais alors qu'il s'apprêtait à mettre en œuvre ce plan d'action, une nouvelle onde d'énergie vint le paralyser.

Tétanisé, il vit le fantôme d'Amelia flotter à quelques pas de lui, sa robe blanche ondulant dans l'eau, les mèches de ses cheveux se tordant autour de son visage tels des serpents. La folie se lisait dans ses yeux. Ses traits trahissaient une intention meurtrière.

Elle tendait dans sa direction une main aux doigts crispés comme des serres. Harper eut l'impression de les sentir se refermer autour de son cou et serrer, toujours plus fort, même s'il voyait l'apparition flotter en contrebas, au-dessus des ossements inertes. Il se débattit, mais ses efforts ne réussirent qu'à le faire suffoquer davantage.

Luttant contre l'engourdissement qui s'emparait de lui, il voulut nager pour remonter vers la surface, mais ne bougea pas d'un pouce. Amelia le maintenait au fond, aussi efficacement que les lests qui l'avaient retenue prisonnière de la vase si longtemps.

Elle était en train de le tuer, réalisa-t-il soudain, tout comme elle avait voulu tuer son propre enfant. Peut-être, après tout, son plan dément allait-il finir par se réaliser. Peut-être allait-elle réussir à emmener un Harper dans l'autre monde avec elle.

Alors, il songea à Hayley, qui l'attendait à la surface et qui l'aimait. Il songea à l'enfant qu'elle portait et à la fille qu'elle lui avait déjà donnée. Pour elle, pour eux, il ne pouvait être question de laisser Amelia l'entraîner avec elle.

Les poumons sur le point d'exploser, il baissa les yeux et chercha dans ceux de son aïeule une lueur de pitié. Mais tout ce qu'il vit, ce fut la folie d'Amelia.

« Je me souviens de toi… pensa-t-il en y mettant toute sa volonté. Tu me chantais des berceuses la nuit. Je n'avais pas peur de toi, car je savais que tu ne me voulais aucun mal. Souviens-toi de moi et ne me tue pas. Par ma mère, je suis issu de ton fils. Je suis issu de toi, de ton sang. »

Mû par l'instinct, Harper sortit son couteau de plongée et s'entailla la paume, comme Amelia l'avait fait elle-même, dans sa folie, avant de se donner la mort. Son sang se mêla à l'eau trouble et descendit en nappes paresseuses jusqu'au squelette pris dans la vase.

« C'est ton sang qui coule en moi, songea-t-il. Le sang des Connor autant que celui des Harper. Le sang passé d'Amelia à James, de James à Robert, de Robert à Rosalind, et de Rosalind à moi. C'est pour cette raison que je suis venu te chercher et que je t'ai retrouvée. Laisse-moi remonter. Laisse-moi te ramener chez toi. Tu n'as plus à être seule, ni désespérée, ni perdue… »

Lorsqu'il sentit la pression se relâcher sur sa gorge, Harper lutta contre le besoin de remonter à la surface de toute la force de ses palmes. Un instant encore, il contempla le visage apaisé de l'apparition et se demanda comment il était possible que des larmes coulent sur ses joues.

« Je reviendrai te chercher, promit-il, le cœur serré. Je le jure ! »

Alors qu'il remontait, Harper crut entendre une voix un peu éraillée entonner la douce chanson qui avait bercé son enfance. En baissant la tête, il vit que sa lampe, restée au fond de l'étang, illuminait directement la dépouille mortelle de celle qu'ils avaient cherchée si longtemps. Comme dans un rêve, il la vit disparaître peu à peu à ses yeux.

Il creva la surface comme un missile, recracha bien vite son embout respiratoire et avala goulûment l'air frais, qui lui brûla la gorge et embrasa ses poumons. Le soleil matinal l'éblouissait, l'empêchant de voir ceux qui, sur la berge, l'appelaient.

Les yeux plissés, la main en visière, il parvint enfin à distinguer Hayley. Une main protectrice posée sur son ventre, elle lui faisait de l'autre de grands signes. À son poignet scintillaient des rubis taillés en forme de cœurs, symboles d'espoir.

Impatient de la rejoindre, il fendit les lys d'eau qui recouvraient la surface de l'étang. Logan et Mitch l'aidèrent à se hisser sur la berge. Allongé sur le sol, il inspira à pleins poumons et regarda Hayley plonger son regard au fond du sien.

— Je l'ai trouvée, dit-il dans un souffle. Tout est fini, mon amour…

Épilogue

Les rayons du soleil, filtrés par le feuillage des arbres, dessinaient sur l'herbe verte des motifs d'ombre et de lumière. Dans les frondaisons, les oiseaux chantaient, emplissant le cimetière de leur musique apaisante.

Des stèles de granit ou de marbre blanc parsemaient la pelouse, rappelant les morts à la mémoire des vivants. Sur certaines tombes, des bouquets achevaient de se faner. Les pétales n'avaient pas le temps de toucher le sol que, déjà, le vent s'en emparait.

Harper se tenait debout entre sa mère et Hayley. Main dans la main, ils regardaient avec un sentiment de fierté et d'accomplissement le cercueil descendre en terre.

— Je ne suis pas triste, constata Hayley, étonnée. Du moins, je ne le suis plus. Cette cérémonie répare une grande injustice. Mais c'est aussi un geste d'amour.

— Amelia a gagné le droit de reposer ici, renchérit Roz. À côté de son fils.

Du regard, elle détailla les noms gravés dans la pierre, de chaque côté de la fosse ouverte. *Reginald & Beatrice Harper. Reginald & Elizabeth Harper.* Et un peu plus loin, ses parents, ses oncles et tantes, ses cousins et cousines. Tous liés à travers le temps, chaînons d'une même lignée familiale.

— Au printemps, reprit-elle, nous ferons dresser une stèle à sa mémoire. Amelia Ellen Connor, *requiescat in pace*.

— D'une certaine manière, tu lui as déjà offert son billet pour la paix éternelle, déclara Mitch en déposant un baiser sur ses cheveux. Hayley a raison. C'était un très beau geste de déposer dans son cercueil le hochet d'enfant de son fils, en plus de sa photo...

— Sans elle, je n'existerais pas. Sans elle, Harper, Austin et Mason n'auraient pas vu le jour non plus.

Glissant un regard affectueux à Hayley, elle ajouta :

— Sans parler de mes petits-enfants à venir. Elle mérite d'être ici, tout simplement parce que c'est sa place.

— Quoi qu'elle ait pu faire, lâcha Stella dans un soupir, elle méritait mieux que le sort qui lui a été réservé. Je suis fière d'avoir pu contribuer à lui rendre un nom, une histoire et, en définitive, la paix du cœur.

Elle sourit à Logan, qui lui tenait la main, à David et à tous les autres et conclut :

— Nous pouvons tous être fiers.

— Jetée au fond d'un étang... grogna son mari d'un air dégoûté. Balancée au fond de l'eau, tel un rebut gênant !

— Heureusement que tu ne t'es pas laissé faire, Roz ! intervint David, les yeux fixés sur le cercueil. Sans toi, jamais on n'aurait obtenu les autorisations administratives nécessaires pour la faire inhumer ici.

— Le nom des Harper a encore le don d'impressionner quelques bureaucrates de la vieille école, répondit Roz avec un sourire amusé. À vrai dire, je tenais autant à ce qu'elle soit inhumée ici qu'à ce qu'elle cesse de hanter ma maison.

Elle se hissa sur la pointe des pieds et déposa un baiser sur la joue de Harper.

— Mon fils... murmura-t-elle affectueusement. Mon garçon si courageux ! Finalement, c'est à toi qu'elle doit le plus.

— Détrompe-toi, protesta-t-il.

— Tu ne l'as pas abandonnée ! intervint Hayley. Même après qu'elle a essayé de te tuer, tu es retourné la chercher au fond de l'eau.

— Je le lui avais promis. Les Ashby, tout autant que les Harper, n'ont qu'une parole.

Après s'être baissé pour ramasser une poignée de terre fraîchement remuée, Harper la laissa filer entre ses doigts au fond de la fosse.

— Quelles paroles pourrait-on prononcer en guise d'oraison funèbre ? demanda Roz en observant la rose pourpre qu'elle tenait entre ses doigts. Soyons réalistes : Amelia était folle à lier. Elle s'est donné la mort de manière atroce, et sa vie ne fut guère plus réjouissante. Mais elle a chanté sa berceuse pour moi et mes enfants au fil des années. De sa vie, la mienne et les leurs ont découlé. Alors, repose en paix, chère arrière-grand-mère...

Après en avoir embrassé les pétales, Roz laissa la fleur tomber sur le cercueil. Chacun leur tour, les autres firent de même, puis reculèrent d'un pas.

— Laissons-leur quelques instants rien que pour eux... chuchota Roz à l'intention des autres, en désignant Harper et Hayley d'un signe de tête.

L'assistance s'égailla dans le cimetière, tandis que les deux jeunes gens, main dans la main, restaient au bord de la fosse que les fossoyeurs attendaient de reboucher, quelques mètres plus loin.

— Cette fois, elle est bien partie, dit Hayley après avoir fermé les yeux un instant. Je le sens. Je l'ai su avant même que tu ne remontes à la surface. J'ai compris que tu l'avais retrouvée sans que tu aies besoin de me le dire. C'est comme si le lien qui me liait à elle s'était brusquement rompu...

— Alléluia ! marmonna sobrement Harper.

— Elle a enfin trouvé ce qui lui manquait. Quoi que cela ait pu être.

Tout en fixant les fleurs jetées sur le couvercle du cercueil, Hayley poursuivit :

— J'ai eu si peur, quand tu étais au fond de cet étang, de ne plus te revoir vivant...

À ces mots, Harper tressaillit. Se tournant vers elle, il la prit par les épaules et l'incita en douceur à lui faire face et à se détourner de la tombe.

— Je n'en avais pas terminé avec toi, dit-il en la fixant gravement. Et je n'aurai jamais fini de t'aimer. Nous avons une vie à vivre, tous les deux. Notre vie.

Il plongea la main dans sa poche, en sortit l'écrin dont il avait pris soin de se munir et en tira la bague de fiançailles qu'il avait fait ajuster. En douceur, il la glissa à l'annulaire de Hayley.

— Elle te va bien, constata-t-il. Et elle est à toi.

Sans lui lâcher la main, il se pencha et lui donna un tendre baiser.

— Et si on y allait, à présent ? demanda-t-il lorsque leurs lèvres se séparèrent. Il me semble que nous avons un mariage à organiser.

À Harper House, les pièces ensoleillées respirent le bien-être et la joie de vivre. Ces murs chargés d'histoire résonnent des cris et des rires du présent. Plus aucun fantôme n'y chante la nuit. Mais les jardins de la vieille demeure sont plus fleuris et plus beaux que jamais.

Composition Nord Compo
Achevé d'imprimer en Espagne
par Litografia Rosés
le 2 septembre 2007.
Dépôt légal septembre 2007.
EAN 9782290004791

Éditions J'ai lu
87, quai Panhard-et-Levassor, 75013 Paris
Diffusion France et étranger : Flammarion